IL PASSERO

ALI DEL WEST: LIBRO TRE

KRISTY MCCAFFREY

Traduzione di
ROSA LOSACCO

Il Passero

Prima edizione pubblicata da Whiskey Creek Press, 2011.

Seconda edizione

Copyright © 2014 *K. McCaffrey LLC*

Tutti i diritti riservati

Titolo dell'originale: The Sparrow - Wings of the West Series

Traduzione di Rosa Losacco

Copertina a cura di Earthly Charms

Prima Pubblicazione Italiana 2023

Italian Edition Ebook ISBN: 978-1-952801-35-8

Italian Edition Print ISBN: 978-1-952801-36-5

kmccaffrey.com

kristy@kmccaffrey.com

ALTRI TITOLI DI KRISTY MCCAFFREY

"Le antiche leggende degli Hopi e degli Havasupai trovano in McCaffrey una nuova voce. La scrittura brillante dona assoluta credibilità al viaggio mistico del personaggio principale in un'altra dimensione e ti spinge a leggere fino a notte fonda." ~ City Sun Times

IL MERLO
"Antagonisti malvagi, azione a volontà, un'eroina decisa, intrecci, colpi di scena sorprendenti e un seducente cowboy — il tutto sottolineato da una sensuale storia d'amore — in questo western ce n'è per tutti i gusti." ~ Janna Shay, InD'tale Magazine

"Un romanzo storico, passionale e intelligente, collocato nel deserto dell'Arizona, il cui ambiente aspro rispecchia la natura dei personaggi che lo abitano. Riusciranno due anime ferite a trovarsi e fiorire insieme? Scoprilo nel quarto titolo della serie "Ali del West" di Kristy McCaffrey. Un libro difficile da posare." ~ Chanticleer Book Reviews

L'UCCELLO AZZURRO
"…una lettura incalzante, con una storia e dei personaggi tanto profondi da mantenere vivo il mio interesse fino all'ultima pagina…" ~ Jo, Romance Junkies

"…carico di avventura e azione che lasciano senza respiro… libro meraviglioso… pressoché impossibile staccarsene!" ~ Maia, The Silver Dagger Scriptorium

"I lettori si scopriranno spesso col fiato sospeso… una lettura veloce ed emozionante!" ~ Belinda Wilson, InD'tale Magazine, a Crowned Heart review

A mia sorella

"È una regione difficile da traversare, più delle Alpi e dell'Himalaya, ma se forza e coraggio sono adeguati all'impresa, un anno di fatica può ripagare con un concetto di sublimità mai più eguagliabile da questa parte del Paradiso."
—John Wesley Powell (riferendosi al Grand Canyon)

"Per giungere a ciò che non sai, devi passare per dove non sai."
— San Giovanni della Croce

CAPITOLO UNO

Territorio dell'Arizona
Lees Ferry Fort
23 agosto 1877

L*e donne avevano la bugia facile.*
Permelia e Samantha Johnson, mogli del traghettatore Warren Johnson, restituirono la fotografia a Nathan Blackmore e scossero la testa, negando di sapere dove si trovasse Emma Hart, la giovane donna del ritratto.

Convinto del contrario, Nathan chiamò a raccolta la pazienza e si sforzò di pensare a un'altra tattica da usare con le due mormoni. Era stanco, sudicio e aveva macinato un bel po' di strada, facendosi infine accompagnare in quel posto remoto da una guida Navajo. Il Texas non era poi tanto diverso dal luogo dimenticato da Dio in cui era finito – due postacci altrettanto torridi – solo che nel secondo c'era acqua.

Osannata.

Quella del fiume Colorado.

L'aveva intravista durante il viaggio, come un nastro azzurro in distanza, e aveva avvertito il forte richiamo, fin nel profondo dell'animo, di starle accanto, di sentirne la potenza. Un richiamo che aveva tacitamente giurato di assecondare prima del ritorno, dopotutto l'uomo di fiume che era in lui non si sarebbe mai sopito. E con un pizzico di fortuna la signorina Hart gli avrebbe fatto compagnia.

Chissà se le preghiere avrebbero imbonito quelle pie donne.

Ma Nathan non aveva mai avuto troppa fortuna, né poteva dirsi un tipo religioso. Ci aveva pensato sua madre a smontarlo per sempre.

Le guardò e, nonostante la malcelata paura negli occhi delle due, decise che non avrebbero funzionato neanche le minacce. Ma davvero incuteva tanto timore? Non si radeva da giorni, era più alto della maggior parte degli uomini e… uno sguardo al suo cavallo – un magnifico stallone color della mezzanotte – confermò che, sì, insieme dovevano apparire alquanto minacciosi.

Beh, non ho tempo da perdere, io. Black aveva bisogno di riposo e lui pure. Il suo amichetto Matt gli sarebbe stato debitore di un gran bel favore.

Il chiasso di ragazzi all'interno della piccola capanna gli disse che con tutta probabilità dalle due donne non avrebbe ottenuto nessuna informazione. E non era il caso di spaventarne i figli e inimicarsi il signor Johnson, ovunque quello si trovasse. Nathan non aggrediva innocenti.

Innocenti. E se invece i Johnson gli nascondevano la verità su Emma Hart per ragioni più oscure? Erano mormoni – promotori di fede, famiglia e poligamia – ma ciò non li poneva al di sopra di attività criminali. Un attendibile indizio tre giorni prima lo aveva portato lì, all'unico punto di attraversamento del Colorado in quella zona. I mormoni ne facevano regolare uso per spostarsi tra lo Utah e il Territorio dell'Arizona a bordo di una chiatta. E a quanto pareva, la signorina Hart si era diretta proprio da quelle parti.

Uno sparo crepitò in lontananza.

Le due signore Johnson trasalirono e fissarono Nathan con occhi spalancati.

Centro.

Alle bugie femminili seguivano guai.

«Entrate e state giù.» Sollevato di non doverle più interrogare, Nathan si spostò verso il cavallo, impastoiato sotto un pioppo nero, e sfilò il Winchester dal fodero contro il fianco dello stallone.

I suoi riflessi avevano acquistato un guizzo più rapido adesso che era in azione e nell'aria c'era odore di battaglia. I Texas Rangers potevano anche avergli insegnato la pazienza, ma era nell'esercito che aveva imparato a combattere. Negli ultimi dieci anni era rimasto in vita grazie a entrambi.

«Buono, Black.» Posò una mano sul suo fedelissimo compagno. «Ci penso io.»

Con l'orecchio teso a cogliere eventuali spari e movimenti, Nathan controllò la scorta di munizioni così come da abitudine perfezionata nel tempo. Ne aveva a sufficienza. Si abbassò il cappello sulla fronte e si allontanò dal piccolo podere nascosto nella zona più isolata che avesse mai visto per crescere dei figli. L'avamposto consisteva nella capanna di un'unica stanza che si era appena lasciato alle spalle, una rimessa per la legna e una casa a due piani parzialmente finita su una parte piatta di fondovalle. In bella vista erano terreni coltivati e bestiame, nonché un corso d'acqua di dimensioni discrete – il fiume Paria – che scorreva di fianco al podere, provvedendo a mantenere lussureggiante il verde tutt'intorno. Eppure, il posto era così distante da qualunque altro che gli abitanti dovevano sicuramente risentire dell'isolamento.

Servendosi della boscaglia desertica come copertura, Nathan si avvicinò alla confluenza tra il Paria e il Colorado, con la camicia avorio appiccicata a spalle e schiena sotto il sole che bruciava qualunque cosa la preziosa ombra non riuscisse a proteggere. Doveva aver coperto all'incirca un quarto di miglio quando altri spari perforarono l'atmosfera del tardo pomeriggio. Si posizionò cauto dietro un grande salice, con il braccio sinistro che reggeva rilassato il fucile, e lanciò uno sguardo al di là del Paria.

Per un istante, la vista del possente Colorado gli mozzò il fiato. La distesa d'acqua scorreva con innegabile autorità e la forte corrente calciava flutti sulla superficie. Era fin troppo chiaro che il fiume indicasse pericolo per chiunque lo varcava, ma il desiderio che assalì Nathan fu tale da ridurlo quasi in ginocchio. Voleva trovarsi su quel fiume.

Gli spari cessarono, ma lui rimase nascosto.

In piedi sulle sponde sabbiose del Colorado, tre uomini gli davano le spalle. Erano tutti armati, vecchi revolver o pistole che agitavano con indifferenza urlando a qualcuno nell'acqua. Non erano granché in forma, e Nathan sapeva che avrebbe potuto usare quel particolare a proprio vantaggio. I tre ripresero a sparare, poi uno iniziò a seguire la corrente in una lenta corsa dall'andatura goffa, come se avesse scoperto solo il giorno prima che le proprie gambe erano in grado di svolgere quella funzione.

Spostandosi per vedere meglio chi o che cosa si trovasse sul fiume, Nathan fece marcia indietro al riparo da eventuali sguardi e superò a guado il Paria, quindi si avvicinò alle spalle dei due uomini rimasti sulla riva del Colorado. Un colpo d'occhio oltre quelli lo immobilizzò.

Una donna – come suggeriva la treccia castana che scendeva su una spalla – sedeva in una capiente barchetta di legno e remava frenetica, abbassandosi ogniqualvolta una pallottola le volava sopra la testa. Un cappello a tesa larga le ombreggiava il viso ma Nathan non aveva alcun dubbio circa la sua identità.

La signorina Emma Hart.

La stessa a cui stava dando la caccia da tre settimane, una donna vista solo in fotografia, un'immagine sbiadita che di recente aveva fissato fin troppo.

La soddisfazione si unì all'urgenza.

La signorina Hart era diretta a valle. Da sola.

E lui non aveva molto tempo. Se uno di quei tre idioti non le sparava prima, di lì a poco sarebbe scomparsa.

Saltò addosso ai due a riva e ne tramortì uno con il calcio del fucile. Poi, mentre l'altro girava il braccio teso in un gesto di rivalsa, lo colpì con una ginocchiata all'inguine e lo inchiodò al suolo con il Winchester di traverso contro la gola. L'uomo prese a sputacchiare, agitando le braccia in tutte le direzioni, e Nathan lo stordì con un colpo ben assestato alla testa.

Puntandogli l'arma contro, il terzo uomo si trascinò verso di lui, che schivò un proiettile rotolando di lato. Non voleva uccidere il suo aggressore, perciò tirò fuori un revolver a sei colpi dalla fondina assicurata con delle cinghie alla coscia destra e gli sparò alla spalla. Il bersaglio cadde per terra.

«Sono stato colpito! Oh Dio!» urlò l'uomo in preda al dolore. «Vi prego, non mi uccidete! Reggie? Hersch? Aiutatemi!»

Nathan si alzò, prese le armi dei due privi di sensi e le gettò nel fiume, poi si avvicinò al terzo che si contorceva nella sabbia. Sentiva il calore sotto gli stivali e poteva ben immaginare quanto sgradevole fosse trovarsi distesi per terra. Provò quasi dispiacere per l'uomo e i suoi compagni... quasi, ma non proprio, una delle loro pallottole vaganti avrebbe potuto colpire la signorina Hart.

Lanciò la pistola del tipo in acqua e con lo sguardo seguì la corrente: a bordo della barca che si allontanava, la donna lo osservava, ma da quella distanza era difficile distinguerne l'espressione e i tratti del viso.

Superò l'uomo gemente e rantolante per terra. «Non morirai» disse. «Abbi cura di fermare il sangue e pulisci la ferita.» Poi, corse lungo il bordo del fiume, agitando le braccia sopra la testa, e urlò in direzione della donna. «Fermatevi! Venite a riva!» esclamò, sperando che lei fosse abbastanza forte da guidare la barca controcorrente e tornare da lui.

La donna lo fissava ma non faceva nulla, eccetto girare di tanto in tanto la testa per controllare la direzione del barchino.

Nathan superò e aggirò un gruppo di rocce, quindi corse lungo la spiaggia finché non giunse a uno scoglio che gli impediva di seguirla oltre.

«Signorina Hart! Emma Hart! Devo parlarvi!»

Lei prese entrambi i remi e Nathan sospirò, sollevato che fosse finalmente rinsavita, ma quella iniziò a remare nella direzione opposta. Imprecando tra i denti, si lanciò uno sguardo alle spalle, verso la posizione approssimativa di Black.

Un uomo non dovrebbe mai essere costretto a scegliere tra il suo cavallo e una donna.

Questo favore ti costerà caro, Matt.

Gettò disgustato il cappello a terra e il Winchester nel fitto sottobosco, per nasconderlo, quindi infilò stizzito la rivoltella nella fondina, sperando di non dover mollare anche quella prima di raggiungere la barca. Naturalmente, si sarebbe bagnata e non avrebbe potuto usarla per un paio di giorni, ma restare disarmato andava contro ogni suo istinto. Prima di eventuali ripensamenti, entrò nel fiume e si tuffò, immergendosi del tutto.

Al contatto con l'acqua fredda i muscoli rimasero fuori uso per un istante e lui lottò per tenersi a galla nella corrente che lo trascinava. Poi, concentrandosi sulle braccia, prese a nuotare in avanti. Il calore iniziò a diffondersi piano negli arti e le bracciate si fecero più vigorose, spingendolo verso la signorina Hart e la sua barca. Ma la donna, testarda come un mulo, continuava a remare e ad allontanarsi da lui.

«Voglio solo parlarvi» urlò Nathan. E doveva anche uscire dall'acqua prima che la corrente avesse la meglio.

«State lontano da me.» La voce era forte, decisa, solo appena velata da una nota di panico.

Lui la ignorò e continuò a nuotare. Tra una bracciata e l'altra, con la coda dell'occhio scorse la scritta a poppa: *Paradiso*. Chissà se quel nome era indovinato, pensò, afferrando in fretta il fianco della barca prima che si allontanasse di nuovo. Provò ad arrampicarsi, ma la donna liberò un remo dallo scalmo, si girò e lo colpì sulla testa.

«Maledizione!» imprecò lui, cadendo in acqua e riuscendo a malapena a mantenere la presa sulla falchetta. Per quanto era vero l'inferno, quello non era di certo il paradiso. Cosa gli aveva fatto pensare che inseguire quella donna fosse una buona idea? Massaggiandosi la testa nell'inutile tentativo di smorzare il dolore, disse a denti stretti: «Signorina Hart, ho notizie di vostra sorella.»

Se non altro era riuscito a bloccare a mezz'aria il remo con cui lei si preparava a colpirlo un'altra volta. Approfittò di quell'attimo di esitazione e con uno strattone alla barca le fece perdere l'equilibrio. Lei urlò e atterrò con un tonfo sul fondo del dory traballante, mentre lui si arrampicava senza indugio sul bordo e bilanciava in fretta il proprio peso.

La signorina Hart ritrovò l'equilibrio e afferrò il remo, ma Nathan glielo strappò di mano senza sforzo. L'altro, al proprio posto nello scalmo, pendeva sul lato della barca… gli occhi, però, tradirono la prossima mossa e quando lei si lanciò in quella direzione Nathan lo spinse fuori dalla sua portata.

«Giù di qui» gli ordinò, in piedi di fronte a lui nel piccolo vano dell'instabile imbarcazione.

Nathan contemplò la grintosa creatura davanti a sé, gli occhi azzurri che brillavano di paura e determinazione. Era nei guai, e la loro fonte ben maggiore del possente Colorado.

«Non intendo farvi del male» disse in tono più irritato di quanto avesse voluto e con la testa ancora dolorante. «Perché non vi sedete prima di finire in acqua?»

Per tutta risposta, lei si chinò e prese a rovistare in uno zaino di cuoio grezzo. Ce n'erano diversi altri, notò Nathan, assicurati l'uno accanto all'altro sul fondo dello scafo di legno che appariva ben fornito per la navigazione del fiume. Ma osservare affascinato la signorina Hart che si ostinava a cercare qualcosa aveva il suo costo, si accorse fin troppo tardi.

Recuperato un vecchio Remington dal posto in cui lo aveva nascosto, la donna lo armò e glielo puntò contro. Il fiume li trasportava sempre più in profondità nel canyon e lei faticava a mantenere l'equilibrio, ciò nonostante reggeva il revolver con sicurezza. E secondo l'istinto di Nathan, aveva anche idea di come usarlo. Che dire? Meritava un bel po' di punti per la tenacia. Era chiaro che l'avesse sottovalutata.

«Datemi la vostra arma» ordinò lei.

«È bagnata. Non funzionerebbe comunque.»

Senza parlare la donna gli puntò la propria tra le gambe.

Sempre bene che un uomo sapesse quando limitare i danni. Si slacciò la fondina e la posò giù tra di loro.

«Chi siete?» gli chiese.

«Nathan Blackmore.»

«E come fate a sapere chi sono io?»

«Vi stavo cercando. Ho notizie di vostra sorella.»

La donna esitò. «Non le ho mai detto dove sarei andata. Come avete fatto a trovarmi?»

Pur comprendendo la sua confusione, Nathan era restio a offrirle una spiegazione mentre lei gli puntava un'arma potenzialmente carica verso una parte del corpo che avrebbe preferito conservare. Forse si sbagliava e non c'erano proiettili, tuttavia non gli sembrava saggio correre il rischio.

«Avete la mia parola. Non vi farò alcun male, ma mettereste giù quell'arma così che possa spiegarvi ogni cosa?»

La signorina Hart sembrò titubante, un'ombra d'incertezza le aleggiava sul viso. Nathan lo aveva memorizzato durante il lungo viaggio dal Texas ma la fotografia non rendeva certo giustizia alla donna che aveva adesso davanti a sé. Era bella − qualunque uomo solo nel deserto da giorni lo avrebbe notato − tuttavia la sorpresa più grande erano stati gli occhi. Comunicavano una serietà e una profondità assenti nella fotografia che ritraeva una ragazza alle soglie della femminilità, così distante dalla donna che gli stava di fronte e aveva da tempo superato quella fase, in qualche intangibile maniera ben più del dovuto. Le alte pareti del canyon sminuivano le loro dimensioni su quella barchetta, facendoli apparire piccoli e rendendo alquanto futile il loro faccia a faccia, ma Nathan aveva l'impressione che in Emma Hart non ci fosse nulla di insignificante.

Piano, lei abbassò l'arma.

E lui liberò un respiro che non si era reso conto di trattenere.

Si guardarono a vicenda, mentre la barca continuava il suo lento navigare lungo il fiume e il sole si spostava dietro la parete occidentale del canyon, illuminando i pilastri di roccia a sinistra. Al limite del proprio campo visivo, Nathan si accorse del favoloso paesaggio, ma pensava a quello stupefacente posto nato dai processi naturali di vento e acqua o alla donna che lo fronteggiava?

È tutto diverso adesso.

Il pensiero sbucò dal nulla.

«Non vi porto notizie da parte di Mary» disse, riferendosi alla sorella maggiore della signorina Hart «bensì di Molly.»

Lei gli scoccò un'occhiata tagliente e il lampo di rabbia che Nathan vi lesse gli fece temere che avrebbe finito per sollevare l'arma e sparargli.

«Che cosa avete detto?» chiese in un sussurro letale. Nathan si sorprese, perché nonostante il suo vigore e l'evidente grinta, *letale* non era una parola che avrebbe usato per descriverla. Guardandola adesso, ebbe la certezza che un giorno sarebbe stata una madre fiera e ostinata nel proteggere i suoi piccoli. Un'immagine che gli piaceva.

«Vengo dal Texas. Sono un amico di Matt Ryan. Ve li ricordate, i Ryan, vero?»

Lei lo fissò, guardinga, e Nathan prese quell'espressione come un sì.

«Dieci anni fa, in Texas, i vostri genitori furono uccisi in un attacco al ranch di famiglia» proseguì. «Vostra sorella maggiore Molly fu rapita e poi uccisa dai Comanche. Ma il corpo ritrovato non era il suo.» Si fermò, provando a immaginare come ci si sentisse nell'apprendere che qualcuno creduto morto da tempo era d'improvviso resuscitato. Cosa avrebbe provato al suo posto, se gli avessero detto che suo padre era ancora vivo, e lo era stato in tutti quegli anni, invece di annegare e restare sepolto in fondo al Mississippi come risultava a lui?

Con fare compassionevole, le comunicò la notizia che al pari di una scossa di terremoto avrebbe sicuramente sconvolto il suo mondo. «Molly è viva.»

La signorina Hart si bloccò, il viso immobile per il colpo. Intontita, sedette e posò l'arma accanto a sé. La forza impetuosa del fiume riempiva il silenzio e il cinguettio degli uccellini echeggiava dalle pareti del canyon. Malgrado lo stato di assoluto stupore, Nathan pensò che avesse reagito bene. Quando parlò, la sua voce catturata dalla brezza fluttuò verso di lui come un indistinto sussurro. «L'ho sempre saputo.»

CAPITOLO DUE

Emma assimilò la verità che l'uomo sulla sua barca le aveva detto, e che lei conosceva da una vita. Possedeva il dono della seconda vista, ciò nonostante aveva sempre considerato le visioni una semplice risposta al disperato struggimento per la brutale separazione dall'adorata sorella, convincendosi così che non potevano essere radicate nella realtà.

E adesso, questo estraneo le raccontava il contrario.

Aveva ogni ragione per diffidare di lui, eppure sapeva che le sue parole erano vere. Sì, pensò sollevata, diceva la verità.

Molly era viva. Un miracolo. Con gli occhi umidi di lacrime e un senso di grata incredulità, riportò l'attenzione su Nathan Blackmore. E fu allora che comprese.

Lui.

Lei.

Quel posto.

Attonita, rimase immobile.

La conoscenza del futuro si era manifestata in giovane età. Dalla morte dei genitori e fino ai quattordici anni, infatti, Emma era stata sopraffatta da visioni, ossessionata da sogni che non comprendeva e nauseata dalla mera presenza di alcune persone.

Così, incapace di soddisfare persino le più elementari regole sociali, si era ritirata dalla vita pubblica.

Con zia Catherine e sua sorella Mary non si era mai confidata per il semplice motivo che non aveva capito che cosa le stesse accadendo. E loro, preoccupate per la sua depressione, avevano fatto del proprio meglio per aiutarla, ma Emma aveva iniziato a pensare che non sarebbe stata in grado di vivere ancora a lungo in quella condizione, finché non aveva incontrato Maeve.

L'anziana irlandese l'aveva aiutata a comprendere il suo dono e le aveva insegnato a controllarlo, come pure a proteggersi dal turbinio di emozioni, ricordi e desideri vivi che si presentavano dappertutto, in continuazione, tanto che Emma era giunta a sentirsi responsabile nei confronti delle visioni e aveva preso a servirsene per aiutare gli altri... per lo più nel ritrovamento di bambini scomparsi. E per la prima volta in vita sua, le era sembrato che tutto avesse senso.

Era stato in quello stesso periodo, a partire dal quindicesimo anno di età, che aveva iniziato a vedere *lui*. Alto, bruno, vigoroso.

I sogni, abbastanza ricorrenti, erano stati incisivi, erotici e, dapprima, ben al di là della sua comprensione. Timidamente, aveva provato a parlarne con Mary quando questa era andata a farle visita a San Francisco e aveva dato alla luce il secondo figlio. Sua sorella le aveva detto che quel genere di desideri era normale per una ragazza in procinto di diventare donna. E che presto si sarebbe sposata e avrebbe compreso.

Tuttavia, Mary ignorava che Emma non era normale. Inspiegabilmente attratta dall'uomo nelle sue visioni, si era detta che il dono non c'entrava e che si trattava, invece, del semplice prodotto di qualche strano artificio della sua immaginazione. Dopotutto, aveva più volte visto anche la sorella morta: Molly che correva nei boschi con un'altra ragazza indiana; Molly morsa a un piede da un serpente a sonagli; Molly pestata quasi a morte da un commerciante... Solo che Molly era viva.

E quelle visioni dovevano essere vere. Come pure i sogni sul misterioso amante.

Emma faticava a respirare. Sembrava inconcepibile che un simile uomo esistesse.

Nathan Blackmore.

Sedeva a pochi passi da lei, sovrastato dalle enormi pareti del canyon che abbracciavano il fiume, all'inizio di un viaggio che Emma aveva pianificato per mesi. Con gli abiti umidi che aderivano al fisico muscoloso, trasudava forza e ritegno. I capelli erano bagnati e scompigliati, gli occhi scuri e indecifrabili e la guancia sinistra deturpata da una vistosa cicatrice.

Si avvicinò. «State bene?» chiese con evidente preoccupazione nella voce. «Forse dovreste girarvi e guardare in avanti. Dare le spalle al senso di marcia potrebbe provocarvi un capogiro» disse, protendendosi verso di lei.

Emma trattenne il fiato, in attesa che le visioni la assalissero come spesso accadeva quando qualcuno la toccava, ma con sua sorpresa l'effetto fu minimo.

Le lunghe dita che si chiudevano intorno al braccio le scaldarono la pelle, trasmettendole un senso di forte volontà... di controllo. E qualcos'altro. Un cavallo. Preoccupazione.

Nathan la fece voltare verso il fiume e sedette alle sue spalle.

«Il vostro cavallo starà bene» disse lei prima di ripensarci. Non poteva, in tutta coscienza, ignorare qualcuno in difficoltà. Soprattutto quando sapeva di poterla alleviare.

«Come dite?»

«Siete preoccupato per il vostro cavallo.» Si lanciò un'occhiata alle spalle.

«E voi come fareste a saperlo?»

Era raro che Emma discutesse del proprio dono, lo aveva fatto solo con Maeve e, alla fine, era stato un errore. Aveva imparato cosa si provasse a vedere altri abusare della sua abilità, si era sentita inerme, tradita.

E aveva giurato di non parlare mai più di quel tormento, con nessuno.

«Un'intuizione fortunata» rispose, guardando davanti a sé. «I Johnson sono brave persone. Si prenderanno cura di lui.»

«Lo spero» replicò Nathan, più a se stesso che a lei. «Black sa essere difficile.»

«Avete visto Molly?» Emma si girò, in modo da poterlo guardare.

Il signor Blackmore aveva gli occhi marroni, notò, non scuri e impenetrabili, né misteriosi e carichi di passione. Non era che un uomo come un altro, si disse, iniziando a rilassarsi. Né più né meno. La scelta di isolarsi da tutti aveva semplicemente reso iperattiva la sua immaginazione.

«Sì. È impaziente di vedervi e mi ha chiesto di dirvi che le siete mancata. Aveva scritto a vostra zia Catherine a San Francisco ma, a quanto pare, siete partita prima che la lettera arrivasse. Se non mi fossi offerto di cercarvi io, sarebbero venuti lei e Matt. In uno degli scambi con la madre del mio amico, vostra zia aveva accennato che forse sareste venuta qui.»

«Perché?»

«Perché siete venuta qui? Ah beh, me lo chiedo anch'io.»

«No.» Lei scosse la testa. «Perché ci siete venuto *voi*?»

Nathan esitò. «Ero di strada. E Molly e Matt si sono sposati appena un mese fa. Aveva senso che mi offrissi.»

«Sposati?» Con un mezzo sorriso assaporò quell'inaspettato esito, mai preannunciato da visioni. Per quanto raro fosse, a volte era piacevole ricevere delle sorprese.

«Vi infastidisce?» Non era semplice preoccupazione a velare il tono di Nathan, ma Emma lo ignorò.

«No. Non fa una piega. L'estate in cui scomparve, Molly non fece altro che stargli alle costole. Dev'essere rimasto ad aspettarla.»

La perdita dei genitori durante un brutale attacco al loro ranch in una sera di tarda estate e la successiva notizia – inattendibile, scopriva adesso – che Molly era stata arsa viva dai Comanche le avevano dilaniato l'esistenza.

Ma nel corso degli anni, via via che iniziava a padroneggiare il proprio dono, Emma aveva acquisito coscienza dei ritmi della vita, canzoni che una volta imparato a riconoscerle avevano perfettamente senso. Era stata quella consapevolezza a darle, finalmente, la tranquillità d'animo tanto disperatamente agognata; anche se adesso sapeva che la pace era sfuggente quanto la felicità, facilmente persa. Niente era più andato per il verso giusto da quella notte piovosa a San Francisco, quando Bethany era morta tra le sue braccia.

«Posso chiedervi che ci fate con una barca carica di provviste?» chiese il signor Blackmore. «Non penserete di voler navigare questo fiume da sola.»

«E perché no?»

«Perché è pericolosissimo. E quegli uomini che vi sparavano contro, poi?»

«Immagino volessero derubarmi. Non saprei» disse con un'alzata di spalle. Le bugie non erano mai state il suo forte e sperava che il signor Blackmore non se ne accorgesse.

Lui lanciò un'occhiata in giro per la barca. «Ne avete un bel po'. Quanto pensavate di star via?»

«Più o meno sei settimane, ma non ci sarei andata da sola. Aspettavo a Lees Ferry che il signor Johnson mi trovasse una guida, solo che l'attacco da parte di quegli uomini mi ha costretta ad avviarmi prima.» Almeno quella parte era vera. «Erano due anni che volevo venire qui, sin da quando ho letto *L'esplorazione del fiume Colorado* di John Wesley Powell. L'ho pianificato per molto tempo, questo viaggio. Quando sarà finito, andrò subito in Texas da Molly. Glielo direste?»

Il signor Blackmore la fissò con i suoi indecifrabili occhi scuri. Che ne era stato dello sguardo marrone di cui l'aveva graziata solo qualche attimo prima?

«Direi che adesso possiamo fermarci» continuò lei «così,

seguendo il fiume, potrete risalire a piedi fino a Lees Ferry Ranch e prendere il vostro cavallo. Apprezzo il vostro impegno nel cercarmi e mi rammarico di avervi colpito con il remo.»

«Anch'io.» Nathan recuperò la pala di legno che lei aveva usato per difendersi e l'assicurò allo scalmo. «Concordo sul fatto che dovremmo fermarci, dopodiché, io, deciderò il da farsi.»

Si girò sul banco e iniziò a remare prima che lei potesse muoversi. A ogni vogata le scapole si scontravano con le sue, costringendola a spostarsi più in là. Non era decoroso che la toccasse.

E nemmeno che a lei piacesse tanto.

16

CAPITOLO TRE

Guidando il dory a riva, Nathan rifletté sulle sue possibilità. L'unica meritevole di considerazione era abbandonare la barca e tornarsene a Lees Ferry, dove avrebbe potuto recuperare il cavallo e accompagnare la signorina Hart in Texas. Tuttavia, sospettava che quel viaggio l'avrebbe fatto da solo, perché lei, notò torvo mentre scendevano e trascinavano l'imbarcazione sulla spiaggia, sembrava decisa a perseguire il suo piano fino in fondo.

Era un'alternativa incredibilmente audace e concepita in maniera folle. E qualcosa gli diceva che lui stava per farne parte.

Ma forse Emma Hart non era poi tanto testarda e ostinata come appariva. Forse sarebbe riuscito a farle cambiare idea. Valeva la pena di tentare, no? *Certo, e magari tuo padre torna anche dalla tomba. Illuso.*

La signorina Hart si mise di nuovo a cercare nella barca. «Dovrei avere un cappello in più da qualche parte.»

Nathan lanciò uno sguardo alle alte pareti del canyon, all'ampio Colorado e allo stretto argine sul quale si trovavano.

Il richiamo dell'acqua si faceva insistente. Erano passati più di dieci anni dall'ultima volta che aveva aiutato suo padre a manovrare battelli su e giù per il Mississippi. Più di dieci anni da quando si era lasciato alle spalle una vita che pensava non avrebbe mai abbandonato. Da quando suo padre era morto.

Da qualche parte nel profondo, un pizzico di emozione si fece strada nelle viscere. Che cosa gli avrebbero riservato il Grand Canyon e il Colorado? Già pregustava un viaggio che mai aveva avuto intenzione d'intraprendere ma che adesso lo attirava, allettandolo con il suo fascino, con le sue irresistibili promesse.

Accidenti, se lo voleva.

«Ecco.»

Nathan riportò l'attenzione sulla signorina Hart, che adesso gli stava di fronte con un cappello nero nella mano protesa.

«Ne avevo uno in più.» Sorrise. «Potete usare questo visto che avete perso il vostro.»

Guardingo, lo accettò. «Grazie.»

Lei si fece indietro e scrutò tutt'intorno, con espressione accigliata. Nathan non dovette neanche chiedersi a cosa pensasse, lo sapeva già.

«No, non c'è via d'uscita per me» disse.

Lei annuì. «Qui no, ma forse più a valle, sì. Powell accennava a dei canyon laterali… sono sicura che uno di loro vi riporterebbe indietro.»

«Sapreste dove si trovano?»

«Non proprio, ma dove c'è una rapida di solito ce n'è uno. Non dovrebbe essere troppo difficile trovarlo.»

Nathan considerò la situazione. Una volta incontrata la prima rapida lui sarebbe sbarcato per scalare il canyon adiacente e uscirne, mentre la signorina Hart faceva… cosa? Traversava la rapida da sola? Non un buon piano, concluse, perciò la scelta era già presa.

«Quanto durerebbero le vostre provviste con due persone?»

«Almeno sei settimane. Contavo di assumere una guida, ricordate?»

«Come guida non servirò a molto, ma ho esperienza in fatto di navigazione.»

«Davvero?» Il suo tono sembrava speranzoso.

«Posso chiedervi perché siete qui?»

Lei guardò l'acqua, offrendogli una visione libera del proprio profilo. Una moltitudine di lentiggini le copriva il delicato nasino, dritto e bruciacchiato dal sole. Le linee aggraziate del collo, gli zigomi levigati che sfumavano verso le labbra rosate... era marcatamente femminile e più carina di molte delle ragazze da saloon che aveva visto lui, tutte dipinte e in bella mostra.

In contrasto con la giovane riservata della fotografia in suo possesso, i bordi all'insù del cappello marrone presentavano segni di usura. Si era aspettato di trovare una ragazza di città nei guai fino al collo, invece ne aveva trovata una apparentemente in perfetta armonia con il fiume che aveva scavato un percorso nella solida roccia.

«Avete mai avvertito il bisogno irresistibile di fare qualcosa?» Un lampo le attraversò gli occhi grigiazzurri.

«Sì.» Nathan comprendeva bene. «Perché non ne avete parlato con vostra zia?»

«Non mi avrebbe lasciata venire. Si sarebbe preoccupata troppo.»

«Immagino lo sia anche adesso. Persino voi dovreste aver compreso quanto pericoloso sia.»

«Certo.» Fece una pausa. «E mi dispiace che mia zia sia preoccupata, ma ci son dovuta venire lo stesso.»

«Nonostante il pericolo di morte?» Nathan non era certo tipo da addolcire i fatti. Doveva sapeva se la signorina Hart era davvero pronta per quell'esperienza.

«La morte non mi fa più paura» rispose lei, tranquilla. «E a voi, signor Blackmore?»

«Ne ho vista a sufficienza da sapere che i morti non la temono. Sono quelli che restano a doverne sopportare il peso.»

«Forse. Per quanto mi riguarda farò del mio meglio per restare in vita così che mia zia non debba piangere la mia perdita, ma l'esito di questo viaggio è incerto, perciò sono pronta ad affrontarlo da sola. Non sentitevi obbligato nei miei confronti.»

A volte diceva cose stranissime. Nell'istante in cui aveva accennato al suo cavallo, per esempio, Nathan pensava proprio a lui. Era stato come se gli avesse letto nella mente. Ma quelli non erano che trucchi da fiera, nessuno era davvero capace di cose simili.

«Penso che riaccompagnarvi sana e salva in Texas sia doveroso verso Matt e Molly» rispose. «Pertanto, se per voi è lo stesso, vorrei restare per un po'.»

Riluttante, la signorina Hart annuì in approvazione. E un pensiero balenò improvviso nella mente di Nathan: era una giovane donna allevata nel rispetto delle convenienze e, con tutta probabilità, il trovarsi senza accompagnatori in presenza di un uomo la metteva a disagio. D'altro canto, però, era fuggita da sola per attraversare uno dei più estesi territori selvaggi che la natura avesse mai creato. Pazienza, avrebbero dovuto fare uno strappo alle regole.

«Prometto di comportarmi da gentiluomo» si udì pronunciare.

«Non ho mai pensato altrimenti» replicò lei in tono difensivo.

Sorpreso da quella risposta, Nathan sentì il bisogno di rassicurarla. «Potete fidarvi di me.»

Lei fece un cenno con la testa e si avviò verso la barca. «Vorrei tornare sul fiume visto che abbiamo ancora qualche ora di luce» disse oltre la spalla.

A Nathan non sfuggì lo sguardo a lungo raggio che la giovane rivolse a monte. Sembrava preoccupata che qualcuno la seguisse. Forse i tre uomini che le avevano sparato contro.

«Siete certa di non conoscere quei tipi che cercavano di ammazzarvi?»

«Beh, non proprio. Penso che mi seguissero da un po'. O così mi è sembrato.»

Balbettava. Era nervosa. E Nathan non aveva alcun dubbio:

mentiva. Sai che sorpresa! Eppure, si sentiva amareggiato più del dovuto.

«È possibile che mi abbiano seguita da San Francisco» disse lei.

«E perché lo avrebbero fatto?»

La signorina Hart scosse la testa. «Penseranno che possieda qualcosa che vogliono. Non so.» Levò le mani in aria con un gesto goffo. «Criminali. Chissà cosa gli passa per la mente» concluse, avvicinandosi alla barca.

Prima di ripensarci, Nathan la raggiunse e le prese entrambe le braccia. Lei rimase come pietrificata. Si conoscevano appena e la sconvenienza di quel tocco non gli sfuggì.

«Sarò ben lieto di proteggervi, signorina Hart. In cambio non chiedo che la verità. Mi rendo conto che non avete alcuna ragione di fidarvi di me, ma lo ripeto ancora una volta: *potete*.»

Lei lo guardò, come un topolino che incroci lo sguardo di un lupo. «Proteggermi» ripeté piano. «Farete meglio a non toccarmi di nuovo, in futuro.» E con un passo indietro interruppe il contatto. «Se ci tenete tanto alla verità, sono venuta qui perché ho seguito l'ispirazione di fare qualcosa di completamente diverso da quello a cui sono abituata. Vi sembrerò pazza, ma volevo vedere se ne sarei stata capace.»

«Una donna a cui piacciono le sfide.» Nathan ripensò al modo in cui aveva schivato il suo tocco. E non gli importava, decise. Ma chi mentiva adesso?

«Non una sfida. Solo qualcosa che ho sentito la necessità di fare.»

Parlava per enigmi, eppure lui la capiva. Aveva lasciato il Missouri per la stessa ragione. Era semplicemente arrivato il momento di andar via. Suo malgrado, si sentì pervaso da un senso di rispetto nei suoi confronti, e questo nonostante la decisione di attraversare il Grand Canyon fosse caratterizzata da una buona dose di follia… un'avventatezza che si sentiva pronto a condividere.

«Vorrei tornare sul fiume.» I suoi occhi gli ricordavano il soffice ventre di una ghiandaia azzurra. «D'ora in avanti dovremmo portare questi» proseguì lei, recuperando dal proprio equipaggiamento due corpetti di salvataggio in sughero.

Li indossarono ed Emma salì in barca, mentre Nathan la spingeva in acqua, quindi la raggiungeva con un salto e in silenzio guidava il natante nella corrente.

«STA BENE MOLLY?»

Il signor Blackmore le sedeva di fronte, con la schiena verso il fiume, e remava, ora con una sola pala, ora con due, per mantenere una rotta regolare sull'acqua placida e torbida. «Così mi è sembrato.»

«Penserete che ci sia qualcosa di strano in me, che non abbia voglia di vedere subito mia sorella.» D'improvviso si rendeva conto di quanto precaria fosse la situazione in cui si trovava: era da sola in una terra selvaggia con un uomo che non conosceva, sebbene anche la guida che aveva sperato di assumere sarebbe stata uno sconosciuto. Chiaramente, quell'aspetto del viaggio non era stato studiato a puntino.

Da un canto era grata per la compagnia. L'idea di vagare da sola in quella zona era alquanto audace, e il signor Blackmore appariva piuttosto capace sotto molti punti di vista. Dall'altro, lo stretto contatto con qualcuno che trovava… interessante… non le piaceva affatto. E siccome non le era mai capitato di considerare un uomo *interessante*, era alle prese con un improbabile dilemma. Decisa, si disse che l'amante dei suoi sogni erotici non contava. E non credeva per un solo istante che il signor Blackmore potesse incarnarlo.

A causa delle visioni s'interrogava da tempo sulla propria sanità mentale… forse avrebbe sempre sofferto di scarso giudizio. Ma aveva lottato duramente per superare le insicurezze, e altrettanto per intraprendere quel viaggio. Non si sarebbe tirata indietro adesso.

«La strada del ritorno in Texas è lunga. Sarà meglio avviarsi appena possibile.» Gli occhi di Nathan riflettevano il colore delle pareti del canyon, che si ergevano dal fiume in un'esplosione delle più svariate tonalità di rosso e marrone chiaro. «In quanto al resto, non vi conosco abbastanza bene da pensare che ci sia qualcosa di strano in voi.»

Lo sguardo di lei si spostò distrattamente sui suoi avambracci che remavano a vogate lunghe, con vene e muscoli chiaramente delineati, quindi si fissò sulle mani grandi e le dita.

«Naturalmente, appena vi avrò conosciuta meglio, mi riserverò il diritto di cambiare parere.»

Gli occhi scattarono verso il suo viso. La canzonava. Era rimasta a osservarlo e adesso le guance ardevano per l'imbarazzo. Annuendo per celarlo, forzò un mezzo sorriso sulle labbra e ammirò il paesaggio. Un pensiero, tuttavia, la assillava.

«Ha sofferto, Molly, quando era con i Comanche?»

«Direi che dovreste chiederlo a lei.»

I ricordi di sua sorella erano vaghi, quelli di una bambina. Che meraviglia poterla rivedere, parlarle da sorella a sorella. Da donna a donna.

E quel momento sarebbe arrivato. Chiuse gli occhi pervasa da una sensazione di euforia. La assaporò. Avrebbe rivisto sua sorella in questa vita.

«Conoscevate Matt ancor prima che Molly tornasse?» chiese, aprendo gli occhi.

«Sì. Cavalcavamo insieme con la stessa divisa da Ranger.»

«Ranger?»

«Texas Rangers.»

Ne aveva sentito parlare, non da bambina in Texas perché all'epoca non esistevano ancora, ma durante la sua vita a San Francisco: racconti di eroismo e carneficine.

«Siete stato in molte battaglie?»

«Qualcuna.»

«Dovevate a Matt un grosso favore? Vi ha salvato la vita?»

«No, gliel'ho salvata io.»

«E allora perché siete qui?»

Nathan smise di remare. Il suo sguardo si posò su un punto oltre la barca e lei allontanò da sé il desiderio di familiarità che le riempiva l'anima, come una brezza tiepida e profumata che accarezzava il cuore e la mente.

«Mi è sembrato giusto così.» E riprese a remare.

Non sapendo cosa dire, Emma si concentrò su Marble Canyon, una gola in cui prevedeva avrebbero trascorso diversi giorni prima di raggiungere il Grand Canyon.

Conosceva bene l'opera di Powell, perciò decise che la roccia a vista, dall'aspetto sabbioso, doveva essere pietra calcarea. Color crema e bianco grigiastro, con striature orizzontali, s'innalzava a formare un angolo di novanta gradi rispetto al corridoio fluviale, inducendo un senso di oppressione.

Man mano che la barca scivolava più a valle, le scogliere calcaree si levavano ancor più alte, ma uno strato di materiale sciolto color giallino e grigio, che secondo Powell era una combinazione di calcare e arenaria, piegava ad angolo sul margine del fiume.

C'era anche della vegetazione, notò Emma, nell'ulteriore silenzio che calava tra lei e il nuovo compagno di viaggio mentre il corso d'acqua rivelava loro un altro paesaggio di pareti rocciose a picco: arenaria composta di fini granelli di quarzo in cui erano visibili ampi strati incrociati a forma di cuneo. Ai suoi occhi appariva come una scalinata mal concepita, con una rampa spigolosa a sostituire il piano orizzontale dei gradini.

Era fuori del comune e impressionante, pensò con un fremito di eccitazione nelle vene. Si trovava davvero lì. Ci era riuscita. Aveva intrapreso il viaggio pianificato per mesi. E forse, solo forse, sarebbe tornata a muoversi nel mondo con un passo deciso. Il dolore per Bethany sminuiva il suo entusiasmo, ma lei lo spinse da parte. Doveva mantenere la concentrazione.

Superarono sei diversi torrenti in secca che si estendevano da brevi canyon laterali. Solo uno abbondava di acqua. Giunti al settimo, Blackmore suggerì di accamparsi per la notte e nell'approssimarsi del crepuscolo legarono la barca sulla riva destra.

«Di quanto direste ci siamo allontanati?» chiese Emma.

«Sei o sette miglia da Lees Ferry» rispose lui, trascinando il dory quanto più distante possibile dall'acqua.

«Qui ci sono cibo e coperte.» Emma indicò lo scomparto frontale dello scafo, quindi recuperò e slegò parecchie sacche di cuoio. Blackmore la aiutò con le restanti provviste che gli sarebbero servite per la notte. «Ho un telo impermeabile, ma il cielo sembra limpido.»

«A me non serve» rispose lui. Si girò e, allontanandosi, iniziò a raccogliere pezzi di legno qua e là sulla riva. Presto, la sua alta figura scomparve dietro un'ansa rocciosa.

Emma smise per un istante di organizzare le provviste.

Le aveva detto che si sarebbe comportato da gentiluomo e, sinceramente, lei gli credeva. Ma faceva bene? Non voleva trovarsi a stretto contatto con lui – temeva di scoprire troppo sul suo conto, di percepire più del dovuto – ma non poteva esprimere ad alta voce la vera ragione perché sotto sotto quell'uomo la intrigava, il che non aveva senso visto che lo conosceva appena.

Era un estraneo, e doveva tenerlo a mente. Zia Catherine l'avrebbe conciata per le feste se avesse saputo dove e con chi si trovava senza la presenza di accompagnatori.

Avendo trascorso gli ultimi anni a proteggersi dagli altri, tanto a livello fisico quanto mentale, non aveva che pochissima esperienza con gli uomini, perciò sperava che il signor Blackmore non approfittasse della situazione, anche se ormai era fin troppo tardi. Meglio evitare l'ansia, mangiare qualcosa e addormentarsi al più presto.

Con la stanchezza addosso, ripensò alla lunga giornata. C'era stato un momento in cui aveva creduto davvero che i tre Baxter l'avrebbero uccisa. Il loro accanimento era stato una sorpresa. Non si era aspettata fossero capaci di seguirla fin da San Francisco ed era grata di essersi portata dietro un'arma.

Inspirò a fondo e distese delle coperte per sé e Blackmore sui lati opposti del piccolo fuoco che avrebbero acceso. Dei Baxter si sarebbe preoccupata in un secondo momento, così come avrebbe fatto con il proprio compagno di viaggio.

Questi tornò e si affaccendò con il fuoco. In assenza di conversazione, Emma preparò del caffè, prese biscotti e dei fagioli rossi, che aveva tenuto tutto il giorno in ammollo in una borraccia, e mangiarono in fretta. Una volta ripuliti i piatti, rimase a fissare il fiume, sforzandosi di ignorare l'uomo a soli pochi passi da lei.

Quanto emergeva sul bordo dell'acqua doveva essere scisto di grana finissima, si disse. *Blackmore rimuginava.* Allungando il collo, si concentrò sulla geologia davanti ai propri occhi senza però riuscire a vedere granché, era quasi del tutto oscuro. *È sensibile alla mia vicinanza.* Tirò fuori il libro del maggiore Powell e il proprio diario, ma non se la sentì di leggere in quel minimo di luce dal fuoco. *Trema al solo pensiero di parlarmi.* Tutto qui.

«Avete qualcosa da dirmi, signor Blackmore?»

«Perdonatemi.» La guardò oltre le fiamme tremolanti. «Mi chiedevo solo come mettervi a parte del resto dei fatti sulla vostra famiglia.»

«C'è dell'altro?» La sua esitazione era allarmante.

Lui annuì e finì il proprio caffè, i capelli neri mettevano in risalto i tratti spigolosi del viso. «Dopo il ritorno di Molly, siamo riusciti a scoprire chi uccise i vostri genitori.»

Basita, Emma lo fissò. I giorni prima e dopo la morte dei suoi non li ricordava… all'epoca non era stata che una bambina di otto anni. Tuttavia, nel tempo, Mary e la zia Catherine avevano colmato le lacune, e la più evidente era il mistero irrisolto dell'assassinio di sua madre e suo padre. Nessuno dei due le aveva mai fatto l'onore della propria presenza in qualche visione. E poiché quel fattaccio ancora aperto era sempre stato motivo di scompiglio per lei, lo aveva seppellito in fondo alla mente, rifiutandosi di affrontarlo.

«Ricordate un certo George Sawyer? Per un periodo lavorò per vostro padre.»

Emma scosse la testa. «Ero molto piccola. Temo che i miei ricordi non siano poi tanto chiari.»

Un'espressione turbata attraversò il viso di Blackmore.

«Vi prego, ditemi quel che sapete.» Ma voleva davvero ascoltare ciò che aveva da dirle?

«Non ricordate…» Cambiò posizione, posando un braccio sul ginocchio piegato, e si schiarì la voce. «Non ricordate perché vostro padre mandò via Sawyer?»

Emma scosse di nuovo la testa.

«Molly vi trovò con lui nella casa dei mandriani. Stava… voleva farvi del male.»

Pur concentrandosi sulle parole di Blackmore, le vedeva scivolare in secondo piano, sopraffatta com'era dal disagio e dalla preoccupazione che percepiva in lui. Lo infastidiva doverglene parlare.

Il fatto che menzionava le sfuggiva. «Non ricordo.» *Non voglio ricordare.* Chiuse gli occhi e si scrollò di dosso quel pensiero. Basta nascondersi. Non era questo lo scopo di quel viaggio?

«Non vorrei sembrare sgarbato ma, dal racconto di Molly, Sawyer stava cercando di abusare di voi. Lei intervenne e vi portò via, quindi andò da vostro padre e gli riferì che l'uomo aveva aggredito lei, non voi.»

Emma tremò, pervasa da un senso di nausea. «È accaduto davvero?»

«Non ho ragione di credere che Molly mentisse. Più tardi, Sawyer tornò e guidò l'attacco contro la vostra famiglia, facendo rapire Molly per vendetta. Ma una volta lontani, gli uomini che l'avevano presa vennero aggrediti dai Comanche, che la fecero prigioniera.»

Via via che le lacrime le riempivano gli occhi, le mura protettive di Emma vacillavano. Quanto era costato a sua sorella tutto questo? E perché lei non riusciva a ricordare nulla?

«È rimasta con loro tutto il tempo?» chiese.

Lo sguardo di Blackmore si addolcì. «È forte. È sopravvissuta.»

«E Sawyer?»

«Morto. Ucciso da Molly.»

Emma assimilò quella dichiarazione e in un lampo vide la scena. *Sawyer che trascinava Molly nella foresta, che la picchiava e la prendeva a calci.* Inspirò a fondo. *Era incinta.* Le sue visioni suscitavano sempre forti emozioni. *Molly correva e Sawyer la inseguiva; lottavano. Poi lei gli piantava un coltello nel petto.* Ma a quale prezzo... Molly veniva meno. Emma sentiva l'energia vitale abbandonarla.

«È stata sul punto di morire?»

Nathan annuì.

«Ma il bambino l'ha riportata in vita» disse Emma in un soffio.

«Quale bambino?»

«Quello di Matt e Molly. Non aspettano un figlio?»

«Non saprei. Ma, a tempo debito, sono certo di sì.»

Emma lasciò cadere l'argomento. Non sarebbe stato facile spiegargli come faceva a sapere del figlio che cresceva nel ventre di sua sorella. *Ed Eli diventerà un brav'uomo, legato alla terra quanto sua madre.* Quel pensiero portò con sé un'ondata di calore e forza; non vedeva l'ora di conoscere il piccolo. «La morte di Sawyer è stata un atto di giustizia.» disse.

«È una possibile interpretazione.»

Il tono distaccato nella voce di Blackmore catturò la sua attenzione. Con le spalle rigide, come a sopportare un peso indesiderato, lui spostò lo sguardo verso l'oscurità. Aveva altro da dirle.

Emma iniziava ad apprezzare quell'uomo venuto a cercarla da tanto lontano per portarle notizie della sua famiglia, intromettendosi nella sua vita privata anche se avrebbe preferito non farlo.

Dove risiede il carattere di un uomo? In superficie, a vista di tutti? O nel profondo dell'animo, dove responsabilità e onore oscurano i sogni?

«Vi ricordate di Davis Walker?» le chiese.

Emma annuì. «Aveva un ranch da qualche parte nei paraggi del nostro. E tre figli, ma sua moglie era morta.»

«Sì, di parto. Dopodiché, vostra madre provò a dare una mano. Conosceva Walker ancor prima di sposare vostro padre.»

Questa era una novità.

Blackmore cacciò fuori un respiro e aggiunse tutto d'un fiato: «Insomma, continuarono a frequentarsi. È lui il vero padre di Molly.»

Emma rimase zitta e immobile. Aveva sentito le parole ma non sembrava capace di coglierne il significato. A mulinarle dentro la mente c'era solo confusione, un disordine caotico che rivaleggiava con la sconvolgente delusione per la morte di Bethany. *Il vero padre di Molly? Non Robert Hart, mio padre, bensì David Walker?*

«Ne siete sicuro?» La gola si serrò intorno alla domanda.

«Ho passato l'intero pomeriggio a chiedermi come dirvelo, o *se* dirvelo. Probabilmente, sarebbe stato meglio se lo aveste sentito da Molly.»

Significava forse che Robert Hart non era neanche padre suo?

Un senso di panico si diffuse nel petto. «Sarei anch'io…»

«Figlia di Walker? No. Molly sa di essere la sola.»

Per quanto piccola, un'onda di sollievo irruppe nella mente. Quali altre pietre miliari della sua vita erano false?

Com'era possibile che fosse rimasta all'oscuro? Non ne aveva avuto idea, nessuna visione, non un sogno, *niente*. Riceveva così tante informazioni su più livelli – Maeve l'aveva paragonata a una spugna – ma non negli aspetti maggiori e più importanti della propria vita.

«Perché me lo raccontate?» chiese.

«Quanto prima affrontate lo stupore del tradimento, tanto prima lo supererete e potrete lasciarvelo alle spalle.»

E lei lo vide, così nitido che sussultò. Il tradimento nascosto dentro Blackmore, quello che lui non riusciva a lasciar andare, che nonostante cercasse di sfuggirgli lo seguiva dappertutto.

Un attimo e svanì.

CAPITOLO QUATTRO

Nathan si svegliò prima dell'alba, tormentato da un sonno inquieto. Che avrebbe dormito male non era poi una sorpresa, data la quantità di informazioni condivise con la signorina Hart, ma quel penoso esordio come ambasciatore aveva confermato la sua convinzione di non esserne affatto all'altezza.

Lanciò uno sguardo alla forma addormentata a pochi passi da lui: era avvolta stretta nella coperta contro il freddo del mattino e sembrava troppo giovane e vulnerabile per quel mondo, pensò pervaso da un istinto protettivo; una sensazione non necessariamente strana dal momento che gli capitava spesso di provare un senso di responsabilità verso quanti non potevano difendersi da soli. Non a caso aveva trascorso gli ultimi dieci anni a battersi contro tiranni e bastardi che vivevano secondo un loro codice di violenza e controllo.

La signorina Hart, però, era in grado di badare a se stessa, e lui aveva ancora il livido sulla testa a provarlo. Non era né indifesa né bisognosa della sua protezione.

Ma lui gliel'avrebbe offerta comunque. Lo doveva a Matt e Molly. Oddio, in realtà no. Come aveva puntualizzato anche lei, era stato Nathan a salvare la vita all'amico, non il contrario.

Tuttavia, Matt Ryan gli aveva fatto da spalla un'infinità di volte, tanto nell'esercito quanto nei Rangers, ed era una delle poche persone di cui si fidava. Certo, aveva voluto fargli un favore andando lì, ma era ormai chiaro che fosse rimasto per altre ragioni.

Il Colorado.

Il Grand Canyon.

La signorina Emma Hart.

Possibile che l'ordine d'importanza non fosse proprio corretto, ma Nathan non aveva intenzione di soffermarsi a riflettere.

Si alzò e diede un'occhiata in giro per il campo. Due libri accanto alla signorina Hart catturarono la sua attenzione. Mm, forse era il caso di familiarizzare con il resoconto di John Wesley Powell sulla navigazione di quelle acque appena qualche anno prima.

Girò intorno alla cenere del fuoco di accampamento e prese il tomo in cima, quindi sedette su una roccia qualche passo più in là, così da non disturbare la donna che sospettava avesse bisogno di quanto più riposo possibile. In alto, il cielo iniziava a colorarsi di un timido celeste, illuminando una leggera foschia intorno al campo. I cinguettii e fischiettii degli uccellini s'imponevano sul costante gorgoglio del fiume, e il masso tondeggiante sul quale sedeva lui era ancora caldo dal giorno prima. Quel momento della giornata era sempre stato il suo preferito… l'ora giusta per formulare strategie, per prepararsi, per affrontare e sconfiggere i demoni che sussurrano nella notte.

Sfogliò il libro.

La prima cosa che notò furono i tratteggi di una barca. Pagine e pagine di profili e dimensioni differenti. Li guardò meglio e si accorse che somigliavano all'imbarcazione della signorina Hart. Continuò a sfogliare, finché non giunse a una nota scritta a mano.

5 giugno 1874 – la gita alla valle dello Yosemite è stata fantastica. Sembra che la vicinanza alla natura mi abbia risvegliato qualcosa nel profondo. La grandiosità del panorama è quasi troppo bella perché le parole possano descriverla.

Scorse un'altra pagina.

14 maggio 1875 – le autorità hanno ritrovato la giovane Danziger. Era proprio dove gli avevo detto io.

E un'altra ancora.

12 gennaio 1876 – mi piacerebbe davvero andare nel Grand Canyon ma sono sicurissima che zia Catherine non me lo permetterebbe mai.

Chiuse il libro con uno scatto e lanciò un'occhiata alla signorina Hart, ma lei non si era mossa. Piano, lo rimise lì dove lo aveva trovato, a disagio per aver spulciato tra le pagine del suo diario personale. Come aveva fatto a sapere dove si trovava la ragazza scomparsa?

Ripensò ai disegni della barca... doveva averli abbozzati lei stessa. Aveva progettato il proprio dory e poi, in qualche modo, era riuscita a trovare la maniera di farselo costruire.

Era chiaro che non mancasse di determinazione.

Forse sbagliava a preoccuparsi per lei.

EMMA SI GIRÒ sul fianco e strinse a sé la bambola preferita, i capelli le solleticarono il naso. Distesa su soffici coperte e lenzuola, ascoltava gli adulti chiacchierare e socializzare nelle altre stanze. Sua madre l'aveva appena messa a letto, e il calore del suo dolce bacio le scaldava ancora la guancia.

«Dormi, Emma» le aveva sussurrato.

«'notte, mamma. Dov'è Molly?»

«Nei guai, ecco dov'è.» Ma il tono era scherzoso. «La troveremo e verrà subito da te. Sogna le stelle, fiorellino.»

Emma sorrise. «Lo farò.»

E la sua mente vagò verso le luci nel cielo.

Una serie di colpi la svegliò di soprassalto. Il rumore martellante di zoccoli riempiva la notte. In preda al panico, cercò Molly ma il letto della sorella era vuoto. Guardò negli angoli bui, ma invano. Dov'era?

Un urlo si levò straziante al di sopra della baraonda, quello di una donna. Impaurita, Emma strisciò sul pavimento e si trascinò sotto il letto. Spinse dietro di sé la bambola per proteggerla, quindi si coprì le orecchie e prese a cantilenare. *Sogna le stelle. Sogna le stelle.*

Ma il senso d'impotenza cresceva e le lacrime le inondavano le guance. «Mamma! Mamma! Papà!» Con gli occhi serrati, dondolava la testa avanti e indietro. *No. No.* I singhiozzi si susseguivano. I suoi genitori non c'erano più. No. No. Doveva fare qualcosa, ma sua madre avrebbe voluto che restasse nascosta. E così fu. *Ti prego, mamma, ti prego. Dove sei?*

«Emma!»

Le colava saliva dalla bocca e pianse più forte.

«Emma!»

Si zittì e aprì gli occhi. Nella stanza il profilo di un volto scuro. «Mary?»

«Emma, vieni qui.» C'era tristezza nella voce di sua sorella, un tale dolore che Emma non riuscì a sopportarlo.

«No.» Scosse la testa. «No, non è vero.»

«Emma.» Singhiozzante, Mary le tese le braccia. «Sono qui. Penserò io a te.»

«Voglio la mamma!» Emma picchiò il pugno sul pavimento di legno così che il dolore superasse quello che aveva nel cuore. Le serrava il petto, le martellava nella testa. Mary la tirò fuori da sotto il letto e strinse a sé la sorellina travolta dalla disperazione. «Voglio mamma.»

Svegliandosi di scatto, Emma sedette e socchiuse gli occhi

contro la luce del giorno quasi fatto. Si guardò intorno, ma di Blackmore nessun segno. Tremante, si passò la mano sul viso madido di sudore e inspirò a fondo mentre il dolore per la perdita dei suoi la investiva con violenza. Lo aveva sepolto così in profondità da renderlo sordo. Ma non più. E tutto grazie al suo compagno di viaggio.

Blackmore tornò poco dopo e intanto che caricavano di nuovo la barca e riprendevano la navigazione, il giorno si fece pieno. Parlavano pochissimo e a Emma, ancora scossa fin nell'intimo dal toccante sogno, andava bene così.

«Dice niente, il libro di Powell, su dove ci troviamo?»

Emma rifletté per un istante, sforzandosi di distogliere l'attenzione dal dolore. «Sì, qualcosa.» Prese il tomo da una della sacche di cuoio e lo sfogliò. «C'è un passo datato cinque agosto.» Fece una pausa e scorse le frasi con il dito. «Con una certa apprensione entrano in un altro canyon. Powell parla della composizione delle rocce – calcare e arenaria – e di come le trovarono anche in un altro posto chiamato Cataract Canyon. Dice che dalla loro inclinazione dipende la presenza di rapide o cascate. E che queste si formano senz'altro quando gli strati superiori della roccia sono duri e quelli inferiori morbidi. Parla anche di *fatiche e pericoli*.» Chiuse il libro. «Immagino si riferisca al posto in cui siamo diretti noi.» Si schiarì la gola e provò a dissimulare la crescente ansia. «Forse non era l'appunto migliore da leggere.»

Blackmore fece un gesto noncurante, che a lei non sfuggì perché le sedeva di fronte, con le spalle rivolte al fiume su cui la barca scivolava silenziosa. «Se non altro sappiamo che da qualche parte più avanti c'è una rapida» disse «e che potrebbe presentare *fatiche e pericoli*» aggiunse con un sorriso.

«Non vi preoccupa?» chiese lei, insicura su cosa aspettarsi. Forse aveva sbagliato a intraprendere quel viaggio. Forse era un'impresa troppo grande... troppo pericolo, troppa paura. Era davvero tagliata per quel genere di esperienza?

«Rilassatevi. Prima di affrontare la rapida la studieremo. Se ci sembra pericolosa, useremo una fune per guidare la barca dalla riva, diversamente la solleverò di peso e proseguiremo via terra. Affronteremo solo le rapide che vorrete voi.» Esitò un attimo, quindi riprese «o quantomeno quelle che *io* penso siano tranquille. Avete abbastanza corda da ormeggio?»

Lei annuì.

Blackmore appariva così sicuro, sembrava nato apposta per remare. Quel suo modo calmo di rasserenarla la sorreggeva, la teneva a galla, strappandola al pantano delle proprie paure. Quasi. Perché la sensazione che i pensieri e la mente andassero alla deriva senza alcun punto fermo a cui ancorarsi perdurava, e lei era terrorizzata all'idea che presto anche il corpo avrebbe seguito la stessa sorte, inzuppato, soffocato e magari scaraventato fuori dalla forza del torrente d'acqua su cui navigavano nell'illusione di una calma ingannevole.

Doveva assolutamente darsi una controllata.

«Mia madre e Davis Walker.» Non si era resa conto di averlo sussurrato finché Nathan non rispose.

«Tutti hanno un segreto di questa o quell'altra natura.»

Emma evitò il suo sguardo penetrante. «Immagino di sì.»

«Sono sicuro che Molly possa aiutarvi a comprendere.»

«Ha sacrificato così tanto. Sembra felice?»

Lui fece cenno di sì.

Le pareti del canyon li sovrastavano, e il sole sempre più caldo metteva a disagio Emma. Stava spostando il cappello per proteggersi meglio gli occhi, quando un pensiero la colpì. «Buon Dio, Mary. Glielo hanno detto?»

«Di Molly? Sì. Credo che la madre di Matt le abbia spedito una lettera a Tucson. In quanto al resto, non saprei.»

«Bisognerebbe parlarle di persona. E dovrei essere io.» Erano trascorsi tre anni dall'ultima volta che aveva visto la sorella maggiore, durante il secondo parto da cui era nata una splendida bambina che aveva chiamato Molly Rosemary, in onore della sorella che pensavano di aver perso e della madre scomparsa. Il tradimento da parte di quest'ultima sarebbe stato particolarmente difficile da accettare per Mary, all'epoca già quattordicenne.

«Se lo desiderate, una volta fuori di qui, vi ci porto.»

«Davvero? Siete solito offrirvi di accompagnare donne che conoscete appena?»

«Farebbe qualche differenza?»

«Dunque è un fatto naturale per voi.» Era un galantuomo o un opportunista? Le avrebbe portato via tutto il denaro? Per fortuna non ne aveva poi tanto.

Blackmore rise. «No, ma non me la sentirei di lasciarvi andare a Tucson da sola. Una donna in viaggio senza scorta sarebbe un bersaglio facile.»

Emma fissava le pareti del canyon. «Già, immagino di sì.» Di fatto, per molti versi, le donne non avevano vita facile, ma lei era arrivata fin lì, e sebbene fosse stata costretta a ricorrere a misure creative, non si era mai arresa. Doveva tenerlo a mente.

«Perché avete chiamato la barca *Paradiso*?» chiese lui.

«È dal mio libro preferito: *Paradiso perduto* di John Milton. Lo avete letto?»

Lui scosse la testa. «Di che parla?»

«Della guerra di Satana contro Dio dopo l'espulsione dal cielo. E di Adamo ed Eva e della loro perdita del Paradiso, di come vengono cacciati dal giardino dell'Eden dopo l'episodio del serpente.»

«Adesso ricordo, sì.»

«Milton rinarra la storia nella maniera più fantastica. L'ho qui con me se voleste leggerla.»

«Ve lo farò sapere.» Nel caldo crescente del giorno, Nathan continuava a muovere i remi nell'acqua. «Pensate che troverete il paradiso quaggiù?»

Lei rispose con un'alzata di spalle. «Non lo so. La frase che mi piace di più è quella che l'arcangelo Michele rivolge ad Adamo dopo che lui ed Eva vengono allontanati dall'Eden, quando gli dice che avrebbe potuto trovare un paradiso ben più felice dentro di sé.

In altre parole, forse più che un posto fisico, il paradiso è un luogo interiore, uno spazio dentro l'anima.»

«E allora la scritta *Paradiso* dovreste mettervela sulla fronte.»

Per un istante Emma s'interrogò sul suo tono. Sarcastico e scortese si presentarono subito alla mente, ma poi vide il lampo di malizia negli occhi e sorrise, distogliendo lo sguardo prima che potesse pensare di piacerle.

«Insomma, come avete fatto? Come ci siete arrivata, qui?» volle sapere lui.

«Beh, ho preso un traghetto per Oakland, poi un treno per Sacramento, quindi un treno per Ogden, nel Territorio dell'Utah...»

«No, intendo come ci avete portato il dory, quaggiù. Dove avete trovato il coraggio?»

«Io... l'ho voluto e basta. Ho osservato delle barche e ho disegnato il progetto di questa, poi ho assunto un costruttore di Salt Lake City, anche se ho dovuto provare più volte: mi hanno aiutata solo quando gli ho dato il nome di un uomo. Sono arrivati con i pezzi della barca a Lees Ferry, dove gli ho detto che mio fratello stava per raggiungermi, li hanno montati e sono ripartiti.»

«Immagino che a vostra zia non abbiate mai raccontato niente di tutto questo.»

«No. In un certo senso era il *mio* segreto. Ho passato due anni a pianificare ogni cosa.»

Lui diede parecchi colmi di remi. «E lo avete fatto per l'opportunità di un'avventura?»

In effetti, detto così sembrava esagerato. Decise di essere onesta.

«Avete mai avuto un sogno? Qualcosa che vi tenesse sveglio di notte, che allontanasse i pensieri dalle difficoltà del presente?»

Lui smise di remare. «Una volta, ma è stato molto tempo fa.»

Lo sguardo marrone e meditabondo incrociò il suo e... la visione arrivò così rapida che Emma cadde quasi dalla barca.

Blackmore procedeva verso di lei, in piedi accanto a uno specchio d'acqua verdazzurra, il petto nudo, lo stomaco piatto e una peluria scura che correva in basso… Gli occhi esprimevano le sue intenzioni. L'intensità del desiderio era riflessa in ogni movimento che accorciava la distanza tra loro. Veniva… a prenderla. E il suo corpo reagiva, impaziente, smanioso del suo tocco. Tremante per l'anticipazione, Emma provava un travolgente desiderio di unirsi…

«Signorina Hart? State bene?» La voce di Blackmore penetrò nel suo stato di trance, procurandole un sussulto.

«Cosa?» *Respira.* Il cuore martellava nel petto e le mani tremavano. D'improvviso faceva un gran caldo.

Afferrò di nuovo il libro di Powell, non per leggerlo bensì per sventolarcisi, e si chiese distrattamente se Blackmore riuscisse a percepire i pensieri alquanto indecenti di poco prima. Le avrebbe riso in faccia, o avrebbe opposto un delicato rifiuto?

«Sì, sto bene» rispose, sperando che lui non si accorgesse dell'imbarazzo. «Solo un po' accaldata.»

A METÀ mattinata raggiunsero la prima imponente rapida. Le alte scogliere a picco di calcare, arenaria e scisto cedevano il passo a due canyon laterali, uno su ciascun lato del fiume. Nathan accostò la barca alla riva destra e aiutò la signorina Hart a scendere. Notando poi la velocità con cui si allontanava da lui, ebbe la vaga sensazione che si sentisse a disagio in sua compagnia… ma perché? Che cosa le aveva fatto?

Ormeggiò la barca e la seguì a valle per esplorare da terra la rapida. Era già a una decina di passi da lui, intenta ad aggirare rocce e massi sulla barra di sabbia su cui si trovavano adesso, e praticamente correva. O era molto impaziente di vedere la sua prima rapida o davvero contenta di essersi sbarazzata della sua presenza, pensò Nathan.

Corrucciato, le guardò le gambe, coperte da pantaloni di lana scuri e robusti stivali marroni. La camicia bianca che indossava infilata nella cintola non faceva altro che metterle in risalto i fianchi stretti, e belli, che ondeggiavano avanti e indietro mentre camminava. I capelli scuri erano raccolti in una treccia lungo la schiena e il cappello sulla testa le conferiva un'aria avventurosa.

«È il caso di affrontarla?» chiese quando lui la raggiunse.

L'acqua bianca gli scorreva veloce davanti, strepitante per via della forza che la spingeva. Nathan notò il cumulo di rocce sulla sponda opposta del fiume e quelle sommerse che le precedevano di poco. Se volevano discendere quella rapida, la linea centrale era la migliore. Tuttavia, la sua naturale prudenza prevalse: non era il caso di rischiare la vita della signorina Hart, o la loro unica barca, per quella sfida.

«Penso che abbia più senso usare una fune» disse piano.

Lei inspirò forte. «E io penso che abbiate ragione.»

«Siete delusa?» chiese, ammirando il suo profilo.

«Delusa?» Sorrise. «E come potrei? Sono qui, no? È più di quanto avessi mai immaginato di fare.» A occhi socchiusi osservò la rapida, quindi proseguì: «A dire il vero, sono solo leggermente confusa. L'acqua bianca è… dal vivo fa un po' più paura rispetto alle descrizioni di un libro.»

«Così è la vita, di solito. Quanti anni avete?»

Aggrottando le sopracciglia, gli lanciò un'occhiata. «Diciotto.»

Mm, più giovane di quanto si era aspettato. Talvolta, quando parlavano, aveva la netta impressione che lei possedesse la mente di un'assennata anziana che esprimeva una cauta saggezza derivante da anni di esperienza. «Avete tutta la vita davanti a voi. Ci saranno altre rapide. Non vedo perché affrettare l'inevitabile.»

Ma si riferiva alla signorina Hart e ai suoi primi passi nel mondo o, piuttosto, a quanto sembrava esserci tra loro due? Lo sguardo di lei incrociò il suo e Nathan si chiese come mai negli occhi delle donne del suo passato non avesse mai visto così tante possibilità.

Palesemente imbarazzata, la signorina Hart si girò e prese a risalire a monte. «Sarà meglio iniziare. Di sicuro ci vorrà del tempo.»

E ancora una volta, confuso, Nathan si chiese se parlassero del semplice alaggio della barca o di qualcos'altro. Chissà, magari ci aveva visto più del necessario.

Concentrandosi su quanto li aspettava, fu grato per il sollievo fisico che il duro lavoro gli avrebbe offerto. Funzionava sempre quando cercava di togliersi una donna dalla testa.

NATHAN FISSÒ una cima da prua a poppa e in un'impresa tutt'altro che facile, vista l'abbondanza di rocce e massi a impedirne il progresso fuori e dentro l'acqua, lui e la signorina Hart guidarono dalla costa il natante di legno giù per la rapida. Passarono parecchie ore, secondo i calcoli di Nathan, prima che lui si sentisse sicuro di aver superato la parte peggiore.

La signorina Hart aveva tenuto duro, mostrando con sua sorpresa una forza ben maggiore di quanta gliene avrebbe accreditata lui, mentre reggeva stretta la cima e si muoveva sulla costa rocciosa come un gatto selvatico. Tuttavia, adesso appariva esausta quanto lui, e accasciata su una roccia si sforzava di riprendere fiato.

Scambiandosi poche parole, consumarono mele e manzo essiccati e biscotti duri dalla sera prima.

«Torniamo sul fiume.» Emma bevve l'ultimo sorso d'acqua dalla borraccia.

«Potremmo accamparci qui» ribatté lui. Non voleva che si affaticasse troppo. Erano solo all'inizio del viaggio.

«Abbiamo ancora parecchie ore di luce. Non dovremmo sprecarle» insistette lei, alzandosi e iniziando a riportare indietro il cibo che avevano preso dal dory per il pranzo.

Nathan annuì in silenzio e decise di creare un po' d'ombra, quindi prese i due remi di scorta che la signorina Hart aveva avuto l'avvedutezza di portarsi dietro, li incastrò in ciascun lato della barca e vi sistemò sopra una coperta che fissò con una corda.

«Perché?» chiese lei.

«Per voi. Io remo e voi vi riposate» disse, reggendole il gomito mentre lei saliva a bordo e si spostava a poppa, verso la zona in ombra.

Gli aveva chiesto di non toccarla.

Ma era ovvio che lui fosse incapace di rispettare quella richiesta. Senza dire niente, recuperò il libro di Powell.

Nathan spinse il dory in acqua, saltò su e prese posto accanto ai remi, vogando con le spalle verso il fiume e lo sguardo sulla donna che non riusciva ancora a decifrare.

«Riposerò giusto un attimo» disse lei «e poi vi sostituirò ai remi così che possiate fare una pausa.» Gli lanciò un'occhiata, quindi riportò l'attenzione sul libro.

Ma subito dopo si rannicchiò sul banco stretto, poggiò la testa sul braccio piegato e cadde in un sonno leggero.

Miglio dopo miglio, Nathan navigò il fiume osservando le pareti del canyon farsi più alte e la pacifica solitudine sul viso della donna lì di fronte. Era una sensazione nuova, quella che provava, un'emozione che non riusciva a identificare. Ma poi comprese: era contento.

EMMA SI SVEGLIÒ DI SOPRASSALTO, buttando giù il riparo che Nathan aveva improvvisato per lei. La coperta l'avvolse del tutto.

Sollevando un angolo, Blackmore sbirciò sotto. «Un brutto sogno?»

«Più o meno.» Non riusciva a ricordarlo. Tirò fuori la testa e provando a concentrarsi, liberò uno dei remi che Nathan aveva incastrato tra il banco e il fondo della barca. *Qualcosa a proposito del fiume.* Già, si rimproverò, la sorpresa sarebbe stata *non* sognare del fiume ogni giorno.

Guardalo bene. Si alzò, sporgendosi in avanti per fissare l'acqua torbida, e mentre lottava con l'altro remo bloccato, la sua attenzione si spostò fuori bordo. Qualcosa si muoveva. Una testa schizzò fuori dall'acqua e il corpo strisciò di fianco alla barca. Un serpente.

Emma urlò e il remo si staccò. Sbilanciata, lo sollevò facendogli disegnare un arco nell'aria finché non si abbatté violento su qualcosa.

La testa di Blackmore.

«Oh, no!»

Lui cadde pesantemente all'indietro e rimase immobile.

«Signor Blackmore!» Gettò di lato l'oggetto dell'offesa e si precipitò barcollante sul capo opposto del dory, che intanto dondolava sfrenatamente avanti e indietro. «Nathan, state bene?»

Si mise la sua testa in grembo e gli accarezzò i capelli, osservando il viso privo di espressione alla ricerca di segni che escludessero un danno permanente. *Svegliatevi. Vi prego, svegliatevi.* Non c'era sangue, grazie al cielo, ma un segnaccio rosso iniziava a formarsi sulla guancia sinistra – la stessa con la lunga cicatrice – e l'orecchio si era colorato di un rosa intenso.

Allibita, si chiese dove avesse trovato tanta forza da atterrare uno come lui. Un pezzo d'uomo con tanto di muscoli, così distaccato e irraggiungibile. Eppure, ecco che se lo cullava in grembo come un bambino. Ma non erano materni, i sentimenti che provava lei.

Non posso perderlo.

Un rombo in lontananza riuscì a insinuarsi nella mente invasa dalla paura. Era un rumore inaspettato in quel posto. Uno sguardo oltre la spalla e… il suo cuore raddoppiò i battiti.

Una rapida.

Emma sgranò gli occhi in preda al panico. Dovevano tirarsi fuori dal fiume. *Ora.*

«Signor Blackmore, svegliatevi!» Gli lasciò andare la testa, che rotolò di lato, e si alzò, quindi lo scavalcò, allungandosi verso i remi nei rispettivi scalmi, ma le gambe di lui la intralciavano. Provò a spingerlo via e, ancora una volta, ebbe modo di apprezzare la sua robustezza. Massiccio, forte, aitante. In circostanze diverse, simili pensieri l'avrebbero fatta arrossire. Adesso, invece, lo trovava semplicemente troppo ingombrante da spostare.

Frustrata, provò a remare dal posto in cui si trovava, mezzo sdraiata sull'uomo privo di sensi, ma non ne aveva la forza.

E comunque era troppo tardi.

La corrente aveva catturato il dory e lo portava a precipizio verso la rapida. Emma guardò inorridita un enorme masso profilarsi al centro, con le onde che s'infrangevano impetuose su ciascun lato.

Doveva assolutamente evitarlo o si sarebbero trovati in seria difficoltà.

No. Lo erano già.

CAPITOLO CINQUE

Nathan si massaggiò il capo. Un nuovo mal di testa. Quanti altri ne avrebbe avuti durante quel viaggio? E perché la barca si muoveva tanto? La signorina Hart gli era caduta addosso.

Bene, ma si era perso qualcosa?

«Signor Blackmore!» Urlò stridula e in tono urgente Emma.

Finalmente, il suono dell'acqua scrosciante aveva un senso.

Si mise a sedere e attirò Emma a sé.

«È una rapida. Siamo nei guai» disse lei, sottraendosi alla sua stretta e barcollando verso prua.

Un'occhiata veloce gli disse che la barca avanzava alla rovescia e stava per urtare un consistente ostacolo quasi al centro dell'acqua. Naturale che la signorina Hart corresse a prua.

«Aggrappatevi a qualcosa!» Si mise ai remi e provò con quanta forza possibile a virare il natante in modo da affrontare la rapida nel verso giusto, quindi la imboccarono e Nathan comprese che non c'era altro da fare se non reggersi forte.

La poppa colpì in pieno il masso, con una forza tale da scaraventare il dory tra i flutti violenti. Nathan saltò dal banco, si girò e vi spinse sotto le ginocchia per ancorarsi. Tirò i remi in barca, finché le pale non toccarono gli scalmi, e si piegò su di loro perché non si staccassero perdendosi nel fiume. Guardò la signorina Hart – aggrappata alla prua – e l'incredibile salto della rapida. Sperava davvero che il dory riuscisse a mantenere il verso giusto, attenuando così il rischio di capovolgersi, e... Giù!

Dieci, quindici piedi in basso, circondati da acqua spumeggiante, vorticosa e tumultuosa. Nathan sentì lo stomaco sprofondare.

Onde dodici piedi alte s'infrangevano con clamore su una corrente trasversale, creando una selvaggia frenesia di rapide. Solo un miracolo sarebbe riuscito a tenerli entrambi in barca.

«Reggetevi! Reggetevi forte!» Non osando allentare la presa sul proprio appiglio, Nathan resistette all'impulso di lanciarsi sulla signorina Hart. Scorci di rocce riempivano il suo campo visivo e la rapida continuava a far saltellare la barca come un legnetto.

Un'altra violenta ondata. Il dory si spostò di lato. Su, giù, su giù. La forza dietro le spinte era tale che a Nathan non restò altro se non guardare impotente mentre la signorina Hart veniva lanciata nella furiosa massa d'acqua e l'impatto ne soffocava l'urlo.

Ebbe giusto il tempo di vedere la sua testa riemergere che l'ennesima devastante onda capovolse la barca mandandolo in acqua a farle compagnia. Tornò in superficie e sollevò i piedi per evitare che si incastrassero in qualche roccia sottostante.

«Emma!» Non la vedeva. «Emma!» Afferrò l'imbarcazione rovesciata e si resse forte mentre quella scivolava veloce sull'acqua. Il fianco urtò contro un masso strappandogli una smorfia di dolore.

«Sono qui» strillò lei alla sua sinistra.

Nathan non riusciva a vederla. «Sollevate i piedi. Non li trascinate!»

L'acqua gli riempì la bocca, il naso e gli occhi. Sarebbe stata una nuotata interminabile, pensò intensificando la presa. Dopo un quarto di miglio, finalmente il flusso si calmò e gli permise di trascinare la barca a riva. Pervaso dal sollievo vide Emma non troppo distante e tornò nel fiume ad aiutarla.

La guidò verso la spiaggia e la fece sedere, quindi si lasciò cadere in ginocchio. «Siete ferita?»

Lei scosse la testa, fermandosi a riprendere fiato. «Ma voi lo sarete senz'altro.» Sollevò una mano esitante verso il suo viso e fece scorrere la punta di un dito sul sopracciglio e giù lungo la cicatrice sulla guancia sinistra. «Mi dispiace. Penserete che stia cercando di uccidervi.»

Nathan non si mosse, era incapace di provare rabbia verso quella donna.

«Grazie al cielo, all'ultimo siete rinvenuto» disse, allontanando la mano. «Sareste potuto annegare.» La voce tremava di evidente angoscia.

«Difficilmente» rispose lui nel tentativo di rassicurarla. «Il corpetto di salvataggio mi avrebbe tenuto a galla. Che cos'è accaduto?» Non ricordava niente a parte i momenti subito prima della rapida.

«Ho visto un serpente, mi sono spaventata e vi ho involontariamente colpito con il remo.» Il suo corpo era scosso da un forte tremore.

Nathan le prese le mani. «Va tutto bene, Emma.» Aveva usato il suo nome di battesimo, superato un confine sociale, e l'espressione sul suo viso gli diceva che lei ne era consapevole, ma il tremore si calmò. I pollici accarezzarono la pelle fredda.

Adesso sì che era nei guai. D'un tratto, la vita gli sembrava incredibilmente brillante in compagnia di quella giovane avventurosa e dal remo facile. Chissà se sarebbe sopravvissuto.

Riluttante, le liberò le mani. «Non è detto che vi lasci usare ancora i remi, però.» Si alzò a controllare lo stato della barca e la rapida a cui erano appena sopravvissuti.

Emma fece altrettanto. «Vi aiuto.»

Capovolsero insieme il dory e si fecero un'idea di quanto era andato perso. Negli scalmi restavano un remo intatto e uno spezzato a metà, mentre i due di riserva mancavano del tutto, come pure entrambi i cappelli e la coperta usata per riparare Emma. In compenso, però, le sacche di cuoio erano ancora lì.

Tutto sommato, non c'era da lamentarsi, anche se il remo spezzato andava riparato.

«Non abbiamo perso nessuna provvista importante, né cibo» disse lui. «Vi siete procurata una gran bella barca.»

Emma lo guardò sorpresa. «Grazie.»

«Ci accampiamo qui stanotte. Direi che per oggi ne abbiamo avuto abbastanza.»

«Perfettamente d'accordo.»

EMMA FISSAVA il fuoco con le sue fiamme danzanti; chissà se il futuro le sarebbe balzato alla vista.

Sperava di no. Non voleva sapere cosa avrebbe riservato il domani.

Contro la minaccia di un fiume di lacrime, chiuse gli occhi.

Non avrebbe pianto davanti a Blackmore, anche se lui era nuovamente scomparso nella notte. Avevano svuotato del tutto la barca – cibo, vestiti, corde e armi giacevano adesso sparsi ad asciugarsi sulla spiaggia che occupavano – quindi Nathan si era dato da fare con il remo spezzato ed Emma, grata per la pausa, si era piazzata accanto al fuoco; con il cibo da mettere via per non attirare parassiti ci sarebbe stato altro lavoro da sbrigare prima di andare a dormire.

Ma gli impegni tenevano a bada le paure e forse aveva sbagliato a fermarsi, perché adesso la preoccupazione le consumava i pensieri.

E se quel giorno fossero annegati, lei e Blackmore? Al ricordo il cuore accelerò i battiti: la forza della corrente, l'assoluta perdita di controllo, la possibilità molto verosimile che uno dei due restasse gravemente ferito. Il panico s'impadronì di lei, opprimendole il petto, svigorendole ossa e membra e soffocando la risolutezza del cuore.

Non sarebbe dovuta andare lì.

Buon Dio, lo aveva colpito di nuovo col remo, pensò, sorpresa che Blackmore non l'avesse gettata nel fiume. Tra sensi di colpa e imbarazzo a invaderle l'animo, ricordò l'altra spiacevole circostanza sulla riva alla base della rapida, quando con il dito aveva tracciato la spessa, lunga cicatrice che gli segnava la guancia. La causa di quella ferita era balenata all'istante nella mente.

Blackmore con le mani legate dietro la schiena e il guerriero comanche che gli tagliava il viso con un pugnale. Cadeva per terra e continuavano a picchiarlo. La prigionia era durata parecchi mesi, forse più.

Con la sensazione di invadere un ricordo personale, aveva subito ritirato la mano. Sospettava che Blackmore non avesse mai confidato a nessuno i particolari di quell'esperienza e aveva provato il travolgente desiderio di confortarlo, oltre a qualcosa in più.

Ma non avrebbe dato troppo peso a quei sentimenti. Diversamente avrebbe finito col credere di essere destinata a diventare la sua amante e che le visioni si riferissero infallibilmente a lui. Se mai lo avesse raccontato a Blackmore, le avrebbe di certo riso in faccia. E lei non pensava di poter reggere un simile confronto.

A parte questo, non doveva forse preservarsi per il futuro marito? Un'idea che le era stata inculcata nel tempo da sua zia, sebbene con minore insistenza da quando sua sorella Mary si era sposata e aveva, misteriosamente, partorito otto mesi dopo. Sforzarsi di tenerlo nascosto a Emma era stato inutile, giacché lei era stata consapevole di quella gravidanza prima ancora di sua sorella.

Con il matrimonio si dà voce alle proprie intenzioni, ma sono promesse che possono essere scambiate in privato tra due persone anche prima del matrimonio, conservando la stessa forza del giorno in cui vengono pronunciate in chiesa, le aveva detto Maeve.

Emma chiuse gli occhi. Se Blackmore la desiderava, e lei lui, non vi era alcuna ragione divina per negarsi. Ma sapeva che sua zia non avrebbe approvato quella linea di pensiero, pertanto meglio stroncarla sul nascere. Era un territorio pericoloso. Blackmore non poteva essere il suo amante immaginario; dopotutto, le sue visioni non erano sempre precise. E il semplice fatto che avesse avuto prescienza di un uomo alto, bruno e possente non significava che dovesse lanciarsi verso il primo uomo alto, bruno e possente che incontrava.

Doveva stare all'erta… un eventuale errore avrebbe potuto rivelarsi fatale.

Il pensiero corse a Bethany.

Era stata Emma a trovarla, con la pelle pallida, fredda, gli occhi aperti sul mondo – e sul suo aggressore – mentre si spegneva. Lo aveva *sentito*, lo sforzo di Bethany per restare aggrappata alla vita, il panico e la lotta. La verità l'aveva nauseata a tal punto da privarla di ogni proposito per giorni, forse settimane… non ricordava più.

Bethany non aveva trascorso che dieci anni sulla terra, la sua breve vita stroncata dallo stesso padre.

Piegò indietro la testa e guardò le stelle che riempivano il cielo scuro. Luci scintillanti di posti lontani. *Sogna le stelle, fiorellino.* Le aveva sognate, sì, e loro le avevano fatto un regalo, a un tempo benedizione e castigo. Sapeva cosa sarebbe accaduto molto prima che la gente intorno a lei ne avesse anche solo un'idea. Ma non aveva saputo di Davis Walker, il vero padre di Molly.

Si guardò intorno alla ricerca di Blackmore: nessun segno. Aveva mal di testa e si massaggiò le tempie, quindi provò a richiamare alla memoria Walker.

Alto, robusto, infelice… i ricordi erano vaghi. Tre figli. Il maggiore, Cale, lavorava saltuariamente al loro ranch e aveva un debole per Mary.

Com'era possibile che non avesse visto la relazione tra sua madre e quell'uomo?

Si sforzò di richiamare alla mente il padre. Robert Hart era stato forte e buono, e lei gli aveva voluto molto bene. Aveva perdonato sua moglie? Pur essendo legato a Molly nella stessa misura in cui lo era a Mary ed Emma, era solito dire che la seconda figlia era la più indipendente. Molly era ribelle – non a caso, preferiva seguire i ragazzi dei Ryan o dei Walker piuttosto che giocare con le bambole e mettersi in ghingheri – ma aveva i capelli scuri delle altre due figlie di Rosemary e i suoi stessi sbalzi d'umore. Forse le differenze tra lei e le sorelle erano troppo sottili persino per Robert Hart.

Ma era poi così importante?

«Tutto bene?»

Emma trasalì. Blackmore si era materializzato dalle ombre.

«Sembrate un po' pallida.» Sedette di fronte a lei e prese a tagliuzzare un grosso pezzo di legno con un coltello che aveva recuperato tra le provviste.

Emma spostò le gambe e riportò lo sguardo sul fuoco. «Sto bene.»

Una brezza accarezzava le fiamme facendole danzare.

«Penso che ce la caveremo.» Blackmore era concentrato sul legno da cui stava ricavando un remo. «Magari ciò che abbiamo perso ci aspetta a valle. Che ne dite di percorrere altre rapide? Se siamo preparati, non dovremmo avere problemi.»

«Altre rapide?» ripeté Emma in un soffio strozzato.

«A condizione che sia io a maneggiare i remi» disse lui, sollevando lo sguardo.

Emma fissò il luccichio nei suoi occhi scuri.

«Me la cavo meglio da cosciente» aggiunse.

Lei annuì piano. Come faceva a liquidare con tanta indifferenza i fatti di quel giorno?

«La maretta vi ha spaventata?» chiese Blackmore poco dopo.

Emma si schiarì la voce. «No» rispose in tono difensivo. «Nuoto benissimo. Sono stata più volte nell'oceano di San Francisco.»

«E allora mi sono sbagliato.»

«Su cosa?»

«Pensavo foste un po' sprovveduta, ma forse avete solo coraggio da vendere.»

Sorpresa, Emma non seppe cosa dire. Osava credere? A lui e in se stessa?

«Dormite» disse. «Io metto via l'attrezzatura.»

Lei fu sul punto di replicare, non volendo sottrarsi al proprio dovere, ma sapeva che aveva bisogno di riposare. Il problema sarebbe stato riuscirci: come avrebbe fatto con la schiacciante presenza di Blackmore all'interno degli stessi confini che la circondavano?

Lo guardò riparare il remo con mani abili e forti e avvertì la distanza tra loro. Che la sua fosse una scelta deliberata o meno, le offriva solitudine. E lei non l'avrebbe sprecata, le sarebbe servita tutta la forza per affrontare qualunque cosa il domani avrebbe serbato.

«Grazie, signor Blackmore.»

«Chiamatemi Nathan. Siamo quasi annegati, oggi, perciò direi che possiamo anche lasciar perdere certe formalità.» I loro sguardi s'incrociarono e l'intesa si fece brevemente più accesa. Poi, lui tornò a concentrarsi sul lavoro e quella consapevolezza si dissipò.

Formalità. Emma si distese, dandogli le spalle, e chiuse gli occhi per il sollievo. Dubitava fosse una buona idea abbattere le barriere tra di loro – benché fragili ostacoli sociali – ma la vita in quel posto era diversa. E lei mancava della competenza necessaria per respingere la sua richiesta.

Nathan. A mano a mano che il sonno la reclamava, quel nome le riempiva la mente.

CAPITOLO SEI

All'alba erano già sul fiume. La fortuna li assisteva e mezzo miglio lungo la corrente Nathan intravide i due remi mancanti e i cappelli intrappolati in un mucchio di rocce sulla destra, il che lo mise di buon umore.

Emma, invece, restava in silenzio. Si era verificato più volte che Matt o uno degli altri Rangers sentissero il bisogno di stare da soli, e Nathan non aveva mai esitato a farsi da parte, ma quella era la prima volta che gli capitava di lasciar spazio a una donna. Per lui, comunque, qualsiasi cosa la riguardasse era una novità. Posseduta da giovanile ignoranza e tormentata saggezza, apprensiva e coraggiosa, Emma era un enigma, una donna attraente e… una gran bugiarda.

Mentiva per ingannare? Nathan pensava di no, ma forse quell'idea era frutto della propria mentalità un po' idealista.

Il fiume si snodava attraverso passaggi rocciosi, ora ampi ora stretti, e piccole rapide ne acceleravano spesso il corso, tutto sommato nulla di cui preoccuparsi. Ciò nonostante, quando le incontravano, Emma stringeva così forte il bordo della barca che Nathan non dubitava avesse i polpastrelli ormai pieni di schegge.

Via via che le superavano senza problemi, però, iniziò piano a rilassarsi.

Le pareti del canyon si ergevano alte a destra, con il loro colore diluito in varie tonalità di marrone, e sporgenze a strapiombo fiancheggiavano la costiera, coprendo di quando in quando una spiaggia. Presto, a fior d'acqua divennero visibili una roccia piatta come una frittella posta di traverso e chiazze nere a deturpare l'uniforme tavolozza cromatica della valle.

«È dunque questo il Grand Canyon?» chiese lui.

«No. Questo è il Marble Canyon. Nel Grand Canyon non ci siamo ancora entrati.» L'acqua scorreva più in fretta.

«Sarà meglio fermarsi.» La voce di Emma vibrava di apprensione. E lui che aveva sperato si fosse calmata.

Passarono attraverso un piccolo canyon tortuoso sulla sinistra ma la veloce corrente gli impedì di portare l'imbarcazione a riva. Le pareti si avvicinavano l'una all'altra e il fiume si restringeva. Di sicuro erano diretti verso una rapida. E avrebbero dovuto affrontarla.

«Non possiamo fermarci?» insistette lei.

Grossi massi erano di sentinella lungo il corridoio del fiume. Nathan scosse la testa. «Non penso sia una buona idea.» Il dory finirebbe in pezzi, disse tra sé. «Possiamo farcela, Emma. Siate i miei occhi.» Vogando di schiena al senso di marcia poteva giusto guardarsi oltre la spalla, ma l'espressione di crescente terrore sul viso di lei non lo confortava.

Stava forse per crollare? Non era davvero il momento.

Emma si sporse di lato per guardare oltre la sua spalla, quindi sollevò e abbassò il mento in segno di assenso.

«Dobbiamo evitare di passare sulle rocce sott'acqua perciò, se possibile, guidatemi tra di loro.» Tirò con forza un remo a sinistra.

«D'accordo» annuì ancora lei. «Più a sinistra… che sarebbe poi la vostra destra.»

Nathan prese nota mentale di insegnarle qualche termine di nautica.

Intanto, man mano che entravano nella rapida, il dory veniva sballottato su e giù e l'acqua li schizzava. Nathan concentrò la propria forza nei remi, vogando per evitare che la barca girasse intorno.

«Dovete spostarvi più a destra. La mia destra!» Spinse in fuori la mano per indicare la direzione.

Tra un brontolio e un grugnito, Nathan lottò contro la corrente.

E poi fu tutto finito.

Diresse il dory nelle acque calme che seguivano e si fermò a riprendere fiato, mentre Emma si toglieva il cappello e allontanava dal viso i capelli bagnati.

«Non è andata poi così male. Ma che ne direste di usare termini come babordo e tribordo quando mi indicate da che parte spostarmi?»

Con sua sorpresa, Emma rise. E lui provò una stretta al petto. Un lampo luminoso gli riempì la mente e ricordi d'infanzia gli invasero i pensieri. Da ragazzo era stato determinato a seguire le orme del padre, per poter gestire, un giorno, il proprio battello sul Mississippi. Era tutto così chiaro, allora. E adesso si sentiva pervaso dalla stessa esuberanza fiduciosa, questa volta risvegliata dalla donna che gli sedeva di fronte.

«Conosco i termini nautici» rispose Emma. «Mi dispiace, ho perso la calma. Cercherò di fare meglio. È solo che… questo fiume mi turba.»

«Possiamo sempre abbandonare il dory e uscire dal canyon a piedi.» Ma mentre pronunciava quelle parole, il suo cuore si ribellava. Era la prima volta che assumeva il controllo di una barca da quando aveva perso il padre, e gli piaceva trovarsi di nuovo sull'acqua.

Emma rifletté su quel suggerimento, assottigliando lo sguardo contro il sole che picchiava forte, quindi si rimise il cappello. «No» disse piano. «Voglio restare.»

Bene, sarebbero andati d'accordo.

Nathan soffocò un sorriso e riprese a remare.

***

Più TARDI, nel pomeriggio, furono in prossimità di quella che appariva essere la testa di un'altra brutta rapida. Emma s'irrigidì. Con Nathan, assicurarono la barca su una spiaggia sulla riva destra del fiume, quindi osservarono la corrente, entrambi d'accordo sul fatto che ancora una volta il dory andasse manovrato da terra.

«Forse è il caso di accamparci e procedere domani mattina» suggerì Nathan.

Emma ci pensò su, ma qualcosa dentro la spingeva ad andare avanti. «Abbiamo ancora parecchie ore di luce. Io sarei intenzionata a proseguire.»

Nathan annuì. «Siete voi il capo.»

«Io?»

«Beh, io non sono che un semplice accompagnatore» disse, stringendosi nelle spalle. «Le decisioni difficili le lascio tutte a voi.»

Emma fece un verso incredulo. Era chiaro che la canzonasse.

Un nuovo tipo di tensione s'insinuò in lei. Sarebbe riuscita a tenerlo a bada solo finché fosse rimasto riservato e a distanza, finché lo avesse visto semplicemente come alto, bruno, possente e, pertanto, irraggiungibile. Ma se lui avesse provato a farla ridere, avrebbe avuto difficoltà a mantenere il contegno.

Impiegarono quasi l'intero pomeriggio a guidare il dory sulla rapida. La corrente voleva trascinare la barca nel fiume, contro una parete a picco di arenaria e scisto, e loro si sforzavano di tenerla vicina alla riva, ma i dislivelli causati dai massi rendevano il piano inconsistente. Quando riuscirono finalmente a tornare in acqua, più a valle, Emma era stufa e stremata. Con il sole ormai troppo basso sull'orizzonte, il canyon era avvolto nell'ombra.

«Visto che il capo sono io» stabilì «penso che dovremmo iniziare a navigare più rapide. Manovrare da riva sta diventando noioso.»

Vogando, Nathan la guardò. «Potrebbe essere pericoloso» le fece notare. «E se perdessimo la barca?»

«Non ho detto che non è rischioso.»

«E se perdessi *voi*?»

Sbigottita, Emma fissò il suo sguardo scuro e meditabondo. «In quel caso la sera avreste più cibo.»

«E anche questo è vero.» Remava con vogate lunghe e fluide. «D'accordo, percorriamone qualcuna domani.»

Se quella prospettiva le faceva battere forte il cuore, lo sguardo intenso di Nathan glielo fece schizzare in gola.

TRE MIGLIA DOPO, individuarono una zona di bivacco a capo di un'altra rapida, un ampio canyon laterale che si estendeva verso nordovest. Era quasi buio e tiravano la barca fuori dall'acqua, quando a Emma sfuggì la presa sulla falchetta e cadde indietro. Nathan l'afferrò per la vita.

«Perdonatemi» si scusò lei, provando a rialzarsi. Le braccia maschili, però, la trattennero un po' più del dovuto e, nell'aiutarla a rimettersi in piedi sollevandola per le ascelle, le dita sfiorarono di lato uno dei seni. Una scossa di consapevolezza le attraversò il corpo, rigido quando entrambe le mani si posarono sulle spalle.

«Non vi starete mica ammalando, eh?» disse la voce di Nathan dietro di lei.

Emma fece cenno di no, combattuta tra l'allontanarsi e il restare esattamente dov'era. Se rimaneva, lui avrebbe potuto farsi l'idea sbagliata che, forse, il suo tocco le aggradava. Se si staccava, avrebbe potuto pensare di non piacerle. E in effetti non le piaceva, non in quel senso, almeno. Oppure sì? Oh, buon Dio, era nei guai. Incapace di muoversi e tremante come un coniglio, finì col restare lì.

«Perché non vi sedete?» Nathan fece per guidarla via dalla riva, ma lei iniziò a camminare e il contatto s'interruppe.

Le sue dita avevano lasciato un'impronta infocata sulle spalle. Nessun tocco le aveva mai provocato una reazione simile: si sentiva indifesa, confusa e al tempo stesso consapevole. Non era necessaria una visione a rivelarle il desiderio nel corpo di Nathan, nella sua voce. La voleva davvero? Le risultava difficile afferrare quell'idea, eppure il suo essere reagiva con smodata approvazione. Amante da sogno o meno, Nathan Blackmore non era uomo che si potesse facilmente mettere da parte.

«Penso che mi occuperò un po' di me stessa» disse, rifiutandosi di girarsi a guardarlo per timore che si accorgesse dell'effetto che aveva su di lei, e al contempo preoccupata di non leggere lo stesso nei suoi occhi. «Vado da questa parte» aggiunse, indicando il canyon laterale.

«State attenta. Non allontanatevi troppo.»

Senza indugiare oltre, si mosse con cautela sul terreno roccioso mentre quel che restava della luce si spegneva nel grigiore della notte. Concentrandosi sui propri passi, si allontanò ulteriormente dal fiume, finché non fu del tutto sola. Inspirò più volte a fondo per calmarsi, quindi da una veloce occhiata al canyon notò che si era ristretto in un sentiero uniforme di arenaria ambrata, con piccoli specchi d'acqua a tracciarne di scuro il centro. Di fronte alla sua oltremondanità ebbe un attimo di esitazione, ma quando riprese a camminare, cercando di aggirare gli ostacoli, lo stivale scivolò due volte.

Le pareti del canyon si allungavano dritte verso il cielo sempre più buio, mentre intorno a lei scendeva una completa solitudine, disturbata solo dall'eco del suo respiro e dallo stropiccio delle suole sulla morbida superficie di arenaria.

Queste sdrucciolarono ancora una volta sul terreno liscio ed Emma finì con la mano contro la parete, increspata come se un antico scultore vi avesse scalpellato uno strano disegno simile alla pelle ruvida di un elefante che tempo addietro aveva visto in uno zoo.

Si fermò e tese l'orecchio.

Silenzio assoluto.

Era del tutto sola in quel posto strano… un posto che si poteva senza sforzo immaginare non esistesse sulla terra bensì da qualche altra parte, in cielo, lontano. D'istinto, sedette per terra e si rilassò contro una delle pareti lisce, ingannevole nella sua apparenza morbida. Ma lei quasi non se ne accorse mentre i pensieri vagavano verso il posto in cui spesso andava quando sentiva il bisogno di placare il caos della mente.

EMMA APRÌ GLI OCCHI, turbata nel vedere un bambino indiano in piedi dall'altra parte della piccola pozza d'acqua che li separava. Senza mai staccargli gli occhi di dosso, si alzò. Doveva avere cinque o sei anni. Ma come faceva a trovarsi lì? Di sicuro Blackmore lo aveva visto, diversamente doveva aver percorso il canyon dalla direzione opposta. C'era qualcun altro con lui? Forse si era perso.

«Ehilà.» La sua voce echeggiò, un suono strano in uno spazio così ristretto. «Non voglio farti del male.»

A piedi scalzi, il piccolo non indossava che un modesto indumento intorno alla vita. Si limitava a guardarla, con il viso – giovane e dolce – privo di emozioni nei suoi confronti, e i capelli neri, scuri al punto da non riflettere neanche uno sprazzo di chiarore stellare, gli incorniciavano occhi grandi di interesse. Emma percepiva la sua curiosità.

Probabilmente, non capiva niente di quanto gli diceva, ma lei parlava comunque nella speranza che la sua voce lo consolasse. «Ti sei perso? Posso aiutarti a ritrovare la tua famiglia?»

Diversi oggetti caddero atterrando con sonori plop nella pozza d'acqua scura. Allarmata, Emma guardò in basso e fissò incredula. Cinque uccelli, tutti morti, galleggiavano sulla superficie. Non poteva dirsi un'esperta, ma per intuito conosceva le specie: passeri.

Si chinò a guardare meglio. Un lampo di luce rivelò l'assenza di segni da morte violenta, solo le sagome prive di vita di creature dalle gole nere e i corpi grigio-marroni. Sollevò lo sguardo verso l'alto, pensando si fosse trattato di un fulmine. Stava per arrivare un temporale?

Il dolore che le trafisse la fronte la fece balzare indietro. Sentiva un principio di nausea formarsi alla bocca dello stomaco e con il mondo che le vorticava intorno faticava a concentrarsi. Si alzò e la pallida arenaria le apparve offuscata. C'era un che di assai strano in quel posto, una forza innaturale che acquistava sempre più corpo. Malvagia. Barcollò e cadde in ginocchio.

Il bambino. Doveva aiutare il bambino.

«Dove sei?» Il mondo continuava a girare e lei chiuse gli occhi perché smettesse. Non sentiva altro se non un rumore impetuoso nelle orecchie, come se le onde dell'oceano le s'infrangessero di fianco.

«Dove sei?» Tese la mano in avanti nella speranza che lui l'afferrasse, per poterlo abbracciare stretto finché non fosse tutto finito e la testa avesse smesso di urlare. Forse, allora avrebbe trovato la maniera di uscire dal canyon.

Dal nulla, una forza violenta la spinse contro la roccia, mozzandole il fiato.

CAPITOLO SETTE

«E mma? Emma?»
La voce di Blackmore penetrò nell'intontimento, ma i suoi occhi non si aprivano. Il corpo non rispondeva.

Poi, ricordò.

«Dov'è il bambino?» biascicò in maniera quasi incomprensibile, quindi riprovò. «Il bambino, dov'è il bambino?»

Blackmore la strinse a sé. «Non c'è nessun altro qui a parte noi. Quando non vi ho vista tornare mi sono preoccupato e sono venuto a cercarvi, ma eravate svenuta. Cos'è accaduto?»

L'oscurità era totale. Nonostante il viso di Blackmore fosse vicinissimo al suo, Emma non riusciva quasi a distinguerne i lineamenti. Sollevò una mano a toccargli prima la guancia, poi le labbra. *Almeno lui esiste davvero.*

Blackmore l'aiutò a sedersi. «Avete visto i passeri morti?» disse Emma, con un'occhiata all'acqua.

«Di che cosa parlate?»

«Galleggiavano sull'acqua.» Indicò la pozza.

Blackmore si avvicinò al bordo e guardò, immerse persino la mano nel liquido scuro, producendo un dolce sciabordio che la fece rabbrividire. «Non c'è niente qui. Avete incontrato qualcuno? Vi ha fatto del male?»

D'improvviso comprese: aveva avuto una visione. La prima in assoluto di quel genere. Ma non le era mai capitato di confonderla con la realtà.

«Devo essere più stanca di quanto pensassi» disse nel tentativo di mitigare tutte le stranezze di poco prima. «Forse mi sono addormentata e ho fatto un brutto sogno.»

Blackmore si alzò. «Vi sentite abbastanza bene da camminare? Dovremmo davvero tornare all'accampamento.»

«Sì.» Prese la mano che le offriva e si alzò, ma gli finì addosso.

«Vedo.» Blackmore le cinse la vita con braccio fermo. «Appoggiatevi a me.»

Esausta e stordita, Emma fece come le diceva, ma i suoi passi erano incerti e lui finì col sollevarla.

«Sono troppo pesante» mormorò lei contro il suo collo.

«Non credo.» Il soffio del suo alito caldo le accarezzò la fronte. Aveva un tocco curativo o lo stava immaginando?

Nathan le strinse le braccia intorno al corpo con fare possessivo e lei gli si aggrappò, godendo del suo odore, del calore e della vita che gli pulsava dentro. Piano piano, iniziò a sentirsi meglio e la confusione diminuì. Il male che aveva assorbito si era dileguato, o era troppo indebolito per crearle problemi adesso che erano a una certa distanza da quel posto.

Infatti, Emma non dubitava per un istante che l'accaduto fosse opera di una forza malvagia.

Si strinse forte a Blackmore e affondò il viso nella sua spalla. Per la prima volta in vita sua, si sentiva protetta dai demoni.

———

IL SONNO DI NATHAN, come spesso accadeva quando era nei Rangers, fu lieve e accompagnato da un accresciuto senso di consapevolezza. Non perché temesse un attacco contro se stesso ed Emma, bensì perché era proprio lei a preoccuparlo.

Il mattino, però, fu sollevato di notare che sembrava più vivace. Magari aveva semplicemente avuto bisogno di una notte di riposo. Si erano stancati parecchio il giorno prima, forse troppo, e lei ne aveva indubbiamente risentito.

Preparò una colazione a base di fagioli e patate fritte, mentre lei si dava una sistemata sulla sponda del fiume lavandosi il viso e intrecciandosi i capelli, e quando fu tornata le mise in mano una tazza di caffè. Emma l'accettò e sedette silenziosa a bere. Se non altro le guance pallide avevano ripreso colore, pensò rassicurato.

«Dunque» disse lei, posando la tazza di latta «oggi navighiamo tutte le rapide che incontriamo, giusto?»

Nathan ponderò quell'improvvisa vena di audacia. Aveva detto cose abbastanza strane la sera prima, quando l'aveva trovata priva di sensi su una roccia liscia. «Sicura di volerlo davvero?»

«Ero solo troppo stanca. Adesso sto molto meglio. Inizio a non soffrire più il mal di mare.»

Lui le tese un piatto di cibo. «Mangiate questo.»

«Sissignore. Ho già perso il lavoro e il titolo di capo?»

«Vedremo come ve la cavate oggi.»

Emma sorrise, con un'espressione sincera e sentita che lo scosse da capo a piedi.

«Intendo divertirmi e smettere di preoccuparmi» disse. «E voi?»

Ancora una volta gli faceva vibrare corde interiori da tempo sopite. «Ci proverò» rispose convinto.

Fu un giorno da ricordare, diverso da qualunque altro. Il sole splendeva in un cielo sereno e le pareti del canyon li sovrastavano, avvolgendoli in un bozzolo ormai familiare.

Lo trascorsero a solcare rapide. Una dopo l'altra.

Per Emma fu un'occasione per dimenticare le vie dell'*altro mondo*, un posto che la usava come canale di comunicazione con quello in cui abitava lei. Oggi era semplicemente una donna al centro di un'avventura unica e irripetibile, in compagnia di un uomo che la rendeva incredibilmente intensa.

Nathan le raccontava del fiume, le insegnava a leggere le correnti e le spiegava la maniera migliore per entrare in una rapida, come riconoscere le rocce sommerse e come manovrare la barca. Sedevano l'uno di fianco all'altra, con un remo a testa e una gamba penzoloni sul bordo. Strillavano e urlavano, ridevano e si bagnavano di spruzzi. Alle discese sfrenate si alternavano silenzio e parentesi di rilassata compagnia. E a Nathan non sembrava dispiacere il fatto che lei non amasse parlare troppo.

Quando possibile, esploravano ciascuna rapida prima di affrontarla.

«Andate a sinistra, dopo l'ostacolo, e vogate al centro. Cercate di colpire le onde frontalmente.»

Emma ascoltava e imparava.

«Ed evitiamo il buco sotto quel masso. È facile restare incastrati.»

Era chiaro che adorasse navigare fiumi e in fatto di acque bianche possedeva un istinto naturale.

«Tenetevi alla larga dalla roccia di substrato. Se ci finite dentro, la corrente potrebbe trascinarvi sotto.»

E sottolineava sempre la sicurezza.

«Se cadete dalla barca, entrate nella rapida di piedi. Tenete fuori la testa. Se possibile, vi lancerò una cima, o voi farete lo stesso per me.» Poi, preoccupato che Emma non avesse la forza di tirarlo su nel caso avesse avuto bisogno di aiuto, legò un'estremità della corda alla barca. Meglio essere pronti per un'eventuale emergenza.

Il canyon dall'aspetto impervio offriva riparo a banchi di detriti rocciosi che ingombravano entrambe le coste, sulle quali di tanto in tanto spiccava una chiazza di folta vegetazione: ginepri, pioppi neri e salici dominavano le rive del fiume. Macchie di cespugli di mesquite abbracciavano l'ambiente umido con i loro rami armati di spine dritte e appaiate. Verdi, esili fusti di cfedra, coperti di germogli gialli, crescevano in abbondanza e arbusti di fallugia erano visibili a livello delle linee di acqua alta lungo il fiume.

Durante le missioni esplorative, Emma notò diverse lucertole muoversi pigre, un paio di rospi e un innocuo serpente simile a una biscia che le strisciò accanto allo stivale senza che lei trasalisse, il che la rese più sicura di sé. Inoltre, guardarlo era un piacere, il modo in cui si muoveva tra la sabbia e gli arbusti la lasciava incantata. Mai aveva fatto esperienze simili durante la sua vita a San Francisco.

Nathan le indicò dei frosoni, i maschi di uno spettacolare blu notte, le femmine di un marrone spento. Che dire? A queste ultime la natura non aveva di certo dato molto di cui fare sfoggio per accalappiare un compagno. Era così anche per lei? si chiese Emma. Forse, quando fosse arrivato il momento di attirare un marito, sarebbe stato il caso di lisciarsi un po'. Chissà che cosa attraeva Nathan in una donna.

Spaventarono tamia e scoiattoli, topi e persino una moffetta. Nel vedere quest'ultima, Nathan afferrò in tutta fretta Emma e la gettò nella barca, allontanandosi con rapide vogate dalla riva. Lei sorrise a quelle piccole creature, guardandole scomparire in lontananza mentre loro due trovavano un altro posto in cui sostare per una pausa di mezzogiorno.

Nel primo pomeriggio giunsero nei pressi di un grosso canyon laterale, alla loro destra, che si spingeva a ovest. Avendo notato delle rovine indiane abbandonate, si fermarono per riposare ed esplorare. Powell ne aveva parlato nel suo libro e pertanto Emma non si sorprese, ma vederle con i propri occhi le procurò comunque un brivido.

«È difficile credere che qualcuno abbia voluto fare di questo posto una fissa dimora» osservò Nathan, camminando alle sue spalle.

«Quello che sembra difficile è come entrare e uscirvi.» Passò la mano su una parete di pietra fatiscente. «Gli Antichi... gli indiani Navajo li chiamano Anasazi.»

«Mi chiedo a quando risalgano questi resti.»

La visione le passò fulminea davanti agli occhi. *Indiani minuti e bassi si muovevano qua e là, lavoravano, si raccoglievano in gruppi, preparavano cibo e discutevano di questioni tribali.* Emma sbatté le palpebre e inspirò a fondo per calmarsi, quindi riprese a camminare. *Le rovine cadenti alla sua sinistra appartenevano a una* kiva, *ovvero una stanza cerimoniale interrata, e molto sacra. Gli uomini si avvicinavano e vi entravano attraverso un foro centrale, lasciandosi scivolare all'interno.*

«Settecento anni.» Conosceva il periodo in cui era vissuto quel popolo.

«Prendo la vostra supposizione per buona» ribatté Nathan al suo fianco.

La visione mutò. Gli indiani continuavano a muoversi ma non più in forma fisica, bensì come apparizioni energetiche. Sagome verdi appena accennate si mescolavano intorno a loro due.

Stupefacente.

Esistevano ancora calore e spirito lì, dopo tutto quel tempo.

Emma si fermò ad assimilare quanto si doveva aver provato a vivere con quella gente sveglia, ingegnosa, solerte e innovativa. L'energia proveniente dalla *kiva* la costrinse a muoversi oltre. Era chiaro che quegli esseri umani possedessero una forte spiritualità, e lei era curiosa di esplorarla.

D'un tratto si fermò. Per quanto sfuggevole, la paura s'insinuò nella serenità di quel momento.

Si nascondono.

E poi lo vide, il bambino indiano della sera prima.

Le creature diafane scomparvero. Tra i resti fatiscenti della *kiva* non restava che il piccolo.

Era stato lui ad allontanare gli spettri degli Anasazi.

«Emma?» La voce di Nathan la chiamava da qualche posto in lontananza.

«Non lo vedete?» chiese piano.

«Chi?»

«Il bambino.»

Nathan l'afferrò saldamente per le spalle e la girò verso di sé, strappandola alla trance. Il piccolo sembrava così reale. Laddove i resti eterei degli Anasazi l'affascinavano, però, lui la spaventava. Non aveva senso. Le visioni non si erano mai presentate a quel modo.

«State bene?» chiese Nathan, fissandola.

Emma annuì.

«Vi comportate in maniera strana. Perché avete nominato di nuovo il bambino?»

«Non saprei.» Mosse dei passi indietro e interruppe il contatto fisico. Nathan era difficile da interpretare, ma non era questa la ragione per cui ne temeva il tocco. Su un piano molto primitivo, il suo corpo gli rispondeva. E lei non aveva idea di cosa fare al riguardo.

Nathan continuava a guardarla con aria preoccupata e… incredula? Si sfregò le braccia, stringendosele intorno al corpo, e si girò. Non voleva davvero apparire bizzarra ai suoi occhi. «Quando ero piccola, inventavo storie» disse, senza staccarsi troppo dalla verità. «E mi capita di farlo ancora» aggiunse, mentendo.

«Perché non me ne raccontate qualcuna?»

«Magari un giorno» rispose oltre la spalla. E, pervasa dalla tristezza, si allontanò.

Meglio non fargli mai sapere della sua innaturale capacità di vedere ciò che altri non potevano, tanto le loro strade si sarebbero divise, e forse avrebbe conservato un buon ricordo di lei.

Nathan la teneva d'occhio mentre passeggiava lungo la costiera. Il suo comportamento lo preoccupava. Che stesse male? A giudicare dall'aspetto, no, ma non c'era modo di saperlo, e lui non la conosceva abbastanza bene da stabilire se l'atteggiamento fosse normale o se le sue azioni fossero dettate da un'eventuale malattia. Sembrava quasi soffrisse di allucinazioni, ed era fermamente decisa a non parlargliene.

Quest'ultima era la cosa che più di tutto lo irritava.

Come faceva ad aiutarla se non glielo permetteva?

Non voleva che si ammalasse. O, peggio ancora, che morisse. Voleva che gli parlasse, che esprimesse i suoi pensieri e gli confidasse i timori.

Voleva che si fidasse di lui.

Emma si fermò accanto a un mucchio di massi e, guardando il fiume, si mise le mani sui fianchi. «Mi chiedo se ci sia qualche caverna lungo il canyon.» Dal momento che lui non rispondeva, si girò a guardarlo. «Forse dovremmo staccarci per un po' e ritrovarci più tardi.»

«Forse dovreste dirmi che accidenti vi prende.»

«Non credo di comprendere cosa intendiate.»

«Siete malata? Perché in quel caso dovete dirmelo. Se non ve ne foste accorta, siamo in un posto sperduto. E io ho bisogno di sapere se devo portarvi via di qui. E devo saperlo adesso.»

«Non sono malata.» La risposta calma evidenziava un tono tagliente. «Vado a dare un'occhiata a quel canyon laterale» aggiunse, superandolo.

Nathan guardò la sua schiena che si allontanava, sorpreso che lo avesse liquidato a quel modo.

Recuperò la rivoltella dalla barca e la seguì.

Si muoveva veloce, a saltelli e passetti, evitando cespugli e massi via via che si spingeva più all'interno dello stretto canyon. Lui riusciva a vederla, ma lo precedeva di parecchie centinaia di piedi. Sollevò lo sguardo a prendere nota mentale delle nubi minacciose che andavano formandosi e nello stesso istante un rovescio di pioggia lo inzuppò da capo a piedi. Si fermò a considerare le sue opzioni. Quel posto lo innervosiva.

Intanto, Emma si girò e lo vide. Era irritata, al punto che Nathan lo avvertì persino da quella distanza. Ma davvero aveva pensato di potersi sbarazzare di lui con tanta facilità?

Le fece cenno di avvicinarsi e, sebbene riluttante, lei lo assecondò.

La pioggia che scendeva in un flusso costante dal cappello le infradiciava il tessuto bianco della camicia rivelando il bel profilo dei seni, notò lui mentre aspettava.

«Al diavolo.» Distolse lo sguardo, quindi rise. E cos'altro avrebbe potuto fare?

Infine, Emma lo raggiunse. «Che c'è di tanto divertente?»

«Voi.» La sua rabbia era ormai svanita.

«Trovate divertente che la pioggia mi abbia sorpresa?»

«No. Siete semplicemente la donna più strana che abbia mai incontrato.»

«E perché mai direste una cosa simile?» C'era una nota esasperata nella sua voce.

L'acqua di deflusso scorreva violenta e disordinata lungo i pendii circostanti. «Penso che faremmo meglio a uscire da qui.»

Emma allungò il collo, guardandosi intorno. «Inondazioni improvvise. Avrei dovuto pensarci prima.»

Dall'altura su cui si trovava, Nathan le afferrò una mano e la tirò su, quindi guardò in alto: le rocce si staccavano e rotolavano verso di loro.

«Sta venendo giù tutto!» urlò Emma.

«A terra!» La spinse sotto uno strapiombo che offriva scarsa protezione e le sedette accanto.

Ben presto i torrenti d'acqua si trasformarono in torrenti di fango, quindi in torrenti di fango e rocce. Un enorme masso rimbalzò lì accanto. Emma urlò. Nathan la cinse con un braccio, attirandola quanto più possibile a sé, e lei spinse il viso contro la sua spalla, mentre un forte rombo riempiva l'aria.

Non potevano fare altro se non sedere e pregare di non finire sepolti vivi, o scivolare dal pendio, scaraventati giù dalla valanga di fango che gli si riversava addosso e si univa alle impetuose acque d'inondazione in basso.

Emma si riparò il viso con il cappello e Nathan le coprì la testa con l'avambraccio, allargando le dita tra i suoi capelli. Non avrebbe dovuto toccarla a quel modo, ma era lì per proteggerla.

E così avrebbe fatto.

CAPITOLO OTTO

L a pioggia cessò con la stessa repentinità con cui era iniziata, permettendogli di tornare alla barca. Blackmore suggerì di dirigersi un po' più a valle prima di accamparsi ed Emma ne fu contenta. A disagio per via degli abiti bagnati e del proprio comportamento, prese una coperta e se l'avvolse intorno al corpo. Quando il masso le si era frantumato accanto, si era lanciata nelle braccia di Nathan come una spaventatissima idiota che non avesse mai visto una tempesta prima di allora.

Seduta nella parte posteriore della barca, mentre lui remava, fissava assorta le pareti del canyon e le ombre della tarda giornata.

«Avete freddo?» chiese Nathan.

«Come dite?» Poi si ricordò della coperta che si stringeva intorno alle spalle. «Sì, un po'.»

«Stanotte accenderò un fuoco.»

Emma non riusciva a guardarlo negli occhi. Tra le sue braccia, aveva memorizzato la forza e la sensazione delle sue dita tra i capelli. L'aveva protetta, e lei aveva provato l'irresistibile impulso di ricambiare quel gesto, con l'imprevedibile mente che già valutava i modi per una donna di ringraziare un uomo, primo fra tutti un bacio.

Attanagliata dai nervi, fremette.

«Ecco la vostra caverna.» Nathan accennò alla sua sinistra.

Emma osservò la grande apertura nella parete rocciosa. Non era troppo alta, ma non sarebbe stato facile accedervi.

«Quasi certamente ci vivono dei parassiti» disse lui, continuando a remare. «Non un buon posto per passarci la notte.»

Emma annuì, apparentemente incapace di fare altro al momento. Non erano i roditori a preoccuparla. L'ingresso della caverna doveva misurare parecchi piedi di larghezza, ma il limitato spazio all'interno l'avrebbe costretta a trascorrere tutta la notte accanto a Blackmore.

Mentre si lasciavano trasportare dalla corrente lungo una leggera curva sul fiume, intravide una cascata che si rovesciava direttamente dalla parete rossiccia del canyon. L'abbondanza di vita vegetale conferiva al tutto le sembianze di una foresta, e ai piedi del salto d'acqua era un mucchio di massi rocciosi, come sentinelle di guardia a un bene prezioso.

Fissando il rigoglioso paesaggio all'interno di un ambiente altrimenti brullo, si ricordò del libro di Powell. «Questo dev'essere Vasey's Paradise» disse, contenta di aver ritrovato la voce.

«Dobbiamo fermarci?» chiese Nathan.

«No, non c'è molta spiaggia.»

Un'altra ansa rivelò una grossa caverna a sinistra. A mano a mano che si avvicinavano, Emma ne osservò l'immenso ingresso.

«A me, invece, sembrerebbe proprio di sì.» Blackmore guidò la barca verso la lunga costa sabbiosa.

«Powell ne ha scritto» disse lei. «Se fosse un teatro» recitò «ci sarebbe posto per cinquantamila persone.» Era più grande di quanto avesse immaginato.

«Potrebbe aver ragione.»

Emma sbarcò dal dory e si allungò per sbirciare meglio nella caverna. La scarsa visibilità non aiutava, ma più che una vera e propria grotta, le sembrava una rientranza. «Questo sì che sarebbe un bel posto in cui vivere.»

Nathan trascinò la barca fuori dall'acqua. «Pensavo la stessa cosa. Per stanotte ci accampiamo qui.» Si raddrizzò e fece parecchie iarde. «Ma dubito vorreste vivere quaggiù per sempre.» Indicò le linee scure su una delle pareti interne. «Sono segni lasciati dall'acqua, quelli. Il che significa che, con tutta probabilità, di tanto in tanto questa caverna si allaga. La gente che viveva in quelle rovine che abbiamo visto più su deve averlo capito subito.»

Emma espresse un tacito consenso e si spinse più all'interno, rallentata dalla sabbia che si estendeva in tutte le direzioni. Il posto non si rivelò niente d'interessante, non era che un'ampia grotta, una sorta di luogo sacro e solitario. Forse gli Anasazi lo usavano per pregare un dio del fiume, perché immersi in un simile isolamento gli indiani che vivevano lungo quel corridoio dovevano sicuramente aver avvertito la potenza dell'altro mondo.

Tornò alla barca e aiutò Blackmore a tirar giù le provviste e mettere campo. Cenarono con biscotti caldi, pomodori in scatola, fagioli rossi e caffè ristretto, quindi Nathan scomparve dietro la barca.

Frugando tra i propri effetti, Emma tirò fuori un paio di occhiali con la montatura di metallo, il diario, una penna e l'inchiostro. Non scriveva dall'inizio del loro viaggio ed era ora che lo facesse, perciò, seduta a gambe incrociate accanto al fuoco e all'abbondante luce che le offriva, si mise al lavoro.

Quando Blackmore tornò, fece del proprio meglio per ignorarne la presenza.

«Dov'è la vostra arma?» chiese lui.

«Nella barca» rispose Emma, con un'occhiata torva. Ci era appena stato, lì.

Lui andò di nuovo al fiume e tornò con la vecchia rivoltella.

«Tenete queste.» Le tese la propria pistola e la sua.

Lei provò a prenderle entrambe e il diario le scivolò dal grembo. Intanto, Nathan spiegava una coperta e la stendeva sulla sabbia dal lato opposto del fuoco. Quando ebbe finito andò a riprendersi le pistole. Il tocco fu leggero, le sfiorò appena la mano, eppure Emma si sentì attraversare da un fremito di consapevolezza, una scossa che la sorprese. Nessuna visione, solo un sussulto.

Lo guardò sedersi e prendere a smontare le due pistole, pulirle e controllarle per bene. Poi, determinata a concentrarsi sul proprio diario, distolse l'attenzione e iniziò a scrivere.

Raccontando del viaggio – davvero erano passati solo quattro giorni da quando avevano lasciato Lees Ferry? – descrisse il fiume e gli animali e aggiunse tutte le informazioni topografiche che ricordava. Qua e là fece riferimento anche a Blackmore, ma s'impose di smetterla. E se lui avesse letto?

Dirottò i pensieri verso sua madre, un argomento che non sapeva bene come affrontare. La notte in cui Rosemary Hart era morta c'era stata una cacofonia di rumori, seguita da un silenzio talmente assordante che Emma era stata sicura di aver perso l'udito. Mary le aveva detto della terribile scomparsa dei genitori e l'aveva stretta a sé, tanto forte da toglierle quasi il respiro, ma lei non avrebbe voluto altro che sentire ancora una volta il dolce profumo di sua madre.

Mai, prima di allora, Emma aveva ricordato quella notta in maniera tanto vivida. Non volendo cedere all'improvviso bisogno di piangere, scrisse tutto quanto nel diario.

E il tradimento di sua madre, poi? Era stato prima che Emma nascesse. Si fermò e rifletté sugli ipotetici eventi nella vita della donna. Si sarebbe detto che la nascita della terza figlia fosse... cosa? Un tentativo di redenzione? La volontà di mostrare al marito – il padre di Emma – vera devozione nei suoi confronti?

L'amore di una madre. Perché non era mai andata da lei in qualche visione per offrirle una guida, spiegarle il passato, inondarla dell'amore che le era così disperatamente mancato in tutti quegli anni?

Il vuoto lasciato dalla perdita dei genitori era una costante fitta al cuore. Ripensò a Molly e al suo miracoloso ritorno. Il bene e il male. Il buio e la luce. L'uno non poteva esistere senza l'altro. Glielo aveva insegnato Maeve.

Emma si era sempre sforzata di comprendere il mondo e tutto quello che le accadeva intorno, ma davvero non sapeva come spiegarsi quegli eventi. Si massaggiò la fronte, lanciò un'occhiata a Blackmore e decise di cercare risposte a una curiosità più banale.

«Dove siete nato?»

Senza guardarla, Nathan posò con cautela sulla coperta un pezzo della rivoltella. «Missouri.»

«Avete fratelli o sorelle?»

«Una sorella.»

Emma aspettò che aggiungesse altro, ma invano. «Come si chiama? Dove vive?»

«Jane. Abita in California.»

Le piaceva guardare le sue dita al lavoro mentre rimontava l'arma. «La vedete spesso?»

«No. Ma prima di trovarvi stavo andando da lei. Ha partorito da poco.»

«È meraviglioso. Dovete essere felicissimo per lei. Maschio o femmina?»

«Maschio.» Sollevò lo sguardo. «Si chiama Jackson.»

«È un nome deciso. Come avete imparato a navigare fiumi?»

Nathan prese uno straccio e lucidò la canna della rivoltella di Emma. «Mio padre gestiva un'impresa di consegna di provviste sul Mississippi. Da ragazzo lo aiutavo.»

«Perché non siete rimasto?»

«Sono andato via dopo la sua morte.»

Emma esitò. Avvertiva il muro intorno al cuore di Blackmore e non se la sentiva di sondare senza permesso. Una persona normale, tuttavia, avrebbe espresso vicinanza. E lei così fece.

«Mi dispiace. Quanti anni avevate?»

«Sedici.»

«Com'è morto?»

Blackmore si fermò e fissò le armi davanti a sé. «Annegato.»

«Davvero?» chiese lei, sorpresa.

Blackmore le incollò gli occhi addosso. La fiamma del fuoco

intensificava le ombre sul suo viso spigoloso. «La vita è ricca di fatti inspiegabili.»

«Lo so. Dev'essere stata molto dura per voi.»

«Non più che per chiunque altro.»

Emma guardò il fuoco.

«E adesso tocca a voi» dichiarò Nathan, iniziando a rimontare le due pistole.

«Come dite?»

«Io vi ho detto qualcosa di me. Adesso è il vostro turno. Ditemi qualcosa di voi.»

«Sembra che conosciate già la maggior parte dei fatti.»

«Non sapevo che portaste gli occhiali» ribatté lui.

La mano di Emma corse al viso e quasi li fece saltare dal naso. Aveva dimenticato di averli e, imbarazzata, si affrettò a sfilarseli. «Solo quando lavoro col mio diario.»

«Dovete cambiarne parecchi all'anno.»

«E che cosa ve lo fa dire?»

«La maniera in cui ve li strappate dalla faccia. Scommetto che ogni volta ne rompete un paio.»

Prima che potesse frenarsi le sfuggì una risatina.

«Com'era la vita a San Francisco?» Le dita di Nathan collegavano pezzi dell'arma e li facevano scattare in posizione.

«Buona, immagino. Non credo di essere tagliata per la città.»

Blackmore sorrise e il cuore di Emma perse un colpo. Che dire? L'uomo aveva un certo fascino.

«Qualche passione?» continuò lui.

Emma ci pensò su. «Non proprio. Mi piace la lettura. Leggo molto.» Mm, davvero interessante, pensò ironica. Ora di cambiare argomento. «Cosa si prova a essere un Texas Ranger?»

Nathan mise da parte le armi. «Giornate lunghe. Notti fredde. Paga scarsa.»

«E perché farlo, allora?»

Prese l'ultimo pezzo di legno trasportato dall'acqua e aggiunse altri due ceppi al fuoco. «Pensavo fosse una maniera di fare la cosa giusta, e mi piaceva il fatto di non essere vincolato a un solo posto.»

La conosceva anche Emma, quella sensazione. Chissà se in alcuni l'impulso ramingo era impresso sin dalla nascita. O forse anche Nathan scappava dalle difficoltà della vita?

«Com'eravate da bambina?» chiese lui.

Emma si fermò a riflettere. «Tranquilla. Me ne stavo per conto mio. E voi?»

«Tranquillo. Me ne stavo per conto mio» rispose lui, serio.

«E adesso vi prendete gioco di me» ribatté lei con un mezzo sorriso.

Nathan la guardò divertito. «Non mi permetterei mai.»

«Com'è nata la vostra amicizia con Matt Ryan?»

«Ci arruolammo nell'esercito più o meno nello stesso periodo.»

«Sareste potuto restare nel Missouri ad aiutare vostra madre, perché no?»

Blackmore attizzò il fuoco con un bastone ricurvo. «Forse avrei dovuto.»

Avrebbe aggiunto altro? Nell'incertezza, Emma aspettò.

«Ma volevo davvero andar via» si decise a spiegare lui. «Ero giovane e pieno di rabbia e idealismo. Avevo bisogno di uno sbocco.»

«E non provate più quei sentimenti?»

Nathan spinse il legno che ardeva nella buca scavata nella sabbia. «Immagino di no.» Ma c'era rassegnazione nel suo tono, nonché un persistente sottofondo di animosità.

Emma si mosse, a disagio. Prese una coperta e se la strinse intorno alle spalle per temprarsi contro le crepe che percepiva nella corazza emotiva di Blackmore. «Tornerete mai a casa?»

Lui fissò il fuoco, impassibile. «Sono più a casa nel Texas che nel Missouri.»

«Io credo che casa non sia tanto un luogo quanto un posto dentro di noi.»

Nathan la guardò. «A volte, parlate come una vecchia.»

Emma sorrise. «Ho spesso pensato che si nasca *vuoti*. Che si arrivi su questa terra pronti per iniziare da zero, per acquisire conoscenza via via che si procede, senza comprendere le tortuosità della vita finché non si è molto vecchi.» Si strinse più forte la coperta addosso. «Ma in quanto a me, mi sento come se fossi nata già mezza piena. Una maledizione o una benedizione. Non ho ancora deciso quale delle due.»

Il silenzio tra di loro crepitava, sonoro quanto il legno che schioccava e il fuoco che ardeva. Emma non sapeva bene perché gli avesse raccontato così tanto, tranne che una parte di sé voleva che lui la conoscesse davvero. Quella parte che desiderava raccontargli tutto quanto.

«Non riesco a immaginare la vostra vita se non come una benedizione, Emma.»

Il suo punto di vista le serrò la gola, così, per mascherare l'improvvisa vulnerabilità, si alzò, tolse la coperta dalle spalle, la distese per terra e si sdraiò, subito imitata da Blackmore.

Fissò il soffitto della caverna e ascoltò il fiume scorrere in sottofondo, quindi disse: «Dormi bene, Nathan.»

«Anche tu, Em.»

CAPITOLO NOVE

Nathan si svegliò presto. Emma dormiva ancora, con il viso girato dall'altra parte e i capelli arruffati. Doveva averli sciolti durante la notte. Gli piaceva così, rilassata e naturale, quell'aria un po' disordinata lo attraeva molto più di qualsiasi donnina profumata. Non che trascorresse troppo tempo nei saloon, anche se con qualcuna ci era stato, ma in genere le preferiva meno appariscenti.

La lasciò al suo dolce riposo e andò al fiume. La luce del sole non aveva ancora raggiunto il corridoio del canyon. Di fronte al loro accampamento un'insenatura non protetta accoglieva a mo' di culla un banco di sabbia – non sufficientemente ampio per tirarci in secco una barca – e conduceva a una rientranza simile a una caverna. Chissà se creature varie sceglievano zone a filo d'acqua come quella per le loro tane. Era un posto arido e remoto, eppure offriva uno strano conforto all'anima. E iniziava a piacergli.

Servendosi di un coltello, che Emma aveva portato per il cibo, e un pezzo di sapone trovato tra le provviste, iniziò a radersi il viso. Dopo aver raschiato via quanta più barba possibile, lavò le guance e il coltello, quindi si spostò sulla sinistra della caverna, dove c'era abbastanza spiaggia per sottrarsi alla vista di Emma nel caso si fosse svegliata, e si tolse i vestiti.

Entrando cauto in acqua, strofinò e sciacquò camicia e pantaloni e li stese su un ammasso di rocce, quindi tornò dentro, s'insaponò da capo a piedi e si lavò i capelli. Una volta uscito, si distese su una coperta, a godere dell'aria fresca sulla pelle nella foschia antelucana.

Un lieve ringhio allertò i suoi sensi. Con movimenti lenti, sedette e si guardò alle spalle.

Tra un cumulo di massi a parecchi piedi da lui, era accovacciata una femmina di puma, lo sguardo concentrato e letale. Lunga otto piedi, se non di più, era un'adulta chiaramente in grado di difendersi fino alla morte. I suoi occhi color del whisky erano fissi sul viso di Nathan e il manto marrone chiaro si confondeva quasi con il rifugio roccioso. Se non avesse ringhiato, Nathan non si sarebbe mai accorto di lei.

Ma il nascondiglio che quella creatura aveva intelligentemente scelto gli impediva una fuga veloce. Se l'avesse spaventata con tutta probabilità gli si sarebbe avventata contro. Se fosse scappata cercando protezione nella caverna, invece, sarebbe piombata direttamente addosso a Emma.

Nathan si alzò piano, trascinandosi dietro la coperta che si avvolse intorno alla vita. La sua pistola – come quella di Emma – era nella caverna. A passo di lumaca, retrocedette in quella direzione.

Il puma tornò a ringhiare e spostò il peso sugli arti posteriori. Era chiaro che il vivace animale non sarebbe rimasto fermo a lungo.

«Nathan.» La voce calma di Emma gli procurò un sussulto, che per fortuna riuscì a contenere.

«Non ti muovere» rispose lui a denti stretti e senza staccare lo sguardo dal felino.

«La vedo» sussurrò Emma. «È meravigliosa.»

Un pensiero improvviso lo colpì. «Entra in acqua.»

«Mi hai appena detto di non muovermi.»

«Ho cambiato idea. Entra in acqua. È meno probabile che ti attacchi, lì. E avresti per caso la mia pistola?»

«Hai intenzione di spararle?»

«Solo se attacca.»

Emma tese piano la pistola e le dita di Nathan toccarono il metallo freddo.

Fu allora che, senza alcun preavviso, il puma si lanciò verso di loro. Nathan afferrò in tutta fretta Emma e la spinse nell'acqua. Caddero entrambi con un tonfo e l'urlo allarmato di lei gli echeggiò intorno. Senza perdere tempo, Nathan si alzò e provò a individuare il punto in cui si trovava l'animale. Una macchia marrone chiaro catturò la sua attenzione, muovendosi elegante sulla scogliera alla loro sinistra si allontanava dall'ingresso della caverna. Grazie al cielo, il felino non voleva nulla a che fare con loro due. Le pareti rocciose lungo il corridoio del fiume erano ripide e apparivano invalicabili, ma la creatura riuscì comunque a trovare la maniera di arrampicarsi.

Nathan fece un profondo respiro, intanto che la mente accettava lo scampato pericolo, e il cuore tornò a un ritmo normale. Il peso della pistola nella mano richiamò la sua attenzione.

Era bagnata. Di nuovo. *Maledizione.*

Alle sue spalle, Emma si lasciò sfuggire un suono strozzato.

Era nudo come un verme, con la coperta che gli galleggiava intorno alle gambe.

«Scusa.» S'immerse, ma non poté impedirsi di lanciarle un'occhiata. I capelli bagnati aderivano alla testa e un delicato rossore le colorava le guance.

Si alzò. «No, dovrei essere io a scusarmi.» Guardava dappertutto fuorché nella sua direzione. «Non volevo essere invadente.» Indossava dei pantaloni ma, invece della pesante camicia bianca, a coprirle la parte superiore del corpo era un sottile indumento smanicato. Il tuffo nel fiume glielo aveva appiccicato addosso come una seconda pelle.

Un'immagine che indugiò nella mente di Nathan anche dopo aver distolto lo sguardo.

«Fai pure con comodo» disse lei oltre la spalla, trascinandosi fuori dall'acqua e affrettandosi verso la caverna, mentre lui rimaneva a mollo ancora per parecchio.

Non aveva più dubbi, ormai.

Era in guai seri.

Un'ora dopo erano di nuovo sul fiume. Emma si era offerta di remare nella speranza che l'esercizio fisico distogliesse la mente dal ricordo di Blackmore senza neanche uno straccio addosso. Aveva provato a cancellarne la memoria, ma invano. La vista del suo fondoschiena nudo le aveva arrestato il cuore nel petto e seccato la bocca. Altro che puma!

L'immagine di lui era… irresistibile, sussurrava la mente.

Non aveva mai visto un uomo completamente nudo, con muscoli dai contorni tanto ben definiti e virili. Ma al tempo stesso *non* era nuova a quell'esperienza: l'aveva già vissuta con lo sconosciuto delle sue visioni. Anche se la realtà era ben diversa.

Decisamente migliore.

Con il viso rivolto a monte, Emma evitava lo sguardo di Nathan e celava imbarazzo e frustrazione remando come un'ossessa. Le pareti del canyon li sovrastavano e il fiume era ampio e calmo. Una volta azzurra completava quel loro pezzo di mondo isolato.

Si fermò a riprendere fiato. In veste di capitano, Blackmore aveva grande capacità di resistenza, pensò, apprezzando quel nuovo tratto. Intanto, uno sparviero volava alto su di loro. Emma allungò il collo per osservarlo e rifletté sulla prospettiva di cui godeva, così diversa dalla sua. Di sicuro vedeva il fiume come una mera parte del paesaggio, mentre, nel proprio caso, quello stesso corso d'acqua le consumava la vista e dettava la sua stessa sopravvivenza.

«Come hai recuperato il denaro per costruire la barca?»

Decisa ad apparire disinvolta, Emma lo guardò come fosse stato un negoziante che le chiedeva quanta farina le servisse per la settimana. «Due anni fa, a San Francisco fu inaugurato un albergo piuttosto grande, chiamato Palace Hotel, e io riuscii a farmi assumere come cameriera. Sbrigavo anche delle faccende per parecchie signore anziane che vivevano nel nostro stesso stabile, per lo più vedove. Cucinavo, rassettavo qua e là, cose di quel genere.» Riprese a remare.

«Devi aver avuto un gran daffare. Non andavi a scuola?»

«Certo che sì.»

«Ma non avevi molto tempo libero.»

«Mi andava bene così. Troppo ozio potrebbe essere un problema per me.»

«Perché?»

Non poteva dirgli la verità – ovvero che rimuginava all'infinito sulle sue visioni – perciò mentì. «A volte ho problemi a concentrarmi.»

«E tua sorella Mary? Non viveva anche lei con voi?»

«Sì. Aveva in progetto di frequentare una scuola per infermiere e studiava molto, ma l'amore glielo impedì. Non appena incontrò Tom Simms, seppi che era nei guai. Ma lui fece la cosa giusta e la sposò.»

«La cosa giusta?»

«Era incinta.»

Nathan annuì.

«Hai figli?» chiese lei, tirando con forza i remi e trascinandoli nell'acqua.

«Non che io sappia.»

«Dunque, è possibile che ne abbia?»

«Se sì, non di proposito.»

«I figli si creano di proposito.» Tirò di nuovo i remi, animata dalla frustrazione che le cresceva dentro. «Che modo di vedere è?»

«Uno sincero. Non ho mai promesso niente a nessuna.»

«E perché no?»

Lui la guardò, con una smorfia. «Non l'ho mai voluto. Non mi piace sentirmi legato.»

«Dev'essere bella» mormorò lei.

«Cosa?»

«La libertà. Ma la solitudine?»

«Ci si abitua.»

Emma smise improvvisamente di remare. Le immagini le piombarono addosso. *Nathan dopo la morte di suo padre. Una sensazione di totale sconforto. Disincanto. Disperazione nei confronti della madre.*

La visione scomparve con la stessa velocità con cui si era presentata.

«E tu?» chiese lui. «Perché non sei sposata?»

Provata dall'improvvisa incursione nell'animo di Nathan, sospirò. «Non me lo ha mai chiesto nessuno.»

Blackmore rise. «E allora non prestavi attenzione. Qualcuno deve aver mostrato interesse per te.» Una nota inconfondibile s'insinuò nella sua voce.

Emma riprese a remare, ma la barca sembrava non muoversi.

«Stanca?» chiese lui. «Prendo il tuo posto.»

«No, sto bene. Mi piace come diversivo.»

«Sembri infastidita. Non ti sto annoiando, vero?»

«Sei tutt'altro che noioso» ribatté lei, socchiudendo gli occhi contro la luce diretta del sole. Si sentiva intontita.

«Mi hai appena fatto un complimento?»

«Ne avevi bisogno?» Le girava la testa e faticava a restare dritta.

«Il mio fascino ti fa perdere i sensi? Sembri pallida.»

Allungò le braccia e l'afferrò, quindi la fece sedere al proprio posto e prese il suo ai remi. Il tocco aveva lasciato una scia incandescente sulla pelle.

«Credo che tu abbia preso troppo sole. Forse sei più cittadina di quel che pensi.» I suoi occhi erano scuri e provocatori.

Emma lo guardò e si chiese perché *lui* fosse arrabbiato con *lei*.

«Rapida» la informò Nathan dopo essersi lanciato un'occhiata alle spalle.

E senza aggiungere altro, remò verso la riva per esplorare il corso.

CAPITOLO DIECI

Emma prese di nuovo posto ai remi. Il capogiro era durato pochissimo, perciò decise che a causarlo doveva essere stato l'uomo che le sedeva di fronte. Guidava il dory nell'acqua tumultuosa e pensava a quanto le sarebbe piaciuto far fare un altro tuffo a Nathan. A tal fine, prese a muoversi di traverso, con l'imbarcazione che rollava da una parte all'altra, mentre onda dopo onda si abbatteva su di loro, inzuppando soprattutto Nathan che sedeva a prora.

«Buon Gesù, Emma» urlò lui. «Stai cercando di buttarmi fuori dalla barca?»

Lei lo guardò con occhio torvo, sforzandosi di mantenere il controllo del dory che scivolava sopra e dentro le travolgenti acque bianche. Non era mai stata meschina in vita sua. Che cosa le succedeva adesso?

Infradiciato per l'ennesima volta, Nathan si accigliò. «Va' a babordo» ordinò, sottolineando il comando con un gesto della mano a sinistra.

«Ci sto provando.»

La barca s'inclinò all'improvviso e lei sentì il proprio sedere sollevarsi dal banco e ridiscendere con un tonfo che le fece scricchiolare le ossa. Urlò, sforzandosi di mantenere la presa sui remi. Intanto, sbalzato in avanti e atterrato sullo stomaco, Nathan si aggrappava all'estremità frontale del dory, che continuava a ballonzolare, su e giù, su e giù. Ma fu nell'accorgersi del gigantesco masso proprio davanti a loro che il panico prese a consumare Emma. Il fiume gli si rovesciava sopra e tutt'intorno, attirandoli verso la sua potenza e la possibile distruzione della barca.

«Cambia direzione!» Nathan si spinse in piedi.

Con gli occhi spalancati e il cuore impazzito, Emma tirò con forza il remo destro in senso contrario e la barca si scostò dalla rotta di collisione diretta. Subito dopo provò a spingere i remi in avanti ma erano ancora negli scalmi e le riusciva difficile.

Fu allora che Nathan le si lanciò accanto sul banco, afferrò i remi e all'ultimo minuto, con ben più forza della sua, manovrò il dory distante dall'ostacolo sommerso finché, superata la rapida, non tornò a solcare acque più tranquille.

Il cappello di Emma, prima trattenuto sotto il mento, pendeva adesso sulla schiena, ciocche fradice le aderivano al viso e il respiro era tremante. Scossa, si staccò dal fianco di Nathan e andò a sedersi in fondo alla barca.

«Ricordami di non farti imbufalire mai più» disse lui, col fiato grosso per lo sforzo. Girandosi sul banco, poi, si sistemò di fronte a lei e con gesti abili continuò a remare.

Emma si rimise il cappello sulla testa e distolse lo sguardo. L'amante erotico delle sue visioni non discuteva con lei, il che era un altro punto a sfavore di Nathan. No, non era lui, l'uomo a cui era destinata. Non poteva esserlo.

Cosa mai glielo aveva fatto pensare?

———

ALL'INCIRCA QUATTRO MIGLIA PIÙ GIÙ, Emma si accorse di un canyon laterale. «Che ne dici di fermarci a fare quattro passi?»

«Buona idea» rispose Nathan. Se il fatto di perdere sempre più spesso la pazienza con lei, ultimamente, lo lasciava perplesso, il *suo*, di temperamento, era addirittura una sorpresa. Le donne di carattere gli piacevano, ma sospettava che lei ne possedesse fin troppo, tanto da fargli masticare chiodi.

Assicurarono la barca, quindi Emma prese il diario e iniziò a vagare nei pressi dell'ingresso del canyon, abbozzando flora qua e là, immaginava Nathan.

Non vista si era infilata gli occhiali, notò. Ed era carina.

Accidenti, se mi attrae.

Mosso dalla frustrazione, imprecò a denti stretti.

Provare attrazione per una donna era un fatto semplice, normale. Gli era successo molte volte. Sfortunatamente per lui, però, in una situazione straordinaria ciò era un inconveniente.

Non si era mai lasciato trasportare dalle emozioni. E non lo avrebbe permesso neanche ora, giurò a se stesso.

Trovò i biscotti avanzati a colazione e la carne secca e aspettò che Emma tornasse per mangiare insieme, ma rilassando la schiena contro una roccia si addormentò.

L'esile donna con il semplice abito di cotone bianco sorrise. Allungò un braccio verso di lui e gli prese la mano, conducendolo poi in uno stretto canyon dalle pareti lisce, marroni e bianche. Era eccitato. La desiderava. Sembrava che lo stesse portando in un posto privato dove poter essere da soli e lui era pervaso da un senso di anticipazione.

Si girò di nuovo a guardarlo e la riconobbe. Emma. Grazie a Dio. Il bisogno di lei stava diventando insopportabile. Ribolliva di eccitazione. L'avrebbe assaporata tutta, godendo del suo corpo come non aveva mai fatto con altre donne.

D'improvviso, dal cielo piombavano uccelli morti, che atterravano intorno a loro con sonori tonfi. Nathan provava un senso d'ingiustizia e al tempo stesso avvertiva la tristezza di Emma.

«I passeri, Nathan» diceva lei, con tono angosciato. «Dobbiamo aiutarli.»

«Via. Su.» La voce di Emma penetrò nel sogno.

Nathan aprì gli occhi e la vide inginocchiata al suo fianco. «Hai offerto un bel pranzetto agli scoiattoli» disse.

Lui guardò in basso. I biscotti, con morsi e segni di artigli, erano sbriciolati e sparsi qua e là e la carne non c'era più. Si stropicciò gli occhi. «Mi dispiace. Non pensavo di addormentarmi.» Alzandosi, notò le ombre sulle pareti del canyon e comprese che doveva essere trascorso più tempo di quanto si fosse aspettato.

«È diverso quaggiù, non trovi?» Emma socchiuse gli occhi. «Il ritmo è unico… quasi ipnotico.»

Ecco il perché dello strano sogno. Quel posto iniziava a fare breccia in lui. O forse era solo la donna lì accanto.

Ormai pensava che i due fossero inspiegabilmente legati l'uno all'altra.

PROCEDETTERO SPEDITI attraverso un'ansa da est a ovest, superando nel frattempo un'altra rapida. La tensione tra di loro si era attenuata, il che permise a Emma di trascorrere un piacevole pomeriggio. Nathan le raccontò dell'addestramento nell'esercito e della sua amicizia con Matt Ryan e lei gli parlò dei diversi aspetti della città di San Francisco: Nob Hill, dove viveva, e il fatto che fosse a una passeggiata di appena dieci isolati dalla baia, dove poteva osservare navi con alberi lunghi e sottili galleggiare nel porto.

Dopo parecchie miglia, si trovarono alla testa di una rapida molto lunga ma dalla caduta abbastanza lieve. Esplorandola, su un lato altissimo della scogliera Emma notò antichi edifici indiani.

«Mi chiedo perché abbiano costruito delle case lassù» disse.

Nathan allungò il collo per vedere meglio quelle dimore. «Probabilmente le usavano per conservare il cibo. Sarebbe impossibile vivere là sopra. Dubito che ci fossero poi tanti predatori qui intorno.»

«A parte i puma, intendi?»

Lui sorrise. «Forse avevano imparato a conviverci. Ma come conservare del cibo fuori dalla portata degli scoiattoli?»

«Le tue idee non sarebbero state un granché, Nathan.»

«Se questo è il tuo modo di mostrare gratitudine, la prossima volta farò a meno di salvarti dal puma.»

«Tranquillo, la prossima volta ci salto da sola, nel fiume» ribatté lei, ricordando il corpo nudo di Nathan durante la nuotata di quella mattina.

Si girò e riprese a esplorare il fiume. Non aveva nessuna intenzione di litigare un'altra volta, anzi, preferiva di gran lunga l'armonia. Nathan era intelligente, perspicace e sapeva intrattenere una piacevole conversazione, quando non cercava di irritarla.

Grata per l'assenza di visioni sugli antichi indiani che forse avevano eretto quelle costruzioni in cui conservare il cibo, Emma si accinse a navigare la rapida con Nathan e di lì a poco si avviarono. Tre miglia dopo decisero di accamparsi nei pressi di un tratto un po' più impegnativo.

Pressappoco come la sera prima, Emma sedette accanto al fuoco con il proprio diario. Ma invece di occuparsi delle armi, Nathan vagò in cerca di un pezzo di legname galleggiante di dimensioni adeguate, e quando lo ebbe trovato provvide a ricavarne un altro remo.

«Mai fatto sogni con passeri morti?» chiese.

Emma alzò di scatto la testa, rovesciando la bottiglietta di inchiostro. La raddrizzò in tutta fretta e si allontanò dalla macchia scura sul terreno. «Che cosa hai detto?»

«Prima, quando mi sono addormentato, ho fatto un sogno davvero strano a proposito di passeri morti.»

Emma non sapeva cosa pensare. Era possibile che Nathan fosse sensibile alle forze che li circondavano? Non era neanche sicura che l'esperienza con il bambino indiano e gli uccelli fosse stata davvero una visione.

«Quando due giorni fa ti ho trovata priva di sensi in quel

canyon laterale» disse lui «facevi riferimento a dei passeri. Ricordi?»

«Non credo.» Finse di concentrarsi sul diario.

«Insomma, quello che ho fatto io era un sogno molto vivido.»

Insicura su come procedere, Emma esitò, quindi chiese: «Ti va di parlarne?»

«Una parte è personale.»

«Oh. E allora non è affar mio» rispose, sollevata.

Servendosi di un lungo spago, Nathan provò a legare orizzontalmente un pezzo levigato di legno con un altro più lungo. «Passeri morti ci cadevano attorno e tu dicevi che dovevamo aiutarli.»

Doveva muoversi con cautela e lo sapeva. Dubitava, infatti, che Nathan comprendesse il significato di una vita tra due mondi. Ma sembrava che il sogno lo avesse disturbato, perciò era suo compito provare ad aiutarlo. A onore del vero, la propria esperienza con i passeri l'aveva preoccupata a un livello che ancora non comprendeva, ma non pensava che dirglielo sarebbe stato utile.

«Credi in cose che non puoi vedere?» chiese.

«Cosa intendi di preciso?»

«Forse in questo posto c'è una qualche energia che comunica con le persone attraverso i sogni» disse. «È possibile che i passeri siano stati male qui.» E nello stesso istante in cui le pronunciò, seppe che le sue parole erano vere. Quelle creature parlavano a lei, e adesso anche a Nathan, della loro sventura.

Lui rise – sarcastico, sprezzante – quindi scosse la testa. «Adesso parli come un amante di fantasmi.»

Emma lo fissò. «Pensi di poter vedere ogni cosa con i tuoi stessi occhi?»

«Sì» rispose lui in tono risoluto. «Preoccuparsi di spiriti e messaggi dall'aldilà è una perdita di tempo. La vita è già difficile così com'è.» Nella sua voce si era insinuata una nota rabbiosa.

Sforzandosi di ignorare la fitta che le sue parole le avevano provocato, Emma si chiese come rispondere. «Forse» concesse. «Ma, allora, perché ti preoccupa tanto il tuo sogno?»

«Era giusto per parlare.» Avvolse lo spago attorno alla pala del remo.

«Ti è mai capitato di fare un'esperienza inspiegabile?» insistette lei.

La risposta di Nathan si fece attendere così a lungo che iniziò a chiedersi se la stesse ignorando.

«Una volta, credo» si decise a dire. «L'anno scorso, quando ho salvato Matt in Messico. Era vicino il confine con il Texas, prigioniero da mesi di un uomo a cui entrambi davamo la caccia da qualche tempo. Avevo seguito tutte le tracce che ero riuscito a scovare, fatto tutto quel che potevo…» La sua voce si affievolì. Mise da parte il remo e si grattò il viso. «Una sera ho preso del peyote con diversi indiani Apache che di tanto in tanto perlustravano l'area. Ero certo fosse la cosa più insensata che avessi mai fatto, ma la disperazione, a volte, ti induce a fare stupidaggini.»

Emma rimase in silenzio e aspettò.

«Fu molto inquietante, la visione.» Nathan divenne serio. «Non mi piacque, e di sicuro non la compresi, ma vidi davvero Matt, e come rintracciarlo. Così il giorno dopo, appena fui in grado di montare a cavallo senza cadere, andai a cercarlo e lo trovai.»

Un sottofondo di violenza e dolore sfiorò i margini della coscienza di Emma, ma lei non insistette per saperne di più. Non se la sentiva di conoscere i dettagli.

«Ti sei fidato di qualcosa che non comprendevi. Non è forse questa la definizione di fede?» chiese, cercando di offrire una veduta positiva dell'esperienza.

«Fede in cosa? Un modo perverso per staccarti dal mondo?»

«Magari è la porta di un universo che non possiamo vedere.»

«Hai mai fatto un'esperienza di quel tipo, Em?»

«No.» Si era sempre comportata bene, senza mai bere un solo goccio di whisky.

«Perdi il contatto con il tuo stesso essere. Non sei per niente capace di decidere della tua vita, in quello stato.» Allungò una gamba e appoggiò un braccio sul ginocchio piegato.

«Mai hai trovato Matt.»

«Sono stato fortunato.»

Emma perse la pazienza. «La fortuna non esiste! Perché mai saresti tanto speciale da essere fortunato? Pensi che Dio non abbia niente di meglio da fare che sedere lassù e decidere come rendere più facile la vita di Nathan Blackmore? *Tu* sei stato l'artefice. *Tu* hai colto qualcosa che esiste nella nostra esperienza. Perché temere? Io, ad esempio, ne sono contenta.»

Nathan la fissava e lei si pentì all'istante di quell'esplosione di rabbia.

«Hai un'opinione forte al riguardo» le disse.

Emma girò il viso di lato. «Scelgo di credere nella portata del mondo. Diversamente, impazzirei.»

«Temo di non capire.»

«In che cosa credi?»

Lui si fermò a riflettere. «Credo nell'alba e nel tramonto. E nella malvagità della natura umana.»

«E la speranza? O l'amore?»

Il fuoco danzava e scoppiettava, illuminando lo spazio tra loro. L'unica fonte di luce nel raggio di miglia, sospettava Emma.

«Non lo so.»

Era una risposta onesta e lei ne rimase colpita.

«Forse» disse piano, fissando le fiamme «questo è ciò che tutti sanno. Niente.»

Bloccato come Emma al confine tra due mondi – l'uno legato alla terra e l'altro al regno della fantasia – un uomo come Nathan non avrebbe mai compreso la sensazione che si provava di fronte alla frattura delle due percezioni.

«Sarà meglio dormire un po'» disse.

Mise via il diario, si tolse gli occhiali e si distese tra le coperte, con le spalle al fuoco.

«Tutto bene?» chiese lui.

«Sì, tutto bene» mormorò Emma nell'oscurità. «Speriamo di non sognare niente. Buonanotte.»

«'notte, Em. Dormi bene.»

E lei se lo augurava davvero.

CAPITOLO UNDICI

Il mattino seguente portò con sé una partenza a rilento, con due rapide da superare e tre vasti canyon laterali da esplorare. Emma se ne stava a distanza da Nathan e parlava poco. Così, in un clima di affiatamento precario, anche se non del tutto imbarazzante, mentre lui guidava la barca sul fiume placido, lei teneva il naso nel libro di Powell.

Il canyon si allargò e le pareti salirono ancor più in alto. Una meravigliosa cattedrale di rocce color del cuoio, accoccolate le une alle altre, accastellate e protese verso l'incombente cielo grigio, riempì la vista sul lungofiume. Punti verdi si sparpagliavano poi su tutto il terreno, a mostrare come la vita fiorisse anche negli ambienti più inospitali.

Emma lanciò uno sguardo alla magnifica scarpata. Come fosse una valle destinata a dimora degli dèi, il paesaggio somigliava a un gigantesco salotto in una casa tempestata di rocce. Cosa si sarebbe provato a scalare simili montagne? A quella prospettiva, un fremito la percorse, facendola trasalire. Agognava l'avventura, si rese conto, ma c'era dell'altro. Spingendosi oltre i confini che da sempre la imprigionavano, iniziava a vedere tutto quanto era in grado di realizzare. Iniziava a provare un qualche senso di gioia di fronte alle avversità: si accorgeva di essere davvero capace di cavarsela da sola nel mondo.

E ciò le offriva una sicurezza mai posseduta prima in vita sua.

«Ci siamo?» chiese Nathan, interrompendo le sue riflessioni.

Emma seguì il suo sguardo. «Sì, penso di sì.» Sfogliò il libro di Powell fino alla pagina giusta. «Questo è il Colorado Chiquito.»

Il punto di convergenza tra il Little Colorado e il Colorado era fin troppo evidente. Il primo non era un grosso fiume, tuttavia la fusione dei due pareva significativa, come se gli dèi stessero mescolando un infuso da un mondo all'altro.

«Una volta superato questo punto non saremo più nel Marble Canyon bensì nel Grand Canyon» disse, togliendosi il corpetto di salvataggio. «Fermiamoci a esplorare un po'.»

Nathan acconsentì alla sua richiesta, remando verso la riva sinistra dove le acque azzurre del Little Colorado perdevano la propria identità. Cercando refrigerio dalla calura della giornata, Emma si piegò a schizzarsi il viso e il collo.

«È salata» disse.

«E allora questo non è il posto per la nostra scorta d'acqua.» Nathan trascinò la barca a riva e si tolse a sua volta il corpetto.

«Powell l'ha esplorata, questa zona. E dice di averci trovato parecchi serpenti a sonagli.» Esaminò il canyon a protezione del Little Colorado, lo stesso che il fiume erodeva durante il proprio viaggio verso un qualche punto. Qualsiasi punto. Un fiume si fermava solo se costretto.

Dove l'avrebbe portata quel pellegrinaggio?

Il suo sentiero non era mai stato troppo chiaro. Si trattava forse di uno scherzo cosmico? Era dotata d'intuito, sì, ma incapace di usarlo con se stessa. Anzi no, non era vero. Semplicemente, temeva la responsabilità necessaria a gestire informazioni di quel tipo circa la propria vita. Aiutare gente che conosceva appena era abbastanza facile. Nessun coinvolgimento emotivo, nessun impegno. Fare i conti con se stessa, però, era ben diverso.

Così, si sforzava quanto più possibile di ignorare i sussurri della mente e del cuore. Ma quanto più s'inoltrava nel Grand Canyon con Nathan al fianco, tanto più i sussurri dell'anima crescevano. E strato dopo strato, proprio come per le alte pareti del canyon, le difese di Emma si assottigliavano, rivelandole il forte desiderio di una vita ben diversa da quella vissuta negli ultimi dieci anni.

Nathan si allacciò la pistola. «Grazie per l'avvertimento.»

PERCORREVANO le rive del Little Colorado, quando Emma, con Nathan alle spalle, intravide una rovina indiana. Guadò il fiume e lui la seguì verso la sponda meridionale, osservando quel che restava di un posto pieno zeppo di cocci e chiaramente abbandonato da tempo.

Emma entrò nell'abitazione di una sola stanza dalle pareti che cadevano a pezzi, si accovacciò e prese a esaminare con cura i frammenti di ceramica. Il cappello le schermava il viso.

«Mi chiedo cosa pensasse questa gente della vita qui» disse piano.

«Magari le piaceva stare da sola.» Vivere lì non sarebbe stato poi tanto male, pensò lui. Solitudine, pace e tranquillità: tutte ottime ragioni, a parer suo.

Dall'alto venne giù della terra. Nathan estrasse la pistola. In piedi, su una sporgenza sopra le loro teste, stava un indiano, disarmato ma pronto a scattare. A giudicare dal petto nudo era giovane e agile.

«Emma, stammi dietro» disse Nathan, avvertendo subito un senso di minaccia.

Lei ubbidì.

«Tu donna bianca del fiume?» chiese con accento marcato l'indiano.

Nathan lo squadrò. Indossava una pezza blu scuro intorno alla testa. I capelli corvini toccavano le spalle e l'unico indumento era un paio di pantaloni bianchi fino alle caviglie, oltre a calzari di cuoio. Osservando meglio, notò anche un arco e una faretra colma di frecce ai suoi piedi e un pugnale abbastanza grosso legato in vita.

«Chi sei?» gli chiese, senza abbassare l'arma.

«Non vi farò del male» rispose l'indiano. «Aspettavo la donna da due giorni.»

Che diamine…?

«Perché?» volle sapere.

«Un'anziana ha parlato del suo arrivo.» Indicò Nathan e aggiunse: «Ma non del tuo. Non so chi sei. Lei» disse con un gesto rivolto a Emma «aspettavo lei.»

«Come ti chiami?» chiese Emma. «A quale tribù appartieni?»

Nathan soffocò l'impulso di afferrarla e tornarsene alla barca. Non si beveva neanche una parola di quell'uomo.

«Mi chiamo Masito. Appartengo al popolo degli Hopitu.»

«Ho letto di voi» rispose Emma, accarezzando già l'idea di entrare in contatto con i nativi. «Gli Hopi hanno diversi villaggi in questa zona, vero? Sulle mesa.»

«Sì.» L'indiano annuì, ma continuava a lanciare occhiate a Nathan. «Non ti farò del male. Puoi abbassare la pistola.»

«Nathan» disse Emma. «Penso che sia innocuo. Sentiamo pure cos'ha da dire.»

Riluttante, Nathan abbassò l'arma ma senza metterla via. Un gesto che a Masito non sfuggì. Era possibile che Emma volesse stringere amicizia, tuttavia, lui era in grado di riconoscere una minaccia quando se la trovava di fronte. E lo sguardo dell'indiano su Emma lo infastidiva anche per ragioni che andavano oltre la sicurezza.

«Pakwa ha parlato di una donna che sarebbe arrivata dal fiume, non distante dal nostro *sipapu*.»

«Cos'è un *sipapu*?» chiese Emma.

«È il luogo sacro da cui siamo entrati in questo mondo.»

«Come hai imparato a parlare inglese?»

«Uno dei vostri uomini sacri venne a vivere con noi per qualche tempo. Ho imparato da lui.»

«Chi è Pakwa?» domandò.

«Una vecchia saggia. Sono venuto a riportarti tra noi.»

«Come sapeva che ero qui?»

«Per alcuni è più facile che per altri sentire i sussurri del sovrannaturale.»

Emma annuì con fare solenne, mentre Nathan celava a stento la frustrazione.

«Perché devo venire con te?» chiese ancora lei.

Masito fissò Nathan, a sua volta convinto che l'indiano nascondesse informazioni essenziali.

«Tra la mia gente c'è un bambino. Sta molto male. Pakwa ha predetto il tuo aiuto.»

«Un bambino?» La voce di Emma era carica di terrore. «Che cos'ha?»

«Non lo sappiamo. Nessuno di noi è capace di guarirlo.»

«E che cosa vi fa pensare che Emma possa aiutarlo?» intervenne Nathan.

Masito lo ignorò. «Ti chiami Emma? Noi ti conosciamo come *Bahanas*, la Guaritrice Bianca.»

«Non sono una guaritrice» replicò lei, ma il tono di approvazione di quell'intera conversazione preoccupò Nathan: l'indiano iniziava a vincere la sua diffidenza.

«Forse non hai ancora provato.» Masito era determinato a compiere la propria missione.

Nathan guardò Emma al suo fianco. Teneva gli occhi fissi per terra e considerava la richiesta dell'indiano. «Sai di che cosa parla?» le chiese.

Quando il suo sguardo si posò su di lui, Nathan vi lesse paura, preoccupazione e fermezza. «Penso che, forse, dovrei seguirlo.» La voce era bassa ma decisa.

«Non sai nemmeno dove vuole portarti» s'infiammò Nathan. Era davvero tanto stupida?

«Non è lontano» s'intromise Masito. «Sulla pianura è accampato un piccolo gruppo della mia gente. Il bambino è lì. Ma dobbiamo partire subito se vogliamo arrivare prima del tramonto.»

Emma rispose con un cenno di assenso rivolto all'indiano, quindi si girò verso Nathan. «Non sei costretto a venire con me, ma penso che io dovrei andarci.»

«Perché?»

«È complicato. Te lo spiegherei, ma adesso non c'è tempo.»

«Dici cose senza senso.»

«Lo so. Ma credo di essere destinata a seguirlo.»

«Destinata un corno!» L'avrebbe scossa fino a instillarle un po' di buon senso, ma l'espressione chiusa del suo viso gli diceva che ormai l'aveva già persa.

«Ci andrai che io lo voglia o no?» chiese.

Lei fece cenno di sì e Nathan mise via la pistola, ma ciò non significava che fosse d'accordo o che la credesse fuori pericolo. «E allora vengo anch'io.»

«Puoi dirmi qualcos'altro sul *sipapu*?» chiese Emma alle spalle di Nathan. Aveva insistito che lei gli camminasse dietro mentre a sua volta seguiva Masito e lei aveva acconsentito, ma non era l'indiano a preoccuparla, bensì il bambino di cui parlava.

«È il posto dal quale tutti gli Hopi emersero dal terzo mondo nel quarto.»

«Dunque è un buco nella terra?»

Masito annuì.

La faticosa camminata in salita le imperlava la fronte di sudore. Emma se l'asciugò. «Posso vederlo qualche volta?»

«Non sarebbe corretto.»

«Oh.» Emma si concentrò sui propri passi. «Che significato hanno i diversi mondi?»

«Dawa, il nostro creatore, ci ha portati dal Primo Mondo –

dove eravamo creature simili a insetti – nel Secondo Mondo. Lì, ci ha trasformato in animali. Poi ci ha portato nel Terzo Mondo e ci ha trasformato in persone.»

«Perché lo ha fatto?»

«Perché non comprendevamo il significato della vita.»

«E chi ci riesce?» borbottò Nathan, guadagnandosi un'occhiataccia da Emma prima che potesse distogliere lo sguardo.

«In che mondo siete, adesso?» chiese col fiato corto.

«Il Quarto Mondo. E a governarlo è Masau'u, il guardiano. È sospeso tra il mondo dei vivi e quello dei morti. È la nostra guida, ma fa anche da sentinella ai morti. Noi ci siamo entrati attraverso il *sipapu*.»

«Perché avete dovuto lasciare il Terzo Mondo?» chiese lei.

«C'era troppa malvagità. I buoni di cuore emersero nel Quarto Mondo e una volta lì, Yawpa, il tordo, decise per tutti. Tu sarai Hopi, tu Apache e così via. Ci fu donato del granturco e gli Hopi divennero il popolo della corta pannocchia blu.»

«Ha un significato particolare?» chiese Emma.

«Fummo lenti nello scegliere e dovemmo accontentarci della pannocchia più piccola. Perciò, sopportiamo una vita di sacrifici che, però, sarà lunga. Mentre altre tribù potrebbero perire, noi sopravvivremo a tutte le avversità.» C'era orgoglio nella voce di Masito.

A Emma piacque quella storia. Aveva un senso, per quanto strano fosse. Attraverso le lezioni imparate, la gente emergeva in mondi superiori… forse era così per tutti. Sperò di avere qualcosa da offrire al piccolo malato. Sarebbe stato lo stesso delle visioni? Gli Hopi avevano saputo in anticipo del suo arrivo, perciò forse era ora di avere fede nell'evoluzione di quella circostanza. Tanto, per esperienza diretta, lei credeva nel potere dell'invisibile.

O no?

CAPITOLO DODICI

Nello splendido tramonto che colorava il cielo a ovest, Emma
seguì Masito e Nathan nell'accampamento Hopi. La salita
di parecchie ore li aveva condotti in cima a una pianura densa di
pini, dove il vento soffiava forte e lei sentiva di poter finalmente
tornare a respirare. Solo adesso, dopo i giorni trascorsi in fondo al
canyon, si accorgeva di quanto confinato e ben più caldo fosse quel
posto rispetto agli altopiani, decisamente più freschi.

Guardando la schiena dalle spalle larghe di Nathan, si rallegrò
che l'avesse accompagnata. Non sapeva cosa sarebbe accaduto con
il bambino e gli Hopi, e questo la metteva a disagio.

Il bambino.

Era forse un esame? pensò pervasa dall'inquietudine. Ne aveva
sentito parlare: gente in possesso di grandi doni spirituali e di
guarigione che veniva messa alla prova per determinarne il
carattere e la forza d'animo, la pazienza e il coraggio.

Stava per ricevere lo stesso trattamento? Aveva capacità
curative nascoste? Se sì, dubitava di sapere come portarle alla luce.

L'accampamento era composto da diverse tettoie coperte con
pelli di animali, i cui lembi si agitavano nel vento. Dovevano esserci
venti o trenta Hopi, ipotizzò Emma, e non tutti erano uomini. In

giro c'erano anche donne e bambini e diversi fuochi ardevano già, mentre la cena veniva preparata.

Li videro avvicinarsi e riconobbero Masito, ma non gli andarono incontro. Invece, cessarono ciascuno la propria attività e fissarono i due estranei che lo accompagnavano.

Quanto più Emma avanzava, tanto più le donne mostravano disprezzo e gelosia, soprattutto le più giovani con i capelli raccolti in elaborate crocchie su ciascun lato della testa.

«Perché gli sono tanta antipatica?» chiese piano, vivamente stupita dalla forza dell'emozione che traspariva dalla folla.

«Mi sto chiedendo la stessa cosa» rispose Nathan.

Emma tirò un sospiro di sollievo. Non era frutto dell'immaginazione, né all'estremità delle sue capacità visionarie.

Masito si fermò, girandosi a guardarli. «C'è una cosa che non ti ho detto. Pakwa ha visto dell'altro. È la ragione per cui alle donne della tribù non piaci.» La fissò. «Tu, Guaritrice Bianca, diventerai anche mia moglie.»

«Neanche per sogno.» Nathan si parò davanti a lei.

Emma sentì lo stomaco sprofondare. Non era Masito, quello che il suo cuore desiderava. Lo sapeva con certezza assoluta. Unirsi a lui avrebbe significato una cosa sola: che non sarebbe stata con Nathan. Il vero desiderio le stava davanti, e la proteggeva. Osava sperare che Blackmore nutrisse del sentimento per lei?

«La vecchia non ha mai parlato di te» disse Masito, facendo eco alle parole di prima. Era faccia a faccia con Nathan e lo soppesava con lo sguardo, ma sebbene apparisse più alto della maggior parte degli uomini Hopi lì intorno, non raggiungeva la statura del suo avversario.

Intuendo che stavano per passare alle via di fatto, Emma provò subito ad allentare la tensione.

«Credo ci sia stato un malinteso.» Cercò di aggirare Nathan, ma era saldo come un invalicabile muro. «Io ho accettato soltanto di vedere il bambino.»

Intorno a loro echeggiavano i sussurri della folla sempre più numerosa. *Powaka*. Un brivido le attraversò la schiena. Non conosceva il significato della parola, ma dall'umore della gente dedusse che non era buono.

Nathan le afferrò un braccio e la trascinò a parecchi piedi da Masito e dagli Hopi che la fissavano. Proteggendola, con le spalle contro le raffiche di vento, la guardò dritto negli occhi. «È una follia, Emma.»

Lei pregava di sapere quello che faceva.

«Dio solo sa come reagirà questa gente se non gli dai ciò che vuole» le fece notare Nathan. «Non dirmi che non ti sei accorta di quanto superstiziosa sia.»

Le teneva entrambe le braccia, adesso, il tocco era caldo, adrenalinico, ma anche impaziente e

preoccupato. Guardandolo negli occhi marroni e ormai familiari, Emma accettò finalmente che l'uomo delle sue visioni era lui, l'amante che le toccava il corpo ma anche lo spirito. Tuttavia, le visioni erano parte di un mondo ristretto che non si sarebbe necessariamente mescolato a quello reale. La vita con Nathan non era una certezza.

«Se solo avessi più tempo per spiegarti tutto quanto» gli sussurrò. «Chiedo solo che quando questa faccenda sarà conclusa, ti ricordi di una cosa.»

Nathan serrò la mandibola. «E quale sarebbe?»

«Devi perdonare tuo padre.»

Fece per allontanarsi ma lui la tirò a sé e per un istante Emma si chiese se stesse per baciarla. Non glielo avrebbe impedito.

«Io resto con te tutto il tempo» le disse con voce roca.

L'ODORE di carne cotta le saturava il naso e lo stomaco brontolava mentre Masito li conduceva a una tettoia e gli faceva cenno di entrare. Affamata, Emma si lasciò cadere accanto a Nathan. Di fronte a loro era seduta una donna anziana con lunghi capelli nero-grigi divisi in due sezioni e attorcigliati a mo' di corde che scendevano rispettivamente su ciascuna scapola. Indossava un semplice indumento di colore scuro che lasciava scoperta una spalla e aveva un naso largo e schiacciato. Le sopracciglia, nel viso tondo e paffuto, si aggrottarono in un'espressione preoccupata. Il giovane che sedeva al suo fianco fece un cenno di saluto a Masito, che si era rivolto ai due nella loro lingua.

«Questi sono Pakwa e suo figlio Na'i» disse.

Pakwa guardò Nathan, parlò nella propria lingua e aspettò che Masito traducesse. Le mancavano parecchi denti, notò Emma.

«Vuole sapere chi sei.»

«Nathan Blackmore.»

«Chiede perché sei qui.»

«Proteggo la signorina Hart.»

Masito riferì la risposta all'anziana, che esitò prima di parlare ancora.

«Dice che sei forte. Sei un guerriero.» Un lieve sorriso s'insinuò sulle labbra di Masito. «Ma hai buon cuore?»

«Perché, lo volete mangiare?»

Il sorriso di Masito si allargò. Tradusse per Pakwa ma la donna rimase seria, limitandosi a sollevare un sopracciglio con evidente disappunto.

Spostò lo sguardo su Emma e tornò a parlare.

«Dice che sei giovane» riferì Masito. «Troppo giovane.»

L'attento esame di Pakwa la metteva a disagio.

«Dubita che sarai capace di guarire il bambino.»

«Bene» intervenne Nathan. «Allora ce ne andiamo.»

Emma si schiarì la gola. «No» disse, fingendo sicurezza. «Vorrei provare, con la sua guida.»

Gli occhi scuri di Pakwa la scrutarono, quindi la donna annuì e fece cenno agli altri di uscire.

«Vorrebbe restare da sola con Emma» disse Masito.

«No.» Nathan non si mosse.

Emma si girò a guardarlo. «Andrà tutto bene. Puoi aspettarmi fuori.»

Gli occhi di Nathan scrutarono i suoi.

«Davvero» insistette lei. «Non penso che ci saranno problemi.»

Nathan non era d'accordo, lo sapeva, ma alla fine si convinse. «Resto nei paraggi, chiamami se hai bisogno di me.»

Emma fece cenno di sì e lo guardò uscire con Masito e Na'i dalla dimora improvvisata.

Pakwa sollevò un bastone con i resti carbonizzati di un animale e lo tese verso di lei. Seppur esitante, Emma lo prese. Era un uccello, di taglia media, con le ali spennate. Chiaramente, l'altra si aspettava che lo mangiasse, così accetto grata il cibo e, strappando pezzi di carne a morsi, lo finì

tutto.

Pakwa rise, una stridula risata sgangherata, che diede a Emma l'impressione di trovarsi nel covo di una strega. Immaginò la vecchia che arrostiva *lei* su un bastone e banchettava tutta la notte. Quando la vide pulirsi via il grasso dalle labbra con il dorso della mano, la donna Hopi le offrì una zucca vuota. Titubante, Emma vi guardò dentro. Grazie al cielo era solo acqua e la bevve a sorsate, soffocando l'impulso di farsi indietro quando Pakwa si avvicinò.

La donna sollevò le dita, corte, tozze e sudicie, verso il viso di Emma e senza darle il tempo di ritrarsi, o prepararsi a un'eventuale connessione psichica, gliele picchiettò sulle guance, le appiattì il naso e le sollevò le palpebre per esaminare i bulbi oculari.

Sconvolta per quel trattamento, Emma provò a sottrarsi, ma Pakwa la tenne ferma per le spalle. Gliele strinse e diede una lieve scossa, quindi le afferrò le mani e girò i palmi verso l'alto. Calore e un flusso di energia corsero su per gli avambracci di Emma, fino a raggiungere le spalle e diffondersi nel petto con una sensazione vibrante, invitante e curiosa.

La visione si manifestò subito, in maniera impeccabile e del tutto naturale.

In piedi in cima a un cumulo di pietre sepolcrali, Pakwa reggeva tra le braccia un neonato, mentre una giovane donna aspettava in basso. Emma sapeva che il piccolo era il nipote di Pakwa, e che l'altra donna ne era la madre. Il vento spirò forte e, sebbene fosse ancora mezzogiorno, il cielo si fece scuro come la notte. La giovane si girò verso il soffio, aprì le braccia e sollevò il viso verso l'alto.

«No, Lenmana» l'ammonì Pakwa cercando di proteggere il neonato.

«Non posso farne a meno» sussurrò la giovane a occhi chiusi. «È così irresistibile.»

«È una bugia, e il tuo cuore lo sa.» Nel vento impetuoso che le soffiava contro, Pakwa faticava a reggere il piccolo.

«Come fai a saperlo? Non puoi esserne sicura. E neanch'io.»

«La tua visione è offuscata» disse Pakwa. «Sali quassù. Presto, prima che sia troppo tardi.»

Una pioggia torrenziale si rovesciò su loro, subito seguita da un fragore che riempì l'aria. Inaspettatamente, un muro d'acqua venne giù da un'altura oltre il punto in cui si trovavano, allagando tutto all'istante. Pakwa rimase sul cairn, *ma la giovane non ebbe scampo. Quando il vortice si calmò il neonato era privo di vita, gli occhi spalancati.*

Dal profondo di Pakwa emerse un suono, un gemito alquanto selvatico carico di angoscia e disperazione.

«Forrrte» disse Pakwa, con le mani di Emma ancora strette nelle sue. Le fece oscillare piano un braccio e ripeté: «Forrrte», quindi lo lasciò ricadere e le puntò un dito contro il petto. «Forrrte?» Il dito si spostò sulla fronte. «Forrrte?»

La donna riteneva che il suo corpo fosse forte, ma lo erano anche la mente e il cuore?

«Io penso di sì» balbettò Emma, che si sforzava ancora di comprendere la visione di poco prima. Non credeva si riferisse a qualcosa di realmente accaduto − come lasciava intuire il fatto che Pakwa e la giovane parlavano inglese − pertanto doveva trattarsi di un diverso tipo di rappresentazione, una offuscata da mito e simbolismo.

Con l'aria non proprio soddisfatta dalla sua risposta, l'anziana tornò in fretta al proprio posto. «Ingles. Picolo.»

Gli scambi sarebbero stati limitati, ma non c'era da sorprendersi.

«Bambino?» esordì Emma. «C'è un bambino?»

Pakwa si accigliò.

«Bambino?» insistette lei. «Malato?»

«Loloma.»

«Loloma» ripeté Emma.

«*Soyoko*.»

Emma scosse la testa. Non capiva.

«Cati-i-ivo Spirrrito.»

«Perché non lo hai aiutato? Devi saperne più di me.»

Pakwa fece un cenno con la testa, non comprendendo a sua volta.

«Tu. Pakwa» Emma puntò l'indice verso di lei «guarire Loloma.»

La donna rimase in silenzio.

«Chi è Lenmana?» sussurrò Emma.

Immobile, Pakwa la fissò. «Motta.»

SEDUTO ACCANTO alla tettoia sotto la quale Emma e l'anziana si sforzavano di comunicare, Nathan decise che gli Hopi di quella banda dovevano essere dei rinnegati, per qualche ragione scacciati dal proprio villaggio. Si chiedeva se fossero fuggiaschi o semplicemente ribelli, quando Masito si avvicinò.

«Hanno finito?» chiese.

«No, non ancora. Perché siete tutti accampati qui?»

«Siamo arrivati parecchi giorni fa. Molti Hopi fanno visita agli amici *Havsuw 'Baaj*, o *Havsuw Paia*, a ovest. Questo è periodo di grande festa nella loro terra.»

«Dunque tornate a casa?»

Masito esitò. «Sì.»

«Ma vi siete separati dalla tribù principale?»

L'indiano sembrava confuso.

«C'è disaccordo sul bambino malato?» chiese Nathan.

Masito annuì. «Un poco.»

«Perché?»

«Per colpa del responsabile.»

«Cos'è accaduto?»

Lo sguardo di Masito corse all'accampamento eretto intorno a un fuoco centrale. Giovani donne e alcuni bambini si spostavano qua e là o sedevano sotto le rispettive tettoie. Altri uomini tenevano d'occhio il perimetro del campo. Era quell'atteggiamento vigile a insospettire Nathan: i conti non tornavano. Quella gente era circospetta, preoccupata e si guardava alle spalle.

«C'è un uomo bianco. Diamond. Gli altri nomi non li so, ma noi lo chiamiamo così. Per un periodo è stato dei nostri, molte lune fa. Cinque o sei. Lo conosci?»

Nathan scosse la testa.

«Predicava, era un religioso. O forse no. Così pensavamo noi. Alla mia gente piaceva. Praticava guarigioni, ma non erano vere. Quando scoprimmo quello che aveva fatto, era troppo tardi.»

«E che cosa aveva fatto?»

«Aveva rubato gli spiriti.»

Nathan si accigliò. Non lo sorprendeva che Masito parlasse per indovinelli, ma come diamine faceva, quella gente, a sopravvivere in un regno fatto di racconti tanto fantasiosi? «Che ne è stato delle vittime?»

«Non sono più con noi.»

«Le ha uccise?»

«No» rispose Masito. «Respirano ancora, sono ancora vive. Ma lui gli ha portato via un pezzo e non vuole restituirglielo.»

«Non avete uno stregone che possa occuparsene?»

«Abbiamo un prete, ma è vecchio. E non ha voluto crederci. Alcuni dicono che Diamond gli ha confuso la mente.»

«Ma voi siete tutti convinti del contrario?»

Masito annuì. «Il bambino è figlio di mia sorella. Si chiama Loloma. È stato uno dei primi e sta peggio di tutti.»

«Non è cosciente?»

«Dorme sempre.»

«Cioè in coma.»

Masito si strinse nelle spalle. «Non conosco quella parola.»

Nathan era dispiaciuto per la loro situazione, poiché era ovvio che fosse accaduto qualcosa di brutto, ma la vera causa sembrava in discussione. Era sempre più facile attribuire spiacevoli circostanze a sfortunati eventi soprannaturali e spiriti maligni piuttosto che guardare in faccia le reali possibilità.

«Tua sorella sarà molto agitata» disse.

Masito inspirò a fondo e guardò il cielo. «Lenmana è morta.»

Il dolore dell'indiano assorbì l'attenzione di Nathan. Pensò a sua sorella, e non si accorse che Emma si avvicinava finché lei non gli fu accanto.

«Avrà anche lasciato il figlio» disse «ma Pakwa lo ha sottratto alla morte.»

Nathan sollevò lo sguardo su di lei, sulla sua espressione tesa. Aveva creduto a quella storia, pensò, sperando che nessuno dei due arrivasse a pentirsene.

———

MASITO AVEVA CEDUTO loro la propria tettoia, o meglio l'aveva offerta a Emma, ma Nathan non se l'era sentita di lasciarla da sola e lei aveva freddamente acconsentito a dividere quell'intimo spazio con lui. Tuttavia, adesso che le giaceva accanto, Nathan fu sorpreso di sentirsi altrettanto imbarazzato.

Erano uno di fianco all'altra, come una coppia ben affiatata, ma lui non sapeva cosa dire, tale era la tensione tra di loro. Grazie al cielo, avevano ognuno la propria coperta e non sarebbero stati costretti a cercare la maniera di arrangiarsi con una sola.

«Cosa pensi si aspettino da te?» chiese nel buio. Il vento si era calmato e la notte era calda.

Emma rotolò sulla schiena. «Non lo so con certezza.»

«Da quanto ha detto Masito, credo che il bambino sia in coma.»

Lei gli lanciò una rapida occhiata. «È possibile, immagino.»

«Non sei un dottore, Em. Spero che questa gente non se la prenda con te, quando non riuscirai ad aiutarla.»

«Non è questo che mi preoccupa. E non penso che ci ucciderebbero a sassate, se è questo che preoccupa te. Ciò che penso è che hanno paura e sono disposti a provare di tutto.»

«E tu cosa saresti in grado di fare?»

Emma si fermò a riflettere. «Cercare risposte nel mondo al di là di questo.»

Nathan sospirò, quindi rise. «Dimmi che non credi davvero quella sia la soluzione.»

«E tu dimmi che non credi davvero il mondo sia fatto solo di quanto vedi» ribatté lei con voce velata di rabbia.

«In te non riporrei le mie speranze in voli di fantasia. Se il bambino è davvero malato, dovrebbero portarlo da un medico. Invece, stanno mettendo in pericolo la sua vita.»

«Non sta a noi dirglielo.»

«Forse no, ma detesto l'idea di vederti sparire all'improvviso. I malintesi possono generare ben più del solo rancore, a volte portano alla morte.»

«Non è per questo che sei qui?» reagì lei. «Per assicurarti che non succeda?»

«Ci sto provando, tesoro.» Le parole riflettevano il sarcasmo che non era riuscito a soffocare.

«Ma con tutto il tempo trascorso a farti strada nel deserto con le armi in pugno di sicuro avrai visto cose simili.»

«Le guarigioni taumaturgiche sono pratiche sbagliate.»

«Perché mai lo diresti? E io non sono una guaritrice miracolosa.»

Nathan fece una breve pausa. «Mia madre lo era.»

«Devi esserti sentito davvero fortunato.»

«No. Era inquietante e innaturale. E non mi piaceva. Oltre a essere imbarazzante.»

«Perché? Era una ciarlatana?»

Nathan si fermò a riflettere. «Non lo so» rispose onestamente. «Volevo solo che la smettesse.»

Non aggiunse altro e lei non insistette, anche perché poco dopo lui si addormentò.

EMMA SI SVEGLIÒ PRIMA DELL'ALBA, l'arrivo del sole era prossimo e il cielo già si rischiarava. Al suo fianco, Nathan era ancora addormentato, la sua presenza confortante. Sentì un desiderio di maggiore intimità sgorgarle dentro e si fermò un istante ad assaporarlo, quindi la sua attenzione si concentrò su Loloma. Pakwa le aveva detto di riposare perché quel giorno avrebbero provato a occuparsi del bambino.

Spostò la coperta di lato, allontanò alcune ciocche di capelli dal viso e si infilò gli stivali. Poi gattonò fuori dal riparo, si alzò e inspirò a fondo l'aria fresca e profumata di pino. Il cielo era vasto, immenso, bello e carico di promesse. La sua vista la calmava e al tempo stesso le infondeva speranza. Aveva una vita intera davanti a sé. Quali meraviglie le serbava il futuro? Forse, pensò fiduciosa, iniziava a scoprire la maniera di vivere con i suoi doni.

Si girò a guardare la tettoia che aveva diviso con Nathan. Sarebbe rimasto anche lui nella sua vita? A un certo punto voleva tornare in Texas e riabbracciare sua sorella Molly. Chissà se si sarebbe costruita una vita lì, si chiese. Pur essendo affezionata a zia Catherine, in California non si era mai sentita a casa. Forse era ora di proseguire finalmente da sola.

Andò verso il folto di alcuni cespugli a prendersi cura della propria persona e quando tornò si accorse che, già svegli, Masito e

Na'i attizzavano il fuoco centrale per cucinare. I due la videro arrivare e le fecero un cenno di saluto.

Guardandola, Na'i disse qualcosa in Hopi. Masito scosse la testa.

«Che cosa ha detto?» chiese lei.

«Non è importante» rispose l'indiano.

Na'i parlò ancora e l'altro ribatté in fretta. Era chiaro che discutessero di qualcosa.

«Volete che vi lasci da soli?» Emma si sentiva un'intrusa.

«No, puoi restare.»

Na'i sembrava esortarlo ad aggiungere altro.

Allora Masito esitò, quindi la guardò. «Appartieni a Blackmore?»

La domanda la colse di sorpresa ma la bugia fluì facilmente dalle sue labbra. «Sì» rispose, traendo conforto dal fatto che chiariva quel malinteso una volta per tutte. Non avrebbe sposato Masito, e non era neanche certa che Na'i non fosse altrettanto interessato. Mai prima d'ora aveva ricevuto tante attenzioni maschili.

Gli occhi dei due si concentrarono su un punto alle sue spalle. Nathan, pensò Emma, e aveva ascoltato tutto. Imbarazzata, desiderò fuggire, ma, seppure a disagio, rimase lì dov'era.

Na'i parlò.

«Non puoi farcene una colpa per aver provato» tradusse Masito.

«Purché sia l'ultima volta» ribatté Nathan.

Emma avvertiva il calore del suo corpo, ma proprio non riusciva a trovare il coraggio di girarsi e guardarlo.

«Comprendiamo» disse Masito. «Sei fortunato. Se però non la vuoi, qui è la benvenuta.»

«La voglio.»

Il cuore di Emma batteva così selvaggio da impedirle quasi di respirare. E lei non sapeva ancora che fare.

La voce di Pakwa, tonante in lontananza, le procurò un

sussulto. Nathan le mise una mano alla base della schiena, il tocco era caldo e bruciava la pelle attraverso la camicia.

«Dice che prima mangiamo e poi ti occuperai del bambino» riferì Masito a Emma.

Lei annuì, ma il suo stomaco era sottosopra, tanto per via di Nathan quanto per la paura di ciò che l'aspettava.

Sedettero tutti intorno al fuoco – Emma di fianco a Nathan e Masito, Na'i e Pakwa di fronte – e consumarono un pasto di zucca e mais. Il sole apparve all'orizzonte, distraendola brevemente con il suo splendore. Pur volendo, non riusciva a mangiare: lo stomaco in subbuglio glielo impediva.

Immaginò la luce dorata pervaderle il corpo, scaldandola e infondendole vitalità e potenza, e per un istante i nervi si distesero.

«Quanto vi fermerete qui?» chiese Nathan a Masito.

«Ci spostiamo secondo il bisogno. È Pakwa a dare istruzioni.»

«Pensate di tornare al vostro villaggio?»

«In futuro. Potete restare con noi, se volete.»

Nathan lanciò un'occhiata a Emma. «No. Quando Emma sarà pronta, torneremo al fiume.» Si girò verso di lei. «Sempre che tu non voglia tornare in Texas adesso.»

Emma si spinse una manciata di cibo in bocca. «Non ancora» biascicò. Masticò e ingoiò il boccone.

Intanto, Pakwa si alzava e si ripuliva le mani dalla polvere. Puntandole un dito contro, parlò.

«È ora» disse Masito. «Il corpo di Loloma sarà pronto ormai.»

Emma sentì lo stomaco inacidirsi. Si alzò, imitata da Nathan, e seguì i tre Hopi sul lato opposto dell'accampamento. Si fermarono davanti a una tettoia, che si presentava meglio delle altre, ma non riuscì a vedere dentro.

Pakwa parlò piano.

«Dice che puoi guarirlo da sola, o con gli altri» riferì Masito. «Scegli quello che preferisci»

Emma esitò. Aveva sempre lavorato da sola – le visioni non

richiedevano aiuto da parte di altri – ma aveva la sensazione che quello non sarebbe stato un semplice caso di spettri.

«Potete restare tutti e quattro» disse, imponendosi un profondo respiro per allentare il senso di oppressione al petto. Il cuore martellava ancora senza pietà.

Pakwa sollevò un lembo della tenda ed entrò. Emma la seguì, e mentre i suoi occhi si abituavano all'assenza di luce solare, gli altri le si affollarono alle spalle.

Un bambino dai capelli neri giaceva su un pagliericcio per terra. Gli occhi erano chiusi e il respiro debole. Emma si fece avanti e lo fissò in viso. Era lo stesso delle sue visioni? Non poteva saperlo con certezza, ma sospettava di sì. E d'improvviso provò un prepotente bisogno di aiutarlo. Il piccolo meritava un vero sforzo da parte sua, doveva servirsi al meglio del proprio dono per salvarlo, se possibile.

Ma aveva paura di toccarlo.

Pakwa spruzzò dell'acqua e quella che sembrava essere farina di granturco su Emma e sui tre uomini. Una volta finito, iniziò a cantilenare. «Aha-ay-hay. Ha-oh, ha-o-oh.»

Emma si inginocchiò accanto al bambino. Esitante, cercò di orientarsi prima di posare le mani sul suo corpo, provando a determinare il punto migliore di accesso. Un alito di consapevolezza le soffiò dentro, come ad annunciare la presenza di altri spiriti. Circondandola e isolandola, sembravano offrirle protezione. Tornò a concentrarsi sul piccolo.

La cantilena le risuonava nel corpo e, intanto, il tempo si dilatava, trasportandola fin dentro la terra. Lo spazio intorno a lei svanì e si ritrovò in un tunnel.

Prese con delicatezza la mano del bambino.

Uccelli! Frullio, confusione, ali, grida.

Ansimante, lasciò la presa.

Era ancora nel tunnel.

«Emma?» La voce di Nathan sembrava distante.

Posò la mano sul petto del bambino.

Passeri, dappertutto. Cielo azzurro, alberi verdi, un fiume vicino. Felicità. Libertà. Gli uccellini sono liberi.

Ritrasse la mano. Non capiva, ma aveva la sensazione che il cuore del piccolo proteggesse la vera causa della malattia. L'istinto le diceva che sarebbe dovuta arrivare a lui per altre vie. Doveva cercare un tunnel diverso.

Prevedendo altra confusione, si preparò. Posò la mano sulla fronte e si ritrovò a girare vorticosamente attraverso un corridoio buio pesto. Quando riuscì a orientarsi, non vi era altro che oscurità: uno spazio vuoto, il nulla. Si sforzò di vedere, ma era in una terra priva di qualsiasi forma, luce e consistenza. Il panico iniziò a sgorgarle dentro.

Era l'inferno?

Agitando le braccia in fuori, cercava disperatamente una via d'uscita, ma non toccava niente. Un suono le riecheggiò intorno. Emma si fermò, come immobilizzata. Poi cadde, turbinando, e fu risucchiata verso il basso come in un vortice.

Quando l'oscurità si attenuò appena, i suoi occhi videro l'orrore. E fuggì terrorizzata.

«Che le succede?» volle sapere Nathan, prendendo Emma fra le braccia. Il corpo era scosso da convulsioni, i polmoni bramavano aria. «Buon Gesù! Emma! Mi senti?» Le sollevò il busto perché non soffocasse.

Si contorceva, sembrava provasse dolore, e dal profondo della gola salì un urlo disumano. Atterrito, Nathan faticava a tenerla ferma.

«Che diamine le hai fatto?» sbraitò verso Pakwa.

La vecchia parlò in fretta.

«Era un inganno, una trappola» riferì Masito, con la paura sul volto.

«Che vuol dire?»

«Negli altri mondi» tradusse ancora l'indiano «c'è chi cerca di catturare quelli che entrano.»

Furioso, Nathan sapeva di non poter discutere con loro. Avrebbe sprecato del tempo prezioso. «E allora che cosa facciamo?»

Masito parlò con Pakwa, quindi rispose: «Na'i proverà a trovarla.»

IL GIOVANE indiano si sdraiò accanto a Emma e chiuse gli occhi. Pakwa prese a battere il tamburo. Quando il corpo di Emma sembrò rilassarsi, Nathan la distese di fianco a Na'i ma senza lasciarle la mano. L'istinto gli suggeriva di mantenere un qualche contatto con lei. La fede che quella gente riponeva nelle credenze superstiziose era ridicola e al tempo stesso terrificante, pensò Nathan nell'attesa.

Ma perché Emma non si era risvegliata? Cos'aveva visto? Dov'era andata?

Qualcosa era accaduto e lui non sapeva come salvarla.

Dopo un po' di tempo, Na'i aprì gli occhi e si mise piano a sedere. Scuotendo la testa, parlò nella sua lingua. E Nathan intuì la risposta prima ancora che Masito traducesse.

«Dice che non l'ha trovata. Ha guardato in tutti i nascondigli. Ha chiesto agli spiriti di cercare il suo spirito, ma non ci sono riusciti.»

«E allora dov'è?» chiese Nathan.

«Forse si è persa, oppure sta cercando di fuggire.»

«Cosa possiamo fare per aiutarla?»

«Ci serve un prete più forte.»

«Ce n'è uno qui?» Nathan sapeva che le sue domande erano inutili.

Masito scosse la testa. «Pakwa e Na'i hanno un po' d'esperienza, ma non abbastanza da riportare indietro Loloma. Per questo pensavano che Emma potesse essere di aiuto. Non hanno il giusto supporto degli spiriti per ritrovare il bambino ed Emma.»

«Riuscirà a svegliarsi da sola?»

«Forse. Aspettiamo e vediamo.»

Benché al colmo della frustrazione, Nathan tenne a freno la lingua. Urla o pretese non sarebbero servite a molto.

«Il bambino vive così già da qualche tempo» aggiunse Masito in tono solenne.

Nathan chiuse gli occhi. «Davvero incoraggiante.»

———

DOPO AVER RIPORTATO il corpo di Emma alla tettoia che avevano diviso la sera prima, Nathan si prese quanta più cura possibile di lei. Ogni paio d'ore le versava in bocca delle gocce d'acqua e non si allontanava mai, lasciando che fossero le donne indiane a portargli del cibo. Emma restava inerte, apparentemente sprofondata in un sonno simile a quello di Loloma.

Nel tardo pomeriggio, esausto e distratto, le si addormentò accanto e sognò di lei. Era in un posto oscuro, nel mezzo di un'orrenda trasformazione: dalle braccia spuntavano piume, dalle gambe artigli e dalla cima della testa il becco di un uccello. Nel ribellarsi a quel cambiamento, Emma emetteva suoni rauchi e profondi. Nathan era in preda al panico, allungava le braccia verso di lei e si sforzava di dirle che l'avrebbe aiutata, ma la frenesia di quella mutazione soffocava le sue parole.

Si svegliò di scatto. Era ormai notte. Sollevandosi su un gomito si girò a guardarla. Ancora immobile. Scosso dal sogno, tornò a sdraiarsi e le prese una mano, con il cuore che batteva forte.

Che cosa significavano quelle immagini? Erano vere? Oppure stava cedendo alla raccapricciante convinzione degli Hopi, secondo cui qualche entità malvagia si era impossessata di Loloma e, forse, adesso teneva Emma prigioniera?

Svegliati, andiamo. Il corpo era pervaso dal desiderio e un lampo di calore lo attraversò, disperdendosi dalla testa. Si girò sul fianco, in modo da trovarsi viso a viso con lei, quindi si fece più vicino per sentirla contro di sé. Un po' di tempo dopo, si addormentò.

———

UN FORTE SUSSULTO LO SVEGLIÒ. Era stata Emma e i suoi occhi erano aperti. Si spostò per aiutarla a mettersi seduta.

«Va tutto bene» le disse mentre lei cercava di orientarsi. «Stai bene, Em.» Le passò una mano su e giù per la schiena.

«Da quanto ero svenuta?»

«Un giorno e una notte. Cos'è successo?»

Lei scosse la testa. «Ce ne dobbiamo andare. Voglio tornare al fiume.»

«Non sono sicuro sia una buona idea. Devo prima capire cosa ti è successo.»

«Mi hanno ingannata, ecco che cosa è successo.» Spinse via la sua mano. «Voglio tornare al fiume.»

«Non credo tu sia abbastanza in forze.»

«Posso farcela.»

«Cos'è accaduto quando hai toccato il bambino?» le chiese.

Emma si prese la testa fra le mani e borbottò qualcosa tra sé. I capelli ricadevano in una massa scompigliata che la sottraeva alla sua vista, ma quando si spinse le ciocche dietro le orecchie, il viso era rigato di lacrime. Chiuse gli occhi. «C'erano mostri dappertutto» sussurrò, iniziando a singhiozzare.

Nathan l'attirò contro il proprio corpo e la tenne stretta.

«Non mi hanno avvisata. Non sapevo cosa fare» strillò. «Sono stata costretta a correre, a nascondermi. Non sapevo dov'ero. E poi è arrivato il passero, e ho pensato che fosse mio amico, ma lui mi è saltato dentro. Non lo volevo e ho cercato di farlo smettere, ma faceva così male.»

Emma aveva parlato tanto in fretta, piangendo tutto il tempo, che a Nathan quasi era sfuggito il riferimento al passero. Si bloccò. Era proprio come nel suo sogno.

«Ora sei al sicuro, Emma.»

«Ti prego. Andiamocene.»

E lui cedette.

Nella luce che precede l'alba, lasciarono di soppiatto l'accampamento e, benché Nathan non la ritenesse in grado di affrontare il lungo tragitto di ritorno al canyon, si diressero verso il fiume. La sua ostinazione nel volersi allontanare fisicamente dal gruppo di Hopi lo aveva turbato, ma Emma si era calmata solo quando lui aveva acconsentito ad andar via senza neanche un saluto.

CAPITOLO TREDICI

Impiegarono diverse ore a percorrere il sentiero battuto che si snodava fino al fondo del canyon e al Little Colorado.

Barcollante e intorpidita per gran parte della discesa, Emma non sapeva bene come riuscisse ad andare avanti. Il corpo era distrutto e le gambe si muovevano come appartenessero a un burattino. Ma quando inciampava, Nathan era sempre pronto ad afferrarla.

I ricordi del giorno prima erano confusi, e la mente li rifuggiva concentrandosi sull'attività fisica, tanto che dopo un po' divennero un brutto sogno.

Emma desiderava ardentemente tornare al fiume, quasi lo considerasse un porto sicuro, una fonte di protezione dal suo viaggio interiore in un luogo terrificante. Era quel pensiero – quella sensazione – a muoverle i piedi, a spingerla a proseguire nonostante i muscoli doloranti delle gambe e la perdita di liquidi attraverso il sudore che le inzuppava gli abiti.

Si fermarono una volta a riposare sotto il sole cocente che picchiava forte sulle loro teste. Mentre Emma si sistemava il cappello, Nathan le tese una focaccina di farina di mais e diversi pezzi di carne di lepre essiccata, nonché una borraccia d'acqua.

«Dove li hai presi?» chiese lei, sorpresa.

«Dubitavo saresti riuscita ad andare avanti senza cibo o acqua, così me li sono procurati. Come ti senti?»

«Me la caverò.»

Si asciugò la bocca con la manica. Era fradicia di sudore, e forse questo stava favorendo la purificazione del corpo, decise, infatti quanto più si avvicinavano al fiume, tanto meglio si sentiva.

«Mi hai spaventato a morte ieri sera» mormorò lui, osservandola.

«Grazie per essere rimasto con me.»

«Mi racconti cos'è successo?»

Emma sapeva che Nathan non chiedeva una semplice spiegazione, bensì la sua fiducia.

Annuì. «Ci proverò. Dopo.»

«Ci siamo quasi» disse lui, guardando il sentiero. «Pronta?»

Lei fece un profondo respiro e si alzò. «Sì.»

Emma in testa e Nathan al seguito, si avvicinarono all'affluente che speravano li avrebbe riportati alla barca. Erano su terreno sacro per gli Hopi, luogo del loro *sipapu*, ovvero il posto da cui tutti gli Hopi emergevano dal mondo sottostante in quello presente.

Era lì che si era trovata lei quando erano arrivati i mostri?

Forse, nonostante i confini del corpo fisico, quello in cui camminavano adesso loro due era il mondo migliore. Sapeva solo che era infinitamente grata di esservi tornata, di passeggiare con Nathan, di sentire il sole che la scaldava col suo calore intenso e allontanava il gelo della paura ai limiti della coscienza.

NON APPENA FU RIUSCITO A RIPORTARE Emma sulla barca, Nathan sentì il nodo allo stomaco allentarsi. Grazie al cielo il dory era ancora ormeggiato a riva, nello stesso posto in cui lo avevano lasciato. Guidandolo sull'ampia distesa d'acqua dove il Colorado inghiottiva il Little Colorado, le spalle si rilassarono e il dolore si attenuò. Tornare a navigare era un po' come tornare a casa.

Le guance arrossate di Emma attirarono la sua attenzione.

«Perché non riposi un po'?» Prese una coperta da una sacca di tela e ne fece un cuscino che sistemò su uno dei banchi. Accettando, Emma sedette sul fondo della barca e posò la testa e le braccia sul guanciale improvvisato.

«Grazie» disse, subito sprofondando in un sonno tranquillo.

Nathan remava e intanto la guardava. L'acqua era placida, il sole del tramonto gettava ombre nella gola rocciosa e le pareti salivano man mano che la prospettiva del paesaggio si andava stratificando. Quanto più si inoltravano, tanto più la vista si faceva suggestiva. Era come venire ingoiati da un serpente nel canyon, come trovarsi nel suo ventre. Nathan notò che le loro possibilità di uscirne senza problemi si erano fatte d'improvviso più remote, ma ciò lo preoccupava meno di quanto si fosse aspettato.

A dispetto di ciò che era accaduto, gli piaceva trovarsi sul fiume e non conoscere la destinazione, ma più di tutto gli piaceva la compagnia.

EMMA SI SVEGLIÒ DI SCATTO. *Niente sogni.* Una benedizione.

«Ci fermiamo qui.» Nathan saltò giù dalla barca e la trascinò sulla sponda sabbiosa.

Emma scese a sua volta.

«Siedi» le ordinò con dolcezza. «Io preparo il campo.»

Lei si lasciò condurre a un grosso masso e sedette mentre lui scaricava diverse provviste, raccoglieva legna per il fuoco e preparava qualcosa da mangiare.

Dopo una tazza di caffè, la testa di Emma iniziò finalmente a sgombrarsi dagli ultimi eventi. Guardando Nathan nel bagliore arancione delle fiamme crepitanti, aspettò che iniziasse a interrogarla. Ma lui rimase in silenzio e continuò a occuparsi del fuoco, limitandosi a lanciarle qualche occhiata.

«Non so bene come spiegarlo» disse piano, consapevole di dovergli raccontare tutta la verità su se stessa. Non le era mai capitato prima.

«Fa' con calma, tanto non scappo.»

Stringendosi una coperta addosso, tirò su le ginocchia e vi appoggiò le braccia. I capelli erano una massa disordinata intorno alle spalle. «Forse dovrei iniziare da me» esordì lentamente. «Una sera, quando avevo più o meno quattordici anni, ebbi una visione che riguardava una bambina. Era scomparsa da qualche parte in città. Vidi la sua fotografia sul giornale mentre cenavo con mia zia e mia sorella Mary e, all'improvviso, seppi dove si trovava. Era la figlia di un illustre avvocato e mancava da tre giorni. Io sapevo dov'era e chi l'aveva presa.»

Nathan la guardava, nella luce del fuoco il suo viso era impassibile. «Che cosa facesti?» chiese.

«Dapprima, niente.» Si fermò a riflettere sulla propria riluttanza nel credere alla visione. «La verità era che avevo già avuto altre visioni, ma mai così chiare. O meglio, quella in particolare mi aveva imposto una sorta di... non so, come un obbligo. Dovevo assolutamente fare qualcosa, solo che mia zia e Mary non sapevano di questa mia capacità... non glielo avevo mai detto. Così, decisi che non potevo condividere con loro quella rivelazione.

«Perché?»

«Quello che ero... che sono... è contrario alle convinzioni religiose di mia zia. Dopo una giornata passata a riflettere su come comportarmi, scelsi di lasciare un messaggio anonimo alla stazione di polizia.»

«La trovarono?»

«Sì. E catturarono il responsabile.»

«E le autorità non seppero mai che eri stata tu ad aiutarle?»

Lei scosse la testa.

«E poi cos'è successo?»

«Continuai ad avere visioni, e mi tormentavano. Non sapevo cosa fare delle informazioni che ricevevo. Fu allora che ebbi uno scontro con i fratelli Baxter. Vivevano in fondo alla strada con la zia. Si chiamava Maeve Baxter. Venne a salvarmi e subito si accorse del mio dono. Si offrì di aiutarmi. I Baxter, a proposito, sono quelli che mi inseguivano a Lees Ferry.»

«Perché?»

«Ho qualcosa che vogliono. Quando raccontai a Maeve delle visioni, disse che avrebbe fatto da tramite con la polizia così che la mia identità rimanesse anonima. Sembrava un regalo davvero generoso. Ero felicissima di averla incontrata e che mi aiutasse ad aiutare gli altri. Ma poi, un giorno, andai a casa sua e trovai un registro. Non riuscivo a credere che stesse guadagnando dai dettagli che le davo e che lei vendeva alle famiglie delle vittime. Quel che è peggio è che nel registro erano elencati diversi rapimenti a opera dei suoi stessi nipoti, Reggie, Hersch e Abner. Insomma, organizzava crimini e poi li risolveva. Come avevo fatto a non sospettarlo? Ma di quei crimini io non sapevo nulla, o quantomeno non li aveva mai portati alla mia attenzione come faceva con gli altri. Così, presi il registro e fuggii.»

«Per venire qui?»

Lei annuì. «Feci i bagagli e lasciai San Francisco.»

«Ma dicesti a tua zia dove andavi.»

«Sì, tramite un biglietto. Non mi aspettavo di essere seguita. Mia zia non aveva di certo i mezzi per farlo e Mary era andata a vivere con suo marito. Potrà sembrare stupido adesso, ma volevo che zia Catherine sapesse dov'ero, così, se non fossi riuscita a tornare, almeno una persona sarebbe stata a conoscenza del folle desiderio da parte di Emma Hart di lasciare un segno nel mondo dell'avventura. Magari mi avrebbero cercata. Forse avrebbero trovato i miei scritti.»

«Cosa succede quando hai una visione?»

«Ricevo impressioni e sensazioni, a volte delle immagini a caso. Si presentano dal nulla, nella mente, nel corpo.»

«Come fai a essere certa che arrivino dall'esterno piuttosto che da te stessa?»

«Per molto tempo non lo ero, infatti. Ma adesso riconosco la differenza. Una visione è un'immagine più forte, più chiara. A volte mi colpisce alle spalle. Se l'immagine è indistinta o poco chiara, di solito è solo la mia mente che vacilla su un pensiero, che rimugina su qualcosa. Insomma, più un pio desiderio che altro.»

«Hai avuto qualche visione prima di venire qui?»

Il fuoco produceva rumori secchi, e nei tizzoni ardenti era un mondo represso di violento calore e logorio. Emma ne fissò la bellezza distruttiva. *Il fuoco divora e distrugge, lasciandosi dietro solo cenere. Talvolta un nuovo inizio esige il distacco assoluto, definitivo, dal passato.*

Stava cambiando. E grazie agli Hopi, adesso temeva quello che le proprie abilità avrebbero potuto farle, il rischio a cui avrebbero potuto esporla. L'ignoranza era sempre causa di guai. Maeve glielo aveva ripetuto abbastanza. Ma la donna era una bugiarda e una criminale.

«Ho visto un posto in cui rendermi invisibile» disse.

«Cosa ti ha fatto pensare di poter aiutare quel bambino indiano?»

Emma inspirò a fondo per meglio affrontare quanto era accaduto la sera prima. «Da troppo tempo reprimevo le mie abilità. È stata una semplice scommessa, immagino. Ho voluto provare a credere che ci fosse una ragione per cui mi trovavo qui, in questo posto, alle prese con la situazione del piccolo. E poi, lo avevo già visto in una visione, quando eravamo sul fiume. Forse era destino.»

«Era lo stesso dei passeri morti?»

Lei fece cenno di sì.

«Ma tu non sei una guaritrice» dichiarò Nathan.

«Non so più che cosa sono» rispose lei, ritirandosi in se stessa via via che ragionava su quanto il collegamento con il bambino aveva scatenato.

«Cos'è successo quando lo hai toccato?»

Non volendo ricordare, Emma fissò il fuoco. Un senso di disagio le riempiva lo stomaco e le faceva desiderare solo di fuggire via da tutto. «A volte, quando tocco le persone, intuisco cose che le riguardano. Alcune sono aperte, facili da percepire, traboccano di emozioni. Ma con altre è più difficile.» I loro sguardi si incrociarono e Nathan comprese che adesso si riferiva a lui. «Sono chiuse, come se la loro vita fosse confinata dietro un muro invalicabile. Con il bambino, però, c'era il niente.»

«Che vuoi dire?»

«Era uno spazio vasto e vuoto.» Chiuse gli occhi, sforzandosi di trovare le parole per descrivere ciò che aveva visto. «Ma poi ho colto parte di quello che era racchiuso nella sua mente.» La voce si fece roca, come se la gola si stesse restringendo.

Abbassando la testa, parlò piano. «Sua madre era stata uccisa in maniera brutale. Lui aveva visto il corpo venire tagliato a pezzi, la carne strappata dalle ossa, la testa scuoiata e messa a faccia in alto sul fuoco. Qualcuno aveva divorato la carne aspettando che il cervello fosse ben cotto, poi lo aveva cavato da dietro al cranio e aveva mangiato anche quello. Aveva bollito le ossa in un pentolone, le aveva spezzate e aveva tirato fuori il midollo.» Con il viso inondato di lacrime, strinse forte gli occhi. «Il bambino era stato costretto a mangiare» sussurrò, timorosa di essere sentita dagli spiriti sbagliati se lo avesse detto ad alta voce.

Quando aprì gli occhi, vide l'espressione allibita di Nathan.

«È stato allora che sono scappata» disse in un getto di parole. «Ma non riuscivo a trovare la via d'uscita. Sprofondavo sempre più in un baratro senza fine. Era buio pesto e non trovavo la maniera di uscire. Allora ho invocato l'aiuto degli spiriti ed è arrivato un uccello gigantesco – un passero – ma tentava di cambiarmi, voleva fondersi con me, io non volevo e mi battevo.» Distolse lo sguardo. «So che ti sembro pazza.»

Il crepitio del fuoco riempiva il silenzio tra loro.

«Non so bene che cosa credere» disse Nathan «ma sono contento che tu sia tornata.»

Emma sentì e percepì la sincerità nella sua voce, gliela vide negli occhi.

«Grazie per avermi aspettata» rispose.

IN PIEDI E A TORSO NUDO, Nathan se ne stava accanto al maestoso fiume Colorado, con il Grand Canyon a testimoniare l'inflessibile potere e la forza con cui aveva scavato il proprio corso attraverso i segreti più intimi della terra, vecchi milioni di anni. Scorreva, silenzioso, ma Nathan sentiva il bisogno di restare dov'era, al sicuro sulla riva.

C'era il bambino, in piedi nel fiume. Lo fissò, la logica voleva che non fosse in grado di camminare sull'acqua, perciò il suo doveva essere un sogno.

Qualcuno sopraggiungeva dietro di lui. Si lanciò uno sguardo alle spalle e vide suo padre. Sorpreso, fissò il coltello e la forchetta nelle mani.

«Tieni d'occhio il piccolo» ordinò quello.

E mentre lui riportava la propria attenzione sul bambino, suo padre gli tagliava un pezzo di carne dalla schiena e iniziava a mangiarlo.

Svegliandosi con un sussulto, Nathan si drizzò subito a sedere. Si stropicciò gli occhi, guardò le stelle che splendevano alte e seppe che era ancora nel pieno della notte. Il fuoco, adesso un cumulo di cenere fumante, lo separava da Emma, che dormiva.

Era trascorso molto tempo dall'ultima volta in cui aveva avuto paura... davvero paura. La causa stava senz'altro nella sconvolgente storia del bambino indiano e nelle facoltà soprannaturali che Emma gli aveva confessato di avere.

Ne era rimasto spaventato.

Si alzò, prese la coperta e andò da Emma. La gettò per terra, avvicinò il proprio corpo al suo e lo cinse con un braccio.

Non voleva stare solo.

CAPITOLO QUATTORDICI

Emma si svegliò durante la notte, circondata dalla presenza di Nathan. Le dormiva accanto e cingendole la vita con un braccio la teneva contro di sé. Quella vicinanza liberò nel suo addome una sensazione di calore, risvegliando il desiderio vivo che si era sforzata di tenere a bada durante il giorno. Ancora mezzo addormentata, rotolò tra le sue braccia e gli affondò il viso nel collo, inspirando l'odore della sua pelle e godendo del calore del suo corpo. Le piaceva.

Il movimento lo scosse dal sonno e le braccia la strinsero. Emma fece scivolare piano le labbra sul collo e sulla parte di torace che la camicia lasciava scoperta, desiderosa di baciarlo ma insicura se farlo. Cosa avrebbe voluto, *lui*?

Sentì la mano di Nathan salire tra i capelli, in un gesto tanto intimo da indurla a spingere indietro la testa lasciando che le labbra di lui coprissero le sue. Quel primo bacio fu famelico, profondo, perfetto. Persa nel desiderio impellente che si era di colpo scatenato in lei, Emma assecondò la mossa di Nathan, comunicandogli a sua volta quanto fosse gradita.

Lui la fece distendere sulla schiena e prese a esplorare con le labbra la pelle esposta – il viso, il collo, il décolleté – ma senza scendere oltre. Dal canto suo, Emma era felice di poterlo toccare, fargli scorrere le dita tra i capelli, accarezzargli le guance ruvide di barba, sentire sotto le mani la forza delle sue spalle.

Nathan rispose premendolesi contro e accendendo un misto di paura e fame in lei. Avrebbe provato dolore? Il suo corpo si inarcò. Lo voleva comunque. Voleva sentirsi vicina a lui, il più possibile, placare l'ardore che le cresceva dentro.

Armeggiò con i bottoni della sua camicia, mentre le bocche si divoravano. Nathan si staccò, sfilò l'indumento dalla testa e la coprì con il proprio corpo. La bocca si lanciò di nuovo sulla sua e lei lo strinse. Non aveva idea la loro unione sarebbe stata tanto disperata, tanto frenetica e travolgente.

Lui prese a muoversi sotto le unghie che gli graffiavano la schiena ed Emma rispose all'istinto di liberarsi degli abiti. Lo spinse indietro quel tanto che bastava per sfilarsi la camicia, quindi, con il suo aiuto e qualche contorsione, tirò fuori le gambe dai pantaloni. E finalmente sentì le mani di lui sulla pelle, accarezzarle le costole e scendere lungo le cosce per toglierle gli indumenti intimi. A quel contatto, una scossa le attraversò il corpo.

Nathan tornò vicino, viso a viso, e la baciò, posandole con delicatezza una mano sotto i seni per scendere poi a esplorare il suo corpo nudo. A quel punto Emma fu sopraffatta da un senso di gratitudine: gli piaceva. Proprio come con l'amante perfetto delle sue visioni, si sentiva bella e desiderabile. Quel che restava della sua inibizione svanì.

Con un bacio esigente incontrò le sue labbra, mentre le mani spingevano in giù i pantaloni. Lui se ne sbarazzò e, ormai senza barriere, premette l'intera lunghezza del proprio corpo contro il suo. Procedeva piano, generando in Emma un senso di frustrazione, ma quando lei cercò un contatto maggiore, le immobilizzò i fianchi. Infine, si unì a lei in maniera completa, fermandosi solo un attimo durante il quale Emma assaporò la connessione, un misto di bisogno disperato e vero e proprio sollievo, che appagava il desiderio di lui nato prima ancora del loro incontro. Il ritmo si fece più incalzante ed Emma si strinse a Nathan, assecondandone il passo, finché il loro amplesso non culminò in un ruggito tonante simile a quello delle rapide che così spesso attraversavano. Tra i fumi della passione che iniziavano piano a diradarsi, Nathan la baciò, facendo proprio il suo respiro e imparando a conoscerla in maniera ben più intima di quanto lei avesse mai immaginato.

E la sua immaginazione era stata abbastanza fervida.

EMMA SI SVEGLIÒ ALL'ALBA, rannicchiata al fianco di Nathan ancora addormentato. Il viso era girato dall'altra parte, per fortuna. Russava ed Emma si chiese perché non se ne fosse accorta prima, visto che dormivano l'uno di fianco all'altra ormai da diverse notti. Il suono le strappò un sorriso.

Non si era data la pena di rivestirsi, e neanche Nathan, la cui coperta era scivolata, lasciando in bella vista ogni parte del suo corpo. Lo guardò e quando sentì di essersi saziata gli occhi, tirò le coperte su entrambi e gli posò un braccio sul petto. Dopo le tenebre in cui si era imbattuta nel tentativo di aiutare Loloma, non chiedeva altro che godere di quel momento con Nathan, nella silenziosa promessa di un giorno nuovo.

Qualcosa di fondamentale era cambiato in lei. L'unione fisica aveva anche dato vita a una sorprendente connessione che le riusciva difficile descrivere. Insomma, la *sentiva*... come un insolito tipo di energia che le frullava nel ventre. E la aiutava a mettere in fuga i mostri della notte.

Nathan si mosse e lei ne approfittò per avvicinarsi e baciargli prima la guancia, poi la spalla. Lui girò il viso e le labbra si sfiorarono. «Ieri notte ho fatto dei brutti sogni» le mormorò contro la bocca. «Perciò sono venuto da te.»

«Sono contenta tu l'abbia fatto.»

Nella luce del giorno, i suoi occhi a malapena svegli la guardarono. «Non ti ho fatto male, vero?»

«No.» Rotolò sul fianco e i seni premettero contro il braccio di lui. «E io a *te*?» chiese, fingendosi preoccupata.

Lui rise. «Tutt'altro.»

Emma intrecciò una mano con la sua e si rilassò contro la spalla nuda.

«Con tutte quelle tue visioni» disse Nathan «sapevi che in tutti questi anni Molly era viva?»

«Di tanto in tanto la sognavo.»

«Sapevi dov'era?»

«La vedevo con degli indiani, ma non pensavo fosse vero. La credevo morta.»

«E io? Hai mai visto me?»

Poiché lei non rispondeva, Nathan si girò a guardarla. «Mi hai visto!» l'accusò.

«Forse.»

«Così, quando ci siamo incontrati, sapevi già chi ero, eh?» chiese in tono di rimprovero, ma Emma non avvertì alcuna animosità nella domanda.

«Non proprio» replicò. «Ti ho picchiato con il remo, ricordi?»

«Già, ricordo» disse torvo, massaggiandosi la testa.

«Avevo avuto visioni di un uomo molto bello… perciò è ovvio che all'inizio non pensavo fossi tu.»

Nathan le pizzicò piano l'interno di una coscia.

«Ahi!» rise lei.

«Quanto hai visto del futuro?»

«Ah, adesso è chiaro. Ti preoccupa che io sappia come andrà a finire questa storia.»

«Ammetterai che sono in svantaggio.»

«Tranquillo, non conosco il futuro. Ne so quanto te a proposito di quando ti deciderai a fare di nuovo l'amore con me.»

Nathan fece scivolare la mano fino al suo sedere nudo, che

strinse con dolcezza, la attirò contro di sé e la baciò a fondo, a lungo, quindi fu ben lieto di raccogliere la sfida.

———

TRASCORSERO la mattinata su due rapide e benché le acque bianche non si presentassero particolarmente turbolente, Nathan dovette impegnarsi per affrontarne la discesa, veloce e tutta schizzi. Continuando a valle, il canyon si allargava di molto. Laddove il Marble Canyon si era rivelato stretto e confinante – le ripide pareti così vicine che sarebbe bastato allungare un braccio dalla barca per toccarle – adesso erano nella gloria del Grand Canyon, con il fiume a occupare un'unica parte di una valle piatta e le pareti che si inerpicavano lontane da loro come una scalinata verso il cielo.

Nathan era confuso dalla donna che gli sedeva di fronte. Guardarla provocava in lui un'ondata di desiderio tale da ingarbugliargli i pensieri. Aveva ventotto anni, eppure lei lo faceva sentire come un giovincello. Ancor più frastornante era il viaggio che avevano intrapreso. Assolutamente privo di un reale proposito o di un traguardo, Nathan era profondamente consapevole di vivere nel momento. Aveva Emma, la barca e il fiume. Che c'era di meglio? Una parte di lui voleva che non finisse mai.

«Sei un tipo religioso?» chiese Emma mentre galleggiavano serenamente su quel nastro d'acqua che si snodava e scorreva senza sosta.

Sotto il sole che li abbrustoliva insieme alla terra, lui si sporse dal dory per spruzzarsi dell'acqua sul viso e tra i capelli. Si calcò di nuovo il cappello in testa, si mise comodo allungando le gambe davanti a sé e fece spallucce. «Tua zia ti obbligava ad andare in chiesa?»

«Venivi obbligato?»

«Mia madre voleva che ci andassi, ma io non entro in una chiesa dalla morte di mio padre.»

«Ma sei andato al matrimonio di Matt e Molly.»

Lui annuì. «Si sono sposati all'aperto, nel ranch dei Ryan.»

«Immagino che Matt volesse assicurarsi la tua partecipazione» lo stuzzicò lei.

Nathan sorrise. «Dubito pensasse a me quel giorno.»

«Com'è stata la cerimonia?»

«Come qualunque altra, suppongo» rispose lui dopo una breve riflessione.

«E Molly come stava?»

«Come una donna sul punto di sposarsi.»

Emma mise una mano in acqua e lo schizzò. «Ciò che intendevo io era: sembrava felice? Nervosa? Com'era l'abito?»

Nathan si concentrò. «Beh, sembrava felice. Sì, direi che sembrava molto felice. Il vestito? Quello era bianco… forse.»

Lei sospirò. «Proprio non ricordi, eh?»

«No, non bene. So soltanto che Matt la voleva, con un'espressione negli occhi che non gli ho mai visto prima. E lei non gli staccava i suoi di dosso. È così che lo sai per certo, immagino.»

«Sai cosa?»

«Che hai trovato la persona senza la quale non puoi vivere.»

Emma distolse lo sguardo. Le parole vibrarono nello spazio tra di loro. Aveva forse detto la cosa sbagliata?

«E tu ci credi?» si decise a chiedere lei.

«Non lo so. Tu?»

«Non ho mai pensato di sposarmi.» Guardò la costa e socchiuse gli occhi contro il sole.

«Sei fin troppo giovane per dirlo, Em.»

Lei fece una smorfia. «È per via di come sono. Rende difficili i rapporti.»

«Stai cercando di dirmi qualcosa?» chiese lui, sforzandosi di mantenere un tono leggero. Era nuovo a quell'esperienza. Di solito le donne che frequentava si prodigavano per incastrarlo sin dall'inizio.

«Non credo di capire.»

«Stai cercando di troncare tutto dopo ieri notte?»

Lei si accigliò. «No. Ti sto semplicemente dicendo che non mi aspetto niente dal tempo che trascorriamo insieme.»

Nathan non sapeva bene cosa pensare. Possibile che una delle sue visioni le avesse rivelato il futuro? L'idea che lei non vedesse alcuna prospettiva per la loro unione lo infastidiva.

Trascorsero del tempo in silenzio, quindi Emma chiese: «C'è un sogno nel tuo domani?»

Riflettendo sulla domanda, Nathan continuò a remare. «Avevo appena lasciato il Missouri e già mi mancava l'acqua, mi mancava questo» disse con un cenno verso il fiume. «Perciò, sì, immagino che mi piacerebbe costruire una casa vicino a un fiume.»

«Il Mississippi?»

«Non necessariamente così grande. Mi piace il Texas. Magari da qualche parte nei pressi del Brazos. E se avessi un figlio, gli insegnerei a navigare.» Solo adesso, che lo diceva a voce alta, si rendeva conto di quanto quell'idea lo affascinasse. E dire che non aveva mai neanche pensato di avere figli.

Non prima d'ora.

Non prima di Emma.

«Spero che il tuo desiderio si avveri» disse lei.

All'incirca un miglio più giù, superarono una curva e si ritrovarono in prossimità di un'altra rapida. Non prometteva bene.

«Sarà meglio fermarci a dare un'occhiata» disse Emma.

«Già» concordò Nathan, remando verso la sponda destra.

UNA VOLTA ASSICURATO IL DORY, Emma passeggiò lungo la costa. Il fiume scorreva, scivolando attraverso il canyon senza mai smettere di gorgogliare. Nubi bianche e grigie rompevano la monotonia dell'azzurro e gettavano ombre drammatiche sul paesaggio. Pendici di roccia rossa, ghiaiosa e sciolta, lasciavano il bordo dell'acqua e andavano gradatamente a formare scogliere contrassegnate dalla permanente successione di strati che sembrava essere ovunque nel canyon. La storia delle montagne era messa a nudo, per dar modo a tutti di comprendere la vera età della terra.

Agli occhi di Emma appariva come un sogno, un paesaggio strano, arido e spietato. La navigazione quotidiana del fiume, con la fatica che comportava, era diventata monotona, un po' deludente, ma i momenti come quello, in cui si rendeva conto di quanto aveva portato a compimento, della lunga distanza da casa, la riempivano di orgoglio. Ci era riuscita. Aveva realizzato un sogno. Era una vittoria e, a prescindere dall'esito finale, nessuno gliel'avrebbe portata via.

Una brezza soffiò leggera e il sole gettò la sua luce tra i giochi di nuvole. Quel poco che restava di un edificio di pietre su un'altura lì vicina catturò la sua attenzione: in un tempo lontano quella zona era stata abitata. Nel silenzio che la circondava, il cuore di Emma rallentò i battiti.

Ecco perché la gente del passato viveva qui.

Un senso di eternità pervase il suo corpo, diffondendosi fin dentro le ossa. La magnificenza del mondo divenne chiara, come se la sua vista fosse finalmente libera da ragnatele. Quel posto era speciale, sacro, era il punto in cui i veli tra i mondi si assottigliavano. Un posto in cui la divinità riposava prima di tornare a estendersi all'umanità.

Si girò e accorgendosi di Nathan si fermò di scatto. Aveva proseguito lungo la costiera per esplorare la rapida. Al suo fianco c'era un uomo.

Inchiodata al suo posto, li osservò, incantata. Via via che l'uno si muoveva, l'altro si spostava con lui. Era alto quanto Nathan, in forma e ben vestito, ma più vecchio. Guardando meglio, notò i tratti scuri e vagamente familiari. In quell'istante, l'uomo spostò lo sguardo su di lei ed Emma riconobbe in lui il padre di Nathan.

Sbatté le palpebre, e l'apparizione scomparve.

Nathan sembrava ignaro di avere appena ricevuto una visita.

Era il caso di dirglielo? La notte prima gli aveva confessato ogni cosa sulle sue visioni, e il risultato era stato un incredibile incontro tra le sue braccia. Di sicuro la accettava così com'era. O forse no. Riluttante a forzare i nuovi confini della loro relazione, decise di tenere l'apparizione per sé.

«Che c'è?» chiese lui avvicinandosi.

«Niente.»

«Cos'è successo? Hai visto qualcosa?»

«No. Solo delle rovine indiane.» Indicò la collina.

«A un certo punto c'è stata sicuramente parecchia vita in questo posto» disse lui.

«Come ti è sembrata la rapida?»

«Impraticabile. Troppo rischiosa. Ti va un po' di duro lavoro?»

«Ma certo. La sicurezza prima di tutto.»

Insieme, tornarono al fiume.

EMMA AIUTÒ NATHAN a guidare la barca dalla riva, superando non solo quella rapida ma anche la successiva. Il compito si rivelò tedioso e stancante e richiese la maggior parte del pomeriggio. La terza rapida in cui si imbatterono, tuttavia, appariva peggiore delle altre due messe insieme e, nonostante la fatica, di fronte all'ostacolo successivo gli occhi di Emma si fecero grandi di paura e carichi di aspettativa.

Guardò il lato opposto oltre l'ampia distesa del fiume, dove uno sbarramento di roccia nera attraversava lo scisto rosso e si tuffava nell'acqua. I numerosi massi ne strozzavano quasi del tutto il flusso e ingombravano la riva sinistra, l'unico posto in cui avrebbero potuto fermarsi per esplorare un possibile percorso. Che lo affrontassero in acqua o fuori, quel tratto presentava una sfida.

Emma seguì Nathan, che avanzava cauto su una pista malsicura.

Lui guardò la rapida. «Questa è fuori discussione» disse, urlando sopra al fragore delle acque impetuose.

Emma contemplò la massa di liquido che scorreva veloce. «Ma

tirare la barca da qui sarà difficile.» Avevano guidato il dory da riva e trasbordato parte delle provviste su rapide molto meno minacciose di quella, con meno massi e meno possibilità di distruggere l'imbarcazione, e già allora era stato rischioso.

Il cuore prese a battere forte e la visione si restrinse come in un tunnel. Lanciò un'occhiata tutt'intorno, quindi scrutò il cielo azzurro del tardo pomeriggio. Un forte senso di inevitabilità la circondava.

«Voglio percorrerla» annunciò.

Nathan la guardò come se gli avesse appena comunicato di avere due teste invece di una. «Ma sei pazza?»

Lei incontrò il suo sguardo. «Peggio. Voglio farlo da sola.»

L'occhiata che le lanciò superava senza dubbio quella che le avrebbe rivolto se gli avesse detto del padre morto. *Avrei anche potuto farlo, immagino.*

Quella reazione la irritò e accrebbe la sua determinazione.

«Mi spiegheresti perché?» volle sapere lui.

Scorrendo con gli occhi la maestosa forza del fiume che riempiva l'ampio fondo del canyon e comprendeva sicuramente innumerevoli massi sommersi, si sentì attraversare da una ferma determinazione unita a un fremito di paura. A un certo punto, avrebbe dovuto affrontare quanto era accaduto con il bambino. E magari quell'esperienza l'avrebbe aiutata.

«Ho trascorso la vita a nascondermi» disse. «Dal mio dono, dalla gente, dalla vita stessa. Basta.» Le parole le si bloccarono in gola. Indicò l'enorme rapida ad appena qualche piede da loro e aggiunse: «Lasciami provare.»

Nathan era visibilmente combattuto, il conflitto interiore quasi tangibile. Convinta che avrebbe respinto la sua decisione, aspettò il rifiuto che indubbiamente voleva darle, ma al pari della vita, lui la sorprese.

«D'accordo» disse, con la mascella tesa per lo sforzo nel concederle quel desiderio. «Ma si fa tutto a modo mio. Adesso girati e dimmi che percorso avresti intenzione di seguire. E che sia davvero buono.»

Percorsa da un brivido di euforia, Emma sorrise.

Un'ora dopo sbuffava frustrata.

La via non era abbastanza buona, e Nathan non aveva nessun problema a farle analizzare, più e più volte, ogni eventuale opzione. Quell'uomo era un appassionato di fiumi, decise. Sapeva che i suoi consigli erano buoni, ma sospettava pure che una volta in acqua persino i piani migliori potessero fallire. Ed era proprio quell'aspetto a rendere l'intera impresa tanto eccitante, ma secondo Nathan non era che pura follia.

Infine, sembrò convinto che lei avesse compreso il percorso migliore da seguire.

«Si sta facendo tardi» disse. «Forse dovremmo aspettare fino a domani.» A quanto pareva, aveva sbagliato pensando di averlo persuaso.

Emma scosse la testa. «No. Voglio andarci adesso, prima di perdere il coraggio.»

«Così, finalmente ti decidi ad ammettere di aver un gran bel coraggio!»

«Certo che ne ho. Tu no, per caso? Cosa facevi quand'eri nell'esercito e sapevi che un'imboscata o un attacco erano imminenti? Correvi a nasconderti?»

«Qui è diverso e tu non sei un uomo, Emma.»

«Grazie al cielo. So che non te la sei mai data a gambe, perciò lasciami provare.»

«Anche a costo di restare uccisa?»

«Non è nelle mie intenzioni.»

«E pensi che questo renda tutto meno pericoloso?»

Lei esitò. «Sì.»

Tornando in tutta fretta alla barca, Emma decise che da quel momento in poi sarebbe stato meglio ignorarlo. La tensione legata a quanto si accingeva a fare iniziava a schiacciarla con il suo peso, ma non poteva tirarsi indietro adesso, pensò, mentre un filo di orgoglio serpeggiava lungo la schiena. Si era impegnata in quell'impresa e l'avrebbe portata a termine.

Nathan prese una fune e la propria pistola dal dory, quindi iniziò a legare la cima a una delle scalmiere.

«Perché lo fai?» chiese lei.

«Così posso guidarti dalla riva.»

Emma lanciò un'occhiata dall'altra parte del fiume. «Penso sia una cattiva idea. La fune potrebbe impigliarsi in una roccia. Peggiorare le cose.»

Nathan si fermò a riflettere su quelle parole, poi, imprecando a denti stretti, tolse la cima. Mise i due remi di scorta a portata di mano sul fondo del dory e trascorse altri quindici minuti a dirle ciò che avrebbe dovuto fare con la propria fune in caso di problemi. Impaziente, Emma guardò la luce del giorno che si andava oscurando in fretta.

Si tolse il cappello e glielo spinse tra le mani. «Reggi questo, per favore.» Si girò per andarsene, ma lui le afferrò il braccio.

«Emma, questa faccenda non mi piace. È da pazzi. Ci vado io, in barca, tu resta a riva. Che faccio se ti succede qualcosa?»

«Ti preoccupi sempre così tanto?» disse senza nascondere l'esasperazione.

Gli piantò un bacio sulla linea severa delle labbra e, prima che lui avesse tempo di replicare, saltò sul dory. Nathan la spinse in acqua e la vide attraversare il fiume per iniziare la discesa sul lato destro.

Raggiunto il traguardo, indirizzò la prua in avanti e si girò a sua volta. Tanto lei quanto Nathan si erano detti d'accordo che sarebbe stato meglio sapere in anticipo cosa la aspettava. Così, in preda all'eccitazione, con il cuore che batteva forte mentre il dory si avvicinava al punto di ingresso della tumultuosa rapida, Emma inspirò a fondo. Fece scorrere lo sguardo sugli ostacoli visibili e su quelli meno palesi, cercando di allinearsi in modo da evitarli e poi fu dentro.

Senza più tempo per pensare.

La barca si tuffò in avanti con un balzo, inclinandosi e girandosi di fianco. Emma armeggiò con il remo destro nel tentativo di raddrizzare la prua, ma era troppo vicina a un masso. Il remo vi si incagliò e ruotò del tutto il dory finché la scalmiera non si spezzò. Adesso libera, l'imbarcazione si immise nel flusso d'acqua di poppa e con un solo remo, mentre la corrente trascinava via l'altro. Le onde spumeggianti girarono di nuovo la barca. Emma afferrò la pala di riserva, ma senza poterla fissare allo scalmo le serviva a ben poco. Estrasse l'altro remo dalla forcella prima di perdere anche quello, quindi provò a guidare la barca con la sola pala che reggeva, ma le sue manovre non erano abbastanza veloci. Il dory finì con violenza contro un cumulo di massi e rimase bloccato. Facendo leva con il remo, riuscì non senza sforzo a liberarlo.

Il tratto principale della rapida la risucchiò, e fu chiaro che la ben ponderata rotta che Nathan aveva più volte insistito lei memorizzasse era ormai persa e non le restava che improvvisare.

Il dory si inclinava e curvava schizzandola. Al limite del campo visivo, notò la piccola sagoma di Nathan che correva lungo la riva sinistra, cercando di tenere il suo passo. Superati altri venti o trenta piedi, la barca si bloccò contro degli altri massi. E ancora una volta, Emma usò il remo per disincagliarsi.

Evitando roccia dopo roccia, con l'adrenalina che le scorreva dentro, portò a compimento la discesa della rapida. O meglio, quasi a compimento. Proprio mentre raggiungeva il fondo, un piccolo ostacolo sommerso fece balzare la barca e scaraventò lei in acqua. Sollevando la testa, Emma fu lieta di vedere che il dory non si era rovesciato e prese a nuotare nella sua direzione.

Afferrò il bordo, si alzò e tirò con tutte le forze per trascinarlo di nuovo a riva. D'improvviso, Nathan era al suo fianco e l'aiutava.

«Hai visto?» chiese lei, che asciugandosi il viso cercava ancora di recuperare il fiato.

«Già, ho visto» rispose lui. «E a momenti mi veniva un infarto.»

«È stato così eccitante.» Non avrebbe permesso al suo malumore di rovinare quella che era stata un'esperienza selvaggia e stimolante.

Nathan trascinò il dory a riva mentre lei si toglieva il corpetto di salvataggio. «Adesso capisco perché ami tanto l'acqua» gli disse, ridendo di gusto.

Lui si girò e la fissò, con un'espressione che non lasciava trasparire alcuna emozione. Mm, ci avrebbe messo un po' ad abituarsi a quei suoi sbalzi d'umore, decise Emma.

«Che c'è?» chiese, portandosi la mano al viso. «Mi cola forse il naso?»

Vedendolo avvicinarsi, lanciò il corsetto per terra e gli gettò le braccia al collo, trascinandolo finché non caddero entrambi in acqua.

Rise di nuovo e lo baciò, ottenendo finalmente una risposta. Nathan la spogliò in un attimo e la prese, in un amplesso veloce e intenso che la lasciò del tutto appagata.

Poi, nell'oscurità, si accamparono.

CAPITOLO QUINDICI

Nathan giaceva sulla schiena, con Emma accanto, e fissava lo sfarfallio delle stelle nel cielo notturno. Il fuoco era ormai spento e anche la fiamma per la donna al suo fianco si era infine placata. L'aveva posseduta altre due volte dopo quella in acqua e si chiedeva se a renderlo incapace di starle alla larga fosse l'isolamento oppure il fatto che era trascorso troppo tempo dall'ultima compagnia femminile. In fondo, però, i sussurri che sceglieva di ignorare gli dicevano ben altro. Emma non era un'avventura, bensì una donna capace di cambiare l'esistenza di un uomo.

«Pensi che ci sia vita su altre stelle?» chiese lei.

Le passavano davvero le cose più incredibili per la mente. «Non lo so» rispose Nathan.

«Ce ne sono così tante. Se riuscissimo a trovare la maniera di andarci, allora lo scopriremmo di sicuro.»

«Forse.»

«Non possiamo essere gli unici a vivere nell'universo.»

«Immagino di no.»

«Prendi il Grand Canyon, sembra quasi non appartenga a questo mondo, non trovi?»

«Si potrebbe dire lo stesso del Texas. E di alcune persone che ci vivono.»

Emma gli diede un colpetto nelle costole. «Io sono del Texas. O quasi. Sono nata in Virginia, ma gli unici ricordi veri della mia infanzia sono legati al Texas.» Girò la testa verso di lui. «Dove vivi?»

«Dovunque mi trovi.»

«Non hai un ranch o una fattoria da qualche parte?»

Lui le prese la mano e l'accarezzò con il pollice. «No, non ho mai avuto tempo per pensarci.»

«Come lo passi, il Natale?»

«A volte vado da mia sorella Janie e suo marito Henry. E dai Ryan sono sempre stato il benvenuto.»

«E il resto del tempo?»

«Dormire per terra non è poi così male. Trovarmi qui con te ne è la prova.»

Emma tornò a guardare verso l'alto. «Ti è sempre piaciuto startene così solo?»

Nathan non aveva mai considerato la cosa in quei termini, ma a conti fatti la sua vita era stata abbastanza remota da quando suo padre era morto e lui aveva lasciato il Missouri.

«Immagino di sì.» Ma non sapeva bene se fosse ancora il caso.

«Dev'essere bello andare dove ti pare, quando vuoi.»

Intrecciò le dita alle sue. «Parli come una persona in trappola, Em. Sei venuta fin qui, senza permettere alle tue circostanze di dettarti condizioni.»

«Hai ragione» rispose lei, con un senso di meraviglia che a Nathan non sfuggì.

«Se vuoi vedere il mondo, verrò con te» disse, bisognoso di sapere che avrebbero avuto un futuro insieme.

«Davvero?» Si fece più vicina e gli posò una guancia sulla spalla.

«Ma sai cavalcare o devo insegnarti anche quello?»

Emma si protese verso di lui. «Un giorno sarò io a insegnarti qualcosa. Aspetta e vedrai.» Lo baciò e tornò a distendersi, poi gli si rannicchiò contro e subito si addormentò.

Ma quel qualcosa glielo aveva già insegnato. Gli aveva mostrato che la vita poteva tornare ad avere un significato.

EMMA VOLAVA.

Eccitata, si librava sul Colorado, sfrecciando lungo i corridoi del Grand Canyon, planando, scendendo lentamente e osservando il terreno in una magnifica volata piuttosto che al passo strisciante cui erano costretti a obbedire i comuni mortali.

Non riconosceva nessun posto. Doveva trovarsi in una regione più a valle, una parte che lei e Nathan non avevano ancora scoperto. Deviò verso un canyon laterale nei pressi di un monolito di roccia nera dalla superficie liscia e vetrosa.

Inoltrandosi sempre più nel canyon che si restringeva in fretta, raggiunse una caverna. Adesso, camminava. Era buia ma lei si orientava senza difficoltà.

Al suo interno erano uomini, donne e bambini – tutti indiani – in catene.

Spalancò gli occhi nell'oscurità. Era ancora per terra con Nathan che, alle sue spalle, la teneva stretta a sé con un braccio.

Gli indiani, nonostante la sorpresa nel vederla, avevano implorato il suo aiuto.

Ma lei non aveva idea del significato. Possibile che quella gente fosse trattenuta contro la propria volontà da qualche parte nel Canyon? O era semplicemente un sogno? Desiderava potersi scuotere di dosso l'agitazione indotta da quell'esperienza soprannaturale, simile all'incontro in cui aveva toccato il bambino Hopi.

Nathan borbottò qualcosa e l'attirò ancor più a sé. Lei scostò dal viso la massa di capelli. Di solito li portava raccolti in una treccia, ma a lui piacevano sciolti. Si rilassò nel suo abbraccio. Aveva Nathan, e il presente.

L'unica certezza era che il futuro non ne presentava nessuna.

Ma lei aveva la sensazione che presto si sarebbe ritrovata a camminare lungo il sentiero di un altro mondo. Sperava solo di sapere cosa fare una volta lì.

RIMASERO nel loro accampamento notturno per gran parte del mattino seguente. Emma trascorse il tempo a bollire acqua del fiume per riempire le borracce e pulire le provviste di cibo, controllando che non ci fossero segni di deterioramento e danni da umidità. Nel complesso si erano conservate bene, e i barattoli con la farina, il caffè e lo zucchero erano ancora sigillati.

A sua volta, Nathan dedicò il proprio tempo a riparare il dory. La discesa della sera prima sulla rapida punteggiata di massi aveva causato due falle, oltre alla perdita di una scalmiera, e poiché Emma non si era portata dietro molto materiale per quel genere di evenienza, si era visto costretto a trovare soluzioni alternative.

Quando ripresero la navigazione, la prima cosa che Emma notò fu la differenza nelle pareti del canyon. Invece che di arenaria e pietra calcarea, adesso erano nere e di aspetto vulcanico. Prese il libro di Powell e andò a una pagina marcata in precedenza.

«Qualche consiglio?» chiese Nathan.

«Hmm. Non proprio. Le rocce morbide gli assicuravano acqua calma e quelle dure erano problematiche. Dice che adesso il fiume è entrato nel gneiss, e il che rappresenta una minaccia.»

«Magari abbiamo trovato l'ingresso che porta al centro della terra» commentò Nathan, mentre seduto ai remi guidava il dory attraverso una corrente più veloce.

Emma sorrise e si guardò intorno. L'apparenza impenetrabile del granito le ricordava la sensazione del trovarsi in un castello fortificato, protetta dal male all'esterno. Ma l'idea era sciocca, lo sapeva. Balze zigzagavano sulle pareti, sormontate da picchi che si protendevano verso il cielo. E le falesie granitiche si allungavano sul fiume, con un'inclinazione tale da invadere lo spazio sopra le loro teste.

I suoi pensieri tornarono al piccolo indiano, ma non percepì nulla. Si rilassò contro la poppa dell'imbarcazione e, fissando la fortezza attraverso la quale galleggiavano, ripensò a quello che aveva visto nella mente del bambino. Spostò lo sguardo sul cielo azzurro e le nuvole bianche che si muovevano a un ritmo costante oltre la sua visione limitata. Le strette pareti del canyon non le offrivano che una fetta del mondo grandioso dall'altro lato.

Visione limitata. Rimuginò su quelle parole. *Come posso aiutare il bambino?*

Apri la mente. Le nuvole si spostavano, cambiavano e assumevano nuove forme. *Cambia. Niente resta davvero com'è. La sicurezza è un'illusione.* Trasformazione. *Tutte le cose hanno bisogno di crescere, per espandersi, per superare i propri limiti, pena la morte. Il blocco genera veleno che logora dentro.*

Gli Anasazi nel canyon avevano paura di qualcosa. La madre del bambino era stata brutalmente massacrata e divorata. Perché le sembrava che i due fatti fossero collegati?

Chi avrebbe avuto il coraggio di mangiare un altro essere umano? pensò disgustata. Una debole luce si mosse al limite del campo visivo, veloce e sfuggente.

Il responsabile.

Era nel canyon.

Emma si accigliò. Dov'era il piccolo? Ma non riusciva a trovare il suo spirito. Continuò a fissare il cielo e una minuscola macchia attirò la sua attenzione. Muovendosi avanti e indietro, scendeva piano verso di lei. Era un uccello, notò man mano che si avvicinava.

Si mise a sedere e intanto la creatura piumata volava disegnando cerchi sopra la barca. Nathan smise di remare e seguì lo sguardo di Emma. Senza sapere bene perché, lei sollevò piano la mano e tese le dita a mo' di trespolo.

Con un battito d'ali, l'uccello vi si posò, lasciandola senza parole. Era una creaturina splendida e non aveva affatto paura di lei. Un'occhiata fugace a Nathan, seduto immobile come una statua lì di fronte, le disse che era altrettanto sbalordito.

L'uccello girò la testa, prima da una parte e poi dall'altra. Aveva le ali marroni e la testa grigia con due strisce bianche su ciascun lato degli occhi. Il bianco del ventre era in netto contrasto con il nero della gola, e gli occhi scuri la guardavano.

Un passero.

Il cuore di Emma accelerò i battiti. *Il bambino.*

Una folata di vento spinse via il passero ed Emma ne seguì il volo in salita, le ali si agitavano portandolo sempre più in alto fino a toccare il cielo e gli spazi oltre quello.

Non sapendo cosa pensare dell'intera faccenda, incrociò lo sguardo di Nathan.

Era un segno?

Pazienza.

Invero, non era mai stata il suo forte.

«Mi sembra tu abbia un nuovo amico» commentò Nathan.

Già, qualcosa le diceva che non sarebbe stata l'ultima volta che vedeva un passero.

NATHAN SENTÌ il suo ruggito ancor prima di vederla. Urlava e urlava, sempre più vicina, finché lui non riuscì a trovare un tratto di costa, che di tale non aveva granché, su cui fermarsi. Stretto e roccioso com'era, Nathan dubitava gli avrebbe permesso di esplorare la rapida. Quello che di lì si vedeva, però, gli trasmise una brutta sensazione.

Un grande salto – più o meno trenta o quaranta piedi, forse anche cinquanta – di acqua che si tuffava tra onde gigantesche che correvano avanti e indietro con fragore, e schiuma bianca che ribolliva sul fondo. Da una rapida valutazione concluse che non ci sarebbe stato modo di tirare il dory da riva; le granitiche pareti a picco non offrivano né sentieri né appigli.

Avrebbero dovuto affrontare la discesa.

«Non lo so» urlò Emma al di sopra del rombo. «Sembra… grande.»

Nathan sollevò il cappello e si passò una mano tra i capelli.

«Powell scrive della possibilità di trasporto via terra per mezzo di un canyon secondario» continuò Emma. «Ma dovremmo portare il dory in cima al granito, il che significa almeno un paio di miglia a piedi, e poi riportarlo giù fino al fiume.»

«Non possiamo trasportare il dory così lontano» ribatté Nathan. «Forse è il caso che tu vada a piedi e io discenda la rapida da solo.»

Emma esitò. «E se invece andassimo tutti e due a piedi e mandassimo giù la barca vuota?»

Lui considerò il suo suggerimento. Loro sarebbero stati al sicuro, ma avrebbero potuto perdere il dory.

«Se proprio devi affrontarla, voglio aiutarti» insistette lei.

Nathan aveva la sensazione che sarebbe stato difficile farle cambiare idea.

«Me lo aspettavo, ma non voglio perderti in quei gorghi» disse indicandone diversi. «Ci terremo legati l'uno all'altra con una corda.»

Sapeva che non era la migliore delle idee − la corda avrebbe potuto impigliarsi in un numero di ostacoli − ma voleva un'ancora di salvezza per lei, la maniera di liberarla nel caso le acque bianche l'avessero risucchiata in basso.

Tornarono alla barca. Nathan legò un capo della corda intorno alla vita di Emma. «Se vai sotto, cerca di riemergere prima che puoi.» L'annodò con forza, quindi strinse l'altro capo intorno alla propria vita.

Il respiro brusco e l'immobilità improvvisa di Emma lo

bloccarono. «Che c'è?» chiese. Gli occhi grigio-azzurri incrociarono i suoi, profondi, scintillanti e carichi di mistero, bordati da lunghe ciglia scure.

«Hai visto qualcosa?» insistette.

Emma esitò un istante, poi annuì. «A volte è solo l'accenno di qualcosa. Non sempre so con certezza quale sia l'arco temporale della visione… se adesso, in futuro o addirittura nel passato. Bella risposta, eh?» Scosse la testa. «Immagino tu mi creda una ciarlatana.»

«No, non lo penso. Dimmi che cos'hai visto. Voglio saperlo davvero.»

Lei lo guardò. «Uno di noi taglierà la corda.»

«Io il coltello non ce l'ho» disse lui, sforzandosi di fare del leggero umorismo.

«Ce ne sono diversi in barca. Farai meglio a prenderne uno.»

«Anche tu, allora.»

Emma li trovò e ne fece scivolare uno nello stivale.

«Perché uno di noi dovrebbe tagliare la corda?»

Lei si lanciò un'occhiata alle spalle, verso la scrosciante rapida. «Forse per salvare l'altro?»

Nathan si chiese se fosse il caso di continuare. Potevano sempre tentare di trovare una via di uscita dal canyon, magari dirigendosi a nord verso qualche insediamento mormone. Al tempo stesso, però, non era tipo da rinunciare a qualcosa solo perché presentava un rischio. Non sapeva se credeva o meno alle visioni di Emma. Tuttavia, quando prima il passero si era posato sulla sua mano, aveva avvertito un brivido lungo la schiena.

Le possibilità sconosciute erano tante. Si sarebbe verificata quell'una o quell'altra? Quanto sarebbe dipeso dal fato e quanto dalla scelta? Non lo sapeva. Il fatto che sua madre si fosse servita della forza mistica delle preghiere per guarire suo padre e le successive bugie sulla sua morte lo avevano reso cinico a proposito di simili faccende.

Gli uomini erano artefici del proprio destino.

E raccoglievano quel che seminavano.

Questo era ciò che Nathan credeva. Ma se Emma aveva ragione, allora il quadro era più ampio, e prevedeva un destino per ciascuno a prescindere dalle scelte individuali fatte lungo il cammino.

Affrontare o no la rapida.

Era un uomo cauto, lui, ma apprezzava anche le sfide. Avevano già fatto molta strada. Emma navigava ogni giorno meglio del precedente. Ed era fiducioso di riuscire a portarla fuori dal Grand Canyon.

«Pronta?» chiese.

«Sì. Ero convinta che avresti cambiato idea.»

«Questo prova che non puoi prevedere tutto.»

Salirono sul dory e si avviarono. Iniziando a remare, Nathan disse: «Penso che il nostro cammino sia abbastanza ovvio.»

Emma stringeva forte i bordi della barca. «L'ovvio non è che un'illusione.»

«Dunque la vita è un'illusione» replicò lui.

«No, la vita è un mistero.» Il petto saliva e scendeva nella nervosa attesa dell'azione.

«È un paradosso» obiettò lui, concentrandosi sul percorso piuttosto che su di lei.

«Sì» concordò Emma. «Dio opera in maniera contraria al pensiero umano.»

Nathan fece un sorriso triste. «E allora questo fiume deve averlo creato Dio.»

Si muovevano veloci nella corrente e verso un destino ignoto. La barca s'inclinò, cavalcò un'onda e poi un'altra. Su e giù, ancora una volta ma più in alto. Il dory schiaffeggiava forte la superficie dell'acqua, che scorreva scrosciante e li schizzava, finché un'onda più grande lo investì. Nathan mantenne una presa ferma sui remi, ma i suoi sforzi di guidare il barchino di legno non si rivelarono che dei tentativi vani. Il fiume dettava le regole, ed era inutile provare a cambiarle.

Sfrecciarono accanto a porzioni di rocce taglienti che si spingevano nella rapida. Finirci contro non sarebbe stato piacevole, perciò Nathan si sforzava di mantenere una posizione centrale, ma uno dopo l'altro i frangenti li inzuppavano e inondavano il dory. D'improvviso la poppa strisciò su un qualche ostacolo, invertendone la rotta. Il barchino si capovolse e ancor prima che lui potesse reagire li scaraventò entrambi in acqua.

La forte corrente prese subito a tirargli le gambe. Nathan annaspò e si sforzò di afferrare il dory capovolto lì accanto. Intanto Emma riemergeva circa sei piedi più avanti e a giudicare dal viso non se la cavava bene. La corrente la riportò da lui e poi la trascinò sotto.

«Emma! Emma!» Sentì la corda stringersi intorno alla vita e strattonarlo in basso. Appellandosi alla propria forza, si oppose alla violenza della corrente, cercando di trascinarsi dietro Emma. Gli mancava il respiro, sputava acqua e lottava senza sosta per tornare in superficie, affamato d'aria. A Emma non restava molto tempo. Da quanto era sotto? si chiese in preda al panico.

Poi, in un lampo, fu fuori dalla rapida.

E non ci fu bisogno di affannarsi a controllare la corda intorno a lui per sapere cos'era successo: Emma aveva reciso il legame tra loro.

L'ACQUA la spingeva in basso ed Emma non aveva modo di reagire. Una forza sconosciuta la tratteneva e le impediva di risalire in superficie. Come in un sogno, una calma strana e innaturale si insediò nella sua mente. Nathan non l'avrebbe mai lasciata andare per primo... per qualche ragione, ne era convinta. Frugò nello stivale alla ricerca del coltello e con movimenti impacciati tagliò la corda che li univa.

Osservò l'estremità sfilacciata allontanarsi. L'oscurità le

limitava la vista, e il suono attenuato dell'acqua impetuosa si spense nel silenzio.

Una donna era in piedi sull'altra sponda del fiume.

Sollievo, nostalgia e disperazione pervasero Emma. Quanto le era mancata la sua mamma.

Rosemary Hart sorrise. «Aspettavo da tanto di vederti, fiorellino.»

Emma voleva correre da lei, toccarla, sentire le sue braccia avvolgerla nel calore di cui solo una madre era capace. «Perché?» chiese con voce di nuovo bambina. «Perché mi hai lasciata?»

«Non potevo più rimanere. Amavo tuo padre e desideravo stare con lui. Provavo così tanta vergogna per la mia debolezza e volevo farmi perdonare a tutti i costi. Ma sono felicissima di poter rivedere il tuo bel viso. Quando ti diedi alla luce, mi riscattasti. Mi sei mancata, angelo mio.»

«Anche tu mi sei mancata, mamma.» Il suo corpo era scosso da singhiozzi senza lacrime.

«Non puoi restare qui.»

«Perché? È passato tanto tempo. Ho moltissime cose da raccontarti.»

«Non ce n'è bisogno. Io sono sempre con te.»

Il dolore crebbe dentro Emma fino quasi a toglierle il respiro. «Non andare.»

«Apri il cuore, Emma. Tutto quello che ti serve è proprio lì.»

Emma provò a muovere dei passi ma senza successo. «Ho paura.»

«Non sarà sempre così, ma adesso devi tornare indietro.»

«Dove?»

«Tra i vivi.»

Emma tossì e prese a contorcersi in maniera incontrollata. Vomitava acqua e mani forti la girarono su un fianco.

«Emma, grazie a Dio.» La voce di Nathan sembrava affaticata. La prese tra le braccia e lei vi si abbandonò, scossa dal pianto e grossi singhiozzi.

Poi lo strinse forte, mentre il dolore per la perdita della madre le solcava l'anima… crudo e lacerante come in quel giorno di tanti anni prima.

CAPITOLO SEDICI

Emma frugò con lo sguardo lo stretto banco di sabbia su cui sedevano lungo il corridoio del fiume. Le ripide pareti si gettavano verso l'alto avvolgendoli come in un bozzolo. Con sua meraviglia, il dory era stato scaraventato di lato andando ad arenarsi su un cumulo di massi e permettendo così a Nathan di recuperarlo.

Si strinse le ginocchia al petto, tremante, non per via degli abiti bagnati bensì per quanto era appena accaduto. Aveva davvero visto sua madre? Si erano davvero parlate? Si asciugò gli occhi ma le lacrime continuavano a sgorgare. Battendo i denti, strinse più forte le ginocchia.

Nathan trascinò la barca vicino, tirò fuori una coperta, non proprio asciutta, e gliela avvolse intorno alle spalle. Le strofinò le braccia con le mani, poi spinse le dita tra i capelli e le baciò la fronte.

«Mi hai spaventato a morte» disse con voce aspra, abbracciandola. «Non avresti dovuto tagliare la corda. Lo hai fatto perché pensavi che la tua visione dovesse necessariamente avverarsi, ma così non è stato. Io ti avrei tirata fuori.»

«E come ci sono riuscita?»

«Come se ti avessero spinta, e quando hai preso a galleggiare in superficie ti ho afferrata. Ma l'hai scampata bella. Eri sotto ormai da un po'.» Le braccia la strinsero più forte.

Emma nascose il viso nel suo petto e gli si aggrappò. Non se la sentiva di dirgli della madre. Avrebbe potuto crederla davvero delirante... e forse non a torto.

«Per adesso ci riposeremo qui.»

Lei annuì.

«Poco spazio per accamparsi, ma non ho idea di cos'altro troveremmo lungo il fiume» proseguì Nathan, quindi improvvisò un letto e, nonostante il calore del giorno, Emma si distese e cadde in un sonno profondo, ipnotico.

NATHAN SI SENTIVA IN GABBIA. Con il corpo di Emma addormentato di fianco al proprio, guardava il fiume scorrere veloce e comprendeva quanto fossero vulnerabili. Le pareti del canyon erano vicinissime – creavano un'atmosfera quasi claustrofobica – e tentacoli di paura, panico e rabbia gli serpeggiavano dentro.

Emma era quasi morta, quel giorno. La consapevolezza lo attanagliava come una morsa, stringendolo e tenendolo prigioniero. Le afferrò la mano, mosso dal disperato bisogno di non sentirsi solo. Era come se adesso fosse lui ad annegare e l'unica ancora di salvezza in vista, l'unico essere che valesse la pena sforzarsi di raggiungere, fosse lei.

EMMA SI SVEGLIÒ NEL BUIO. Nathan le dormiva accanto, e il calore del suo corpo le assicurava che non era sola. Man mano che gli occhi si abituavano all'oscurità vide che erano ancora sul banco di sabbia dove Nathan l'aveva riportata in vita. Provò a ricordare i sogni, ma il brusco risveglio li aveva dispersi.

Dolore. In tutto il corpo. Esausta, tornò a distendersi e fissò il cielo nerissimo illuminato da una splendida coltre di stelle.

Un battito d'ali attirò la sua attenzione. Un uccello? O forse un pipistrello.

Si strinse la coperta addosso e guardò di nuovo in su, consapevole dell'abisso in cui lei e Nathan si trovavano adesso. Aveva la sensazione che un gigante li avesse calpestati, sprofondandoli nel terreno, e che dovessero trovare la maniera di venirne fuori.

La creatura tornò a librarsi in volo. Da sola. Una forza unica in un posto carico di energie opposte: il fiume che scavava la roccia e la roccia che lo respingeva, il calore implacabile del sole e il freddo dell'acqua.

Vita.

E morte.

Era morta quel giorno?

D'un tratto la scena cambiò.

Dall'alto, guardava il fiume in basso.

Emma sbatté le palpebre e respirando più in fretta fissò il cielo. L'improvviso cambio di prospettiva la disorientava.

E si ripeté.

Seguendo in volo il corridoio del fiume, l'acqua le appariva come un nastro scorrevole inframmezzato da un reticolo bianco – le rapide – che brillava nell'oscurità.

I polmoni si riempirono in fretta d'aria. Emma sedette con la schiena dritta e si strinse il petto, il senso di tensione tra le costole era quasi insopportabile. Le sembrava quasi di stare annegando un'altra volta.

Inspirò a bocca aperta finché non fu convinta di avere abbastanza aria in sé.

Temendo che le visioni tornassero se avesse guardato da qualsiasi parte, portò le mani alla fronte e si premette le tempie.

Cercava di dare un senso ai lampi di poco prima, quando la mente iniziò ad avvolgersi intorno a un pensiero.

In qualche modo, si era fusa con la creatura in volo.

In qualche modo, era diventata il passero.

NATHAN AVREBBE PREFERITO TENERSI alla larga dall'acqua per qualche altro giorno, ma il posto in cui si trovavano non era ideale per restare accampati, così mise Emma in barca e si diresse verso la foce.

C'era un'altra rapida pericolosa ad attenderli e quando vi s'imbatterono, senza posti in cui potersi fermare a valutare possibili opzioni, non gli restò che prepararsi mentalmente ad affrontarla. «Emma, vieni a sederti tra le mie gambe e reggiti a me» disse. Se finivano in acqua, ci sarebbero finiti insieme, ma senza una corda che potesse intrappolarla. La voleva libera.

Bagnati e ansiosi, riuscirono a superare le acque bianche senza incidenti. Forse iniziava finalmente a conoscere il fiume. *Un pensiero presuntuoso.* I fiumi avevano una mente propria che agli esseri mortali non sarebbe mai stato concesso di comprendere.

Naviga cogliendo i segni, gli aveva detto suo padre. *Prega per la salvezza, e non dimenticare mai il tuo posto nel progetto del mondo.*

Con Emma non si scambiarono che poche parole. Tennero facilmente testa ad altre due rapide più piccole quindi, nel tardo pomeriggio, raggiunsero un'area vasta e aperta. Una spiaggia li invitava a fermarsi, e Nathan pensò che fosse il luogo ideale per accamparsi. Magari si sarebbero fermati qualche giorno a riposare e rimettersi in forma. Trascinarono il dory fuori dall'acqua.

«Scarichiamo le provviste o diamo prima un'occhiata in giro?» domandò Emma.

Chiedendosi se all'interno ci fosse qualche zona migliore, Nathan lanciò uno sguardo verso l'alto e notò un ampio canyon laterale che si immetteva in quello principale. Con tutta probabilità c'era molto da esplorare.

«Forse dovremmo aspettare fino a domani mattina» rispose cauto.

«Oh, andiamo.» Un mezzo sorriso le illuminò il viso, ancora pallido per gli sforzi e i fatti recenti. «Non ci sono regole, quaggiù. Possiamo fare tutto quello che vogliamo.»

E Nathan voleva fare l'amore con lei, ma temeva fosse ancora troppo provata dal calvario del giorno prima. Avrebbe dovuto accontentarsi di guardarla. Tutt'altro che un sacrificio.

«D'accordo.» Si calcò il cappello in testa, andò ad accertarsi che la barca fosse al sicuro e si avviarono nella direzione opposta alla spiaggia.

Dopo un po', raggiunsero la cima di un'altura, scesero dall'altra parte e si ritrovarono in una piccola cala. Verde e rigogliosa, era davvero invitante, ma il tramonto era ormai inoltrato.

«Em, se non torniamo alla barca adesso saremo costretti a farlo al buio.»

Lei era rimasta silenziosa durante la passeggiata. Anzi, lo era stata per buona parte del giorno.

«A cosa stai pensando?» le chiese.

«Sto pensando» rispose piano Emma «che sono stanca e che dovrei ignorare le immagini nella mia testa.»

«Quali immagini?»

Lo guardò, ombre le oscuravano i lineamenti. «Vuoi saperlo davvero?»

Probabilmente no, pensò Nathan, ma annuì comunque.

«Ci viveva della gente, qui. Viaggiando abbiamo visto diverse prove, perciò non si fa fatica a immaginarlo. O meglio, un po' sì. È un posto bellissimo, ma difficile da raggiungere. Erano indiani, e tanti. Un bambino annegò nel fiume e…» indicò un punto a destra

«... il principale flusso di dolore scaturisce da lì. Forse è dove viveva la famiglia, o dove fu sepolto il piccolo, sempre che siano riusciti a recuperare il corpo. Non so. Ricevo delle impressioni, non un resoconto dei puri fatti.»

Era possibile che la visione fosse inventata, ma Nathan non voleva crederci.

«Non puoi bloccare tutto?» chiese.

«Tutto cosa?»

«Le immagini dal raggiungerti.»

Emma deglutì e a Nathan non sfuggirono le lacrime nei suoi occhi. «Non quando le emozioni sono così forti» rispose lei in tono inquieto.

Nathan si avvicinò e l'attirò a sé. «Come fai a sopportarlo?»

«A volte non ci riesco» rispose lei con voce smorzata. Aggrappata al suo corpo, gli parlava contro la camicia. Nathan la tenne stretta. «E allora soffro, sperando di sopravvivere alla follia finché non passa.»

«Torniamo alla spiaggia.» Con un braccio saldamente ancorato intorno a lei, la guidò sul sentiero dal quale erano arrivati. «Non devi più sentirti sola, Em.» L'avrebbero affrontata insieme, la follia.

———

EMMA SI SVEGLIÒ PRIMA DELL'ALBA. In silenzio, lasciò Nathan addormentato e si avviò verso il posto in cui erano stati la sera precedente.

Il ricordo delle sue amorevoli attenzioni indugiava ancora nella mente e nel corpo. L'aveva placata con il suo tocco e, con grande sorpresa, aveva funzionato. Rispondendo a sua volta, si era rilassata, distaccandosi al tempo stesso dalle energie circostanti. Era difficile concentrarsi su altro quando Nathan faceva l'amore con lei, l'attenzione da parte della mente e del corpo era dedicata solo a lui e alla sua presenza.

Camminare le diede modo di sgranchirsi le gambe e fare

chiarezza nella mente. La spiaggia, la collinetta e il canyon laterale erano altrettanto abbondanti quanto il posto in cui aveva visto gli esseri eterei, anche se adesso le pareti si ergevano ben più alte di quelle altre. Con una bellezza tanto pura e immacolata, non faticava a immaginare la ragione per cui la gente aveva sfidato qualsiasi ostacolo pur di vivere lì.

Assaporò la solitudine, come se sulla terra ci fosse solo lei.

Poi, un soffio d'inquietudine sfiorò la sua coscienza. Guardandosi intorno, fu chiaro che durante la passeggiata il sole si era spostato e lei aveva perso la nozione del tempo. Avrebbe fatto meglio a tornare da Nathan.

Invertendo il senso di marcia, seguì una curva.

E dal nulla, sbucò un uomo.

«Presa.» Hersch Baxter le afferrò le braccia.

Come accidenti aveva fatto a trovarla?

Provò a svincolarsi dalla stretta e fuggire, ma quello non mollava.

«Che ci fai qui?» gli chiese.

«Cercavo te.»

Le piegò il braccio dietro la schiena, mozzandole il fiato.

«Ehi!» urlò. «Da questa parte!»

Emma lottava per liberarsi, ma lui la costrinse in ginocchio. Altre mani le afferrarono gambe e braccia e la tennero giù, spingendole il viso per terra. Reggie e Abner.

«È lei?»

La voce era sconosciuta, ma il timbro le riverberò dentro con un brivido raccapricciante.

«Sì» rispose Abner. «Proprio lei.»

La girarono e la tirarono su. Emma rimase un attimo in bilico, poi l'uomo con la voce strana si fece avanti. Di statura torreggiante e corporatura smilza, aveva la pelle insolitamente scurita dal sole. La testa era scoperta, con capelli scuri che si diradavano fino a terminare in sottili ciuffi grigi, e gli occhi neri la trafiggevano come un paio d'aghi.

Innaturale.

Abominevole.

Demoniaco.

Le immagini scorrevano nella mente. Emma s'impose di staccare lo sguardo dal suo, ma senza riuscirci. Le camminava incontro e il terrore le saturava i polmoni. A corto di fiato, si batté contro i Baxter che la tenevano ferma. Presto quel demonio l'avrebbe toccata, e indietreggiò.

«Dunque saresti tu» disse. «Io mi chiamo Diamond, ma forse lo sai già.»

Sollevò una mano ed Emma si preparò al contatto, l'istinto le diceva che quell'uomo – *quella creatura* – avrebbe potuto farle del male, e non solo a livello fisico. Le dita accarezzarono piano la guancia sinistra. Poi entrambe le mani si mossero veloci sul viso e lo tennero fermo mentre lui lo fissava.

L'abisso era immenso, e lei cadde urlante nell'oscurità.

Il senso di nausea cresceva, la testa girava. Si sforzò di vedere nel buio ma era persa nella propria paura e disperazione. Boccheggiava e piangeva, girando il capo da una parte e dall'altra contro la forza inflessibile delle sue mani.

E d'improvviso la vista tornò. Non la toccava più.

Si sforzò di vedere oltre il velo delle lacrime, incapace di asciugarle.

Cos'era appena accaduto?

Quell'uomo era… malvagio. Pensava di aver visto tutto quanto di peggio il mondo potesse offrire, soprattutto dopo la morte di Bethany, ma si era sbagliata.

«Sei Emma Hart, la strega bianca del fiume. E io sono venuto fin qui a cercarti.» Camminava con impazienza avanti e indietro. «Sei una bella preda, a quanto mi dicono. Hai la capacità di vedere il futuro.» Si fermò e la trapassò con lo sguardo. «È così?»

«Non lo so» mormorò lei.

«Sì, è così» s'intromise Abner. «Te l'abbiamo detto. Riusciva a trovare bambini scomparsi.»

Emma gli lanciò un'occhiataccia, ricordando i rapimenti che lui e i suoi fratelli avevano deliberatamente messo a segno. C'era un mucchio di pezze sulla spalla dove Nathan gli aveva sparato, e la vista le procurò soddisfazione.

Ben gli sta.

«Mi tornerebbe utile una come te» disse Diamond «perciò, verrai con noi.»

«No.» La flebile voce non fece niente per migliorare la sua posizione.

«Non sottovalutarmi. Ti farò del male se devo.»

Sapevano che era lì con Nathan? Era quello il suo unico vantaggio?

Non aveva la forza fisica per sopraffarli, e dopo aver toccato Diamond non era neanche sicura di quella mentale.

«A cosa ti servirebbe conoscere il futuro?» chiese, cercando di prendere tempo.

«Ho alcuni talenti. Insieme, diventeremmo ancora più forti. E poi non capita tutti i giorni d'incontrare anime come la tua.»

«Non ci vengo con te.»

Diamond la guardò con occhi gelidi. Rabbrividendo, Emma rivide nella mente il piccolo Hopi e una sensazione di familiarità la pervase. Al bambino era stato imposto di fare l'impensabile con la carne della propria madre.

Oh, mio Dio.

Era stato Diamond a costringerlo.

Non era un uomo, era qualcos'altro. Ne percepiva l'energia distorta, deforme, ma incredibilmente forte.

Cosa trasformava qualcuno in una simile creatura?

Lo aveva toccato, aveva sentito il vuoto che occupava il posto in cui avrebbe dovuto albergare il suo spirito. Nessuna visione glielo aveva mai mostrato, né si era aspettata che entrasse nel suo mondo. Come mai? Perché non le era stato concesso di prepararsi?

«Legatela.»

In risposta all'ordine di Diamond, uno dei Baxter la strattonò indietro.

«Lasciala andare.» La voce di Nathan era calma, ma venata di una nota letale che Emma non aveva mai sentito prima.

Diamond rimase immobile come una statua. Gli occhi di Emma sfrecciarono alle spalle della sua alta figura e di lato, ma non vedevano Nathan da nessuna parte. Con il cuore che batteva forte, decise che se ce ne fosse stata l'occasione si sarebbe lanciata a sinistra, vicino a un ammasso di fitte sterpaglie.

Diamond estrasse da qualche parte un piccolo pugnale, si girò e lo lanciò. Ci furono degli spari ed Emma cadde in ginocchio, sfuggendo ai suoi rapitori e strisciando affannosamente al riparo, mentre i Baxter si lanciavano in una raffica di urla.

Mani forti la ghermirono e la tirarono su. *Diamond.* Emma lottò e si dimenò contro di lui, che cercava di usarla come scudo, poi la figura a petto nudo di Nathan si scagliò sul suo aggressore e caddero entrambi per terra. Con un braccio stretto intorno alla gola, Emma rantolava, affamata d'aria, mentre i tre Baxter saltavano addosso a Nathan. Lui reagì colpendo il viso di Abner con un manrovescio. Il naso prese a schizzare sangue e l'uomo vacillò indietro, provando ad arrestare il fiotto con le mani. Allora suo fratello Hersch afferrò il braccio di Nathan. Lui si servì dell'altro per colpirlo alla testa con la pistola e poi sferrò un calcio nelle viscere di Reggie, che si piegò in due dal dolore.

Intanto, Diamond trascinava Emma dietro un albero.

Nathan puntò l'arma.

Mossa dall'istinto di autoconservazione, lei sentì lo stomaco sprofondare e prese a dimenarsi contro la morsa di Diamond intorno al collo.

Nathan sfrecciò a destra e scomparve.

«Ti sei portata dietro una guardia del corpo» borbottò Diamond, ansante. «Furba. Ma io di più. Ho saputo che hai fatto visita al bambino.»

Il bambino. Che ne sarebbe stato?

«Sei un mostro» gracchiò lei con un filo di voce.

«Mostro per alcuni, salvezza per altri.»

I piedi di Emma scivolavano mentre la trascinava più in profondità nel sottobosco.

«Che farai senza di lui?» chiese.

Emma non avrebbe saputo dire se si riferiva a Nathan o al piccolo Hopi.

«La uccido, sai?» urlò Diamond.

Lei provò a gridare a sua volta, ma il braccio continuava a soffocarla. Solo in un'altra occasione aveva provato un senso di panico altrettanto smodato: la notte in cui erano morti i suoi genitori.

L'uomo avrebbe potuto ferire – o addirittura uccidere – Nathan.

«No.» Afferrò il braccio che la trascinava senza sosta. «Ti aiuterò.»

«Poco ma sicuro» replicò lui.

Il suono di un sonaglio li bloccò entrambi. Dov'era il serpente? Oh Dio, dov'era il serpente? Emma non riusciva a girare la testa per vedere.

D'un tratto Diamond mollò la presa e lei cascò in avanti, arrestando la caduta con le mani. Tremante, sollevò gli occhi e vide il corpo massiccio del serpente avvolto su stesso, la testa larga e la lingua che guizzava dentro e fuori erano concentrate su di lei.

Oh Dio. Oh Dio. Oh Dio. Oh Dio.

Un colpo di pistola, e pezzi del rettile le esplosero in faccia. Emma sollevò le braccia in alto e urlò. Barcollante, si alzò e corse, senza fermarsi finché non raggiunse il campo messo su con Nathan. Lì, in fretta e furia, prese a lanciare provviste sul barchino.

Dov'era Nathan? Era ferito? Non poteva lasciarlo, ma il bisogno di fuggire era forte.

Ormai aveva raccolto tutto. Lanciò un'occhiata al sentiero.

Niente.

Nessuno.

Si portò le mani tremanti al viso. Era stata morsa? Non pensava di sì.

Dov'era Nathan?

Gambe malferme la conducevano su per il sentiero, quando proprio lui le finì contro, mozzandole il fiato.

«Andiamo.» Le prese la mano e la tirò su, trascinandola poi verso il dory.

Emma vi si tuffò mentre Nathan lo spingeva con forza nella corrente. Con il petto nudo striato di sangue, saltò su a sua volta e prese a remare con gran vigore. Si muovevano veloci. Emma scrutò la costiera, ma non c'era nessuno.

«Cos'è accaduto?» chiese.

«Non importa. Sei ferita?»

Lei deglutì, aveva la gola secca. «Non lo so. Quel serpente…»

«Ti ha morso?»

«Non saprei.» Le mani tornarono a toccare il viso in cerca di prove.

Nathan remava e intanto la osservava. «No» concluse. «Gambe e braccia? Controlla adesso.» Il tono urgente la spaventò.

Si spinse in fretta le maniche sopra i gomiti ed esaminò la pelle, poi si tirò su i pantaloni, scoprendo i polpacci. Nessun segno di zanne. Si guardò bene anche gli abiti alla ricerca di fori o altro. «Niente. Non vedo niente.» Un'ondata di sollievo corse a investirla, abbandonandola con la stessa fretta nell'istante in cui gli occhi colsero le strisce rosse sul petto di Nathan. «Sanguini?» chiese, inorridita.

«Non è mio.»

Il tono della voce e la severità dello sguardo la fecero desistere dal fare altre domande. Così, consapevole che nessuno dei due intendeva fermarsi, Emma si mise al lavoro, riorganizzando lo spazio nel dory e le provviste. Una decisione felice, decise quando subito dopo s'imbatterono in una rapida, poco impegnativa e che superarono senza incidenti.

A differenza di quella, però, la successiva fu più difficile. Il terreno era roccioso, il canyon di nuovo stretto e a riva non sembravano esserci posti adatti per fermarsi. I Baxter, o Diamond, avrebbero avuto difficoltà a seguirli, ma il bisogno di andare avanti restava comunque pressante. E se avessero avuto una barca?

Possibile che Diamond fosse ancora vivo? No, non si sentiva pronta per quella domanda.

Invece, si concentrò sulle rapide che li attendevano.

CAPITOLO DICIASSETTE

«N athan, dovremmo fermarci.»
«Lo so.» Tirò con forza il remo destro e gettò uno sguardo tutt'intorno. «Ma non penso sia possibile.» Allungò il collo per vedere lungo la rotta che seguivano. «Preparati.»

Emma scrutò le enormi rocce che incombevano sul lato sinistro, bloccandogli chiaramente il passaggio. Sotto la guida di Nathan, il dory procedeva a destra del fiume, ma appena imboccata la rapida ogni parvenza di controllo svanì. Onde gigantesche presero a scuotere il barchino con sinuosa precisione. Emma afferrò la falchetta e piegò le gambe sotto il banco di legno. Scuotendo la testa, sputò acqua tra i flutti che si abbattevano sull'imbarcazione, accecandola. Si portò una mano agli occhi per liberarli e d'improvviso urlò.

«Nathan, spostati! A babordo!»

Una catena di scogli neri e acuminati li aspettava poco più avanti. Il dory non sarebbe sopravvissuto all'impatto.

Con il viso contorto per la fatica e un lungo, sommesso grugnito, Nathan trattenne i remi con tutta la forza di cui era capace. Il dory schiaffeggiò l'acqua, poi rollò, evitando di poco l'ostacolo.

Nathan proseguì finché non ripresero a scendere il fiume, quindi si fermò a riposare.

«Non me lo aspettavo» disse.

«Per come la vedo io, siamo stati davvero fortunati.»

«La fortuna è capricciosa. Non ci ho mai fatto affidamento.»

«Hai ucciso Diamond?» La domanda venne fuori di getto, prima che lei potesse ripensarci.

Nathan la guardò, e una strana tenebra s'impossessò dei suoi occhi. Emma vi lesse qualcosa mai visto prima, un che di selvaggio e brutale, un istinto animale che comunicava guerra, morte e vendetta. E poi sparì, rimpiazzato dallo sfinimento.

«No.»

Il suo sguardo, chiuso e impenetrabile, le diceva che non avrebbe aggiunto altro.

«Vuoi che ci fermiamo?» chiese.

Emma scosse la testa.

«E allora lasciamo perdere e proseguiamo.»

Senza ulteriori commenti, lei prese un secchiello e si mise a raccogliere acqua dal fondo della barca.

Nathan aveva sempre considerato l'uccisione di un altro essere umano una crudele violazione dell'esistenza, a prescindere dalla ragione. Uccidi prima che l'altro ti uccida, e continua a vivere. Lì per lì non puoi farne a meno, l'istinto di autoconservazione è troppo forte. Ma dopo? Quando la fretta dettata dall'ansia e la paura si dissipano? Ecco, lui si sentiva puntualmente consumato da un forte senso di repulsione. Era quello il prezzo delle sue azioni, e poco importava che le avesse compiute in nome della giustizia. Il tempo, tuttavia, gli aveva mostrato che quest'ultima era spesso imposta dalla prospettiva, e alla fine bene e male non erano sempre ovvi.

Lo avrebbe ucciso, Diamond. Eccome!

Aveva minacciato Emma, aveva provato a farle del male. E questo aveva scatenato in lui l'istinto di protezione e un'irrefrenabile moto di rabbia.

L'avrebbe giustiziata, sì, quella bestia. Ma inchiodato al suolo, con Nathan in vantaggio, Diamond aveva pronunciato una sola frase. «Padri deboli generano figli deboli.»

Le parole lo avevano trafitto, come se qualcuno gli avesse piantato un pugnale nel corpo. Dolorante, lo aveva lasciato andare e si era ritirato. L'altro non aveva neanche provato ad alzarsi, per prendere il sopravvento, ma in qualche modo ci era riuscito con la sola bocca.

Nathan aveva lottato duro per imparare a convivere con le circostanze della morte di suo padre, per sforzarsi di comprendere la ragione per cui si era ucciso. Parte di lui si vergognava per la debolezza di carattere del genitore, che il suo vecchio fosse stato capace di un atto tanto codardo. Lui non lo avrebbe mai fatto. Oppure sì? Ma ancor più profonda era l'angoscia che riusciva a malapena a riconoscere: come aveva potuto suo padre lasciare la famiglia in quelle condizioni? Come aveva potuto lasciare il suo unico figlio? Con le sue parole, Diamond aveva forzato la barriera tenuta su con tanta cura, squarciando la vecchia ferita con la stagionata abilità di un assassino. Come facesse a sapere anche la minima cosa su suo padre sembrava al di là di ogni probabilità, e questo lo rendeva ancor più nervoso.

Giunti in vista di un'altra rapida con un ampio canale roccioso, Nathan pensò che sarebbe stato prudente fermarsi a ispezionare l'area. E, infine, decise per un trasporto via terra. La discesa appariva troppo pericolosa per il dory, e dopo l'ultima rapida non credeva fosse il caso di tentare ancora la fortuna. Non che questa giocasse un qualche ruolo nella sua vita.

IL TRASPORTO via terra richiese il resto della giornata, lasciando Emma esausta. E quando si accamparono per la notte, in fondo alla rapida, giacque grata al fianco di Nathan. Senza fuoco. Non le aveva detto che Diamond li inseguiva, ma era chiaro che la possibilità lo preoccupasse. Come avrebbe fatto chiunque a rintracciarli restava un mistero per lei, visto che il corridoio del fiume sembrava inaccessibile.

«Perché Diamond ti ha presa?» chiese Nathan.

«I Baxter gli hanno detto che prevedo il futuro. Voleva che mi unissi a lui.»

«Come diamine hanno fatto a trovarci?»

Aveva ragione. L'eventualità d'incontrare un altro essere umano in quel posto era remota, se non impossibile. Non c'era che una conclusione, pensò Emma, e seppur riluttante la condivise con Nathan. «Credo che Diamond usi la magia nera.» Sollevò lo sguardo sul cielo notturno con le sue centinaia di stelle, forse milioni. «Penso che sia stato lui a uccidere la madre di Loloma. E a sbranarla.»

Nathan rimase in silenzio.

Infine, lei si girò a guardarlo. «A cosa pensi?»

«Niente più passeggiate solitarie.»

Emma percepiva la sua preoccupazione per gli eventi della giornata – e di sicuro la condivideva – ma lui non sembrava volersi aprire al riguardo. Rotolò su un fianco e gli si avvicinò, posandogli una mano sul petto. La camicia le impediva di toccare la pelle nuda, così infilò le dita sotto il tessuto. Il cuore batteva contro il palmo. Come aveva fatto quell'intimità a diventare tanto naturale per lei? A un certo punto, soprattutto dopo le difficoltà con il bambino, aveva semplicemente accettato di avere bisogno di Nathan.

Non c'erano state visioni di un futuro con lui, ed era restia al tentativo di saperne di più. Non voleva conoscere i loro destini. Le bastava fossero insieme adesso.

Nathan l'attirò a sé, avvolgendola nel suo abbraccio, e la baciò.

La sua mente era distratta, ma il corpo prese ad amarla con una travolgente intensità. Emma rispose con la propria smania.

E una cosa fu chiarissima.

Lo amava.

IL MATTINO dopo caricano la roba sul dory e tornarono subito in acqua. A salutarli c'era un'altra rapida. Si fermarono a esplorare la zona, quindi decisero di legare il barchino e guidarlo dalla riva, il che fu un sollievo per Emma. Dopo la giornata precedente a trasportare provviste su un terreno accidentato, i muscoli di gambe e braccia erano ancora doloranti. Trascorsero l'intera mattinata a superare quella rapida, solo per trovarsi ad affrontarne un'altra nel pomeriggio.

Nubi nere affollavano il cielo ed Emma intuì l'imminente arrivo della pioggia. Piuttosto che temerla, si sentiva rianimata da quella prospettiva. L'acqua avrebbe lavato via il sudiciume dentro e fuori. All'imbrunire si ritrovarono alla testa di un'ampia rapida rocciosa. C'era una spiaggia sulla riva sud del fiume e ci si accamparono.

La pioggia sopraggiunse durante la notte, violenta e implacabile. Emma si strinse con Nathan sotto un'incerata e delle coperte, ma fu impossibile restare asciutti. Dormì solo a tratti e il mattino dopo si sentiva stordita. Nell'aria aleggiava ancora un'atmosfera grigia, ma per fortuna non pioveva più. Mentre Nathan preparava la colazione, diede una sistemata in giro, scuotendo le tele intrise d'acqua.

«Andiamo a fare due passi» disse lui.

«E se ci stessero inseguendo?»

«Perciò voglio che resti con me.»

Avvicinarono ulteriormente il dory alla riva e lo nascosero dietro una macchia di cespugli, quindi misero via tutta l'attrezzatura.

Emma si aggiustò il cappello e si arrotolò le maniche della

camicia bianca, che di bianco ormai non aveva più granché. Annusò il tessuto e si chiese fino a che punto puzzasse.

«Puzziamo tutti e due» sorrise malizioso Nathan «ma io non te ne vorrò se tu non me ne vorrai.»

«Mi piace il tuo odore» rispose lei, sincera.

Lui le diede un bacio veloce e si allontanarono dal fiume. Il terreno era roccioso, c'era granito dappertutto. Emma seguiva Nathan e intanto ripensava ai serpenti a sonagli e si preoccupava che potessero incontrarne altri.

Camminarono in silenzio per un miglio circa, poi Nathan si fermò. C'era qualcun altro lì, Emma ne avvertì la presenza e la mente corse subito a Diamond e ai fratelli Baxter. Indietreggiando, lui la spinse dietro dei massi e tirò fuori la pistola.

Ma qualche istante dopo l'abbassò e visibilmente sollevato disse: «È Masito.»

«Ne sei sicuro?» bisbigliò lei.

«Sì.» Nathan uscì allo scoperto.

Era una mossa da sciocchi, pensò Emma, esitando prima di lasciare la protezione dei massi. I due uomini si strinsero la mano, e l'apparente sentimento di amicizia la confuse.

«Mi chiedevo dove fossi» disse Nathan.

«Ho avuto da fare» rispose Masito.

«Come facevi a sapere che era qui?» sussurrò Emma.

«Segnali luminosi.»

«Ma è nuvoloso» insistette lei.

«Sono arrivati ieri.»

Pur senza comprendere del tutto, si avvicinò ai due e Masito le rivolse un cenno di saluto. «Come sta Loloma?» chiese con un pizzico di esitazione per la maniera in cui era fuggita dal campo Hopi.

«Nessun cambiamento» rispose Masito. «Pakwa non si è sorpresa quando sei scappata. Quei percorsi sono difficili. Spaventano la gente. E lei si è sbagliata, non sei pronta. Forse non lo sarai mai.»

Che i suoi sforzi avessero deluso Masito fu motivo di grande vergogna per Emma. «Di' a Pakwa che proverò ancora» sbottò prima di ripensarci.

Nathan la fissò. «Certo che no» disse severo.

Lei gli lanciò un'occhiataccia, sorpresa da tanta asprezza.

«Glielo dirò» intervenne Masito. «Sarà contenta di sapere che hai del coraggio.»

«Smetti di farla sentire in colpa» lo ammonì Nathan, con una vena di rabbia nella voce.

«Mi dispiace» rispose Masito «ma il bambino è figlio di mia sorella. Tu non faresti forse di tutto per salvare un membro della tua famiglia?»

«Ha ragione, Nathan» disse Emma. «Pensa al tuo nipotino, Jackson. Non faresti qualsiasi cosa pur di aiutarlo se fosse nei guai?»

Nathan imprecò tra i denti. «Tutti questi sogni e le superstizioni non fanno altro che distrarti dalla realtà di quanto, forse, sta accadendo sul serio.»

«Che sarebbe?» lo sfidò Emma.

Lui rimase zitto.

«Vedi? Neanche tu sei in grado di spiegarlo.» Si girò di nuovo verso Masito. «Non so bene come o quando, ma di' a Pakwa che riproverò senz'altro.» Avrebbe semplicemente dovuto controllare le proprie paure. Adesso che era passato un po' di tempo da quell'episodio, iniziava a pensare che quei mostri doveva averli creati lei stessa.

Masito annuì. «Ho quello che mi hai chiesto» disse a Nathan «ma dovrai risalire il sentiero con me.»

«Di che parla?» volle sapere lei.

«Lo vedrai» rispose Nathan.

Percorsero un breve tratto del canyon laterale, quindi Masito si fermò. Andò verso un cespuglio anonimo e tirò fuori diversi oggetti.

Estrasse un fucile da un fodero di pelle e lo porse a Nathan, che lo esaminò con cura, poi gli tese una scatola di cartucce.

«Ho incontrato un mormone in viaggio verso Allen's Camp a est» disse Masito. «L'ho comperato da lui con il denaro che mi hai dato.»

«Tu gli hai dato del denaro?» domandò lei. «Quando?»

«Quando eravamo tutti insieme.»

«E dove lo tenevi?»

«Nello stivale» rispose lui. «Una vecchia abitudine.»

«Oh.»

Masito srotolò un piccolo pezzo di pelle d'animale sul quale era incisa una mappa.

«Non è perfetta, ma indica le principali vie d'uscita del canyon» disse. «Qui vivono i nostri amici *Havsuw 'Baaj*.» Indicò un punto preciso. «È più a ovest ed è un grosso insediamento.»

Nathan studiò le indicazioni. «Grazie. Sempre meglio di quanto avevamo prima, cioè niente.»

«Ma c'è il libro di Powell» obiettò Emma. «Ha documentato tutto.»

«Senza offesa, ma lui non aveva degli svitati alle costole né delle strane visioni. Sto solo cercando di agevolare il più possibile la nostra situazione.» Si girò verso Masito. «Diamond ci ha trovati, forse a cinque miglia da qui.»

L'indiano assunse un atteggiamento grave. «Non lo abbiamo visto.»

«Sapeva di Emma. E cercava proprio lei.»

«Non siamo stati noi. Se lo avessimo visto, io o Na'i lo avremmo ucciso.»

«Sapeva che avevo visto il piccolo» s'intromise Emma.

«Non so perché né come. Che gli è successo?»

«Lo abbiamo lasciato vicino a un fiume laterale» rispose lei. «Powell lo ha chiamato Bright Angel River.»

«Stava bene?» chiese Masito.

«Non proprio» rispose piano Nathan. «Ma era ancora vivo.»

«Non sei riuscito a ucciderlo?» volle sapere Masito.

Nathan esitò. «C'è qualcosa... di strano in lui.»

«È uno stregone» disse Masito. «Terrò gli occhi aperti mentre ritorno al campo.»

«Sta' attento» lo avvertì Nathan.

«Vuoi che vi riaccompagni al fiume?»

«No, penso di riuscire a trovarlo da me.» Gli tese la mano e Masito la strinse. «Grazie. Apprezzo il tuo aiuto. Se un giorno potrò restituire il favore, lo farò.»

«Ti chiederei un'altra volta di darmi la donna» rispose Masito, lanciandole un'occhiata «ma lontana da te sarebbe infelice. È evidente.»

«Sei un uomo sveglio.»

Masito prese dalla propria sacca un bracciale a polsino d'argento e lo porse a Emma. «Per te.»

«È bellissimo» disse lei, ammirando la grossa gemma azzurra incastonata nell'argento. «Non posso davvero accettarlo.»

«Pakwa è rimasta delusa di sapere che te ne eri andata prima che ti ringraziasse per aver provato. Questo è per te.»

Scaldata da quel gesto, Emma sorrise. «Grazie.»

Masito rispose con un cenno di assenso e si congedò. Agitando la mano in segno di saluto, si chiese se avrebbe mai rivisto l'indiano Hopi, poi seguì Nathan lungo il sentiero attraversato poco prima.

Lui si lanciò un'occhiata alle spalle. «In te starei attenta, potrebbe pensare che siate fidanzati, adesso.»

Emma si guardò il polso, ammirando il bracciale e la maniera in cui risaltava contro la pelle abbronzata. Un fatto era certo, metallo e gemma pulsavano di un qualcosa che poteva descrivere solo come l'energia del Canyon... terra, acqua e tempo, così vasto da sfuggire alla comprensione umana.

«Dovresti saperlo, ormai, che appartengo a te» mormorò, ma Nathan si era allontanato e non la sentì.

CAPITOLO DICIOTTO

Una volta tornati al dory, proseguirono lungo il fiume, discendendo altre quattro rapide. Col passare dei giorni, via via che la sua capacità di navigare fiume e acque bianche diventava quasi innata, Nathan si sentiva più sicuro. E poi, quanta più distanza coprivano tanto più si allontanavano da Diamond e i Baxter. Sembrava improbabile che questi li seguissero, tuttavia la situazione era abbastanza insolita da indurlo a non fidarsi completamente di quella ipotesi.

Il suo scopo era proteggere Emma, ma anche godere appieno del fiume. E quel viaggio era per lui il completamento di qualcosa stroncato molto tempo prima, ostacolato dalla morte di suo padre.

Quando si accamparono, quella notte, Emma sembrava spossata.

«Dovresti riposare» le disse.

Nonostante i muscoli affaticati dal continuo remare, non si sentiva stanco, e nella mente aleggiavano pensieri di suo padre.

Emma annuì e si strinse una coperta addosso, ma non si distese. Invece, sedette e fissò il fuoco. «Quasi quasi non ricordo neanche più cosa sia la civiltà» disse. «È come se fossimo qui da sempre. A volte mi sento stanca di tutto questo, ma poi ci ripenso e non vorrei mai ripartire.»

«Già. Ci mette un po', ma alla fine ti conquista.»

«Pensi che ci stiano inseguendo?» chiese lei con un filo di preoccupazione.

Nathan non desiderava spaventarla, ma voleva che fosse consapevole dei pericoli. «C'è sempre una possibilità. Meglio non dimenticarlo mai.»

«Grazie» ribatté Emma dopo una breve pausa «adesso sì che mi sento meglio.»

Lui rispose al suo tono di voce con un mezzo sorriso. «Hai sempre avuto un animo avventuroso?»

Emma si accigliò, poi fece spallucce. «Non so. Come spieghi l'inspiegabile?»

Il mondo si fermò all'improvviso e la mente di Nathan tornò contro la propria volontà a una vita passata, a lui con suo padre, sua sorella e sua madre. Fissò Emma, un formicolio di consapevolezza e paura gli attraversò il corpo intero. «Mia madre diceva la stessa cosa.» Guardando il fuoco si strofinò la mascella.

«Perché non ti piace parlare di lei?»

«Non credo in quella roba, nel tipo di stupidaggini che praticava.» Incontrò lo sguardo di lei e avvertì l'allontanamento. «Emma, tutto ciò che posso dirti è che non so quasi niente di niente, a parte battermi e sforzarmi di arrivare a domani.»

«E non ti sei mai chiesto il perché?»

«Di cosa?

«Dell'azzurro del cielo, della cattiveria degli uomini, delle ragioni per cui Dio ha creato un canyon come questo...»

«Immagino di essermi sempre concentrato sull'aspetto più pratico della vita» replicò lui. «Mia madre parlava di certe cose, di misteri, di fede e di Dio, ma a me non piaceva. Il più delle volte, non faceva altro che spaventarmi a morte.»

«Come mai?»

Benché fosse ormai uomo, riusciva ancora a sentire l'impotente paura bambina verso la professione scelta da sua madre. «Quasi sempre, quando la gente veniva a casa nostra, mia sorella e io eravamo costretti ad andare in un'altra stanza. Mia madre diceva che non potevamo guardare. Ma una volta, l'ho fatto. L'uomo che era andato a trovarla era… sembrava strano… posseduto, direi. Mamma pregava e lo segnava con la croce mentre altri uomini lo tenevano fermo. Temevo che potesse farle del male – per questo rimasi nell'ombra a guardare – ma lei non sembrava avere paura, continuava semplicemente a invocare Dio e Gesù, sempre più forte. Non so come, catturò il demonio che era nell'uomo con un bicchiere d'acqua, poi lo portò piano fuori di casa e, senza mai smettere di pregare, lo svuotò nel campo coprendolo con della terra.»

«Che dono meraviglioso» disse Emma. «Ma dev'essere stato difficile per lei. Quando lo ha scoperto? Che età aveva? Da chi ha imparato?»

Il vivo interesse di Emma lo sorprese. «Non lo so. Non gliel'ho mai chiesto.» Di quell'aspetto della vita di sua madre sapeva davvero poco. E si rese conto che avrebbe dovuto apprendere di più sulla donna che lo aveva partorito.

«Che ne pensava tuo padre?»

«Non gli piacevano le dicerie assurde sul suo conto. Alcuni la consideravano un angelo, ma altri la tacciavano di stregoneria, così lei teneva tutto per sé. Era una fonte di guadagno, ma non penso che lo facesse per quella ragione. Anche se il denaro in più era di aiuto. A volte mio padre faceva lavori saltuari, altre beveva troppo e lei s'innervosiva. Quando fui abbastanza grande provai a farlo rigare dritto, a procurargli del lavoro. Gli davo una mano sulle barche.»

Emma rimase zitta per diversi istanti, quindi tornò a parlare.

«L'ho visto, Nathan» disse piano.

«Chi?»

«Tuo padre. O, almeno, sono abbastanza sicura che fosse lui. Ti somiglia molto.»

«Quando?»

«Quando sei vicino al fiume, è sempre al tuo fianco.» Lo guardò con occhi attenti.

In preda al rifiuto, Nathan si sentì sommergere da un'ondata di nausea. Voleva sapere, e al tempo stesso no. Non credeva in quelle sciocchezze. Non voleva crederci. Cambiavano troppo il mondo. Meglio tagliarle fuori. Ma come faceva adesso che si stava innamorando proprio di una donna come sua madre? Di sicuro Dio si stava sbellicando dalle risa.

«Dice qualcosa?» chiese.

Emma scosse la testa. «Ti sta solo vicino. All'inizio non volevo parlartene. Mi hai detto che è annegato. Forse è successo troppo all'improvviso per lui. Magari sta cercando di dirti addio.»

«Se avesse voluto lo avrebbe fatto. *Si è* annegato!»

L'espressione di Emma si fece incredula. «Stai dicendo che si è suicidato?»

«Già.»

«Nathan, mi dispiace tantissimo.»

«Anche a me.»

«Forse è qui proprio per questo» insistette lei. «Forse vuole scusarsi.»

«E perché non si fa vedere?» chiese, rabbioso. Se suo padre era davvero lì con lui, allora era una maledetta ingiustizia che non potesse vederlo o parlargli direttamente.

«Non lo so. Vuoi che glielo chieda? Sempre se posso.»

«No.» Non gli piacevano quei discorsi sui fantasmi. «Non ho niente da dirgli.»

«Me lo farai sapere se dovessi cambiare idea?» chiese in tono esitante.

«No, Em.»

E grazie al cielo, lei lasciò perdere l'argomento.

Il GIORNO DOPO, una pioggia a dirotto rallentò il loro passo, smorzando l'umore di Emma. Attraversarono due rapide e si accamparono nell'umidità.

Il risveglio promise un progresso migliore e a seguirli non c'era nessuno, fatta eccezione per un paio di pecore e qualche scoiattolo o uccello.

Con tutta quell'attività durante il giorno, Emma arrivava alla sera abbastanza distrutta e, nonostante i pericoli, dormiva sonni profondi, svegliandosi riposata e leggermente confusa, come se avesse visitato posti lontani di cui, però, non ricordava i particolari. Eppure era già in un posto lontano. Il canyon presentava un'atmosfera alquanto singolare e il fatto di trovarsi confinati, come in una stretta galleria, non faceva altro che amplificare la consapevolezza dello spazio circostante e del proprio stato mentale.

Quella notte, mentre dormiva accoccolata contro il tepore di Nathan per tenere a bada il freddo, per la prima volta fece un sogno molto chiaro.

Un vecchio indiano che non ricordava di aver mai visto le parlava nella propria lingua e lei lo capiva. Le diceva di una cascata che si scagliava in una splendida schiera di piscine naturali di un esuberante azzurro, e lei la riconosceva all'istante. Le raccontava di magia e spiriti e del potere di quel posto. Era un'energia che avrebbe potuto sfruttare, le diceva, e che l'avrebbe aiutata a completare quel suo viaggio di trasformazione, ovvero l'espansione delle sue capacità. Le piscine non erano distanti, lei e Nathan non le avevano ancora incontrate, e l'indiano le mostrava il difficile percorso dal fiume.

Poi, il vecchio tendeva di lato il braccio e un passero gli volava incontro, posandosi sul suo polso. L'indiano annuiva come se lei dovesse afferrare il significato di quella nuova presenza. Fischiava, gorgogliava, pispigliava e l'uccellino gli rispondeva. Emma scuoteva piano la testa per comunicargli che non comprendeva. Allora, l'indiano puntava il dito verso il passero, poi verso di lei.

Si svegliò di soprassalto.

L'indiano le stava forse dicendo che aveva lo spirito guida di un passero dentro di sé? E come l'avrebbe aiutata, di preciso?

Un bisogno trascinante di visitare la cascata e le piscine di travertino la pervase. Forse lì erano le risposte alle sue domande sui propri poteri, sul piccolo Hopi, su Nathan e sul corso e lo scopo della propria vita.

LA MATTINA DOPO, di buonora, Nathan si fermò presso una cascata per esplorare la zona e suggerì di restare a riposarsi un po'. Emma mormorò qualcosa a proposito del "non essere quella giusta", quindi tirò fuori il proprio diario e, mentre lui prendeva posizione per osservare il fiume, iniziò a scrivere. Si trovavano in un'ansa e Nathan si chiedeva cosa li aspettasse. La mappa che Masito gli aveva dato era vaga. Dovevano esserci molti punti di accesso dal bordo del canyon verso il fondo, ne era sicuro, ma lo schizzo ne mostrava solo una manciata.

Pensò a Diamond e a cosa avrebbe potuto fare per rintracciarli. Se era furbo, si sarebbe sbarazzato dei fratelli Baxter e avrebbe cercato l'aiuto di un indiano. Ma lui ed Emma si stavano spostando in fretta – Nathan lo aveva fatto apposta – e questo riduceva di molto il numero di probabilità che i loro cammini s'incrociassero ancora. Eppure, qualcosa lo assillava.

Tornò nel punto in cui era seduta Emma, accanto alla cascata. Era un posto incantevole e lei, a giudicare dai tocchi ampi e dalle continue occhiate che le lanciava, era assorta nell'abbozzarne il disegno.

«Posso chiederti una cosa?»

Lei rispose con un suono affermativo, senza staccare gli occhi dal proprio lavoro.

«Pensi che Diamond abbia il dono della chiaroveggenza?»

La mano di Emma si fermò di scatto. «E perché me lo chiederesti?» rispose senza guardarlo.

«Spiegherebbe come sia riuscito a trovarci prima. Mi preoccupa che possa rintracciarci un'altra volta.»

«Una teoria audace per uno che non crede» disse calma.

«Potrò anche non credere, ma devo anticipare le sue mosse.» Esitò, quindi aggiunse: «Riesci a vedere dove si trova… nella tua mente?»

Emma fece una smorfia e sollevò lo sguardo su di lui. «Magari potessi farlo a comando, ma temo di non avere tanto controllo. E, francamente, non ho alcuna voglia di pensare a quell'essere, perciò l'ho scacciato dalla mente.»

«E allora faremo all'antica. Tu da sola non vai più da nessuna parte, e tutti e due faremo meglio ad accamparci in posti senza evidente accesso dall'alto.»

«Non è quello che abbiamo fatto finora?»

«Sì, fino a un certo punto, ma adesso voglio che tu sia sempre in guardia.»

Emma annuì e tornò a concentrarsi sul diario, mentre lui continuava a osservare il fiume.

Il giorno dopo lo trovò determinato a coprire una distanza ancor maggiore. Superarono una dozzina di rapide e da un calcolo approssimativo conclusero che avevano viaggiato per circa trentacinque miglia. Stanchi, bagnati e bruciati dal sole, finalmente si accamparono in prossimità di un tratto più lungo di acque bianche. C'era un canyon, ma l'ingresso era da nord e Nathan lo considerava sicuro. Sarebbe stato troppo faticoso per Diamond raggiungerli da lì.

La notte Emma parlò nel sonno, svegliandolo.

«Quell'uomo.» La voce, terrorizzata, s'incrinò in un sussurro sfinito. La testa rotolava da una parte e dall'altra. «Ti userà.» Iniziò a piangere e le mani corsero a stringere la fronte. «Dolore.» Dalla gola sfuggì un singhiozzo soffocato. «Proteggiti.»

Nathan la prese tra le braccia e provò a scuoterla dal sonno.

«Tienilo lontano» sussurrò lei.

«Emma, svegliati.» La strinse a sé e lei gli si aggrappò, il respiro più calmo.

«Devo aver fatto un brutto sogno» disse contro il suo petto.

«Dicevi qualcosa a proposito di un uomo che voleva usarti. Ti riferivi a Diamond?»

«Penso di sì. Ho sognato il piccolo Hopi. Mi raccontava quello che gli ha fatto Diamond. O meglio, l'ho percepito. Lo ha costretto a prendere una sorta di veleno… anzi no, non è corretto… gli ha iniettato qualcosa nel corpo, una specie di massa pesante e viscida. Una cosa disgustosa. Poi gli ha diviso lo spirito a metà, strappandoglielo. Con violenza. Il bambino era forte, si è battuto, ma lui era più spietato e alla fine ha vinto.»

«È solo un sogno.» Aumentò la stretta, ma sapeva che Emma credeva davvero di essere stata in contatto con il piccolo.

Non gli piacevano, tutti quei discorsi sull'oscuro e l'invisibile, perché non c'era un accidente che potesse fare. Era stato così anche con sua madre, la stessa sensazione di essere fuori con il naso contro la finestra di una casa in cui le persone che amava vivevano e soffrivano senza che lui potesse aiutarle. Era cresciuto con il terrore che lei impazzisse e lo lasciasse. E adesso, con Emma, non poteva fare altro se non tenerla stretta e sedere impotente mentre dei demoni attaccavano la sua mente, i suoi sogni e Dio solo sapeva cos'altro.

Il mattino dopo, nelle prime ore, Emma aiutò Nathan a superare con il trasporto via terra l'enorme rapida accanto alla quale si erano accampati. Poi, discesero in barca qualche altra piccola cateratta e, sul tardo pomeriggio, giunsero nei pressi di una rapida all'ingresso di un canyon laterale, con un ruscello che da sud sfociava nel Colorado. Emma lo riconobbe immediatamente: era il posto del sogno. E se anche non lo avesse riconosciuto, l'acqua turchese – così simile a quella del Little Colorado River – sarebbe stata una validissima ragione per fermarsi. A invitarli non vi era che una stretta apertura – una sorta di passaggio – e dietro quella il mistero.

«Ci fermiamo?» chiese.

«Perché?»

L'arenaria rossa si elevava direttamente dal fiume, e dal ruscello che adesso Emma desiderava esplorare, in ripide linee verticali che terminavano in alte terrazze piatte sulle loro teste. Sembrava una roccaforte che offriva protezione, ma anche poche vie di fuga in caso di bisogno.

Non c'era un solo posto per fermarsi, figurarsi poi camminare.

«So che sembra impossibile» disse lei «ma vorrei risalire questo canyon. Ho una sensazione particolare.»

Nathan abbassò lo sguardo a incontrare il suo. Per un istante Emma avvertì la connessione, un breve fremito di paura che, conoscendolo, le sembrò strano.

«Fin dove?» chiese lui.

Gli doveva la verità. «Potrebbe essere lungo parecchie miglia, e il percorso sarà difficile.»

«Non mi piace il fatto che sia a sud, e potremmo non farcela a tornare entro sera. Dalla mappa di Masito, mi sembra di capire che questo è il posto in cui vivono gli Havasupai. Quasi sicuramente li incontreremmo. Lo vuoi davvero?»

«Sì. Ne sono certa.»

Lui guidò il dory verso uno scoglio e lo assicurò a una sporgenza nella roccia. «Sarà meglio portarsi dietro delle provviste» disse.

Si tolsero i corpetti di salvataggio e presero della carne essiccata e alcune mele, gallette avanzate dalla sera prima, un barattolo di caffè, due coperte, due borracce d'acqua, un piccolo bollitore di metallo per il caffè e delle tazze. All'ultimo minuto, Emma afferrò anche un altro barattolo di caffè e una sacca di tabacco, in caso ci fosse stato bisogno di barattare con gli Havasupai. Il bracciale che Masito le aveva dato splendeva sul polso e nella luce del sole attirò la sua attenzione. Si chiese se sarebbe stato anche un valido oggetto di scambio, ma la sua mente si ribellò al pensiero. Le piaceva quel ricordo Hopi, il turchese incastonato nell'argento la calmava.

Presero uno degli zaini dalla barca e lo riempirono, così che Nathan potesse caricarselo in spalla. Lui si mise il revolver nella fondina e recuperò il fucile nuovo. Una volta pronti, salirono sullo scoglio che avevano di fronte e si arrampicarono sulla rupe, oltre la quale trovarono una sorta di sentiero. Il sole splendeva alto e il cielo azzurro riempiva l'angusto soffitto del loro mondo. Il ruscello scorreva con un suono delicato, ma il percorso si fece presto ripido e meno chiaro. Cercando la via migliore da seguire, attraversarono più volte l'acqua azzurra, costretti ad arrampicarsi su sezioni di rocce accidentate.

Concentrata sul portarsi avanti, piano piano Emma si accorse di aver acquisito una comprensione più profonda della terra. Era come se sentisse il terreno vibrarle intorno, pulsante di un'energia che subito pervase il suo corpo umano. Gli arbusti, i cespugli e gli alberi che germogliavano vicino all'acqua le trasmettevano un senso di vitalità. Si sentiva un tutt'uno con il movimento armonioso del ruscello e per un istante sollevò la mano chiedendosi se dalle dita scorresse acqua. C'erano uccelli, lucertole, serpenti, scoiattoli, conigli, topi, scarabei, ragni, formiche... un'attività tanto frenetica da farla inciampare. Si guardò intorno, ma di quelle creature non vi era segno. Eppure lei avvertiva la presenza di ciascuna di loro.

Spinta dalla curiosità, tese una mano a toccare la parete del canyon, sempre vicinissima. Un suono, sordo e costante, rimbalzò contro il palmo. Ma che posto era, quello? si chiese al colmo della meraviglia. O ci faceva caso solo perché prestava attenzione?

Un soffio di vento agitò le foglie sugli alberi. Allungò il collo per guardare e fu subito attratta dalla loro danza, incantata dall'effetto rilassante di quello scambio tra aria e materia.

Dopo parecchie miglia dell'escursione più faticosa che avessero intrapreso fino a quel momento, s'imbatterono in una serie di cascatelle, quattro in tutto. Uno scrosciante rovescio di spumeggiante acqua bianca che si tuffava su terrazze di piscine naturali.

«Dato che è quasi buio, penso che dovremo accamparci qui.» Nathan si sfilò lo zaino dalle spalle e lo sistemò sotto un albero.

Emma annuì silenziosa, ed esausta. Ma nonostante l'intensità dell'escursione dal fiume Colorado, la sua mente, alimentata dalla connessione con i canali di terra e cielo, era vigile.

«Vuoi andare oltre?» chiese lui mentre gli sedeva accanto.

«Sì, penso di sì.» Si tolse il cappello e si distese sul terreno erboso, con lo sguardo sugli sprazzi di cielo serale che facevano capolino tra i rami degli alberi. Nathan la imitò e di lì a poco lei si rilassò, tanto che le membra quasi si fusero con il suolo. Toccò piano la mano di Nathan, quindi girò la testa di lato. In lontananza, oltre il loro punto di sosta, all'ombra di parecchi alberi e della parete del canyon, scorse un uccello gigantesco. Sbatté le palpebre, convinta che si trattasse di un'apparizione. Non esistevano uccelli tanto grandi. La creatura agitò le ali e si mosse verso di lei. Emma sorrise. Era un enorme passero, e la invitava ad avvicinarsi.

Si alzò e andò da lui, tendendo in avanti una mano incerta. Ma subito indietreggiò quando, con un frenetico sbatter d'ali, il passero spiccò il volo, levandosi sempre più in alto finché non scomparve alla vista.

Emma si svegliò accanto a Nathan, con la mano ancora nella sua. Si mise a sedere e, nel buio quasi completo, scrutò il punto in cui poco prima si era trovato il passero, ma era vuoto. Al suo fianco Nathan si mosse.

«Dobbiamo esserci addormentati» disse sedendosi a sua volta. «Tu resta qui. Vado a controllare il perimetro e ad assicurarmi che non ci sia nessun altro.»

Aspettò che si alzasse, la baciò in fretta, poi si diresse verso l'albero e scomparve. Erano al sicuro lì, pensò Emma, all'ombra del passero e sul terreno di gioco degli elementi, ma Nathan si era allontanato prima ancora che potesse dirglielo.

EMMA FU CONTENTA quando Nathan acconsentì ad accendere un fuoco. Ancora nei pressi dell'albero, gli sedettero accanto.

«Raccontami la cosa più spaventosa che ti sia mai successa da bambino» disse.

Lui ci pensò su un attimo. «A sei o sette anni avevo un amico che si chiamava Marty Rumsfeld. Un giorno giocavamo fuori – vivevamo ai margini di St. Louis – e lui si infuriò perché lo avevo involontariamente colpito con una palla. Così, prese un coltello dalla tasca e me lo lanciò contro.»

«E tu?»

«Mi misi a correre e mi ferì a una spalla. Penso di avere ancora la cicatrice.»

«E tua madre ti guarì?»

«Recitò qualche preghiera» rispose lui beffardo «poi ci versò sopra del whisky. Che mi fece un male d'inferno.»

«Quindi pensi che sia stato il liquore a curarti.»

«Già.»

«E che le preghiere ti abbiano procurato il dolore, giusto?» lo stuzzicò.

Lui sorrise. «Forse» rispose, ravvivando il fuoco con un bastoncino. «Adesso, *tu* raccontami l'episodio più pauroso della tua infanzia.»

Emma si fece seria. «A parte la morte dei miei?»

«Scusa, Em, non intendevo ferirti.»

«Lo so. Beh, un giorno a San Francisco, poco dopo essermi trasferita, ero con mia zia vicino al molo. C'erano grandi barche di legno, e siccome non ne avevo mai viste prima corsi per andare a guardarle, ma mi sporsi troppo in fuori e caddi in acqua.»

«Accidenti. Come hai fatto a uscirne viva?»

«L'acqua, in effetti, era freddissima, e io ero caduta parecchio distante dallo scalo. Sapevo che se non fossi annegata, probabilmente la barca mi avrebbe schiacciata, ma poi vidi qualcosa nell'acqua. Era una foca. Si avvicinò e mi diede dei colpetti col muso.» Rise un po'. «Ero spaventatissima e stavo quasi per soffocare. La foca mi colpì di nuovo, così mi ci aggrappai e mi trascinò via tanto in fretta che non riuscivo quasi a mantenere la presa. Insomma, d'improvviso ero in mare aperto e degli uomini urlavano. Qualcuno saltò in acqua e mi salvò. Mia zia era isterica.»

«Che ne fu della foca?»

«Scomparve. Poi, quando lo raccontai a mia zia, disse che non poteva essere vero e che, in qualche modo, ero stata io a nuotare in mare aperto. Ma si sbagliava.» Ripensò alla verità di quel giorno. «Io non sapevo nuotare.»

«E perché siamo su un fiume, allora?» chiese lui sorpreso.

«Non sapevo, ma adesso sì» ribatté Emma, in tono lievemente esasperato.

«Sei stata fortunata.»

«Detto dall'uomo che non crede alla fortuna?» Sollevò un sopracciglio. «No. Qualcos'altro era all'opera quel giorno. Per qualche ragione la foca sapeva che avevo bisogno di aiuto.»

«Facile a dirsi, adesso.»

Emma fissò le fiamme, non era arrabbiata. In un certo senso, lui aveva ragione.

«Come mai non hai fede in niente, Nathan?»

«Mi riesce difficile inventare storie sul perché qualcosa va in un certo modo anziché in un altro. Perché Dio esige che gli uomini si comportino in una data maniera? Chi lo ha deciso? Gli uomini, non Dio.»

«Forse. Ma può anche essere che siano stati guidati.»

«Da Dio?»

Lei si strinse nelle spalle e annuì.

«E allora come si spiegano alcune delle cose che ho visto io?» Emma sapeva che si riferiva a violenza e spargimenti di sangue. «La natura umana non ammette la presenza di Dio.»

«Magari è proprio per questo che gli esseri umani necessitano quanto mai di Dio» replicò lei. «Ne hanno bisogno per l'equilibrio.

Persino gli indiani pregano i loro dei. Persino loro riconoscono il bisogno di equilibrio con il regno dell'invisibile.»

«Ma alcune delle loro superstizioni, allora?» chiese lui. «Gli Aztechi praticavano il sacrificio umano. Il che non ha senso.»

«Vero, ma siamo il prodotto di quanto ci viene insegnato. Nessuno di noi può sfuggirgli.» *Tuttavia si può maturare.* Ripensò alle convinzioni cristiane di sua zia, le stesse che per anni si era sforzata di fare proprie, ma non riuscivano del tutto a gettare luce sui meccanismi del mondo che abitava lei.

«Hai mai trascorso qualche lungo periodo con gli indiani?» Pur conoscendo già la risposta, sperava che lui gliene parlasse di propria volontà.

«Ho passato diciotto mesi con una tribù di Comanche nel Texas... i Kotsoteka.»

«Eri prigioniero?»

«Sì.»

«È stato difficile?»

Nathan fece una breve risata, ma Emma sapeva che stava semplicemente allentando la tensione del trauma. «Mi tennero in vita perché penso che prevedessero di usarmi come futura merce di scambio con l'esercito, o con altre tribù della zona. Diversamente, credo che mi avrebbero ucciso.»

«Come fosti catturato?»

«Il nostro reggimento cadde in un'imboscata e io non riuscii a venirne fuori. Molto di quanto accadeva in quei primi giorni mi sfuggiva, ma poi...» Non finì la frase.

Emma gli posò una mano sulla gamba e percepì la volontà di vivere che lentamente lo abbandonava. Aveva saputo che non lo avrebbero lasciato andare, che mai lo avrebbero accolto in seno alla tribù come, invece, spesso si verificava con donne e bambini. Un uomo forte e indipendente avrebbe rappresentato una minaccia troppo grande. Infine, lo avrebbero ucciso. Ma poi la speranza si era presentata a lui sotto le spoglie di una compassionevole donna.

Una lama di gelosia trafisse Emma. Era importante per lui,

questa donna che gli aveva salvato la vita? «Sono felice che ti abbia aiutato» disse, ritraendo la mano.

Lo sguardo di Nathan la cercò ma lei gli sfuggì. «Si chiamava Nevahcorá. Mi convinse a fingermi un po' ritardato. Così, dopo qualche tempo, pensando che fossi scemo, i guerrieri lasciarono che li accompagnassi nelle partite di caccia. Ogni volta, facevo deliberatamente in modo di perdermi e tornavo al campo sempre più tardi. Un giorno, non tornai affatto. Gli uomini non mi seguirono e io riuscii a raggiungere un insediamento di bianchi.»

«Non sei mai tornato per lei?»

«Sì» rispose Nathan dopo una breve pausa.

Emma si sentì cadere le braccia. L'aveva amata. «Perché non siete insieme, adesso?»

Lui si girò a guardarla. «Ci portai l'esercito, alla tribù, ma era una trappola. Aveva pianificato la mia fuga sin dall'inizio e previsto le mie azioni. In molti furono uccisi quel giorno. Se fossi stato più furbo, forse mi sarei accorto prima del suo inganno.»

Il senso di disprezzo verso se stesso la pervase, lasciandola senza parole. Sapeva cosa si provava a sentirsi responsabili per gli altri e non poter fare niente per aiutarli mentre quelli morivano.

«Immagino di non aver mai avuto molta fiducia nella capacità femminile di raccontare la verità» disse.

La sua diffidenza si allargava in un cerchio al centro del quale era sua madre.

Emma gli prese la mano, in un tentativo di conforto. «La verità su di me la conosci.»

«Spero di sì, Em.»

VIDE LA SUA ENERGIA, il fuoco che nutriva per lei, e la grinta innata, forte e chiara, un'energia limpida e positiva. La attirava a sé, da sempre. L'aveva avvertita in lui sin dal primo istante. Ma subito dopo quella c'era dell'altro, qualcosa di più scuro, e quanto più frugava tanto più le sfuggiva. C'erano morte, paura, tradimento e la grande sofferenza che Nathan si portava dentro, una ferita che nascondeva bene. Emma la vedeva, la sentiva…

«Che diamine stai facendo?» Sedendo nudo al suo fianco, lui si tirò indietro.

Emma cercò di riprendere fiato. Nella luce che precede l'alba, Nathan aveva cominciato ad amarla. Adesso, la connessione psichica era interrotta e lei annaspava, senza il corpo di lui d'un tratto lontano dal proprio.

«Stavi curiosando nella mia testa?» C'era una nota rabbiosa nelle parole di Nathan.

«Io…» Emma si portò una mano alla tempia. Cos'aveva fatto? «Non lo so.»

«Stattene fuori dalla mia mente!» Afferrò gli abiti e iniziò a vestirsi.

Sdraiata a terra, nuda, Emma si sentì di colpo infreddolita e vulnerabile. Rotolò su un fianco e si mise a sedere, cercando alla cieca la camicia e i pantaloni.

Nathan le dava le spalle.

Non sapeva bene perché lo avesse fatto, o come ci fosse riuscita, ma era chiaro che avesse esagerato. Si vestì in fretta.

«Mi dispiace, Nathan. Non so cos'è successo.» Scosse la testa, con gli occhi gonfi di lacrime. «Volevo solo sentirmi più vicina. Non volevo limitarmi a fare l'amore con te.» Forse era stata tutta colpa di quei discorsi sul suo perduto amore comanche. Emma aveva cercato disperatamente di suggellare con lui un'unione importante e duratura.

«Ti ho sentita rovistare tra i miei pensieri.» Nathan si girò a guardarla. «Non farlo più.»

Emma aveva visto e toccato la sofferenza che si trascinava dentro. Era una forza oscura che lui aveva ammanettato e represso ma che restava pericolosa, e lei temeva quanto sarebbe potuto succedergli se mai fosse riuscita ad affrancarsi. Forse avrebbe potuto aiutarlo a liberarsene. Ma come? Era un territorio del tutto nuovo per lei. E comunque Nathan non le avrebbe mai permesso di farsi ancora strada in lui. Lo avrebbe perso se avesse tentato un'altra volta, e lei non voleva perderlo. Voleva che la amasse.

Un improvviso trambusto attirò la loro attenzione. Un animale si precipitò con fragore tra i cespugli. Emma urlò e cadde indietro mentre una pecora con grandi corna ritorte su ciascun lato della testa la mancava di un soffio. Degli uomini la inseguivano. Nathan le prese una mano e la tirò su. Afferrò lo zaino con il fucile che fuoriusciva e cercarono riparo scivolando lungo il terrapieno nei pressi del ruscello.

Ben nascosti, aspettarono.

«Cercano di ucciderla?» sussurrò lei.

«Non penso» rispose Nathan. «Non hanno armi.»

«La inseguono per divertimento?»

Nathan si strinse nelle spalle.

Le grida di trionfo si levarono come una debole eco, crescendo via via che gli uomini sembravano fare il giro e avvicinarsi di nuovo a loro.

«Non muoverti.» Nathan si arrampicò a sbirciare oltre la barriera.

Un *bighorn* saltò fuori dal nulla, diretto proprio verso di loro. Vedendolo catapultarsi in avanti, Emma strillò e alzò le mani in aria. Il bovide superò con un salto le loro teste, finì in acqua e a fatica raggiunse l'altra sponda, quindi se ne tornò su per il canyon. Di lì a poco arrivarono gli indiani, correndo e ridendo, tutti bassi, di corporatura media e dall'aspetto giovane.

Un altro ariete scattò verso di loro.

Emma guardò atterrita uno degli uomini venire travolto e cadere in acqua. L'istinto le diceva che sarebbe annegato.

«Emma, no!» esclamò Nathan, a bassa voce ma con urgenza, nel vederla lasciare il proprio nascondiglio.

Lei si arrampicò sul terrapieno e corse verso una pozza nel ruscello una quindicina di iarde più in là, con il pensiero rivolto esclusivamente all'uomo in acqua. La folla si chiuse intorno a lei spingendola per terra. Sorpreso dalla sua presenza, uno degli altri indiani la guardò. Emma indicò l'acqua, si alzò in tutta fretta e saltò. Con bracciate vigorose si diresse verso l'uomo che galleggiava a faccia in giù.

Nathan le urlò qualcosa in sottofondo ma non riuscì a capire.

Raggiuse l'indiano privo di sensi, lo spinse su un fianco così che il viso fosse esposto all'aria e lo trascinò a riva. I piedi scivolavano sulla roccia liscia e gli altri uomini le sciamavano intorno.

L'aiutarono a spingere l'amico fuori dall'acqua e uno di loro la strattonò su. Gli altri girarono il corpo esanime e lo colpirono parecchie volte tra le scapole finché l'uomo non iniziò a tossire e sputare acqua. Parlavano tra di loro ma Emma non li capiva.

Uno degli indiani in piedi alle spalle di Nathan continuava a spingerlo in avanti. Chiaramente diffidenti, li consideravano una minaccia. Emma si asciugò l'acqua dagli occhi.

Via via che il giovane, tossendo, si metteva a sedere e riprendeva i sensi, ascoltava gli amici e le lanciava sguardi diretti. Poi, annuì e fece un cenno con la mano. Lei non sapeva cosa volesse dire di preciso, ma la gratitudine nei suoi occhi era evidente. Il giovane indicò Nathan con il mento e gli altri lo lasciarono andare. Ma Emma sapeva che lui aveva semplicemente tollerato quel trattamento. Quegli indiani erano giovani e disarmati, avrebbe potuto sopraffarli senza sforzo.

L'uomo che aveva salvato si alzò e parlò agli amici nel suo dialetto.

«Qualcuno di voi conosce l'inglese?» chiese lei.

Di rimando quelli la fissarono imbambolati. *Beh, direi che hanno risposto.*

Gli indiani fecero segno a entrambi di seguirli.

Emma lanciò un'occhiata a Nathan, chiedendo un silenzioso parere. Lui rispose con un lieve cenno affermativo, quindi recuperò la loro roba. Notando il fucile che sporgeva dallo zaino, i giovani indiani si scambiarono qualche parola e puntarono il dito nella sua direzione. Esitante, Emma trattenne il fiato. Avrebbero avuto problemi?

Nathan gli si parò davanti, tenendo duro. I giovani fecero delle risatine nervose e si presero l'un l'altro a gomitate, poi si mossero spediti verso il canyon. L'ultimo di loro si girò e gli fece cenno di avanzare. Nathan si avviò ed Emma, sorridendo tra sé, lo seguì. Non parlava la loro lingua, ma aveva la sensazione che la presenza di Nathan li intimorisse. E guardando la sua schiena dalle spalle larghe, l'agilità dei movimenti e la padronanza del terreno, poteva ben comprenderli.

Nathan apparteneva alla terra e il suo aspetto solido le infondeva sicurezza, soprattutto quando il suo dono la rapiva trascinandola in *altri* posti, e magari anche altre volte.

Sperava che le avrebbe perdonato la recente intrusione psichica. Ma quali erano i confini con un amante? E come avrebbe fatto a identificarli se non conosceva neanche i *propri*?

CAPITOLO DICIANNOVE

Nathan si chiese perché i giovani indiani si fossero spinti fino a quel punto nel canyon quando il viaggio di ritorno era tanto difficile. Si arrampicavano su rocce e superfici frastagliate – spesso senza un chiaro percorso – e per lo più si muovevano nel ruscello stesso, trascinandosi avanti e indietro. Sebbene piccoli di statura, si spostavano con un'agilità che dimostrava familiarità con la zona. E poi, erano giovani. Nathan pensava avessero tutti tra i diciotto e i diciannove anni. Forse era per questo che Emma non si lamentava, era più o meno loro coetanea. E così, continuarono per quelle che lui stimò essere parecchie miglia finché non giunsero a una magnifica cascata che si tuffava in una grande vasca di travertino color acquamarina.

Con Emma al suo fianco, si fermò a osservare quello spettacolo.

«È il posto più bello finora, non trovi?» disse lei, con un filo di voce.

«Sapevi che era qui?» chiese Nathan, incapace di staccare gli occhi dalla lussureggiante oasi davanti a loro. Sentiva la forza della cascata vibrargli dentro, il palpito stesso della terra. La potenza in quel posto era tangibile.

Emma annuì.

«Adesso capisco perché volevi proseguire» disse lui, posando lo sguardo sul suo viso luccicante di sudore. «Non mi sarei mai aspettato di trovare un posto simile qui.»

«È anche meglio visto da vicino.» Lo guardò. «Mi dispiace per prima. Cercherò di non farlo più. Sei il mio... il primo. E, insomma, non sempre so come comportarmi.»

Nathan sentì una stretta al petto. Voleva essere il suo primo *e* il suo ultimo amante. Voleva poterla guardare sempre in quegli occhi di un azzurro più profondo delle acque che avevano lì di fianco – un complemento al cielo di tarda mattinata che li sovrastava – con la loro calda intensità che si mescolava con l'ambiente, e che invadeva ogni aspetto del suo essere.

«Neanch'io» mormorò.

«Ma tu sei stato con altre donne.» Emma distolse lo sguardo. «Lo sai bene, come ci si comporta.»

I giovani indiani nuotavano in una delle piscine naturali sulla destra. Un tuffo gli avrebbe fatto proprio bene, pensò Nathan. Chissà se c'era modo di restare da solo con Emma per il genere che aveva in mente in lui.

«Se ti può consolare, Em» disse avvicinandosi all'orecchio e spostandosi alle sue spalle «non sono mai stato con una come te.» Le fece scorrere la mano dalla vita al fondoschiena e con una carezza si allontanò, in cerca di un'area che offrisse riparo dagli sguardi della compagnia.

Sulla sinistra, più in basso, c'era una piscina più piccola delle altre, circondata da salici e profumo di caprifoglio. Senza girarsi a controllare se lei lo avesse seguito – ne avvertiva la presenza – lasciò cadere lo zaino e, convinto della riservatezza di quel posto, iniziò a spogliarsi.

«Non saprei» disse Emma, con un'espressione preoccupata sul viso «quei ragazzi non sono poi così distanti. E se venissero qui?»

Nathan si avvicinò, a petto nudo.

La preoccupazione si trasformò in turbamento.

«Che c'è?» chiese lui, ansioso.

«Io…» Era agitata e non riusciva a parlare.

Nathan le si fermò davanti e sollevò una mano ad accarezzarle la guancia. «Lascia andare, Em. Di qualunque cosa si tratti.» Le sfiorò le labbra con le proprie. «Vivi questo momento con me, adesso.»

La baciò più a fondo, assaporandone la bocca. «Troveremo la maniera di essere vicini l'uno all'altra.»

Il corpo di Emma comunicava la sua esitazione. E come biasimarla? Era stato severo con lei quella mattina durante il mancato amplesso. Era nuovo a quel genere di intimità, e si era ribellato. Ma adesso iniziava a comprendere che si trattava di un peculiare aspetto dello stare con *lei*. Non sapeva bene come si sarebbero evolute le cose – la loro relazione, i crescenti sentimenti di stabilità che lo incalzavano quando erano insieme – ma sapeva che voleva lasciarle un'impronta della magia che provava con lei. Magari, questo le avrebbe fatto desiderare di restare con lui quando tutto sarebbe finito.

Si inginocchiò e le sfilò la camicia dai pantaloni. Glieli fece scivolare sui fianchi, poi le baciò il ventre piatto. Emma gli cinse la testa con le braccia e affondò le mani nei capelli. Piegandosi in avanti, cercò la sua bocca con la propria e si lasciò cadere in ginocchio, assaporando quel contatto con un'urgenza che gli infuse speranza. Aveva bisogno di lui quanto lui ne aveva di lei. Le tolse camicia e camiciola, beandosi alla vista delle sue belle curve, del morbido corpo. Lo toccò, lo accarezzò e ne baciò ogni lembo di pelle. Disteso sul terreno erboso accanto a lei, godette di quel completo accesso, premurandosi di tenere a bada il desiderio che gli bruciava dentro. Solo quando lei cominciò a smaniare e a inarcarglisi contro la coprì del tutto e la prese. Ma subito si fermò, con il viso a un soffio dal suo e gli occhi negli occhi.

«Cosa c'è?» chiese lei, serrandolo più forte tra le gambe.

Nathan tratteneva a stento l'ondata che iniziava a crescergli dentro. «Non voglio che dimentichi questo momento.»

Emma si fece seria. «Io non dimenticherò mai niente che ti riguardi» disse in un sussurro, e lo baciò.

Presto non ci fu più spazio per le parole. Nathan la portò sull'orlo dell'orgasmo e si trattenne, aspettando che lei raggiungesse l'apice per poi cercare il proprio appagamento. Esausti, giacquero a lungo in un languido torpore, e solo dopo si immersero finalmente nella piscina di acqua turchese. Emma lasciò andare la testa all'indietro contro la sua spalla e Nathan seppe di aver trovato il Paradiso, un posto che esisteva soltanto con lei.

A METÀ POMERIGGIO ripresero il cammino con i giovani indiani. Emma sapeva che il sentiero li avrebbe messi alla prova, tuttavia l'esperienza si rivelò ben più difficile di quanto avesse pensato. Dopo aver lasciato la cascata mozzafiato nei pressi della quale lei e Nathan avevano fatto l'amore, si arrampicarono alla sua destra, muovendosi piano su brevi tornanti lungo le rupi semiverticali. La scala di corda di cui si servivano era di aiuto, ma Emma sapeva che un'eventuale caduta non sarebbe stata un bello spettacolo. Nathan aveva insistito perché lei lo precedesse, forse in modo da afferrarla se le fosse sfuggita la presa, ciò nonostante le sembrava improbabile che lui riuscisse ad arrestarne la caduta se fosse scivolata. Così, si concentrò al massimo per raggiungere il plateau, sollevata quando infine furono in cima.

Dopo all'incirca un altro miglio si trovarono di fronte un'altra magnifica cascata e le stesse piscine color acquamarina. Di nuovo, i giovani si fermarono, ma lei e Nathan ebbero giusto il tempo di riprendere il fiato e spruzzarsi dell'acqua sul viso prima di riprendere il cammino. Si mossero sul lato destro del ruscello e nel giro di niente s'imbatterono in una terza cascata, ma questa volta senza fermarsi. I giovani li spronarono a proseguire per un altro miglio.

Via via che il crepuscolo calava sulla stretta valle – il sole era scomparso alla vista diverse ore prima – raggiunsero infine un plateau punteggiato di rifugi coperti di fango e indiani che si muovevano confusamente qua e là.

Doveva essere il villaggio degli Havasupai, pensò Emma.

Uomini, donne e bambini si avvicinarono, parlando una lingua straniera e rivolgendo gesti di saluto ai giovani indiani. Poi, incuriositi, fissarono lei e Nathan. Era un popolo di statura bassa, molto simile a quello Hopi, con visi tondi, nasi piatti e pelle scura. Emma sorrideva e annuiva mentre quelli li guardavano allocchiti. Due degli uomini si avvicinarono e uno dei giovani parlò brevemente, quindi tutti spostarono l'attenzione su Nathan.

«Io sono Waluthma.» Il più alto di loro gli tese la mano e lui la strinse. «Ma lo *haygu* preferisce chiamarmi Supai Charley» disse, sorridendo. A Emma piacque subito la sua natura affabile.

«Io mi chiamo Nathan. E questa è Emma. Piacere di conoscervi.»

«Questo è il nostro capo, Navahu.» Indicò l'uomo al suo fianco. «Grazie per aver salvato il giovane Lemuel.»

«È stata Emma a salvarlo» rispose Nathan.

Navahu la guardò e fece un cenno con la testa.

«Venite dal fiume?» chiese Supai Charley.

«Sì» replicò Nathan.

«Siete qui a cercare oro?»

«No.»

Charley si rivolse a Navahu, che annuì ancora una volta. «Allora, potete restare» disse. «Noi siamo gli *Havsuw 'Baaj*, popolo del Blue Creek.»

«Gli Havasupai?» chiese Emma.

Supai Charley chinò il capo.

Una donna offrì loro una delle capanne di fango. Emma si affrettò a tirar fuori dallo zaino di Nathan un barattolo di caffè e glielo porse. Aveva capelli neri e lisci che arrivavano alle spalle e una frangia sulla fronte. Indosso portava una gonna lunga e una casacca, calzature di pelle di daino e una grossa cesta a forma di cono sulle spalle. Quando la guardò confusa per quel regalo, Emma aprì il barattolo e inalò l'aroma, quindi le fece cenno di imitarla. Riconoscendo il contenuto, la donna sorrise e accettò grata il dono.

Quella sera furono invitati a mangiare – uno stufato di mais e zucche – e a sedere accanto al fuoco dell'accampamento accerchiati da un gran numero di Havasupai. Emma immaginò che fossero eccitati nell'incontrare degli stranieri che arrivavano da terre tanto distanti dalla loro. Supai Charley gli presentò Ilwi, la moglie di Navahu, riferendogli che il suo nome significava "serpente". A Emma piacque, ma la visione della donna che moriva in un'alluvione la lasciò sgomenta. Risentita, scacciò via le immagini e decise di non parlarne con nessuno. Era giusto che la gente vivesse la propria vita senza la minaccia della morte, sempre pronta a gettare la sua ombra oscura.

Vergognati, Morte. Se potessi, ti darei una bella lezione.

Charley gli presentò anche due uomini, che Emma ebbe la sensazione fossero simili in termini di importanza ma con spiriti fortemente distinti. Il primo era Taap, un *ghtye'* spirituale o sciamano, e il secondo Baa Naa Gj'alg, del quale, grazie al cielo, Charley offrì lo pseudonimo di Rock Jones. Anche lui era uno sciamano, ma piuttosto che guarire lavorava con gli spiriti degli elementi. Emma provò subito repulsione nei suoi confronti, tanto da esserne quasi imbarazzata. La parte razionale della sua mente, però, le bisbigliava che l'uomo non meritava un giudizio tanto drastico, così spinse da parte la sensazione di disagio.

«Moga? Chiese Navahu, indicando il bracciale sul suo polso.

Confusa, Emma guardò Charley, seduto al suo fianco. «Il tuo ornamento. È *ka-hopi?*»

«Sì» rispose. «Hopi. Conoscete Masito?»

Tutti i presenti intorno al fuoco fecero cenno di sì.

«Di recente siamo stati con lui e la sua famiglia» disse Emma, quindi, pur chiedendosi se affrontare l'argomento o meno, aggiunse: «Sapete di suo nipote Loloma?»

Charley parlò con Taap e Navahu. Emma non capiva ma quei suoni la placavano. Se solo fosse stata in grado di alterare il proprio udito, anche solo di poco, forse sarebbe riuscita a comprenderli. *Già, un'idea sciocca*, pensò, lasciandosi andare contro Nathan alla sua sinistra. Era contenta che fosse lì con lei.

«Sì, sappiamo di Loloma» rispose Charley. «Perché lo chiedi?»

Emma esitò, quindi si lanciò. Rock Jones poteva anche non piacerle, ma non aveva ragione di dubitare di Taap, Navahu o Supai Charley.

«Masito, Na'i e Pakwa mi hanno chiesto di provare a guarirlo» disse. «Ma non ho avuto granché successo.»

Charley tradusse per gli altri e poi chiese: «Sei una guaritrice?»

«Non proprio. E Taap? Ha fatto qualche tentativo?» Era davvero curiosa di sapere se l'esperienza dello sciamano Havasupai era stata simile alla sua.

Seguirono altri scambi in lingua straniera, cui partecipò persino Ilwi, e infine Charley rispose. «Taap non lo ha potuto aiutare. Si è sforzato. Ma il ragazzo aveva lasciato il corpo e lui non è riuscito a trovarlo» disse, gettando Emma in uno stato di profonda delusione.

La conversazione si spostò poi sul fiume e sul loro viaggio. Nathan comunicava con i presenti intorno al fuoco per tramite di Charley, e a un certo punto chiese loro anche di Diamond, ma quelli non avevano avuto che un fugace contatto con lui e non seppero dirgli nulla di utile. Parlarono a lungo, finché Emma fu così stanca da non riuscire a tenere gli occhi aperti. Si scambiarono tutti la buonanotte, in lingue che né gli uni né gli altri comprendevano, quindi il braccio saldo di Nathan la guidò verso il loro rifugio e lei, distesa sulle coperte che si erano portati dietro e con la rassicurante presenza di Nathan al proprio fianco, si addormentò all'istante.

Emma si svegliò di colpo. Immobile per parecchi minuti, si sforzò di dare un significato a quanto aveva appena sognato. Poi, mentre dal nero inchiostro della notte affiorava un cielo azzurro, si alzò e si allontanò dalla sagoma addormentata di Nathan. Era presto, ma sapeva che doveva agire subito se non voleva dimenticare il sogno.

Vagò per l'accampamento finché non trovò una donna Havasupai, che già sveglia accatastava foglie di granturco fuori da una capanna di fango.

«Supai Charley?» chiese Emma.

La donna sorrise e le indicò un'altra capanna. Giunta all'ingresso, Emma fu costretta a infilarvi la testa e piegarsi in avanti per svegliarlo. «Mi dispiace importunarti» sussurrò per non disturbare la moglie. «Ma devo assolutamente parlare con Taap. È molto importante.»

Charley annuì. Si infilò gli stivali di pelle di daino e attraversò con lei il villaggio fino a un'altra dimora di rami e foglie. Lo sciamano ne emerse, con i capelli scuri scompigliati dal sonno, e sedette a gambe incrociate con loro.

«C'era un uomo bianco dell'Est» prese a raccontare Emma, sulla voce di Charley che traduceva per Taap. «Era buono, amorevole e generoso, e splendeva come se dal suo interno la luce si propagasse al di fuori e nel mondo. Poi ce n'era uno nero dell'Ovest. Malvagio, violento e prepotente. Discutevano e discutevano, per lo più della gente di questo posto, della condizione delle loro anime.» Fece una pausa, quindi inspirò a fondo e, tuffandosi nella seconda parte del sogno, prese a cantare. Parole che non comprendeva, di cui non conosceva il significato, ma che pronunciava in maniera chiara. Arrivata alla fine, riprese dall'inizio, e così per quattro volte in tutto. Il perché non lo sapeva, tuttavia del numero era certa. Quattro volte.

Completò la serie e si fermò, in attesa di un commento da parte di Taap. Di sicuro quel sogno aveva un significato.

Lo sciamano si rivolse a Charley, che a sua volta guardava Emma. «Sei stata invitata.»

«A fare cosa?» chiese lei.

«A conversare con gli antenati.»

«E come?»

Lo sciamano parlò ancora e la osservò con manifesta curiosità. «Con l'aiuto di Taap. Stanotte.»

Notando lo sguardo dell'uomo, però, Emma si chiese se avesse fatto qualcosa di sbagliato. «Sono nei guai per aver fatto un sogno così?»

Charley le rivolse un largo sorriso. «No. Ma le donne non fanno questo genere di sogni. E soprattutto non una *haygu*, una donna bianca.»

QUELLA SERA EMMA sedette intorno al fuoco con Taap, Charley e Nathan. Dopo un sontuoso pasto a base di zucca cotta, granturco e fagioli seguiti da deliziose pesche, il resto della tribù si era congedata lasciando loro un po' di spazio. Emma aveva gustato tutto fino all'ultimo boccone. Poi le era stata offerta in dono una splendida pelle di daino e Charley le aveva spiegato che gli altri sapevano della sua "chiamata" ricevuta tramite il sogno e, a quanto pareva, avevano deciso che ciò indicava la presenza di qualcosa di speciale in lei. Emma li aveva ringraziati con umiltà uno a uno e Nathan aveva portato il dono nella loro capanna. Dormirci sopra sarebbe stato un lusso.

Per fortuna Taap gli aveva concesso di restare con loro, rasserenando Emma che si era chiesta se l'inclusione di Nathan sarebbe stata un problema. Quando Charley cominciò a battere sul tamburo, lei chiuse gli occhi d'istinto e Taap iniziò a cantilenare. Presto le vibrazioni prodotte dai due uomini presero ad attraversarla e danzarle intorno.

Allontanandosi dal posto in cui erano, la sua coscienza la vide correre per un tunnel lungo e buio. Sempre più in basso, scese per quella che le parve una quantità infinita di tempo, finché non si ritrovò in una grande caverna con Taap di fianco. In silenzio, gli rivolse un cenno.

«Chiama a te le tue guide» disse lui.

Lo capiva… la barriera linguistica non esisteva più.

Esitante, ripensò al gigantesco passero. «Non sono sicura di avere una guida» rispose.

«Tutti abbiamo degli spiriti aiutanti. Li chiamerò io per te.»

Arrivò un passero, più grosso della norma, ed Emma capì che era una femmina.

«Salve» salutò.

Salve, Emma.

«Dove siamo?» chiese a Taap.

«Questo è il Mondo Inferiore. Ci sono quattro livelli qui. Esiste anche un mondo superiore, con altrettanti livelli, ma questa volta non ci andremo. È qui che a volte incontriamo gli antenati, ma devono essere loro a venire da noi.»

Iniziarono a camminare. Non era tanto l'oscurità a intralciare la vista quanto una realtà in continuo cambiamento che, ora nitida ora sbiadita, fluttuava come un'onda.

«Qui puoi creare con i tuoi pensieri» disse Taap. «La percezione si basa sull'attenzione, ma bisogna anche essere iniziati prima di entrare in certi regni.»

Distratta da un brontolio, Emma si sentì attraversare da una corrente. Negativa.

«Cos'è stato?» bisbigliò.

«Uno che vive qui, un custode del regno inferiore. Io ci vado solo se proprio devo.»

«Chi è?»

«I nostri amici Moga lo chiamano Masau'u. Governa il loro mondo. È Dio del Fuoco, della Morte e della Rinascita.»

«Governa anche voi?»

Taap si strinse nelle spalle. «No. Ma rispettiamo la sua presenza. Talvolta bisogna andare da lui per riscattare l'anima di qualcuno. E lo sciamano deve fare molta attenzione. Deve essere protetto. È molto pericoloso.»

«Perché? Cosa può succedere?»

«L'anima potrebbe smarrirsi e non trovare mai più la via del ritorno.»

Emma ripensò alla propria esperienza con Loloma e si chiese se non le fosse accaduto proprio questo, quando aveva provato a cercarlo. Sembrava fosse stata fortunata a ritrovare il proprio corpo.

Poco dopo si imbatterono in un indiano, di statura bassa e apparentemente sulla trentina. L'uomo conversò con Taap in quella che Emma immaginò fosse la lingua Havasupai, quindi portò lo sguardo su di lei.

«Tu sei Emma-kele» disse.

Lei guardò Taap con aria interrogativa. «Kele è la parola che usano i Moga per passero.»

Emma segnalò la propria comprensione con un cenno della testa.

«Sei forte e curiosa» proseguì l'altro indiano. «È un bene.»

«Chi sei?» chiese lei.

«Puoi chiamarmi Coyote. Sono venuto a istruirti sul potere della preghiera. Devi praticarlo per comprendere a fondo il tuo legame con tutto ciò che è intorno, al di sopra e al di sotto di noi.»

«Ho pregato» si difese lei.

«Molti dei tuoi simili, gli *haygu*, pregano come se fosse un esercizio della mente. Non lo è.» Le puntò un dito contro il cuore. «Inizia qui. Una preghiera è la capacità di respirare con il Creatore. È l'esternazione del linguaggio interiore. Non ci sono parole a guidarti, solo i sentimenti. E tu dovrai avere fiducia, altrimenti il tuo addestramento si fermerà lì.»

«Il mio addestramento?»

«Continui a entrare e uscire dai nostri regni come l'alluce di un bambino che gioca con l'acqua. È ora di tuffarsi, Emma-kele.»

E scomparve.

Accompagnati dal gigantesco passero guardiano, Taap la condusse verso un'altra caverna. Dentro, Emma vide molte persone legate e conficcate nel suolo.

Indietreggiò. «Che posto è questo?»

«Un'area in cui sono intrappolate le anime. E non è l'unica.»

«Non puoi liberarle?» Provava una sensazione di disturbo per le dolorose emozioni e voleva che la abbandonasse.

«A volte è possibile. Altre no. Dipende dal perché sono qui. Alcune ci vengono da sole. Altre ci arrivano con l'inganno e restano intrappolate.»

«Perché mi hai portata qui?»

«Me lo ha chiesto Coyote. E adesso ti lascio.»

«Cosa?! No!» Emma provò ad afferrargli un braccio ma il tentativo fu vano, nessuno dei due aveva consistenza fisica. «Non lasciarmi qui.»

«Hai Passero. Resterà lei con te.»

E anche lui scomparve.

Lo sguardo di Emma guizzò tutt'intorno e un'ondata di inquietudine la sommerse. Il grido di una donna attirò la sua attenzione, era incastrata in una parete rocciosa, metà corpo dentro e metà fuori.

Prova ad aiutarla, disse Passero.

«Ma non so come» rispose Emma. «Non ho mai fatto niente di simile prima d'ora.»

E invece sì.

«Quando?»

Quando è morta Bethany. Una parte di lei era imprigionata. Tu l'hai liberata nel momento del trapasso così che potesse proseguire nella sua interezza.

Emma non ricordava nulla, solo la paura – quella di Bethany – che aveva percepito montarle dentro. L'aveva lasciata turbata e spaventata. E poi la ragazza l'aveva supplicata. «Guariscimi.» Lei aveva acconsentito, ma senza comprendere ciò che stava per fare.

«Chi teneva prigioniera l'anima di Bethany?» chiese.

Maeve.

Chissà come faceva, Passero, a sapere ogni cosa.

«E la portò qui?»

Non qui, ma in un posto simile a questo. Hai mostrato coraggio nel liberare Bethany. Molti spiriti erano presenti.

«Non avevo idea di quel che facevo.»

E allora devi imparare un'altra volta.

Gli occhi di Emma si aprirono di scatto e fu di nuovo davanti al fuoco con Nathan, Taap e Charley. Il suono del tamburo e la cantilena cessarono.

«Cos'è successo?» volle sapere Nathan.

«Una prova, penso.» Lo sguardo di Emma incrociò quello di Taap. «E non credo di averla superata.»

Taap parlò e Charley tradusse. «Viaggiare nei luoghi profondi significa tornare a imparare, questa volta un mondo nuovo. Ci vorrà del tempo. Fidati del tuo animale guida, Emma-kele.»

«Emma-kele» le mormorò Nathan tra i capelli mentre giacevano insieme nel loro rifugio. «Non ti sarai mica sposata nel mondo sotterraneo, vero?»

Lei gli sorrise, rilassata dopo l'amore, con il corpo nudo abbandonato sul suo.

«O devo preoccuparmi di questo signor Kele?» insistette lui, in tono leggero.

«Kele significa passero. E io ne ho uno gigantesco che mi aiuta nel mondo degli spiriti.» Sollevò gli occhi su di lui. «Mi chiedo quale sarebbe il tuo animale guida.»

«Beh, probabilmente una tigre o un orso.»

«Io pensavo più a una lontra» lo stuzzicò «o forse uno scoiattolo.»

«E come mi chiamerei? Nathan-due-dentoni?»

Lei rise e lo baciò. Poi, protetti dal morbido lusso della pelle di daino ricevuta in regalo, si addormentarono, e nei sogni di Emma non ci fu posto che per lui.

IL MATTINO DOPO, Nathan andò con parecchi uomini alla sponda meridionale del Grand Canyon per aiutarli a radunare diversi puledri selvatici.

Emma trascorse la mattinata con Ilwi. La minuta donna parlava nella sua lingua, gesticolando spesso, camminando ed esortandola a seguirla. Emma non capiva molto, ma le sorrideva e interagiva come meglio poteva. Ilwi la condusse in una zona appartata, circondata da rocce e alberi, dove assunse un'espressione molto tranquilla e solenne, che catturò la sua attenzione. In un'area circolare c'era un cumulo di piume e, avvicinandosi, Emma notò che si trattava di uccelli morti.

Passeri.

«Perché?» chiese.

Ilwi le parlò piano, con le braccia aperte a comprendere tutta l'area. L'espressione dei suoi occhi scuri sembrava implorare il suo aiuto.

«Non capisco» disse Emma, inginocchiandosi accanto al cumulo di uccelli morti.

Immobile, mentre Ilwi si allontanava, si concentrò sulle creature, lasciando che la coscienza visitasse un altro luogo, in un altro tempo.

I passeri si dissetavano in una sorgente vicina, che adesso era contaminata dalle feci dei cervi e li faceva star male. Ma c'era dell'altro… un elemento di disturbo non dissimile da quello che Emma aveva percepito la notte prima mentre era nel Mondo Inferiore con Taap. Un rimbombo che colpiva i passeri, un'onda malevola a cui le creature più deboli non erano riuscite a sfuggire.

Emma si alzò. Doveva raccontare a Ilwi della sorgente di acqua infetta. Magari ci sarebbe stato modo di purificarla o prosciugarla del tutto.

Stava andando da lei, quando Rock Jones la intercettò. Come gli altri non parlava inglese, ma conosceva un numero sufficiente di parole da ottenere la sua attenzione.

«Uomo del fiume, lui andato. Tu andare, anche.»

Emma sapeva che si riferiva a Nathan, così lo avevano soprannominato gli Havasupai.

«Dov'è andato?» chiese.

Rock Jones puntò un dito verso il Colorado. «Fiume.»

«Perché sarebbe andato fin lì?»

Il dito si spostò verso di lei. «Tu andare. Lui dire, tu andare.»

Ma non aveva senso. Perché mai Nathan avrebbe voluto che andasse fino al fiume da sola? Era un percorso lunghissimo e difficile.

«Penso che lo aspetterò qui» disse, pur sapendo che Rock Jones non la capiva. Se solo ci fosse stato Charley, ma era andato con Nathan.

«Diamond. Tu andare. Andare.»

Lo sguardo di Emma si spostò rapido sull'indiano. Le stava dicendo che Diamond era lì? Possibile che Nathan volesse avvisarla di andare via?

Si girò e andò verso il rifugio che avevano diviso. Rock Jones la seguì, incalzandola con i gesti a raccogliere in fretta le sue cose e ad avviarsi verso il Colorado. Allarmata da tanta insistenza, Emma provò paura.

Diamond doveva essere lì. Forse Nathan lo aveva visto e aveva fatto in modo di farle avere il messaggio. Era l'unica spiegazione.

Rock Jones non le piaceva affatto – adesso men che mai, vista la maniera in cui la stava trattando – ma avrebbe dato ascolto a Nathan. Si affrettò a tornare nella capanna, arrotolò la pelle di daino e la ficcò alla bell'e meglio nello zaino, quindi se lo mise in spalla e si avviò per il lungo sentiero verso il fiume Colorado.

CAPITOLO VENTI

Emma camminò tutto il giorno. Stanca, sudata e affamata, raggiunse il Colorado che era ormai tardo pomeriggio. Sbirciando oltre la sporgenza scorse il dory, ma qualcuno lo aveva spostato.

Doveva essere stato Nathan.

Si guardò tutt'intorno ma non vide nessuno.

Di punto in bianco, un colpo brutale dietro la testa la mandò in acqua a faccia in giù. E prima che riuscisse a rimettersi in piedi, Diamond saltò al suo fianco nel fiume. Mezzo tramortita, Emma sollevò la mano per scacciarlo, ma lui le afferrò il braccio e la tirò su, strappandole una smorfia di dolore.

«Andiamo, strega.» La costrinse a salire sul dory e slegò la corda che lo assicurava alla parete del canyon, quindi lo spinse con forza nel fiume e vi si arrampicò, facendolo traballare con violenza.

In preda alla nausea, Emma si sforzò di recuperare l'equilibrio ma l'oscurità scese ad avvolgerla. E poi ci fu il nulla.

L'ONDEGGIARE del barchino scosse Emma da un sonno vago. Dov'era? Era confusa e le ci volle un attimo per ricordare.

«Sei sveglia. Bene» disse Diamond. Guidava il dory verso valle limitandosi a reggere i remi.

Emma era su un fianco con le mani legate dietro la schiena e i piedi bloccati. La testa pulsava e il collo, appoggiato contro il legno duro, doleva. Doveva essere rimasta priva di sensi per un bel po', pensò fradicia di sudore.

«Perché tutto questo?» chiese con voce rauca. Era preoccupatissima per Nathan. E se Diamond gli aveva fatto del male?

«Non ce ne sono molte come te» disse. «E il tuo protettore meritava una lezione.»

Emma percepiva un senso latente di rabbia. Qualunque cosa Nathan gli avesse fatto al Bright Angel River, era chiaro che Diamond covasse un astio che rasentava il desiderio di vendetta. Doveva muoversi con cautela. Assottigliando gli occhi contro la luce diretta del sole che picchiava sulle loro teste, provò a spingersi in posizione seduta.

«Dove stiamo andando?» chiese.

«Nello stesso posto in cui eri diretta con lui... a valle.»

«Ci eri già stato, qui?»

«No. Almeno, non di persona.» Sorrise, ma solo con le labbra.

Emma si sentì travolgere da un'ondata di disperazione, doveva essere a miglia da Nathan ormai.

«Gli hai fatto del male?» sussurrò.

«A chi?»

«A Nathan.»

«No. Mi sono limitato a strisciargli accanto come un serpente» rispose, ridacchiando.

Emma tirò un sospiro di sollievo.

«Perché scontrarsi con un uomo» proseguì «quando puoi sfilargli la preda da sotto il naso?»

Lei rimase zitta. La paura le sussurrava all'orecchio, non di pericolo fisico, bensì di qualcosa di più profondo, di ben più sinistro. Diamond le avrebbe distorto l'anima. O quantomeno ci avrebbe provato, ne era abbastanza sicura. E allora, qual era la cosa migliore da fare? Come si sarebbe comportato, Nathan, se fosse stato lì?

La testa continuava a pulsare senza tregua, le mani erano intorpidite per via della corda troppo stretta che le legava e lei si sentiva priva di speranza.

Quando, finalmente, Diamond si diresse a riva in una cala sul lato nord, Emma si rese conto che Nathan avrebbe avuto maggiori difficoltà a raggiungerli. Il fiume si era allargato e guadarlo non sarebbe stato facile, inoltre l'accampamento degli Havasupai si trovava a sud. Chissà se Nathan sapeva già della sua assenza.

«Dove sono i Baxter?» chiese, assillata anche da quel pensiero. Nathan li avrebbe affrontati senza problemi, in uno scontro leale, ma se gli avessero teso una trappola?

«Sono rimasti a tenere impegnati gli Havasupai mentre io venivo a cercarti al fiume.» La trascinò fuori dalla barca e la spinse a terra. «Sai cucinare?»

«Sì» rispose piano Emma.

«Cosa?» Sembrava stranamente famelico.

«Biscotti, caffè.»

«Ne voglio in abbondanza. E adesso vado a raccogliere della ramaglia per il fuoco, tu resta qui» disse, allontanandosi.

Emma si distese sul fianco, a osservare il flusso calmo e costante del fiume. E le venne in mente che il cibo l'avrebbe aiutata a riflettere meglio. Doveva stare all'erta.

Diamond tornò, accese il fuoco e la slegò. «Ti terrò d'occhio» disse. «Datti da fare.»

Ma darsi da fare con braccia e gambe rigide non era semplice. Trascinò i piedi fino al dory, consapevole di non essere in condizione di tagliare la corda, e recuperò le provviste di cui aveva bisogno, quindi preparò in fretta un pasto e mangiarono. Diamond era rumoroso e avido… se solo si fosse portata dietro del veleno.

Quando ebbero finito, le disse di rimettere tutto in ordine e rimase a guardarla senza mai staccarle gli occhi di dosso. Poi, la legò di nuovo e se ne andò a dormire, nonostante la luce del giorno non fosse ancora del tutto spenta.

Con quel demonio addormentato, Emma contemplò una via di fuga. Non aveva un'arma da fuoco – Diamond l'aveva trovata e gettata nel fiume – né le era stato permesso di usare un coltello per preparare la cena, ma forse, a un certo punto, sarebbe riuscita a mettere le mani su uno di quelli che teneva in barca. Sfinita e sconfitta com'era, non le veniva in mente altro e, piano piano, il sonno la reclamò.

BENCHÉ FOSSE ANCORA BUIO, un fuoco ardente la svegliò.

«Bene.» Diamond la tirò su e le sedette di fronte. «Di solito non dormo molto, la notte. Che genere di doni ti ha fatto il buon Dio?»

Quella domanda seria la colse di sorpresa.

«Non credo di capire» rispose.

«Gli Hopi dicono che sei una *powaka*. Che significa strega. Perciò, devi aver fatto qualcosa che li ha indotti a pensarlo.»

«Non saprei.»

«I Baxter mi hanno detto che sei di San Francisco. Che genere di addestramento hai ricevuto, lì?»

«Nessuno.»

Diamond attizzava il fuoco e intanto sembrava riflettere. Le fiamme s'innalzarono infuriate, surriscaldando il corpo di Emma, troppo vicino a loro.

«Ti dirò, a pensarci bene, neanch'io» rispose. «Sono cresciuto in Louisiana. Mia madre conosceva le pratiche voodoo ma non me le ha mai insegnate. Io, però, vedevo cose. Sono sempre stato in grado di farlo.»

Il pensiero chiaro e lucido di Diamond la sorprese.

«A volte possono generare confusione, le vie degli altri mondi» continuò.

«Cos'hai fatto a Loloma?» chiese Emma, incapace di trattenersi oltre.

Diamond fissava il fuoco, e il suo atteggiamento si fece più cauto. «La vecchia ti ha detto che è stata colpa mia?»

«Perché il piccolo è in coma?»

Lui si strinse nelle spalle. «Non sempre tutto va secondo i piani. Cercavo di aiutarlo, di proteggerlo dagli spiriti cattivi, ma lui è scappato via. L'hai trovato?»

Emma non rispose.

«No?» insistette Diamond. «Io potrei insegnarti a ritrovare le anime smarrite.»

«È questo, Loloma? Un'anima smarrita?»

«Forse. Se vuoi, ti aiuterò a imparare come muoverti nel regno dei morti.»

«E perché lo faresti?»

«Perché così vanno le cose. Noi sciamani, noi stregoni, dobbiamo tramandare le tradizioni. Alla vecchia non piaceva che Lenmana volesse imparare da me.»

«Ma Lenmana è morta.» Emma si pentì di aver pronunciato quelle parole nello stesso istante in cui le uscirono di bocca.

La schiena di Diamond si irrigidì e un muscolo nella guancia si contrasse. Non la guardò, ma Emma percepiva la rabbia controllata in lui e provò il desiderio di fuggire.

«Lenmana non ascoltava» disse, con voce tesa. «Non sono un mostro, come qualcuno mi ha definito.» Adesso lo sguardo era fisso su di lei. «Posso insegnarti come attingere in maniera diretta a un potere oltre ogni immaginazione.»

Inquieta, Emma giaceva sveglia nella luce che precede l'alba. Dopo lo scambio con Diamond, non era riuscita ad addormentarsi, anche se aveva finto per un po' affinché lui la lasciasse in pace. La attirava a sé con una forza quasi magnetica. La disgustava e al tempo stesso la incuriosiva. Che le succedeva?

E dov'era Nathan?

Si chiese cosa fare e quando le risposte non arrivarono, finì con l'assopirsi.

CAPITOLO VENTUNO

Nathan procedeva con determinazione verso il margine sud del Grand Canyon, mosso da una collera che ignorava la spossatezza per il sonno mancato nelle ultime ventiquattro ore.

Quando nella tarda serata del giorno prima era tornato al villaggio degli Havasupai e si era trovato faccia a faccia con nientedimeno che i fratelli Baxter, la reazione immediata era stata tirare fuori la pistola e andare a cercare Emma. Ma di lei neanche l'ombra.

I Baxter non avevano offerto informazioni utili e lui si era rifiutato di perdere tempo interrogandoli. Supai Charley aveva tradotto un resoconto della precedente conversazione tra Rock Jones ed Emma – secondo il quale lei aveva deciso di andare al fiume e voleva che Nathan la raggiungesse – ma i conti proprio non tornavano. Così, non avendo altra scelta, Nathan aveva deciso di andare al Colorado in ogni caso. Va da sé che avrebbe preferito legare Abner, Reggie ed Hersch, solo che i tre erano riusciti a ingraziarsi la tribù e lui non aveva potuto fare altro se non avvertire Charley di tenerli d'occhio.

Arrivato al corso d'acqua aveva cercato in lungo e in largo, ma di Emma o di *Paradiso* non c'era segno, e i suoi timori peggiori avevano ricevuto conferma.

In qualche modo, Diamond l'aveva catturata.

Senza perdere tempo, aveva iniziato a risalire verso il villaggio, con passi carichi di frustrazione. Perché diamine era andata al fiume da sola? Glielo avrebbe messo lui, un po' di sale in zucca. *Aspetta solo che ti ritrovi.* L'idea di qualunque altro scenario lo faceva rabbrividire, e provocava in lui un malcelato senso di panico.

Spingendo da parte il pensiero, si mosse veloce – molto più spedito di giorni prima quando con Emma avevano esplorato il canyon laterale – fermandosi al villaggio giusto il tempo necessario per chiedere a Ilwi delle provviste. La donna e parecchie delle altre indiane gli diedero uno zaino con dentro caffè, farina, carne essiccata e zucche colme di acqua. I Baxter erano andati via già da molto. Così, salutò in fretta Charley e Navahu e ripartì.

Stava per raggiungere il margine meridionale del Grand Canyon, quando notò due uomini arrivare a piedi da est. Aspettò che si avvicinassero.

Erano Na'i e Masito.

«Diamond ha preso Emma» disse senza inutili preamboli. «Sono sul fiume.»

«Stiamo seguendo le sue tracce» disse Masito. «Verremo con te. Lungo la strada potrebbero esserci sentieri che portano all'acqua.»

«So dove possiamo procurarci dei cavalli» rispose Nathan, pensando ai puledri che aveva aiutato a riportare nel recinto il giorno prima.

E senza altre parole, li condusse agli animali. Servendosi di corde, li montarono senza sella e si avviarono di gran carriera.

Il fiume scorreva a senso unico.

Emma e Diamond potevano seguire solo una direzione.

E lui l'avrebbe ritrovata.

Svegliandosi, Emma vide che Diamond leggeva il suo diario.

«Che stai facendo?» Con le mani ancora legate, si spinse a sedere. «È mio.»

«Molto interessante. Sei davvero fortunata a sapere le cose, così, senza sforzo. Io ho dovuto lavorarci su.»

Emma lo guardò torva. A giudicare dall'altezza del sole, era metà mattina.

«Cos'è successo con questa Bethany? Avevi iniziato a scrivere, poi ti sei fermata. Sei mai riuscita a trovarla?»

Emma esitò, e alla fine rispose. «Sì, ma era troppo tardi.»

«Dunque è morta?»

Lei annuì. Due uccelli si posarono su un cespuglio vicino. Li guardò, le teste si muovevano a scatti, ora da una parte ora dall'altra, gli occhi osservavano… qualcosa. Forse proprio lei. Desiderò essere come loro, poter volare via, sentire meno il peso del mondo.

«È dura quando si è connessi a una persona e quella muore» disse Diamond, con un'incrinatura quasi impercettibile nella voce.

«E che ne sapresti, tu?»

«Anni or sono, ho perso qualcuno molto importante per me.» Sfogliò le ultime pagine. «Preferisco le annotazioni recenti. Hai una connessione con Blackmore. Io pensavo di averla con Lenmana, ma non si rivelò poi tanto buona. Sta' attenta. È probabile che non gli piaccia il tuo modo di essere. Lui non capirà mai.»

«Non c'è niente di sbagliato in me.» Ma la voce era priva di convinzione.

«No, non direi. Ma noi due… siamo uguali, noi. Vediamo un mondo più grande. In cosa credi? Preghi il Cristo Gesù per la salvezza??»

Emma non fu in grado di rispondere. Davvero non sapeva più cosa credere e questo la faceva sentire indecisa e apatica. La religione non aveva certo dato risposte sulla direzione della sua vita, o sulla dicotomia delle sue esperienze. Né tantomeno offriva spiegazioni chiare circa il suo dono della preveggenza e gli orribili eventi culminati nella morte di sua madre e suo padre, il dolore e la sofferenza della sorella Molly per mano dei Comanche.

«Gli Hopi hanno una storia sulla creazione» proseguì lui. «Il Creatore Tiowa affidò a Nonna Ragno la tutela della terra. Quando arrivò, la donna raccolse due manciate di terreno e vi sputò sopra» raccontò, imitando il gesto per aggiungere enfasi alle parole. «Immediatamente apparvero due uomini – gemelli – che vennero chiamati Poqanghoya e Palongwhoya. Il primo andò al Polo Nord, dove attraverso la sua particolare magia diede struttura e forma alla vita, il secondo andò al Polo Sud. Mentre questo pregava, sentì un ritmo distante e cominciò a batterlo sul suo tamburo magico. Il suono era il cuore pulsante di Tiowa. Quando i due battiti furono in perfetta armonia, un flusso di energia vitale saettò giù. Colpì la terra e scese fino al centro trasformandosi in un cristallo. Man mano che si sprigionava, l'energia veniva strutturata dalla magia di Poqanghoya, che distribuendola su tutta la crosta terrestre, come una ragnatela, diede vita a questo pianeta.» Fece una pausa. «Ci sono luoghi in cui l'energia è più abbondante che in altri… luoghi sacri. Gli Hopi li chiamano "le macchie del cerbiatto." A me piace chiamarli punti magici.»

Chiuse il diario. «Perché sei venuta qui?» chiese.

«Mi sono sentita attratta» fu la risposta onesta.

«Il Grand Canyon, l'intero posto, è un punto magico.» Sollevò le braccia in un gesto ampio, onnicomprensivo. «Se cerchi risposte, sono qui. Se vuoi salvezza, è qui. Non devi fare altro che accedervi.» Il suo sguardo scuro brillava di energia, seducente e pericolosa.

Acconsentire a seguirlo avrebbe anche potuto darle la possibilità di guadagnare tempo, semplicemente per restare viva. Ma non riconoscere che la sua offerta la incuriosiva significava mentire a se stessa.

«D'accordo» disse. «Mi mostrerai come fare?»

Diamond le liberò i polsi doloranti e lei se li massaggiò. Pensieri di fuga le attraversarono la mente, ma cosa sarebbe stato più rischioso? Restare con Diamond o correre verso nord e finire in un deserto nel quale si sarebbe sicuramente smarrita?

«Vieni con me.» La guidò verso il bordo del fiume. «Che cosa vedi?»

Emma guardò il Colorado nel sole del pomeriggio. «Acqua che scorre.»

«È un sentiero. Si muove lungo una griglia energetica nel profondo della terra.» Chiuse gli occhi, inalò con forza e sospirò. «Ti scorre quasi dentro, se glielo permetti.» Apparentemente stordito, riaprì gli occhi. «Anche quel canyon» continuò, indicando la piccola insenatura che si apriva verso il punto in cui erano loro due «si trova su una linea di energia. Dappertutto, la terra ti parla, se solo impari ad ascoltarla.»

«A che cosa serve questa conoscenza? In che modo aiuta?»

Diamond esitò, come se stesse cercando le parole giuste. «È una sorta di mappa. E ti mostra il percorso migliore da seguire. Non ti piacerebbe conoscerlo? Non renderebbe la tua vita più facile? Più ricca?»

Emma annuì, ancora incerta circa l'esatto significato delle sue parole.

«Come funziona il tuo dono?» chiese lui.

«Vedo immagini. A volte, quando tocco qualcuno, avverto sensazioni.»

Prima che potesse fermarlo, Diamond le prese una mano tra le sue. La scossa la fece trasalire, come un lampo. Poi, d'improvviso, la lasciò andare.

«L'hai sentito» disse.

«Cos'hai fatto?»

«Il desiderio è tutto.»

Emma si immobilizzò, d'un tratto diffidente verso la sfumatura a cui alludeva. Sarebbe stata in grado di difendersi se costretta?

«Concentrati, Emma.» Piegò la testa di lato e la guardò.

«Concentra la tua intenzione. Ti meraviglierai di quanto può succedere. E non proverai più tanta paura.»

«Ho sempre paura» sussurrò lei, sorpresa di aver espresso quel pensiero.

Diamond tornò all'accampamento e sedette. Emma lo seguì.

«Ti capita mai di vedere degli schemi?» le chiese.

Si accigliò, concentrata. Non ne aveva mai parlato con nessuno. «Forse. Penso di sì.»

«Che cosa hai visto?»

Emma disegnò con il dito una spirale nella sabbia.

«È il mondo al di là di questo» disse lui. «Quando lo vedi?»

«Di solito alla fine di una visione. A volte, lo vedo prima dell'inizio.»

«Potrebbe essere uno spirito. Vedi qualcos'altro?»

«Da quando sono qui, vedo passeri. Sono vivi, e poi muoiono.»

«Gli hai mai chiesto perché?» domandò in tono pratico.

«È possibile?»

«È la maniera più semplice. Appena si fa buio ti mostro come fare.»

«Perché aspettare?»

«Perché quando il giorno diventa notte è più facile andare e venire di nascosto. Vedrai.»

Sorrise e per un istante Emma credette di aver intravisto una bestia terrificante, un demone. Ma poi tornò a essere Diamond: la versione macilenta, dinoccolata e distorta di un umano. Forse lo stava sognando, così come le era capitato con tutti gli altri terribili avvenimenti della sua vita. Forse, a Dio piacendo, un giorno si sarebbe risvegliata libera da tutto questo.

NEL SOLE CHE TRAMONTAVA, Diamond si affaccendò accanto al fuoco. Prese dalla sacca quelli che sembravano dei pezzi di cactus, li mise in una ciotola, aggiunse dell'acqua e porse il miscuglio a Emma.

«Succhia e mastica prima di ingoiare.»

Emma guardò il contenuto, tutt'altro che invitante. «Che cos'è?»

«Peyote. Ti aiuterà a vedere con più chiarezza.»

Lei ripensò all'esperienza di Nathan. Nonostante la sua riluttanza, la pianta lo aveva davvero aiutato a ritrovare Matt. Si portò cauta un pezzo alle labbra e fece una smorfia: era amaro. «Non ha per niente un buon sapore» disse.

«Continua a masticare.» Diamond le tolse la ciotola dalle mani e prese una manciata del contenuto.

Trascorsero del tempo seduti accanto al fuoco, a succhiare ciascuno il proprio pezzo di cactus in attesa che la pozione facesse effetto. Poi, mentre Emma fissava le fiamme, un'immagine iniziò a prendere forma, quindi si fece più nitida, tramutandosi e cambiando davanti ai suoi occhi. E fu allora che la vide. *Mamma.*

«Come stai?» chiese, quasi piangendo.

«Fiorellino.» Sua madre sorrise. Sembrava giovane, così come le era apparsa accanto al fiume, con la pelle liscia e i capelli scuri.

«Che ci fai qui?» Emma sbatteva ripetutamente le palpebre preoccupata che l'immagine di sua madre svanisse, se non si concentrava.

«Veglio su di te. Stai attenta, ti prego. Sei così curiosa... potresti finire sulla strada sbagliata.»

«Ci sono talmente tante cose che non riesco a capire bene.»

«Lo so.» La voce di sua madre era carica di compassione.

«Mi manchi moltissimo.» Il dolore le trafiggeva il cuore con una forza e una ferocia che le mozzavano il fiato. Iniziò a singhiozzare. «Perché mi hai lasciata?»

«Mi dispiace. Mi dispiace davvero tanto.» Sua madre distolse lo sguardo, chiaramente turbata. «Vorrei non fosse mai accaduto.»

«Sai che Molly è viva?» proruppe Emma.

«Sì.»

«Ha sofferto?»

Sua madre annuì. «Ma è forte, e ha Matthew. Non restare troppo a lungo in compagnia di quest'uomo. Ha il buio dentro e tu non sei ancora pratica. Può trarti facilmente in inganno. Devo andare, adesso. Nathan ha un cuore buono. È giusto per te.»

L'immagine di sua madre si spense e il fuoco riempì la vista di Emma, barcollante. Dov'era Diamond? Non lo vedeva né avvertiva la sua presenza. L'aveva forse lasciata?

Per un po' rimase seduta a guardare le fiamme, ma il tempo era inafferrabile. Non avrebbe saputo dire quanto ne aveva trascorso accanto al fuoco, e dopotutto era stato così dall'attimo in cui era entrata nel Grand Canyon. Per qualche ragione, in quel posto il tempo era alterato. Mentre si soffermava su quel punto, i pensieri sembrarono abbracciare una visione più ampia.

Il tempo giocava con il Canyon e questo, a sua volta, giocava con il tempo. Emma percepiva il fluire dei milioni di anni passati sulle rocce che la circondavano, la maniera in cui l'erosione a opera dell'acqua e del vento le aveva esposte. Ci era voluto così tanto... era incomprensibile. Anche il solo provare a capire, a immaginare, la disorientava.

Ma in qualche modo, nelle viscere della roccia madre su cui adesso sedeva, Emma distingueva il comprimersi e il modificarsi del tempo. Il Canyon cambiava il flusso, girava e si riavvolgeva, sovrapponendosi a se stesso. Le linee temporali si fondevano tra loro.

Altre immagini ingannevoli le scorsero davanti agli occhi. Scuotendo la testa, Emma singhiozzò.

Cambiò posizione e si distese sulla schiena, a fissare il cielo notturno. Le stelle danzavano, a centinaia, seguendo un ritmo silenzioso. Ma Emma sapeva che c'era un tempo. E arrivava dalla Terra stessa. Era il battito di Tiowa? Rise di fronte a quello spettacolo. Che meraviglia, quei punti luminosi che saltellavano avanti e indietro, così belli e sfavillanti.

L'ombra di un uccello riempì il cielo e planò lentamente verso

Emma. Invidiosa, osservò la leggerezza e disinvoltura del suo volo. *Passero*. Le si posò accanto.

Lei sedette e guardò gli occhietti scuri della creatura, le strie bianche e marroni sulla testa, il becco perfetto. «Perché sei rimasta qui con me nel Canyon?»

Sono il tuo animale guida. Il mio compito è aiutarti quando viaggi in questa realtà.

«Grazie» rispose Emma, concentrandosi sulle prossime parole. Voleva esprimersi chiaramente, ma il suo cervello oscillava tra banchi di nebbia. *Chiedi solo le cose più importanti.* «Perché sono qui?»

Sei stata attirata in questo posto perché è ricco di energia. Ce ne sono altri sulla Terra, ma questo era il più vicino a te.

«Perché devo essere vicina a tanta energia?»

E perché no? È una bella sensazione.

Emma annuì in silenzio.

Ma sei arrivata qui anche perché la tua abilità ha bisogno di passare al prossimo livello. Ti serve una spinta.

«Sì» concordò lei. «Anche se non avrei scelto un viaggio così difficile. Dev'esserci sicuramente una maniera più semplice.»

L'universo si muove nel solo modo consentitogli. A volte l'unico sentiero è quello con ostacoli. Come faresti a conoscere il tuo valore, altrimenti?

Emma si chiese se stesse superando o meno la prova.

«Perché ho l'impressione che il mio senso del tempo sia alterato qui?»

Dipende dalla maniera in cui l'energia viene accumulata. Proprio come per gli strati di roccia che si levano dalle pareti del canyon, ci sono strani di ricordi, di linee temporali.

«Insomma, è la storia che si ripete?»

Sì, a volte perché quelli che seguono assorbono l'energia di quanto li aveva preceduti.

Emma comprendeva. Doveva essere per via del suo dono. In qualche modo, riusciva a entrare in sintonia con gli strati di energia che la circondavano.

Il tempo scorre anche all'inverso, continuò Passero.

«In che senso?»

Possiamo visitare il passato. Lasciarlo vivere nel presente. Si avvicinò. *Salta su e ti mostrerò una cosa.*

Emma esitò. Volare su un gigantesco uccello immaginario? Il pensiero le strappò una risatina. Ma Passero aspettava silenziosa così, tornando seria, si issò sulla sua schiena. L'uccello spiegò le ali e con un solo battito creò un'enorme onda d'aria. Si levarono da terra, salendo e salendo fino a lasciarsi dietro le viscere della gola, e nell'oscurità volarono verso est. Il vento soffiava ma Emma non sentiva né freddo né caldo. Le scure linee del canyon sottostante apparivano come un'infinita macchia di inchiostro sulla pelle della Terra.

«È bellissimo quassù.»

Passero concordò in silenzio.

Quando il canyon svoltò verso nord, lei continuò a volare verso est, fino a una mesa alta e piatta su cui si fermò incoraggiando Emma a scendere.

C'è una storia che voglio mostrarti, disse, indicando con la testa fin oltre la mesa.

Emma guardò immagini scorrerle davanti agli occhi.

Un villaggio prese vita. Era un villaggio Hopi e una fonte sconosciuta illuminava la scena animata. Un grosso insediamento con quattro file di case a più piani. Tre ampie corti che correvano per circa l'intera lunghezza della mesa, su cui il tutto si ergeva, molte *kiva* e altri edifici sacri. Uomini, donne e bambini si muovevano accanto alle abitazioni, alcuni trasportavano cibo e altri discutevano della caccia, mentre i più piccoli ridevano e rincorrevano cani.

Che posto è questo? La risposta si affacciò subito alla mente.

Awatovi.

Era situato sulla Antelope Mesa e abitato da diversi clan, primo fra tutti quello dell'Arco, seguito da quelli del Tabacco, della Sabbia, del Coniglio, dell'Uccello Azzurro e del Granturco.

Un gruppo di uomini a cavallo si dirigeva verso il villaggio, tutti in armatura tranne uno, che sembrava essere un prete. Il popolo di Awatovi aveva marcato il sentiero che portava al villaggio con una linea trasversale di farina di mais, un simbolo che avrebbe dovuto tenere gli stranieri alla larga. Ma il gruppo di uomini avanzava comunque. Quegli spagnoli, quei *Kastilam*, avevano già bruciato un altro villaggio – Kawaika – quando la gente aveva rifiutato di piegarsi al loro potere. Temendo di incontrare lo stesso destino, il popolo di Awatovi cercava di mostrarsi amico, porgendogli doni e aspettando pazientemente. Infine, gli spagnoli proseguivano verso ovest, accompagnati da parecchi uomini Awatovi a fargli da guida.

La scena cambiò, e adesso erano trascorsi parecchi anni. I *Kastilam* tornavano seguiti da altri bianchi – *Bahanas*. Questi erano missionari che iniziavano a lavare le teste della gente del villaggio. Gli Hopi erano confusi, ma i preti gli dicevano che ciò avrebbe portato fortuna e loro permettevano agli stranieri di restare e fare come volevano. I preti costruivano una chiesa e insegnavano alla gente di Awatovi a essere cristiani. Presto il villaggio si divideva in due, la parte che si era convertita e viveva vicino alla nuova chiesa e quella che non aveva voluto.

Il tempo scorreva ed Emma continuava a guardare. Adesso, i missionari iniziavano a dominare il villaggio. Provavano a impedire alla gente di celebrare antichissime cerimonie, entravano nelle *kiva* e portavano via gli altari, bruciavano i bastoni da preghiera Hopi – *pahos* – che trovavano nei santuari. Mettevano gli uni contro gli altri, e prendevano donne e ragazze per se stessi, senza chiedersi se fossero sposate o no. Alcuni uomini Awatovi esortavano la loro gente a tenersi lontana dai cristiani, ma poi quei ribelli scomparivano ed Emma vedeva che erano stati seppelliti in una cripta sotto una delle chiese.

Man mano che il sentimento di ribellione cresceva nel villaggio, un'ondata di rabbia e disperazione pervadeva Emma. La rivolta che seguiva si concludeva con la distruzione della grande chiesa. Gli Awatovi tornavano alle tradizioni Hopi, ma il malcontento non cessava. Metà del popolo era stato battezzato e non voleva più seguire i vecchi costumi della propria gente. Una vena di discordia scorreva sotto la superficie, una tensione così marcata che Emma si sentiva tirare in tutte le direzioni.

Passava altro tempo – venti estati in tutto – e i missionari tornavano. Gli Hopi battezzati gli davano il benvenuto. I preti costruivano una nuova chiesa sulle vecchie mura e parlavano di tornare anche negli altri villaggi. Via via che la notizia correva sulle ali del vento, le genti delle comunità vicine – Shongopovi, Walpi e Oraibi – iniziavano a preoccuparsi.

Intanto, l'atteggiamento di molti abitanti verso gli antichi costumi si faceva sempre più irriguardoso e il disordine permeava l'atmosfera di Awatovi. La conseguente violenza e gli scontri obbligavano molti a restare in casa per la paura.

Profondamente rattristato, il capovillaggio di Awatovi, il *kikmongwi*, sapeva di dover trovare una soluzione, così andava dal *kikmongwi* dei Walpi e chiedeva che lo aiutasse a distruggere il villaggio, in modo da bandire per sempre il male che li aveva seguiti dal Mondo Inferiore. Gli raccontava di come i missionari non andavano mai via, dei giovani che insultavano gli anziani, delle donne che venivano violentate, dei santuari profanati e delle cerimonie schernite. Disperato, chiedeva l'annientamento totale. Il *kikmongwi* Walpi dissentiva con aria solenne. Una simile distruzione andava contro ogni credenza Hopi. Il loro popolo attaccava solo per difendersi, non potevano certo assalire i propri fratelli.

Così, il capo Awatovi partiva e andava dal *kikmongwi* degli Oraibi. Parlavano a lungo e, infine, l'altro capo acconsentiva ad aiutarlo, ma chiedeva che partecipassero anche altri villaggi. Allora, i due capi tornavano a Walpi, e questa volta parlavano con il *kalatakmongwi*, capo della guerra, che accoglieva la loro richiesta. Insieme, decidevano che gli Oraibi avrebbero preso le donne di Awatovi per aiutare il proprio villaggio a crescere, e che i Walpi avrebbero preso la terra. Il capo di questi ultimi continuava a non essere d'accordo, ma suo malgrado si rimetteva alla decisione del *kalatakmongwi*.

Il cuore di Emma era gonfio di panico. *No. Non possono farlo.* Si sforzò di trovare la maniera per raggiungerli, fisicamente o, soprattutto, attraverso il pensiero o lo spirito, ma era intrappolata in un posto dal quale non riusciva a muoversi. Guardò Passero ma l'uccello restava solenne al suo fianco, con lo sguardo fisso sull'orizzonte, mentre la storia si svolgeva davanti a loro.

I capivillaggio di Awatovi e Oraibi e il capo della guerra di Walpi concordavano che i guerrieri avessero quattro giorni per esercitarsi. Si salutavano e tornavano ai rispettivi villaggi. I guerrieri Oraibi e Walpi si preparavano, simulando l'attacco, approntando nuove frecce e riparando gli archi.

La scena tornò alle vie di Awatovi, dove un sacerdote Hopi con indosso la veste cerimoniale della società Un Corno vagava senza meta. Scoraggiato e chiaramente addolorato, cantava un canto indiano che Emma non capiva.

«Cosa significa?» chiese a Passero.

Ha perso i suoi tre figli, rispose l'uccello. *La sera prima, una banda di* kwitamuh *dalla frazione di convertiti del villaggio aveva attaccato i fratelli, uccidendoli, poi aveva cosparso i corpi di farina di mais e li aveva gettati in un pozzo di fuoco. Un segno per l'intero villaggio che le antiche usanze di vita erano destinate a perire. Il sacerdote lo racconta cantando.*

L'uomo cantava per quattro giorni e inaspettatamente, con grande sollievo di Emma, alcuni degli abitanti del villaggio ascoltavano nonostante molti altri lo schernissero. Intanto, i capi dei clan del Tabacco e dell'Arco radunavano oggetti sacri, insieme a parecchia gente, e li nascondevano lontano da Awatovi.

Ma molti altri restavano. Il quarto giorno, i guerrieri di Oraibi e Walpi si incontravano sul limite esterno di Awatovi e aspettavano che l'oscurità scendesse a coprirli. La gente andava a dormire nelle proprie abitazioni e nelle *kiva*. Allora, il capovillaggio di Awatovi lanciava un segnale ai guerrieri tenendo alto un tizzone davanti all'ingresso. Poi, tornava sul sentiero del villaggio e per mezzo di una scala scendeva in una *kiva*.

«Morirà» disse Emma.

Tapolo non desidera più vivere dopo la decisione che ha preso. È un sacrificio che gli costa molto. Anche i suoi figli moriranno. Passero agitò le ali ed Emma si sentì piccola accanto a lei, così grande. Una sensazione di vuoto e nausea la pervase, provò l'istinto di girarsi per non vedere quanto sarebbe seguito, ma una raccapricciante immobilità la tenne inchiodata.

I guerrieri superavano l'ingresso in pietra del villaggio e subito si sparpagliavano diretti alle *kiva*. Toglievano le scale affinché quelli che vi dormivano o celebravano cerimonie non potessero uscire, quindi, tra l'immediata confusione, trascinavano uomini, donne e bambini fuori dalle abitazioni, dando fuoco a tutto quanto fosse infiammabile. Intanto, i guerrieri rimasti ai limiti del villaggio uccidevano chiunque provasse a fuggire, infilzandolo con le frecce o spingendolo giù dalla rupe. Nelle *kiva* gettavano poi legna ardente e corteccia di cedro, seguite dai peperoncini appesi fuori, le cui esalazioni irritavano gli occhi.

Dopo un po', via via che la gente all'interno soffocava, le urla cessavano. E nelle *kiva* adesso prive di vita regnava il silenzio. I guerrieri procedevano allo stesso modo con parecchie case con il tetto come unico punto di accesso.

Emma non riusciva quasi a guardare, mentre anziane e bambini venivano brutalmente trucidati. Trasalendo, distolse gli occhi. Come poteva una simile violenza aver avuto luogo?

Quando tornò alle immagini, la luce del giorno riempiva la scena e il villaggio, arido e inanimato, non era che una fumante rovina. Tuttavia, i guerrieri Oraibi e Walpi continuavano a devastare finché la distruzione non fu totale. Profondamente scossa, Emma pensò di essere arrivata alla fine.

No, c'è dell'altro, disse Passero. *Devi vedere tutto.*

Emma non ebbe la forza di chiedere perché.

I guerrieri, intanto, lasciavano il villaggio con i prigionieri – ragazze e bambini – e si dirigevano a ovest. Giunti a una palude, si fermavano a riposare e iniziavano a litigare tra loro. Gli Oraibi dicevano: «L'accordo con il capo di Awatovi era che tutte le donne sarebbero appartenute a *noi*. Perciò, le donne che sono con *voi* appartengono agli Oraibi.»

I Walpi rispondevano: «No, noi non abbiamo mai accettato un simile accordo.»

«E invece sì. Le donne sono nostre.»

I Walpi rispondevano rabbiosi. «C'eravamo anche noi, ad Awatovi. Abbiamo fatto la nostra parte. Piuttosto che darvi le donne che abbiamo catturato, le uccideremo.» E senza altre parole, si avvicinavano a parecchie delle loro prigioniere e le ammazzavano. Poi, gli tagliavano le teste.

Emma rimase a bocca aperta, scioccata dalle azioni dei Walpi.

Allora gli Oraibi dicevano: «E perché fermarsi? Vi aiutiamo noi.» Alternandosi, uccidevano molte altre donne e le decapitavano.

Sentendosi impotente, Emma urlò.

Ma la mutilazione continuava. I corpi venivano tagliati a pezzi con grossi pugnali e il sangue si riversava sulla terra, trasformandola in una pozza rossa. Poi gli uomini accendevano un fuoco e ci mettevano dentro gli arti appena tagliati, quindi li mangiavano.

Emma rimise violentemente, sputando per terra liquidi e pezzi di peyote.

Non sono più in quel posto.

Vomitò ancora.

Non sono lì. Grazie a Dio non sono lì.

Cadde su un fianco e strinse forte gli occhi, provando a far sparire tutto, inclusa se stessa.

CAPITOLO VENTIDUE

Il piroscafo si muoveva calmo e costante sul Mississippi. Dal suo fianco, Nathan osservava le onde rotolare via. Meglio tornare al posto di branda, pensò, o suo padre si sarebbe chiesto dove fosse. Era buio ma con la luna piena, che illuminava l'acqua e la nave su quel liquido scuro come inchiostro.

L'improvviso trambusto sul lato opposto lo fece trasalire. Avanzò furtivo sulla passerella esterna finché non riuscì a intravedere diversi uomini salire a bordo da un'imbarcazione attraccata al vaporetto. C'era anche suo padre e si esprimeva con un'intensità che Nathan non gli aveva mai visto prima. Gesti forti, parole ancor più forti, un dialogo che non riusciva a sentire bene ma che risultava chiaro dal linguaggio del corpo.

Non un buon segno.

Un pensiero lo colpì. Possibile che suo padre contrabbandasse? Liquori? Armi?

A disagio, si allontanò, determinato ad aiutare. La sua giovane mente passava in rassegna i possibili nascondigli sulla nave. Doveva trovarlo, di qualunque cosa si trattasse. In un modo o nell'altro doveva assicurarsi che non venisse allo scoperto o suo padre sarebbe finito in un mare di guai.

Pensò agli spazi comuni, il ponte, le brande. Nessuno di questi sembrava un posto probabile in cui nascondere qualcosa. E allora, dov'è che suo padre non voleva mai che andasse?

La zona in fondo alla cucina di bordo.

Nathan ci si precipitò, ma la stanza era vuota. L'equipaggio era tutto in coperta a occuparsi degli arrivi. Erano uomini della legge? Non avrebbe saputo dirlo. Sperava di no, ma sospettava di sì.

Andò verso una stanzetta sul retro della cucina usata per tenerci le vivande. Le mensole erano cariche di prodotti in scatola, come pure sacchi di farina, zucchero, caffè, fagioli e piatti. Con il cuore che martellava nel petto, Nathan si fermò a riflettere. Dove? Si guardò i piedi.

In ginocchio prese a tastare il pavimento. Accanto alla parete, la mano sfiorò una sporgenza. Diede un lieve strattone e si accorse che le assi si muovevano. Si alzò, si chinò in avanti e tirò con forza, ma senza far rumore. Nonostante i soli dodici anni di età, era alto e robusto. Sollevò quell'affare a cerniera e… fissò inorridito.

Volti umani restituivano lo sguardo.

Neri.

Suo padre contrabbandava schiavi.

NATHAN SI SVEGLIÒ DI SOPRASSALTO.

I primi raggi di sole illuminavano il cielo. Masito e Na'i dormivano lì vicino.

Dov'era? *Grand Canyon.*

Ma il sogno era stato così vivido, così chiaro. Aveva ancora l'odore della terra bagnata nelle narici e la fresca umidità del Mississippi addosso. Si era ritrovato con suo padre. Ma gli schiavi… quella era una novità. Il vecchio non aveva mai trafficato niente.

O forse sì?

Nathan si immobilizzò.

Forse suo padre aveva davvero fatto molte cose di cui lui non sapeva niente.

Maledizione. Si stropicciò via il sonno dagli occhi. Questo avrebbe potuto cambiare ogni cosa. E tutto per colpa di un sogno!

Se solo Emma fosse stata lì con lui.

EMMA SI SVEGLIÒ, ancora per terra. Stava malissimo, come se qualcuno le avesse fracassato la testa con una pietra. Sotto il sole che picchiava, era madida di sudore, aveva caldo e si sentiva sudicia. Mettendosi a sedere, socchiuse gli occhi e si guardò intorno, cercando di orientarsi.

Si alzò e su gambe tremanti andò verso la riva del fiume. Si inginocchiò, raccolse dell'acqua nella mano e bevve finché non smise di sentirsi assetata, quindi si gettò più volte il liquido fresco sul viso. Accasciandosi a sedere, fissò dall'altra parte del Colorado, intontita e quasi del tutto priva dell'energia necessaria a ricordare cos'era accaduto. Le immagini tornarono alla mente, dapprima lente, poi più veloci. Il massacro e la morte, la paura, l'odore di carne bruciata. Si sentì di nuovo male. E incapace di trattenerle, diede sfogo alle lacrime.

Le mancava Nathan.

«Hai davvero una brutta cera» disse Diamond alle sue spalle.

Emma si asciugò il viso, sforzandosi quanto mai di apparire in controllo. Aveva la sensazione che quell'essere sarebbe stato pronto a sfruttare anche la minima debolezza. Gli lanciò un'occhiata, mentre si avvicinava e restava in piedi al suo fianco.

«Ti lascia a pezzi» disse. «Ma come diamine hai fatto ad allontanarti da me?»

«Di che parli?»

Diamond non rispose.

«Dove sono andata?» insistette Emma con voce roca.

«Nell'Oltretomba, direi. Ma non importa. Dovremo provare un'altra volta.»

«Era vero?» Appena ebbe formulato la domanda, la sua prospettiva cambiò. Nel profondo di quel canyon, attraversato da un potente fiume, sapeva che la propria definizione di "vero" era relativa. Stordita, temeva di essere nuovamente sul punto di liberarsi.

«Sì.» Il tono perentorio le procurò un brivido. «Dovresti toglierti dal sole.»

Emma si alzò e lo seguì nella direzione opposta alla riva, superando il campo che avevano occupato la sera prima, fino a una zona ombreggiata vicino alla parete del canyon. Sedette, si lasciò andare contro la roccia e chiuse gli occhi, nella speranza di dormire ancora, anche solo per sfuggire al pulsante mal di testa.

«Ho visto gente venire mutilata» disse. «Indiani. Perché io?»

«Da piccolo vagavo per le strade di New Orleans perché mia madre era troppo ubriaca per controllare i miei movimenti. I fantasmi mi seguivano cercando di parlarmi. Fuggivo spesso… alcuni erano davvero disperati e di una bruttezza assoluta.»

Emma guardò Diamond e decise che parte di quella bruttezza lo aveva contagiato.

«Immagino tu sia come me» proseguì lui. «Magari attiri il sudiciume del mondo.»

«Forse il nostro compito è aiutarla, quella gente.»

«Ti accorgerai che se non badi prima a te stessa, si approfitteranno tutti di te, soprattutto i patetici spiriti che non sanno trovare la propria strada.»

Emma voleva credere che lui avesse torto, ma le esperienze con Maeve e Bethany le avevano provato il contrario. A quanto pareva, i morti approfittavano dei vivi così come questi facevano tra loro. Si massaggiò le tempie, sentendosi come se qualcuno le avesse coperto la testa con un telo bagnato che soffocava la sua abilità del *sapere*.

«Restiamo qui anche oggi e domani riprendiamo» disse Diamond, allontanandosi.

EMMA trascorse buona parte del giorno addormentata sulla pelle di daino regalatale dagli Havasupai. Giunta la sera, si sentiva meglio.

«Perché ti sei dato tanto da fare per trovarmi?» chiese, seduta di fronte a Diamond dall'altra parte del fuoco.

«Pensavo fossi come me.» Sorrise, e per un attimo apparve come una grottesca distorsione di se stesso: la pelle avvizzita, gli occhi infossati, al posto dei capelli una ferita rossastra coperta di croste.

Emma sbatté le palpebre e la visione scomparve. Del tutto immobile, sentì la paura serpeggiarle lungo la schiena. Lo schiocco della legna nel fuoco riempiva lo spazio vuoto intorno a loro, circondati dalle fitte tenebre appena fuori portata.

«Hai un animale guida?» chiese lui.

Emma annuì.

Diamond sollevò un sopracciglio, la sua domanda esigeva una risposta chiara.

«Un passero» disse lei.

«Forse è per questo che continui a vedere passeri morti. Andiamo a trovarlo.»

«È una femmina.»

Lui respinse la correzione con un gesto della mano. «Distenditi. Chiudi gli occhi, addormentati e seguimi. E senza allontanarti, questa volta.»

Emma fece come le aveva chiesto, ma nonostante provasse a rilassarsi la sua mente vagava altrove. L'ansia e la tensione le impedivano di staccarsi dallo stato corporeo. Diamond iniziò a cantilenare con voce bassa, costante e monotona, in una lingua che sembrava indiano. Passò del tempo, poi la coscienza di Emma si spostò e presto si ritrovò accanto al fiume con Diamond.

«Chiama il tuo animale» le ordinò.

«Passero» urlò lei, guardandosi intorno. Anche in quel posto era buio come nell'altra realtà.

Passero non si presentò.

«Dove siamo?» chiese.

«Nel posto in cui si muove la maggior parte degli spiriti. È una terra di mezzo.»

Un grosso lupo gli corse incontro ed Emma diede un balzo. L'animale annusò e girò in tondo.

Diamond rise. «Non avere paura. Questo mondo può offrirti molti insegnamenti. Accoglili.»

Con il cuore che continuava a battere forte, Emma si chiedeva perché Passero non arrivasse.

Non verrà qui, disse Lupo. Lo sguardo di Emma si spostò veloce su di lui.

«Perché?» chiese.

Non le piace… lui. Gli occhi gialli di Lupo si posarono su Diamond.

«Beh, non sarebbe la prima volta che un animale guida mi evita. Sbrighiamoci» disse, sollecitandola con un gesto. «Seguiremo il lupo.»

Si mossero nelle ombre lungo il fiume, inoltrandosi nel canyon, verso posti che non avevano ancora visitato, e quando non potevano correre sulle spiagge sabbiose, volavano sull'acqua. Una strana atmosfera permeava il paesaggio, distorcendone i colori, persino nell'oscurità. Il fiume era nero, le costiere bianco incandescente, il cielo turchino e le pareti del canyon di un viola intenso. Viaggiarono così a lungo, ma Emma sapeva che qui il tempo non esisteva. E che il *qui* non era lo stesso in cui era solita esistere lei. Si trovava ancora nel Grand Canyon, sì, ma un Grand Canyon diverso, come fosse leggermente sfalsato rispetto all'altro.

Si fermarono. Un'enorme rapida si agitava e ruggiva alla loro sinistra. Emma la guardò, chiedendosi se esistesse anche nel suo mondo, perché in quel caso attraversarla sarebbe stato davvero terrificante. Una presenza, in piedi e nell'ombra sulla costa rocciosa, catturò la sua attenzione.

«Ti ho portato qualcuno» disse Diamond. «Penso che ti piacerà.»

Lei allungò il collo per vedere con chi parlava. Allora, Lupo li lasciò e andò a mettersi accanto a quell'entità. Lentamente, la creatura si fece avanti ed Emma avvertì che si trattava decisamente di un maschio. Nonostante si avvicinasse sempre più, la sua non restava che una figura sfuocata.

«Sei giovane e acerba.»

Emma si mosse, a disagio, la voce profonda l'aveva scossa fin dentro le ossa.

«Me ne hai portate altre» disse la creatura «ma questa è di gran lunga la migliore.»

«Sono contento che ti piaccia» rispose Diamond. «Forse, adesso possiamo concludere il nostro accordo.»

Emma non riusciva a muoversi, aveva la sensazione che l'entità tenesse il suo corpo spirituale stretto in una morsa, e quando la mano si insinuò nel petto e afferrò quello che doveva essere il suo cuore, rabbrividì. Doveva liberarsi. Se non lo avesse fatto, sapeva che non avrebbe mai lasciato quel posto.

«Passero, aiutami» sussurrò.

La stretta nel petto si allentò e lei si sentì tirare indietro per l'intera lunghezza del fiume su cui avevano viaggiato. Con un violento spintone si drizzò a sedere. Diamond giaceva ancora sul lato opposto del fuoco. Si massaggiò la pelle tra i seni con la mano destra, cercando di alleviare il persistente dolore. Impaurita, si avvicinò al fuoco, come se in qualche modo questo potesse dissipare la restante energia della creatura.

Diamond si mosse e sedette, ancora intontito.

«Che cos'era, quello?» chiese Emma, guardandolo e sforzandosi di calmare il tremore.

«Credo che molti lo chiamino con nomi diversi, ma per gli Hopi è Masau'u.»

CAPITOLO VENTITRÉ

Avendo trascorso il giorno prima a spronare i cavalli lungo il margine del canyon, Nathan e i due Hopi si trovavano adesso su quello che sembrava essere un sentiero in discesa.

«Probabilmente usato dagli animali» disse Masito. «Andiamo?»

Nathan si chiedeva se li avrebbe portati in un punto da cui poter intercettare Emma e Diamond. Ma non vi era maniera di saperlo con certezza. Aveva la sensazione di essere sulle sue tracce, di trovarsi dietro di lei, ma se così non fosse stato? Avrebbero perso tempo su dei sentieri di accesso. Rimuginando sul da farsi, lanciò un'occhiata al cielo: il sole sorgeva timido a est.

«No» disse. «Proseguiamo.»

Da quel punto strategico riuscivano a vedere il fiume, ma sarebbe stato così anche per il dory di Emma, un mero puntino su un nastro scuro che si snodava attraverso la terra? Se la fortuna era dalla loro parte, forse, diversamente avrebbe potuto anche scivolargli tra le dita.

Il tempo stringeva.

Di nuovo sul fiume con Diamond, Emma si chiedeva dove fosse Nathan. Avrebbe provato a cercarla? Il cuore diceva di sì, ma la mente obiettava che sarebbe stato incredibilmente difficile scoprire il posto esatto in cui si trovava. C'era modo di aiutarlo a rintracciarla?

Seduta sul davanti della barca, rimuginava, contenta di quello spazio piccolo ma tutto suo. Diamond, infatti, teneva il viso dall'altra parte e remava. Che possibilità esisteva di viaggiare tra i mondi e dare un messaggio a Nathan? E come lo avrebbe descritto, il posto in cui si trovava? Il canyon e il fiume erano un esasperante tutt'uno che si ripeteva in un ciclo infinito. I posti l'uno uguale all'altro.

Era così anche per i cicli temporali? Perché lei si sentiva lontanissima dal mondo che aveva conosciuto a San Francisco. Una fitta di rimorso la colpì: c'era la possibilità che non tornasse mai più a quella vita, che non rivedesse sua zia Catherine. E se non fosse sopravvissuta?

Niente più momenti con Nathan, pensò amareggiata. Forse erano destinati a trascorrere solo un breve periodo insieme. Forse il suo cuore desiderava qualcosa che non si sarebbe mai avverato in quella vita. A quel pensiero si sentì svuotare dentro. Quand'è che il suo amore per Nathan era cresciuto fino a quel punto?

Ancora una volta il tempo si faceva indistinto, i momenti si sovrapponevano e si fondevano, sapeva tutto da sempre eppure si chiedeva smarrita cosa significasse. Ma il suo punto di riferimento era Nathan. Quanto provava per lui era reale, immutabile. A prescindere da quello che sarebbe successo, il suo attaccamento a lui – e ciò che insieme avevano intessuto nel mondo – sarebbe rimasto.

La mente vagò. Era con Passero adesso, in un canyon interno da qualche parte in quel mondo, o in un altro. Non avrebbe saputo dire quale. Le pareti erano lisce e sinuose, arancioni e rosse, surreali e bellissime. Le ricordavano il posto dove aveva incontrato

Loloma, la prima volta in cui aveva avvertito quella terribile malevolenza, quando i passeri erano morti nell'acqua.

«Perché tanta cattiveria qui?» chiese.

Passero si mosse, i suoi occhi neri e limpidi. Guardandoli, Emma si sentì inondata di amore e curiosità. *C'è uno che ha tentato di raggiungere il piano sul quale vivi tu.*

«Da quanto tempo sta provando?»

Da centinaia di anni. Il tempo è irrilevante, qui e nel posto da cui arriva.

«Perché vuole venire qui?»

Non lo so. Ci sono barriere oltre le quali non mi è dato di vedere. Allo stesso modo, chi tenta di passare da questa parte deve superare degli ostacoli. Ecco perché costui cerca di toccare le anime degli umani. Ne ha corrotte già molte.

«Awatovi?»

Passero annuì.

«La gente che viveva qui nel canyon... gli Anasazi... è fuggita per sottrarsi alla sua malvagità?»

Sì. I popoli del Messico, chiamati Aztechi, erano già stati qui. Ma le loro erano pratiche oscure, alimentate dalla paura. Gli Anasazi fuggirono per tornare alla luce.

«Perché Diamond mi ha portata da Masau'u?»

Intende barattare la tua anima con un'altra.

«Quale?»

Quella di sua madre.

«Ma ha detto che è morta.»

Lo è. Ma si trova intrappolata in un posto infimo molto affollato. Diamond è determinato a portarla fuori da lì, e ha stretto un patto con Masau'u perché lo aiuti. In cambio, dovrà portargli un'anima candida e forte. Ci provò con Lenmana ma senza riuscirci. La uccise troppo presto. Poi si cibò della sua carne nella speranza di assorbirne lo spirito e procedere con lo scambio, ma non funzionò. Allora costrinse il bambino a mangiarla in modo da usare anche lui come una sorta di contenitore, ma il piccolo fuggì e Diamond lo perse di vista. Devi stare attenta. Masau'u si servirà di te per superare il confine nel tuo mondo. E questo non deve assolutamente succedere.

«Come posso impedirlo?»

Passero esitò e girò la testa da una parte e dall'altra, a scatti veloci come tutti gli uccelli. *Proteggiti. Esistono diversi modi per colmarsi di Amore e di Luce. Ma prima di tutto bisogna conoscere la propria mente. Ogni decisione presa dovrà essere di un valore altissimo, mirata al bene massimo. Quanto più agirai secondo questa regola, tanto più crescerà la tua forza.*

Emma assorbì le parole di Passero.

«Posso entrare in contatto con Nathan? Dirgli come trovarmi?»

Non è necessario. Ti troverà lui tra cinque giorni.

Emma vide il posto, una montagna a forma di cono, e il suo cuore diede un balzo. «Grazie.»

Sei forte, disse Passero. *Ma senza intenzione e diligenza, quello scoprirà la maniera di infiltrarsi in te.*

Congedandosi da lei, dalla sua enorme forma, Emma si chiese se Passero intendesse Diamond or Masau'u. L'uno o l'altro, meglio prepararsi alla lotta.

La coscienza tornò piano alla barca, all'acqua placida del fiume e alla sua superficie scintillante sotto i giochi del sole. Sarebbe stata capace di tenere tanto l'uomo quanto l'entità lontani dalla sua anima? Sperava davvero di sì. Guardò Diamond. Era ancora di spalle ma non remava più. E lei ebbe la sensazione che sapesse del suo incontro con Passero. Le linee della battaglia erano ormai tracciate.

TRASCORSERO l'intera giornata sul fiume, percorrendo un lungo tratto seguito da una piccola rapida e da un altro di acqua calma. Le nuvole bloccavano il sole ed Emma si godeva il beato sollievo dell'ombra. Con la coda dell'occhio, però, notò che da bianche diventavano grigio scuro.

«Credo che pioverà» disse, rivolta alla schiena di Diamond.

Lui non rispose.

Come a confermare la sua profezia, una pioggia torrenziale

iniziò a rovesciarsi su loro, lasciando Emma a bocca aperta. «Dovremmo andare a riva» urlò poi.

Diamond smise di remare e piegò la testa in avanti.

Inzuppata fino al midollo, Emma sentiva l'irritazione crescerle dentro. «Stai dormendo?» chiese, restia a toccarlo anche solo con il gomito.

Erano in prossimità di un'enorme roccia nera che sporgeva al centro del fiume, un monolito a marcare un importante ingresso. Lo conosceva, quel posto. Si allungò in avanti per vedere più a valle e, intuendo una rapida in lontananza, provò un moto di nausea. Dovevano assolutamente uscire dall'acqua.

Scrutava la costa nel tentativo di determinare la distanza, quando la presenza di una piccola figura provocò in lei una reazione di sorpresa.

C'era qualcuno a riva?

«Ehi!» urlò, ma aveva davvero visto qualcosa? Insicura, si asciugò l'acqua che le scorreva sul viso. La figura si mosse e tornò a farsi sfocata. Era forse Loloma? Che ci faceva lì?

La ragione le diceva che non poteva essere lui. E allora cosa stava accadendo?

Si girò verso l'altra riva. In piedi, era una creatura alta, e scura, forse un uomo, forse l'entità della sera prima.

La guardò e sentì un brivido correrle lungo la schiena. Chiunque fosse non era lì per aiutarla.

Trasalì. Alla luce improvvisa di un lampo seguì subito il fragore del tuono, che ruggiva lungo il corridoio del canyon.

«Diamond! Fa' qualcosa!» gridò, scoccandogli un'occhiata nervosa. Era rivolto verso di lei, adesso, con il corpo accasciato sul fondo del dory e la testa tra le mani. Teneva gli occhi chiusi e cantilenava tra sé. O stava pregando?

Emma prese il suo posto, afferrò i remi e orientò la barca a valle, subito iniziando a vogare per allontanarsi da chiunque – o qualunque cosa – fosse sulla riva. Il suono dell'acqua scrosciante le riempì le orecchie come se un treno stesse all'improvviso per schiantarsi su di loro. Si lanciò un'occhiata oltre la spalla e... il peggiore dei suoi timori trovò conferma. Una rapida incombeva minacciosa, con enormi colonne di acqua impetuosa visibili persino attraverso il velo della tempesta.

«Oh, mio Dio.»

Si presentava ben più imponente, ostile e di indole completamente diversa rispetto alle altre incontrate finora, non c'era tempo di sfuggirle. Scorse veloce la corrente e decise di immettersi al centro. Con sonori versi gutturali, tirò forte a sé il remo destro, orientando la barca verso la riva sud.

Mentre scivolavano nella prima onda, Emma si sentì oltremodo leggera e cadde all'indietro. Il corpo di Diamond le finì addosso. Urlò, terrorizzata, il dory era in posizione quasi verticale. Raggiunta la base dell'onda, si sentì scaraventare con un doloroso impatto contro il sedile di legno. Diamond scivolò via e rotolò verso poppa. La barca tornò in posizione verticale, nella direzione opposta, e questa volta fu lei a finirgli addosso.

Una parete giganteggiava sulla sinistra. Emma si lanciò di nuovo verso i remi e tirò con forza per girare il dory. L'acqua si riversava dai fianchi, inzuppandola. Assalto dopo assalto, strizzava gli occhi, cercando di proteggerli e di recuperare poi la vista. Ondeggiavano violentemente su e giù, le gambe bruciavano per lo sforzo di mantenere la presa contro le assi di legno, la stretta sui remi lacerava le mani. Su e giù, ripetutamente, e a ogni risalita il dory tornava in posizione quasi verticale.

Avevano appena evitato la prima parete rocciosa che già se ne trovavano un'altra sul lato destro. Emma convogliò tutta l'energia sui remi, conscia che un loro impatto con la scogliera avrebbe distrutto la barca. Brontolava e remava, brontolava e remava, senza sapere bene se stessero facendo progressi ma consapevole di avere solo pochi istanti per scongiurare il disastro.

Infine, rotolarono fuori dalle onde, con il dory in posizione miracolosamente dritta anche se quasi del tutto ingovernabile per via dell'acqua imbarcata. E con la pioggia che continuava a venir giù, Emma lo guidò in avanti e fuori dalla rapida che ancora ribolliva. Diamond giaceva sul fondo. Aggrappato al bordo, era immerso fino al petto in una pozza d'acqua, con gli occhi spalancati e un'espressione inorridita. Un lampo guizzò vicino e il tuono tornò a rombare. Non potevano restare ancora all'aperto. Con una forza che mai avrebbe immaginato di possedere, Emma diresse la barca a riva, chiedendosi se qualcuno sarebbe stato lì ad attenderli. Masau'u? Loloma?

Approdando su una spiaggia laterale, si trascinò fino al bordo del dory, slanciò una gamba fuori, quindi saltò in acqua e tirò con forza la barca finché non fu in grado di assicurarla meglio a riva.

«Esci!» Aveva scarsa energia per aiutare Diamond e ancor meno voglia.

Vedendolo trascinarsi fuori e cadere al suolo, si accorse di quanto fragile fosse diventato.

«Spiriti maligni, spiriti maligni» continuava a mormorare tra i denti.

«Come mai non ti ha aiutato, il tuo Masau'u?» Sovrastandolo, Emma sentiva la rabbia montarle dentro. «Che diamine pensi ci sia appena successo? Non vali proprio niente. Saremmo potuti morire là fuori, e nessuno qui ci avrebbe aiutati» disse, allontanandosi dalla figura accasciata di Diamond.

Che si presentasse, il grande Dio Hopi Masau'u, lo sperava davvero, perché nessuno avrebbe salvato lui da un bel pugno in faccia.

CAPITOLO VENTIQUATTRO

Emma si lasciò andare contro un masso e guardò il fiume nella luce velata del crepuscolo. La pioggia era cessata, ma i nuvoloni grigi indugiavano. Gli abiti, sebbene non più fradici, erano ancora umidi e il corpo in preda a brividi di freddo. O forse era l'effetto secondario della paura? Diamond non si vedeva da nessuna parte.

Sarebbe potuta morire.

Di Masau'u, Loloma o qualunque altra entità spirituale non vi erano segni. Magari era stato il suo pessimo umore a tenerli a distanza, pensò con un pizzico di perversa soddisfazione. Era stanca di prendere pesci in faccia. Stanca di aver paura. E in quanto a Diamond, poteva anche mangiare polvere e venir fuori dal canyon a nuoto, per quel che le importava.

Sarebbe partita l'indomani e, se Passero aveva ragione, avrebbe trovato Nathan di lì a cinque giorni.

Si alzò e andò a recuperare il salvabile dal dory.

Era un bel sogno. Nathan aveva pochi anni e i suoi genitori erano vicini. Sua sorella non gli stava neanche dando troppo fastidio. Correva fuori a giocare con gli amici nel sole del tardo pomeriggio. Rideva, urlava e tirava una palla che era lì per terra. Un'ombra gli attraversava la strada e lui si fermava, sollevando gli occhi verso l'alto. Parecchi falchi scendevano in picchiata, si impennavano e risalivano.

Quando il suo sguardo tornava a livello della strada, un puma gli sedeva di fronte.

Salve, diceva il gattone.

Nathan sorrise. Divertente, questo sogno. «Salve.»

Ti cercavo da tempo.

«Me?» La paura lo attraversava come una lama affilata. Voleva mangiarlo?

Sì, te.

«Chi sei?»

Il tuo custode. Sono con te da sempre.

Nathan sopprimeva l'impulso di fare un sorrisino. Quel dialogo non aveva senso. «E allora perché mi stavi cercando se sei con me da sempre?»

Il gatto chinava la testa, quindi lo guardava dritto negli occhi. I suoi erano color del miele. Belli. E senza sapere perché, Nathan intuiva che era una femmina.

Custodisco altre parti di te. Quella che cercavo sei tu bambino, ancora aperto alle possibilità della vita. L'altro te si è chiuso tanto tempo fa. Crede molto nelle avversità e sempre meno nella speranza. Ecco perché devi assolutamente tornare a essere parte di Nathan.

Il sé bambino si accigliava. Davvero non capiva ciò che l'animale gli stava dicendo. «Come ti chiami?»

Una.

«Giochiamo?»

Sì, ma prima devo farti vedere qualcosa di importante.

Nathan faceva un sospiro. Voleva solo divertirsi, lui, ma seguiva comunque il puma dal mantello di una bella tonalità di grigio-marrone chiaro.

Accompagnava Una lungo la strada sterrata, poi dietro l'angolo e verso il fiume. Camminavano e camminavano per St. Louis finché non arrivavano sul molo dove il vasto Mississippi aspettava invitante nella luce del tramonto.

«Non mi posso avvicinare così tanto all'acqua» obiettava Nathan. «Papà non vuole.»

Per questa volta, va bene. Saliremo su questa barca qui.

Una piccola imbarcazione a remi danzava su e giù nell'acqua. A lui non sembrava una buona idea. Suo padre sarebbe stato furioso se lo avesse scoperto. Una saltava cauta nella scialuppa facendola dondolare avanti e indietro. Nathan aspettava che si fermasse e poi si guardava intorno, ma nelle vicinanze non c'era nessuno.

Vieni, su. Fidati di me.

Riluttante, annuiva. Purché non lo vedessero, andava bene. Dunque, saliva veloce a bordo e, trascinati dalla corrente, lui e Una scivolavano sull'acqua calma.

«Dove stiamo andando?»

Questo non è uno di quei fiumi a cui sei abituato tu. È un fiume del tempo.

«Eh?»

Puoi vedere da te. Devi solo guardare.

Nathan era preoccupato. Non ci capiva niente. Se fingeva, però, Una non gli avrebbe dato dello stupido.

Non esiste una maniera giusta o sbagliata. Devi semplicemente aprire il cuore.

Ammutolito, Nathan si fissava i piedi. Poi, sollevava piano la testa e guardava oltre la barca, nell'acqua. Delle immagini iniziavano ad apparire, come nuvole di nebbia, che turbinavano vicine per poi dileguarsi. Nathan osservava intimorito, sperando con tutto se stesso che non fossero fantasmi. Il pensiero lo induceva a guardarsi di nuovo le scarpe.

«Che cosa sono?» sussurrava.

Sono te. È la tua vita.

«Ma io ho appena otto anni, e quelle persone sono più grandi.»

Qui l'età non conta. Il tempo è in grado di curvarsi e ripiegarsi su stesso. Puoi vedere il tuo futuro.

Nathan si sentiva tutt'altro che confortato dal puma che gli parlava attraverso la mente. Guardandosi intorno, si chiedeva come scendere dalla barca. Poteva solo saltare e nuotare. Era un bravo nuotatore, ma non sapeva se sarebbe riuscito ad arrivare fino alla riva. Spostando di nuovo lo sguardo sull'acqua, la sua attenzione si concentrava sulla scena davanti a sé.

Un uomo catturato dagli indiani. Aveva le spalle ricurve e le mani legate dietro la schiena. In un lampo di comprensione, Nathan vi si riconosceva. Sapeva che gli indiani erano Comanche.

Come per incanto, il ricordo gli inondava la mente, colmandolo di paura e rassegnazione subito seguite dal vivo desiderio di scappare via, una fuga resa possibile solo mesi dopo. La sua pianificazione lo aveva avvicinato a una donna comanche. Gli piaceva, ma gli aveva mentito.

L'immagine si spostava su un giovane. Ancora lui, diciassettenne. Suo padre era morto.

«Non mi piace questa! Fermala!

L'immagine spariva. Perché suo padre era morto?

«È vero?» chiese a Una.

Sono circostanze che capitano, a chi prima, a chi dopo. Ma tu non sei un bambino, Nathan. Stai vedendo il tuo passato.

Turbato, Nathan si sforzava di bloccare le parole della gatta stringendo forte gli occhi. «Perché la mia vita è così difficile? Non mi piace.»

Devi tornare dal Nathan cresciuto. Lo hai lasciato molto tempo fa. Non puoi più vivere qui.

«Che vuoi dire? A me piace stare qui.»

Lo so. Ma tu sei parte di Nathan, così com'è oggi. Ha bisogno del tuo ottimismo. Della tua allegria. Hai visto gli stenti nella sua vita. Non ti piacerebbe aiutarlo?

Nathan ci pensava e ripensava, poi decideva che Una aveva ragione, sebbene non sapesse perché.

È ora di diventare una cosa sola.

«E se non vengo con te?»

Non posso costringerti. Resteresti qui, eternamente bambino, per sempre escluso dalla ricchezza della vita. Questo posto è sicuro, ma è un mondo d'ombra. Non c'è nulla qui che abbia sostanza.

Nathan respirava a fondo. Poteva farcela, pensava guardando gli occhi gialli di Una. «Verrò con te.»

Una gli strofinava contro il naso umido. *Andiamo, ti porto a casa.*

NATHAN SI SVEGLIÒ DI SOPRASSALTO. Un altro dannato sogno.

Come il precedente su suo padre, anche questo era stato chiaro e preciso… sentiva ancora il pelo del felino nel punto in cui gli si era strusciata contro la guancia. Tornò a distendersi e fissò il cielo stellato. Aveva quasi l'impressione che quella parte infantile di sé, protagonista del sogno, fosse presente anche nella realtà, che fosse tornata in lui. Strano a dirsi, infatti, adesso guardava alla propria situazione con più ottimismo, come se un filo di speranza si fosse improvvisamente dipanato in lui. Avrebbe trovato Emma. E la vita avrebbe avuto di nuovo senso. A quel pensiero gli batteva già forte il cuore.

Un'occhiata a est gli disse che presto sarebbe arrivata l'alba. Si alzò e accese un fuoco. Preparò del caffè, svegliò Masito e Na'i, quindi li incitò verso ovest.

CON LA PRIMA luce del giorno a riempire il cielo, Emma andò verso i massi su cui aveva posato ad asciugare libri e diario. Aveva già dato una ripulita al dory e rimesso via tutto, trovando nel mentre un coltello che aveva nascosto dentro lo stivale, sotto i pantaloni, così, perché non si poteva mai sapere.

Sfogliando la sua copia ormai consunta di *Paradiso perduto*, ripensò alla lotta di Adamo ed Eva contro il Diavolo, il loro allontanamento dall'Eden e la stessa ribellione a Dio da parte di Satana.

Meglio regnare all'Inferno che servire in Paradiso.

Lanciò uno sguardo a Diamond, addormentato vicino alla riva. Di solito grondava orgoglio, ma dopo ieri sera era diventato particolarmente timoroso e insicuro, di un'incertezza che tradiva le vacillanti fondamenta del suo potere. Quella dell'umiltà era una via difficile, la stessa su cui erano stati gettati Adamo ed Eva dopo aver perso la grazia divina per essere caduti nella colpa… *Fa' che non ti sorprenda il Peccato, con la scura Morte al lato.*

Andò da Diamond e gli diede un leggero colpo col piede. «Sveglia. Svegliati se non vuoi che ti lasci qui.»

Un altro colpo e, farfugliante, si svegliò. «Dove sono?»

«All'inferno, suppongo.» Così addentrati nel canyon com'erano, dentro le viscere della terra, non poteva che essere l'unica spiegazione.

Lui si stropicciò gli occhi e la guardò, sinceramente spaventato da lei.

Emma fece una smorfia. «Non ho intenzione di prenderti a calci in faccia, anche se dovrei.»

Diamond si alzò, su gambe malferme, e lanciò un'occhiata tutt'intorno, come se si aspettasse malvagi servi saltar fuori da ogni cespuglio. Emma comprendeva la sua ossessione, ma con la luce del giorno le paure in lei si erano attenuate. Masau'u si muoveva nelle tenebre, e fuori da quelle non la spaventava, pensò, fermandosi a riflettere.

Forse la chiave era proprio questa.

«Qui non ci resto neanche un minuto in più» disse. «Perciò, sali in barca e andiamocene.»

Guardò la copia del libro di Wesley Powell che aveva con sé. Il resoconto della sua avventura nel Grand Canyon le aveva acceso dentro il desiderio di andare in quel posto per vedere ciò che lui aveva visto, ammirare lo splendore che era balzato fuori dalle pagine ma che impallidiva al confronto con la realtà. Solo che quest'ultima, la sua, adesso era cambiata. E sul posto in cui stava andando lei non c'erano libri a farle da guida.

Mise il tomo, accompagnato da *Paradiso perduto*, su una scarpata rocciosa, in una nicchia che li proteggesse entrambi per qualcun altro. Magari, scoperti per caso, sarebbero stati utili alla prossima anima di passaggio da quelle parti.

Seguendola in silenzio, Diamond aspettò che salisse a bordo, quindi si arrampicò a sua volta. Emma nascose il diario, sedette sul banco centrale e afferrò i remi, mentre Diamond prendeva posto di fronte a lei, nella parte posteriore. Poi, con lunghe vogate alimentate dalla propria determinazione, si immise nella corrente del fiume e si mossero veloci.

Ormai era del tutto sola.

TRASCORSERO l'intera giornata a navigare sul sentiero d'acqua, sotto nubi nere che rovesciavano pioggia a intermittenza. Emma non gli parlava e a Diamond non sembrava importare più di tanto. Nel tardo pomeriggio, guidò il barchino sulla riva destra, in una zona paludosa dove potersi accampare.

Poi, al calare della sera, sprofondò in un sonno esausto accanto al fuoco, per svegliarsi a un certo punto durante la notte, subito consapevole che qualcosa non andava.

Drizzandosi a sedere, cercò Diamond con lo sguardo ma di lui non c'era segno. Il buio era totale e non consentiva di vedere oltre qualche piede di distanza, così rimase immobile, ad ascoltare.

Un movimento nei pressi del fiume, accompagnato da un fruscio da destra a sinistra e viceversa, le fece palpitare il cuore.

Si alzò in fretta e si allontanò dal giaciglio, ponendo ulteriore distanza fra sé e la riva.

Sbatté ripetutamente le palpebre, cercando di schiarirsi gli occhi, e vide un'ombra muoversi nella sua direzione. Non poteva essere ciò che pensava fosse.

Un serpente!

Grosso e nero!

Emma si girò e corse verso la palude, sciaguattando nell'acqua che vi si era raccolta dopo la recente pioggia. Un'occhiata alle spalle le disse che il mostruoso rettile la seguiva.

Fuori di sé dalla paura, si affrettò verso una pila di massi e iniziò ad arrampicarsi. Scivolò, urtando il ginocchio, e il dolore le attraversò la gamba. Fece una smorfia, si fermò, quindi si impose di riprendere. Doveva arrivare più in alto. Doveva allontanarsi. Infine, raggiunse un punto che non le permetteva di andare oltre. Ormai senza scelta, si girò ad affrontare la creatura.

Quella si fece più vicina ed Emma si sentì mozzare il fiato. Inspirò, cercando di appiattirsi contro la roccia. La testa del serpente era a un soffio dal suo viso, tanto da sentire sulla guancia la punta della lingua che sfrecciava dentro e fuori.

La mente urlava che non esistevano serpenti di quelle dimensioni.

«Sta' lontano da me» disse, in tono basso e gutturale. «Come osi spaventarmi a questo modo?»

Il corpo del rettile si dissolse come acqua da un contenitore e ai piedi dei massi apparve Diamond. Disteso, la guardò con occhi lascivi e fece una risata folle, malvagia. «Scommetto che tu non lo sai fare.»

Tremante dalla testa ai piedi, Emma lo fissò turbata.

CAPITOLO VENTICINQUE

Il mattino dopo, fendendo l'acqua con i remi, Emma vogava verso valle mentre Diamond, di fronte a lei, sedeva accasciato sul fondo del dory.

«Come hai fatto?» si decise a chiedergli.

Gli angoli della bocca si sollevarono in un mezzo sorriso. «Impressionante, eh?»

«Mi hai ipnotizzata?»

Un solco più largo gli increspò il viso, conferendogli un'espressione ancor più squilibrata. «Magia. Ti ha spaventata a morte, vero?»

«Era un trucco» insistette lei. «Un sogno truccato?»

«Forse. La capacità di cambiare forma può tornare utile. Non è un vero e proprio trucco, nel contesto giusto.»

«Dunque è successo mentre dormivo?» La sensazione era stata ben diversa. Avrebbe giurato sulla Bibbia di essersi messa a correre, la sera prima.

«Tu che ne pensi?»

Era una domanda retorica. Emma sapeva di non essere stata addormentata. Ma come ci era riuscito? Continuò a remare. «Perché eri così impaurito ieri?» chiese.

«No che non lo ero» si difese lui, con un orgoglio tanto gonfio da riempire lo spazio tra loro.

«E allora perché te ne stavi acquattato nella barca? Avevi visto Masau'u a riva?»

Un lampo di sorpresa gli attraversò il viso, giusto un istante e svanì. «E tu?»

«Sì. E anche Loloma. Lo aveva già visto in questa realtà.»

Diamond si fece silenzioso, palesemente turbato da quanto Emma gli aveva detto. «Dev'essere stata un'apparizione» rispose infine. «Non può passare da questa parte.»

Emma sapeva che si riferiva a Masau'u. «Cos'è successo a tua madre?»

Diamond assottigliò lo sguardo, quindi lo distolse. «Morì quando avevo più o meno dodici anni.»

«Come?»

«Non ce la faceva più» rispose a bassa voce. «Si uccise.»

La prospettiva di Emma cambiò, permettendole di osservare la scena da un punto di vista panoramico.

Le mosche ronzavano tutt'intorno. Il ragazzo alto e dinoccolato – che Emma non dubitava fosse Diamond – entrava piano in una baracca di legno. Era situata da qualche parte nella città – forse New Orleans – in un vicolo dietro una taverna. Il sole del tardo pomeriggio vi gettava su la sua luce angolare, a formare linee rette lungo le pareti irregolari e il pavimento rossastro. Gli spigolosi disegni geometrici sembravano offrire una sorta di corridoio che conduceva a ciò che lo aspettava nella stanza sul retro. Tremante, il ragazzo spingeva la porta, chiaramente timoroso di guardare all'interno del vano ristretto. Gli occhi della donna erano aperti. E lei di sicuro morta, con un nugolo di mosche concentrate intorno alla ferita nello stomaco da cui fuoriusciva il manico di un coltello. Il corpo giaceva nell'angolo, come una bambola di pezza con cui un bambino non vuole più giocare. Emma avvertiva il peso dell'energia che la circondava. La madre di Diamond era stata in balìa di molti spiriti, tutti estranei, a tal punto che la sofferenza nel gestire entità tanto malvagie l'aveva spinta oltre il limite, e neanche l'amore per il figlio era riuscito a salvarla. Per un istante, Emma provò pena per lei.

Poi, d'improvviso, fu nuovamente consapevole della presenza di Diamond e della barca in cui erano ancora seduti. La madre dell'uomo continuava indubbiamente a soffrire nell'oltretomba ed Emma riusciva quasi a comprendere il suo desiderio di volerla salvare, ma doveva pur esserci un'alternativa che non prevedesse stringere degli scellerati patti con Masau'u.

Piovve ancora per tutto il pomeriggio e il fiume si gonfiò, ma senza presentare grosse rapide. Dopo aver superato diversi canyon laterali, sul far della sera Emma si accostò finalmente a una piana, in cui scorreva molta acqua. Con Diamond non c'erano stati grossi scambi, e quando si accamparono lui andò a sistemarsi a una certa distanza da lei.

Quella notte, Emma entrò in trance e cercò Passero.

«Sono pronta a provare ancora» disse.

Ti aiuterò come posso, rispose lei, abbassando la testa a guardarla con occhi limpidi.

«Ho bisogno di evocare Diamond. Come faccio?»

Sta' attenta. Il suo centro di attrazione è come un vortice. Potrebbe risucchiarti.

«Lo so. Come posso proteggermi?»

Tramite il pensiero, un uomo può trasformarsi in un essere di Luce o di Tenebre.

Emma comprese e immaginò una luce, un bagliore bianco e scintillante che vibrava in un bozzolo a forma d'uovo e la circondava del tutto.

Molto bene. Chiedigli di venire da te e specifica la forma.

Lei annuì. «Diamond, chiedo la tua assistenza. Ti prego di apparire in forma di serpente.»

Il gigantesco rettile strisciò da lei e si portò a livello del viso. Con la testa che danzava su e giù la scrutò. «Stai imparando» dissero le labbra da serpente.

«Ho bisogno che mi porti da Masau'u.»

«L'ho già fatto.»

«No, quel posto lo aveva scelto lui. Io voglio andare nella sua dimora.»

Il corpo del rettile si curvò su stesso, con la testa ancora a mezz'aria vicino al suo bordo di luce. «Perché?»

«Perché se lo fai, ti aiuterò a cercare tua madre. È questo che vuoi, no?»

Il serpente strisciò e indugiò, quindi disse: «Posso mostrarti l'ingresso, ma non posso andare oltre. E senza invito non ci riuscirai mai neanche tu.»

Emma si sentì ghermire dalla paura, ma subito la spinse da parte. Era determinata. Ci sarebbe andata. E il viscido Diamond non l'avrebbe dissuasa.

Lui si mosse disinvolto in un buco nel terreno.

Emma guardò Passero. «Puoi venire con me?»

Mi dispiace. Non posso. Masau'u tende troppe trappole. Ma c'è chi può accompagnarti.

Un puma apparve dal nulla.

Questa è Una. Ti aiuterà lei.

Sorpresa, Emma riconobbe il felino che tanto tempo prima lei e Nathan avevano visto nella caverna e le rivolse un tacito cenno di gratitudine. «Dobbiamo andare.» Si girò e si tuffò nel buco in cui era entrato Diamond. Una la seguì, e insieme si inoltrarono nelle viscere della terra.

Volarono lungo il tunnel per un bel po', sebbene il tempo fosse ancora una volta irrilevante. O forse era piccolo, sovrapponibile, malleabile e pertanto facile da comprimere o allungare. Sapeva che esistevano diversi modi di servirsene e si chiese se un giorno sarebbe riuscita a padroneggiarli.

Spostarsi era facile e si verificava semplicemente perché lei lo desiderava. Erano circondati dall'oscurità ma, passandoci accanto a gran velocità, vedeva i fianchi di un tunnel. Infine, si fermarono in una grotta angusta. Diamond si avvolse su stesso di fronte a Emma e Una le si mise accanto.

«L'ingresso alla zona di passaggio è là» disse lui, indicando con la testa un'apertura bassa nella parete di terra, vicino ai piedi di Emma.

«Quanto fino a Masau'u?»

Nel posto che occupava, il corpo di Diamond continuava a muoversi, snodarsi e riavvolgersi. «Non lo so. Dipende dalla velocità con cui ti muovi.»

«Hai qualche consiglio utile da darmi?» Sapeva che avrebbe anche potuto fare a meno di chiederglielo, ma tentare non costava nulla.

«Acconsenti alle sue richieste e scommetto che entrerai senza problemi.»

Emma non rispose. Non faticava certo a credere che Diamond avesse accettato… vendendo così l'anima al demonio. Si mise carponi e chiuse gli occhi. *Buon Dio, dammi forza e consiglio. Aiutami a fare il sommo bene. Proteggimi da tutti i mali.* Aprì gli occhi, inspirò per calmarsi e strisciò dentro il varco.

Via via che avanzava, trascinandosi tra piccole radici che pendevano sul viso e le sfioravano il corpo, la terra umida le saturava il naso con il suo odore e le incrostava i palmi. Il tunnel iniziò a restringersi ed Emma si sforzò di vedere davanti a sé, ma senza riuscirci. In preda al panico, si fermò. E se fosse rimasta incastrata?

Usa il tuo potere per spostare il terreno, disse Una.

«Come?»

Allarga i confini.

Emma richiamò alla mente l'immagine della luce bianca che le circondava il corpo e le impose di espandersi. Il varco si fece più ampio e ripresero a strisciare, finché non emersero in una vasta area aperta. C'era un ponte davanti a loro, un ponte di pietra il cui salto su ambo i lati scompariva nel nulla. Inspirando a fondo, Emma tenne lo sguardo dritto e iniziò ad attraversarlo. Di lì a poco, apparve un enorme portone. Avvicinandosi con Una, Emma spinse indietro la testa. Doveva essere alto quaranta, cinquanta piedi, così spesso da somigliare a una quercia gigante.

Era chiuso.

Si guardò attorno e sul lato notò una cassa di legno. Si avvicinò e sbirciò all'interno. Inorridita, indietreggiò. Era piena di membra umane: braccia, gambe, busti, mani, piedi e persino parecchie teste. Non c'era sangue, ma quella vista raccapricciante la turbò.

Raccoglie pezzi d'anima, disse Una. *Questi sono i resti.*

Emma annuì, cercando di calmarsi.

Un movimento sulla destra catturò la sua attenzione. Cani distesi sul fianco sollevavano le teste per guardarla. Avvicinandosi, vide che erano cuccioli con il ventre squarciato e le viscere sulla superficie di pietra. Si inginocchiò. «Oh, poverini» disse «che cosa posso fare?»

Una le fu accanto. *Niente.*

«Non ho proprio modo di aiutarli?»

Sono un simbolo dello squilibrio di potere che regna in questo posto. Un segnale. Accetta il suo avvertimento e prosegui. Ma proteggiti. Potresti finire come loro e perdere la tua energia.

Innervosita da quella conclusione, Emma si alzò su gambe malferme e, con grande sforzo, si allontanò dagli animali.

Guardò il mastodontico portone e provò un senso di familiarità. «Penso di essere già stata qui. Come facciamo a entrare?»

Una muoveva passi felpati avanti e indietro. *Non lo so. Ci vorrebbero delle chiavi, o qualcuno che apra dall'interno. Ma se sei già stata qui forse ricorderai la maniera.*

Emma non la ricordava. Non le restava che un'idea decisamente vaga, un sogno fatto molti anni prima su un enorme castello con un portone invalicabile. Una guardia le aveva svelato la parola segreta per entrare, ma adesso le sfuggiva. D'un tratto, la gigantesca porta di legno si spalancò con grande fracasso.

Dall'altra parte non c'era nessuno, né creatura, né entità, né guardie. Gli occhi corsero a Una.

Hai lasciato qui il tuo ricordo e ti è concesso di entrare, ma non prenderlo per un caloroso benvenuto.

«Naturalmente.» Emma non lo aveva certo dato per scontato.

Varcarono insieme la soglia e attraversarono un cortile, quindi salirono su per una scalinata che conduceva a un castello buio. Al suo interno, torce illuminavano un lungo corridoio che portava giù per altre scale. Emma aveva freddo e sentiva l'odore delle rocce umide che formavano le mura del castello. Seguendo altri corridoi, che si snodavano e curvavano, ben presto Emma perse il senso dell'orientamento. Quando il cammino si divise in tre direzioni diverse, scelse senza esitazione quella centrale.

Aspetta.

Emma urlò e cadde in una fanghiglia densa, che subito prese a tirarla in basso. «Una, aiutami!» Provò ad afferrare il bordo della fossa che l'aveva improvvisamente intrappolata, ma la presa era scivolosa. Accorgendosi che i movimenti frenetici la facevano sprofondare più in fretta, si fermò. «Cosa faccio?» sussurrò in tono pressante.

Agitata, Una si guardò attorno. *Io non posso aiutarti. Devi chiamare a te un altro spirito animale.*

«Chi?» chiese Emma, senza respiro e ormai immersa fino al collo.

Qual è l'animale che ti perseguita da sempre? Nei sogni o nelle visioni.

Emma era in preda al panico e non riusciva a pensare. «Non lo so» rispose, con un pianto sommesso. Spinse il viso verso l'alto, mentre il fango saliva piano alle orecchie. Il respiro era breve e affannoso. Era forse la fine per lei? Si poteva morire in quell'altro mondo? Desiderò con tutta se stessa sfuggire alla prigione acquosa, ma senza successo.

«No, no, no» implorava. «Fammi uscire.» Gli occhi si spalancarono. Ricordava. «Serpente a sonagli» disse, e sprofondò sotto la superficie.

Un'enorme ondata la spinse fuori dalla trappola e sul bordo accanto a Una. Il serpente a sonagli emerse dalla fanghiglia e strisciò al suo fianco. Sputando e cercando di recuperare il fiato, Emma si tolse il fango dagli occhi. Le dimensioni del rettile non erano esagerate, ma comunque maggiori rispetto a quelle di un serpente vero.

Emma si tolse altro fango dal viso. «Grazie.»

Il serpente si avvolse su stesso, pulendosi così la pelle e mostrandole le strisce scure e chiare sul corpo spesso e i sonagli sulla coda. «Sei uno dei miei animali guida?»

Sì, le rispose.

«Perché non ti ho mai visto prima?» Pur sforzandosi di reprimere il tono irritato, non ci riuscì.

Non ha mai guardato.

Emma si impose di calmarsi. «Come ti chiami?»

Riddle. E andremo d'accordissimo. Attacco solo se provocato. E anche tu. Chiamami e ti risponderò.

«Puoi aiutarmi a trovare un bambino chiamato Loloma?»

Sì.

Emma iniziò a ripulirsi abiti e braccia dal fango.

Non farlo, disse Riddle.

«Perché?»

Nel posto in cui andremo, ti aiuterà a tenere nascosta la Luce.

«E che posto è?»

La Terra dei Morti.

CAPITOLO VENTISEI

Accompagnata da Una e Riddle, Emma attraversò una serie di tunnel. Era stanca e si chiedeva se fossero sul sentiero giusto, quando ai loro occhi si presentò una tavola imbandita di pane, zucche vuote a mo' di recipienti, zucchine, pannocchie e al lato una ciotola piena di un liquido scuro. Vino, intuì Emma, e sebbene non avesse mai prediletto quel tipo di bevande, adesso si sentiva consumata dal bisogno di assaggiarne. Tese la mano ma Riddle le strisciò davanti, sibilando e minacciando l'aria intorno al suo viso con gli scatti della testa. Impaurita, Emma schivò l'attacco e indietreggiò.

«Che ti prende?» chiese, irritata.

Non mangiare e non bere niente.

«Perché?»

È il cibo dei morti. Se ne ingerisci, non potrai più lasciare questo posto.

Un senso di malessere le strinse lo stomaco. Aveva viaggiato a lungo ed era incrostata di fango dalla testa ai piedi. Cibo e bevande sarebbero state una gradita sorpresa. Ma adesso che guardava meglio la tavola, notava il contorno indefinito di quelle vivande, l'imperfezione, la loro inconsistenza.

Dobbiamo muoverci, la incalzò Riddle.

Emma, con Una al fianco, si girò e seguì il serpente.

Giunti nei pressi di un grandissimo fiume sotterraneo, Riddle disse: *Dobbiamo attraversarlo.*

Emma annuì in silenzio, poi, rivolta a Una, chiese: «Sai nuotare?»

Preferisco di no, rispose il puma.

Vi trasporterò io, disse Riddle.

«Mm… credo tu sia troppo piccolo.»

Rimedierò. Le sue dimensioni si triplicarono.

«Gran bel trucco.»

Riddle aspettò che Emma e Una salissero sul suo dorso, quindi scivolò senza sforzo sull'acqua. Le profondità oscure ammiccavano verso Emma, verso le pieghe timorose del suo cuore, ma lei guardava risoluta davanti a sé, rifiutandosi di avviare una discussione che sapeva di non poter vincere e scegliendo, invece, di concentrarsi sulle immagini mentali di Nathan che le insegnava a fare dei nodi con una corda. In quell'occasione, l'aveva canzonata e lodata, e a lei era piaciuto tantissimo trovarsi in sua compagnia. Il ricordo le infuse calore. Un giorno lo avrebbe rivisto, poco ma sicuro lo avrebbe rivisto, ripeté più e più volte tra sé, aggrappandosi a quel pensiero.

Quando ebbero raggiunto l'altra sponda del fiume, Emma e Una scesero dal dorso di Riddle. Davanti a loro una vasta distesa di terra, avvolta nelle ombre ma ancora visibile nella foschia del crepuscolo. Emma mosse qualche passo, quindi si fermò: Riddle e Una non la seguivano. Si lanciò un'occhiata oltre la spalla.

Non possiamo venire, disse Una.

«Cosa?» Si girò a guardarli. «Nessuno dei due?»

Poco più in là troverai quello che cerchi, rispose Riddle. *Noi ti aspetteremo qui.*

Emma esitò.

Abbi fiducia in te stessa, la esortò Una.

Ma lei temeva di non riuscirci.

E invece sì, insistette il puma. *Abbi fiducia in te stessa*, ripeté.

Essendo arrivata fino a quel punto, Emma non poteva certo tirarsi indietro adesso, perciò raddrizzò le spalle e si avviò verso la terra popolata dai morti. Si guardò a destra, a sinistra, quindi di nuovo a destra, preoccupata che, da un momento all'altro, qualche creatura mostruosa spuntasse dal terreno. Agitata e con i nervi a fior di pelle che la tenevano vigile, avanzò con passi piccoli e cauti, giungendo subito a una tana al cui interno tremolava la luce di una torcia. Si lanciò un'altra occhiata tutt'intorno ed entrò. Una presenza massiccia, scura e priva di forma la attendeva.

Sei coraggiosa a venire fin qui, disse.

«Io, ehm… mi hanno chiesto… sto cercando…» Si fermò. Doveva restare lucida. «Sei tu, Masau'u?»

È uno dei miei nomi.

«Cerco un bambino che si chiama Loloma.»

E pensi che te lo consegnerei solo perché me lo chiedi?

Emma si schiarì la gola. «Sì.»

Lanciò uno sguardo all'ambiente che la circondava. Era una dimora semplice e al contempo inquietante. Lungo uno dei lati erano accesi dei fuochi, con degli spiedi sopra. Cucinava le anime che catturava?

Non ricevo molte visite, perciò, se saprai risolvere un indovinello, sarò più accomodante.

«E se non ci riesco?»

Allora, resterai con me.

A Emma non piacevano sfidare l'azzardo, ma non aveva scelta. Meglio adeguarsi e prendere tempo per trovare la maniera di raggiungere il proprio scopo.

Cos'è che distrugge e al tempo stesso crea?

Sentendosi intrappolata, Emma temeva le conseguenze di una risposta sbagliata. Rifletté sulla domanda. Un solo pensiero si affacciò alla mente, ma aveva la sensazione che non fosse quello giusto. Le serviva più tempo, ma non poteva permetterselo… non perché Masau'u le mettesse fretta, bensì perché voleva lasciare quel posto quanto prima.

«Potrebbe trattarsi di molte cose» disse.

Sì.

«Una madre?»

Spiacente. Risposta sbagliata.

Il terreno cedette sotto i suoi piedi. «Nooooooo!» Un'incredibile forza la risucchiò nelle viscere della terra. A gambe e braccia divaricate, con i capelli che volavano verso l'alto, guardò il buco attraverso il quale era appena caduta restringersi fino a diventare sempre più piccolo.

Atterrò con un tonfo, che però non le sconquassò il corpo come si era aspettata. La sua parte fisica era altrove, ricordò a se stessa, ma allora perché quella sensazione di disagio? Si alzò e si girò in tutte le direzioni. Qualcosa al limite del campo visivo la mise in allarme.

Niente. A circondarla non c'era niente se non tenebre, un nulla nero come inchiostro. Agitò le braccia nel tentativo di toccare qualcosa, ma quello spazio era semplicemente privo di sostanza. Era un vuoto assoluto, molto simile a quello in cui era entrata la prima volta che aveva provato a cercare Loloma.

Con crescente panico, considerò la propria situazione. Doveva assolutamente uscire di là. Non sarebbe rimasta prigioniera in quel posto per mesi o anni, forse per sempre, quale che fosse la durata di quest'ultimo. Un moto di rabbia iniziò a salire dal ventre. Chiuse gli occhi, pervasa da una vorticosa sensazione di calore, quindi un fremito la scosse da capo a piedi.

La trasformazione giunse del tutto inaspettata. Non era stata sua intenzione mutarsi, ma il cambiamento si stava pian piano impadronendo del suo corpo energetico ed Emma si sentiva pronta. Con la forza a pervaderle l'intero essere e la rabbia ad affilarle la mente, adesso in forma di passero, spinse il becco in quello spazio privo di forma, insistendo fino a perforarlo. Tirò e strattonò per allargare il buco, quindi vi si infilò con il suo nuovo e ingombrante corpo. Spiegando del tutto le ali, schizzò verso l'alto e, a ogni battito più veloce, volò verso la tana di Masau'u. In basso vedeva anime sparse dappertutto, mentre scendeva in picchiata, come appartenessero a un cimitero creato apposta per il Signore Hopi. Ma lei sapeva che quegli spiriti non erano ancora del tutto morti. Atterrò al limite con un potente colpo d'ali e continuò ad agitarle con movimenti larghi e vigorosi. Le correnti d'aria sollevarono le anime e le portarono da lei. Allora Emma aprì il becco le inspirò piano a una a una, così che riposassero al sicuro nel suo ventre. Una volta raccolte tutte quelle presenti, abbassò le ali e affrontò l'entità oscura.

Loloma non è tra le anime che ho recuperato, disse. *Dove si trova?*

Masau'u prese forma e tornò invisibile. *Non sono io a tenere in trappola Loloma.*

Emma intravide una grotta sulla sinistra. Ancora nella sua forma di passero, saltellò fino all'ingresso e sbirciò all'interno. Ciò che vide la lasciò di ghiaccio.

Loloma era lì, ma la forza che lo tratteneva non era malevola e neanche malvagia, solo incredibilmente sconsiderata.

Lenmana.

CAPITOLO VENTISETTE

E mma sapeva che sottrarre Loloma alla stretta di sua madre non sarebbe stato facile. Meditò sull'approccio migliore e, infine, decise di seguire l'unica via che conosceva.

Il mio nome è Emma, esordì. *Quando ero piccola, mia madre fu uccisa in maniera brutale. Ero molto arrabbiata e confusa, e sentivo moltissimo la sua mancanza. La ferita che mi porto dentro è orribile, non guarirà mai del tutto.* Ne avvertiva il morso persino adesso, un dolore che partiva dal petto e arrivava sin nelle viscere. *Forse anch'io, se avessi potuto scegliere di restare con lei, avrei preferito un posto come questo. Capisci, Loloma?*

Il bambino la guardava con occhi grandi e oscurati. Giaceva tra le braccia di sua madre e appariva impaurito. La sua dolce tristezza le lacerò il cuore.

Mi dispiace tanto, piccolo, continuò. *Ma tu sei vivo, e devi venire via da qui. Tuo padre ti aspetta, insieme con il resto della tua famiglia e dei tuoi amici.*

«Non voglio andare» disse lui. «Quando la mia mamma è morta ho fatto una cosa bruttissima.»

Emma intuì all'istante la sua preoccupazione: si riferiva all'orrendo atto di cannibalismo che Diamond gli aveva imposto. Il suo sguardo si spostò su Lenmana. *Diglielo tu che può andar via di qui. Digli che non è stata colpa sua. Digli che l'anima di Diamond è malvagia.*

Lenmana non parlava. Giovane, con un viso liscio incorniciato da lunghi capelli neri, era di una bellezza notevole. Ma di quello che era stata non restava che l'ombra.

Se lo trattieni qui, insistette Emma, *non vivrà mai una vita piena e meravigliosa. Se gli vuoi bene, devi lasciare che torni al suo corpo.*

Un'espressione angosciata attraversò il viso della donna. «Ho paura a restare qui da sola» sussurrò.

Emma si chiese se ci fosse qualcosa che poteva fare. Quali erano le regole nella Terra dei Morti? Non ne aveva idea. Poteva semplicemente prendere Lenmana e portarla con sé? Ma il corpo a cui restituire lo spirito non esisteva più. Dove l'avrebbe portata? L'istinto le diceva che Masau'u non le sarebbe stato di aiuto. Anzi, era certa che avrebbe fatto molto meglio a trovare la maniera di svignarsela con la donna e il bambino prima ancora che la scura entità sapesse del suo piano, ma dubitava ci sarebbe riuscita. Provò a chiamare Una o Riddle per chiedere consiglio, tuttavia sondare la loro energia non rivelò nulla. La Terra dei Morti sembrava essere circondata da un perimetro impenetrabile. Basta, decise.

Vi porterò entrambi con me.

Lenmana la guardò sorpresa. «Dove andremo?»

La risposta di Emma fu compassionevole ma onesta. *Loloma deve tornare al suo corpo fisico. E tu, Lenmana… farò del mio meglio per trovarti un posto sicuro. Lascerete che vi aiuti?*

Lenmana parlò piano al figlio, in una lingua che Emma non capiva. Lo scambio le riportò alla mente Pakwa. E ripensò alla visione in cui l'anziana donna aveva protetto la forma fisica di Loloma mentre Lenmana veniva spazzata via dall'alluvione.

Ecco!

Montate, disse, e appena la donna e il figlio si furono sistemati sul suo dorso piumoso, Emma si diresse nuovamente alla tana di Masau'u.

Ho la risposta al tuo indovinello, gli disse. *Cos'è che distrugge e al tempo stesso crea? Un'alluvione. Distrugge lo squilibrio spazzandolo via con un solo getto, e lascia spazio a un nuovo equilibrio, possibilmente migliore.*

Masau'u sembrò annuire. *Corretto*, rispose.

Voglio uscire sana e salva di qui, disse in tono deciso.

Masau'u assunse una forma più umana. *Sei più forte di quanto pensassi. E anche abbastanza irritante. Ma sei libera di andare.*

Emma esitò, consapevole di correre un rischio. *Sai dove si trova la madre di Diamond?* chiese.

L'immagine che si formò davanti ai suoi occhi la fece rabbrividire: una donna intrappolata in una cassa piena di spiriti maligni. E un gigantesco lucchetto a impedirne la fuga.

Liberarla, disse Masau'u, *richiederà ben più che rispondere a un indovinello.*

Era chiaro che già pregustasse l'idea, e per un istante Emma fu tentata di accettare la sfida, per dimostragli di esserne all'altezza, di essere abbastanza forte da meritare un posto tra i migliori sciamani.

Non cadere nella trappola, le sussurrò una voce. Se falliva c'era la possibilità che restasse lì per sempre. Non era ancora all'altezza, e in fondo lo sapeva. *Non lasciarti ingannare dall'orgoglio, Emma. Fu la rovina del Diavolo in Paradiso, e di Eva quando mangiò la mela proibita dall'Albero della Conoscenza del Bene e del Male.* Forse un giorno, quando fosse stata del tutto pronta, sarebbe tornata a battersi per l'anima di quella donna malaccorta, ma non oggi.

Le parole di Milton risuonarono nella mente… *chinati e chiedi la grazia con supplice ginocchio.* Avvicinati a Dio con umiltà, e la ricompensa sarà la Sua grazia.

Così spiccò il volo e lasciò quel posto di morte senza un solo sguardo indietro. Quando l'onda di energia che emanava da Masau'u le attraversò il corpo rabbrividì, ma non si voltò e continuò a volare seguendo la via dell'andata. Superato il fiume, ritrovò Una e Riddle.

Sei bella carica, Emma-Passero, disse il puma.

Come posso renderle ai proprietari?

Devi soffiarle nei loro corpi, perciò ti consiglio di continuare il tuo volo senza aspettare noi.

Ma con Lenmana come faccio? chiese Emma.

Quando sarà il momento lo saprai, rispose Una.

I suoi due amici sembravano pensare che sapesse più di quanto in realtà sapeva. Ma se non erano inclini a darle le risposte, allora le avrebbe trovate da sé.

Bene, proseguo da sola. Guardò prima Una e poi Riddle. *Grazie per il vostro aiuto. Vi rivedrò?*

Sì, rispose Una.

Solo se mi chiami, disse Riddle.

Me ne ricorderò, gli assicurò Emma. E con grande slancio, si levò in volo. Dopo un lungo viaggio attraverso un tunnel, emerse sopra il Grand Canyon, con le stelle che luccicavano nel cielo. Quasi immediatamente, il suo becco prese a rilasciare le anime, che tornarono ciascuna alla propria dimora. Emma le aiutò esalando piano e, infine, il suo ventre fu vuoto. Continuò a volare finché non trovò il campo Hopi nel quale giaceva il corpo di Loloma. Atterrò e lasciò che il bambino e Lenmana scivolassero dal suo dorso. Una figura si mosse nell'oscurità ed Emma vi riconobbe Pakwa.

Cauta e sospettosa, l'anziana si avvicinò. Riusciva a vederli tutti e tre? Non potendole parlare nelle attuali sembianze da passero, Emma la salutò con un battito di ali. E gli occhi di Pakwa si illuminarono di comprensione, quindi si spostarono su sua figlia e suo nipote e iniziarono a piangere.

Un inespresso scambio di energia passò tra le tre generazioni – dolore e perdita, ma anche amore e perdono – e infine Loloma andò da sua nonna. Con un ultimo sguardo oltre la spalla, salutò sua madre, e tornò alla tettoia sotto cui dimorava il suo corpo umano.

Sconfitta, la forma di Lenmana si accasciò al suolo.

Emma non sapeva cosa fare.

E quando altre forme presero ad attorniarle in un ampio cerchio, temette che non fossero benigne, che Masau'u li avesse in qualche modo seguiti per riprendersi l'anima di Lenmana. E magari anche la sua. Ma presto i visi iniziarono a materializzarsi ed

Emma vide che erano Hopi venuti ad aiutare la giovane. I suoi antenati erano lì per condurla verso il prossimo passo. La convinsero con dolcezza ad alzarsi e la portarono in alto, verso le stelle.

È con noi, adesso, la rassicurò uno degli spiriti mentre si allontanavano a gran velocità. *Le offriremo aiuto.*

E svanirono.

Emma rimase nell'accampamento Hopi per un po', a riflettere su tutto quanto aveva fatto e a crogiolarsi nella sensazione che provava nei panni di Passero. Poi, ancora stordita dalla vittoriosa notte di caccia alle anime, non resistette alla tentazione di librarsi di nuovo in alto. Si spinse in avanti e spiegò le ali, sorvolando leggera il magnifico canyon in tutta la sua ampiezza. A cavallo del vento si sentiva veramente libera, del tutto sbrigliata dalle pastoie del mondo sottostante. Non esisteva gravità che potesse trascinarla in basso.

Pensò a Nathan e andò a cercarlo verso ovest. Volando in circoli, a bassa quota, lo trovò sul margine sud, sprofondato in un sonno inquieto accanto a Masito e Na'i. Gli atterrò vicino e lo guardò. Era come lo ricordava. Avrebbe voluto parlargli, ma sapeva di non potere, e non volendo ripetere l'errore del passato era restia anche a entrargli nei sogni. I loro cammini, dopotutto, si sarebbero incrociati di lì a qualche giorno. Doveva semplicemente pazientare. Infine, lo lasciò e tornò in volo al proprio corpo.

Con un sussulto, Emma inalò una grossa boccata d'aria e aprì gli occhi. Guardando in basso vide le mani e i piedi calzati da stivali. Era di nuovo umana.

Piccoli passeri appollaiati tutt'intorno la salutarono con un sonoro cinguettio. Nella pallida luce dell'alba, Emma ne contò quasi una quindicina, poi la sua attenzione si spostò su Diamond che, a parecchi piedi di distanza, la guardava con intensità. E non ci fu bisogno di chiedersi perché gli uccellini le avessero formato intorno quel cerchio protettivo. Erano rimasti di guardia. Doveva averli mandati Passero a difendere la sua forma umana. A lei, infatti, non era neanche passato per la mente che Diamond potesse compiere qualche misfatto in quel mondo, e sbagliava a sottovalutarlo. Ma per fortuna, ci aveva pensato Passero.

«Grazie, piccolini» disse piano.

«E ci sei riuscita?» chiese Diamond.

Emma pensò di tenere per sé i propri affari, tuttavia non poteva nascondere quel che era e quanto era capace di realizzare. E poi voleva che Diamond sapesse che era sua avversaria.

«Sì.»

CAPITOLO VENTOTTO

Nathan si svegliò dal sogno, circondato dall'essenza di Emma. Aveva la sensazione che fosse stata proprio lì con lui. Non gli aveva parlato, ma era certo che, in qualche modo, avesse occupato lo spazio al suo fianco. E nella forma di un uccello, per giunta.

Il fatto che accettasse quell'ultima parte più come verità che immaginazione, la diceva lunga su quanto la sua prospettiva fosse cambiata da quando si trovava in quel posto, da quando aveva conosciuto Emma Hart.

Si alzò e iniziò a perlustrare l'area intorno all'accampamento, mentre Masito e Na'i continuavano a dormire. Vedendo delle tracce sul terreno, si inginocchiò a scrutarle meglio. I segni erano recenti e lasciati senza dubbio dagli artigli di un uccello. Alquanto notevoli, apparivano più grandi del normale per un volatile, persino uno delle dimensioni di un falco o di un corvo.

Era stata lì.

Glielo diceva il cuore.

Ma, allora, il mondo che lui negava da sempre era reale. Esisteva. Ed Emma lo aveva attraversato.

Per un istante di panico, temette che fosse morta. Come avrebbe fatto, altrimenti, a muoversi tra gli spiriti e a trasformarsi in un animale? Rigettando in fretta quel pensiero, si disse che era già accaduto, durante il soggiorno con gli Hopi, ed era tornata. Dove essere successa la stessa cosa.

Era viva e gli aveva fatto visita nell'unica maniera che conosceva. La speranza tornò a gonfiargli il cuore. Dovevano muoversi. Era sicurissimo che l'avrebbe ritrovata presto.

Sotto il cielo illuminato da un sole pieno, Emma e Diamond scivolavano sul fiume, con i passeri che continuavano a girargli intorno.

«Dannati uccellacci» disse Diamond stizzito. «Non te ne puoi sbarazzare?»

«Ma sono dolcissimi» rispose lei sorridendo a uno in particolare, il più grande, sempre alla sua destra.

«L'hai trovata, mia madre?»

Emma fu sul punto di dirgli la verità, poi si ricordò con chi aveva a che fare, un uomo abituato alla violenza, un assassino. «Ci ho provato» rispose. «Ma non ci sono riuscita. Proverò ancora.»

«Ieri sera hai detto che era andato tutto bene. Come hai fatto a entrare nella tana di Masau'u?»

«Mi è stato concesso.»

«Perché? Devi aver fatto o detto qualcosa di importante. Cosa?»

«Non lo so.»

«E mia madre non era lì?» insistette.

«No.»

«Beh, ti sbagli! Me l'ha detto lui stesso. È chiaro che non hai avuto il successo che ti aspettavi. Non sei così brava come credi» disse con aria di compiaciuta soddisfazione mista a delusione.

Emma continuò a remare. «Forse no» mormorò tra i denti. «Ma *tu* non fai un bel niente a parte startene seduto.»

«Non mi piace questo posto.» Rimuginò per un attimo, quindi

aggiunse: «Fa un caldo d'inferno. È lontanissimo da tutto. E sono maledettamente stufo di tutta quest'acqua.»

Quasi per dispetto, iniziò a piovere.

«Almeno non fa più caldo» lo canzonò lei.

Diamond si lasciò andare contro il banco e si abbassò il cappello sulla fronte.

Sotto la guida di Emma, cui l'esercizio fisico del remare non dispiaceva affatto, navigarono il fiume per parecchie ore. Il dory scivolava sull'acqua, calma nonostante la pioggia, e lei vedeva il mondo sotto una luce diversa… più intensa, più viva. I colori apparivano chiarissimi, le rocce e i cespugli vestiti di una bellezza difficile da descrivere. Aveva la sensazione che la sua vista fosse cambiata.

Giunta in prossimità di una grande rapida, la affrontò senza esitazione, immettendosi in uno dei punti di accesso. Il dory si tuffò e cavalcò la cresta di acqua bianca, con un impatto che la fece balzare dal banco e tornare seduta con un sonoro schiaffo al posteriore. Emma rise, a differenza di Diamond, che accasciato sul fondo del barchino si riparava con le braccia. Ondate d'acqua si riversavano dai lati ma lei urlava di gioia e continuava a vogare attraverso la rapida, spinta dall'impeto che le pulsava dentro.

Conosceva la sua fonte, avvertiva il suo potere, e affinava le sue abilità non perché volesse controllarlo, bensì eguagliarlo. Il ritmo della natura, tutto aveva perfettamente senso, adesso.

Via via che emergevano da quelle acque impetuose, Emma inspirò a fondo e, decisamente soddisfatta, li guidò verso un tratto più calmo.

«Sei pazza» si lamentò Diamond. «Non possiamo più attraversare rapide come quella.»

«Madre Natura può sostenerti, o distruggerti. È un concetto che comprendi anche tu, no? Solo che non presti abbastanza attenzione e trascorri, invece, troppo tempo a far del male alla gente e a trasformarti in serpente.»

«Ho spaventato *te*» disse con un ghigno beffardo.

«Non più.»

QUELLA SERA si accamparono a ridosso di una rapida, in una zona di picchi granitici con un vasto canyon laterale. C'era persino un'isoletta al centro del fiume. Preparandosi per la notte, a una certa distanza da Diamond, Emma trasse di nuovo conforto dalla presenza dei passerotti: avrebbe potuto viaggiare senza timore.

E, infatti, sotto le sembianze di Passero, sorvolò il corso d'acqua. Aveva l'aspetto solito a parte i colori leggermente diversi, più spenti, di tonalità azzurrognola nonostante fosse notte anche in quel mondo. Di Una e Riddle neanche l'ombra, ma era anche vero che non li aveva chiamati. Una parte di sé voleva vedere quanto sarebbe stata in grado di scoprire da sola.

Volò ancora un po' sul fiume finché non riconobbe il posto in cui lei e Nathan avevano fatto l'amore per la prima volta. Il ricordo le scaldò il cuore e le trasmise un senso di connessione. Si fermò. Avrebbe esplorato i dintorni e goduto della vista del canyon sotto il cielo stellato.

D'improvviso, avvertì un'altra presenza. Una donna si muoveva lungo la costa e nel vedere Emma si fermò. Era chiaro che viaggiasse come lei.

Salve, la salutò.

La donna esitò. «Salve» rispose, pur non parlando inglese. Forse qualche spirito maggiore traduceva per loro. O forse Emma riusciva semplicemente a comprendere la sua lingua. L'aspetto era indiano, o simile a quello della gente che aveva percepito molto tempo prima in un posto non lontano da quello in cui si trovavano. A suo tempo, si era trattato di creature eteree, ma questa donna, benché chiaramente in veste di spirito, era diversa da quegli esseri.

Cerchi qualcosa? chiese Emma.

«Sì. Sto esplorando il futuro in cerca di un posto sicuro.»

Arrivi dal passato? Il pensiero la incuriosiva. *Sei uno sciamano? Una guaritrice?*

«Sì.»

Da quale parte del passato?

«Dal dodicesimo secolo.»

Impressionata dalla sua comprensione del tempo, Emma si disse che doveva provenire da un clan intelligente.

Come si chiama la tua gente?

«Il nostro nome non avrebbe alcun significato per te. Ma so come verremo chiamati in futuro: gli Antichi. Siamo gli antenati del popolo che qui chiamano Hopitu.»

Emma annuì, ancora sotto sembianze di uccello. *Perché cerchi un posto sicuro?*

«Non possiamo più vivere dove siamo. Qualcuno vuole il controllo totale. Ci sono state molta violenza e tante morti. Abbiamo paura. Ci serve un posto sicuro in cui vivere, in cui nasconderci. Puoi aiutarmi?»

Sì. La tua gente verrà qui, in questo grande Canyon. L'ho vista in una visione. Avrete ancora paura ma sarete al sicuro, almeno per qualche tempo.

«Ti ringrazio. Come ti chiami, grande spirito-uccello?»

Emma. Sono solo una viaggiatrice, come te. E umana, anche, ma a volte assumo questa forma.

«Capisco. Anch'io prendo forme animali, qualche volta. Ancora grazie.»

Lo spirito della donna degli Antichi si congedò, ed Emma fu di nuovo sola. Decise di cercare Nathan e prese a volare verso ovest, ma poco dopo si accorse di essere in un mondo simile a quello in cui camminava da essere umano, solo leggermente diverso. E lui non c'era.

In compenso, però, si imbatté in un altro spirito errante, che questa volta riconobbe… il padre di Nathan.

Tornò alla forma umana, o quantomeno a una qualche parvenza. «Perché restate vicino a vostro figlio?» chiese.

L'anziano la vide e sorrise triste. «Siete la donna con cui viaggia.»

Emma annuì.

«Voglio solo parlargli» continuò l'uomo. «Voglio spiegargli, ma si direbbe che non sia capace di farmi ascoltare.»

«Continuate a provare. Ha un incredibile bisogno di parlare con voi, anche se dubito lo sappia.»

«È testardo... come sua madre.»

«Riprovate. Potreste fargli visita in sogno» suggerì. «Magari questa volta vi ascolterebbe.»

«Avete la mia riconoscenza. Proverò.» E svanì.

Tornata al proprio corpo, Emma ringraziò i passerotti di guardia, e cadde in un sonno profondo.

NATHAN SOGNAVA. E la cosa più dannatamente assurda era che sapeva di farlo. Meravigliandosi di quel fatto, lanciò un'occhiata al posto di bivacco in cui era addormentato, accanto a Na'i e Masito. Una chiamata dal profondo dell'intimo lo spingeva a muoversi verso il margine del canyon. Era buio ma riusciva ancora a vedere, come se una luna piena brillasse su di lui. Distingueva chiaramente ogni cespuglio, ogni pietra sul sentiero e l'orizzonte davanti a sé, che lo avvertiva della prossimità, eppure guardando in alto non scorgeva nulla.

Giunto sul bordo, ammirò quel baratro immenso. Era diverso in quella estremità occidentale, non altrettanto profondo come in punti precedenti del canyon, ma abbastanza da indurre alla riflessione, da lasciare immobili. Qualcuno si avvicinava, ma Nathan non si sentì minacciato.

Era suo padre.

Lo aveva sognato molte volte, con scambi sempre frustranti e rabbiosi. Ma il risveglio non lo aveva mai lasciato determinato, solo più confuso.

Questa volta avrebbe osato. «Perché sei qui?» chiese.

«Voglio parlarti.»

«Piacerebbe anche a me» rispose, infinitamente grato di essere ancora una volta con suo padre.

«C'è un grande equivoco. Quella tua ragazza… ha provato a farmi andare via, a spingermi verso… qualche altro posto… ma io non posso, non finché non avrò chiarito le cose.»

Emma. Quando aveva parlato con suo padre? E se anche glielo avesse detto, le avrebbe dato ascolto? Sapeva di essere ostinato ma, stranamente, in quel momento la testardaggine era quasi del tutto svanita.

«Perché ti sei ucciso?» sbottò, non riuscendo a trattenere la domanda più importante della sua vita.

«Oh, figlio, non mi sono tolto la vita. Non avrei mai potuto fare una cosa simile, a prescindere dalle difficoltà. Amavo moltissimo tua madre e tua sorella. E amavo e ammiravo te, Nathan. Eri un ragazzo così forte e premuroso. Mai sarei andato via a quel modo.» Fece una pausa, quindi riprese: «Ero un uomo semplice e badavo sempre ai fatti miei, tranne una cosa che proprio non sopportavo, e cioè quello che stava accadendo a quei poveracci nel Sud.»

«Gli schiavi.» Non era una domanda. Nathan ricordava il sogno precedente e sapeva che, in qualche modo, era reale.

«Già. Così provai ad aiutare. Quando potevo, gli facevo attraversare di nascosto il fiume, ma ad alcuni in città dava fastidio. Sapevo chi erano, e mi tenevo alla larga da loro, solo che, non so come, venne a galla che avevo aiutato parecchi neri a raggiungere il Nord. Mi assassinarono e gettarono il corpo in acqua.»

«Perché mamma disse a tutti che ti eri ucciso?» La sua voce vibrò della rabbia che non riusciva a tenere a bada. Una parte di lui aveva sempre saputo che la madre mentiva. Ma neanche dietro le sue insistenze, aveva mai confessato. E Nathan non aveva mai capito perché. Con il tempo, il risentimento si era inasprito e, alla fine, aveva accettato la versione di sua madre.

«Penso che fosse spaventata, e magari anche un po' indignata.»

«E perché?»

«Nascosi alcune cose, a lei e a tutti voi, ma solo perché non volevo che soffriste. Sapeva del trasporto illecito – aveva quel suo dono, sai, ed era difficile tenere segreti con lei. So che raccontò alle autorità, e anche agli amici, che mi ero suicidato, e lo fece per proteggere te e tua sorella. Ma anche perché pensava che amassi una delle donne nere.

«È così?» chiese Nathan, turbato.

Suo padre scosse la testa. «No, non è così. A dire la verità, ero molto affezionato ad alcune. Ma amavo tua madre. Non penso che mi abbia mai creduto, la rabbia la rese cieca di fronte alla verità e, alla fine, non ci fu più tempo per rimediare.» Sembrava sfiancato da tutte le questioni irrisolte. «Ho provato ad avvicinarmi, in sogno e in altri modi, ma non mi lascia accesso. Non usa più il suo dono. Se solo potessi, le direi che la amo e che mi dispiace.»

«Ci proverò io» disse piano Nathan. Non tornava a casa da molto tempo, troppo. Che grandissimo egoista era stato. «Non mi hai mai lasciato da allora, vero?»

«Mai.»

«Ho sempre sentito la tua presenza. Ma non la comprendevo. Sono andato via da casa per sfuggirti e tu mi hai seguito comunque.»

Suo padre annuì. «Penso di averti trasmesso il mio senso di giustizia. Ti batti contro ciò che è sbagliato molto meglio di quanto non abbia mai fatto io.»

«Non direi. Ciò che hai fatto tu è stato incredibilmente coraggioso. Io, invece, mi sono limitato a scappare finché non ho trovato qualcosa contro cui combattere. Alla cieca.»

«No, figliolo. Non potrei essere più orgoglioso di te.»

Nathan guardò suo padre. Erano lì, in un contesto surreale, nel mezzo di una riunione che non pensava sarebbe mai stata possibile. E, finalmente, conosceva la verità. Non cancellava il dolore dell'assenza del genitore durante il giorno, ma se non altro gli consentiva di liberarsi della rabbia così a lungo annidata nell'animo.

«Grazie» riuscì a dire a stento, prima che la gola si serrasse.

«Sono contento di essere riuscito a raccontarti tutto. Di' a tua madre che aspetterò finché non si deciderà a vedermi.» La sua figura iniziò a svanire. «E di' a quella tua ragazza che… è un bel passero…»

Nathan si svegliò, disteso sulla terra dura. Era ancora buio ma dalle stelle scintillanti comprendeva di essere nuovamente da questa parte della realtà.

Ricordava tutto.

E non aveva alcun dubbio di averlo vissuto davvero, il sogno di poco prima.

Guardando il cielo notturno, si chiese se suo padre fosse ancora lì, da qualche parte. Sapere che esisteva ancora, che la morte non era la fine, lo colmava di gioia, al punto che sentiva l'anima affrancarsi dalle catene, con cui lui stesso l'aveva imprigionata, e scorrere più liberamente verso il mondo che lo circondava.

Un uccello gli atterrò accanto, un passerotto, emise qualche cinguettio e volò via.

Nathan non dubitò neanche di questo: Emma gli aveva parlato. Ma lui era stato troppo ottuso per ascoltarla.

EMMA CARICÒ COPERTE e cibo sul dory. Lanciò un'occhiata alla rapida vicino al loro bivacco e saltò a bordo.

«Santa pazienza» sbottò Diamond, in piedi accanto alla barca. «Non avrai certo intenzione di affrontarla, spero.»

Emma scrutò l'acqua bianca, quindi si mise il cappello sulla testa. «Proprio così.»

L'uomo rispose borbottando oscenità tra i denti, ma quando lei iniziò a spostare l'imbarcazione dalla riva, facendola dondolare con forza avanti e indietro, saltò su in tutta fretta.

Con uno sguardo truce al suo indirizzo, Emma prese a remare nella corrente che si muoveva veloce. La vita su quell'atrio d'acqua era ormai un fatto naturale per lei, tanto che alla fine del viaggio ne avrebbe sentito la mancanza, così come le sarebbe mancata la cavalcata selvaggia che il fiume le offriva e che lei affrontò con forza e determinazione fino a raggiungere acque più calme.

Fu allora che, sputacchiando tra l'una e l'altra, Diamond si lanciò in una serie di lamentele, che Emma ignorò. Presto ci avrebbero pensato le nubi nere sopra le loro teste a soffocare il suo pessimo umore, rise fra sé, tacitamente grata quando poco dopo l'immancabile pioggia arrivò.

Nonostante la tempesta, i passerotti rimasero con lei nel dory, appollaiati sulla falchetta e la prua, alle sue spalle. Emma guidò il barchino attraverso acque relativamente placide, quindi lo spinse giù per una breve ma possente rapida senza prima fermarsi a esplorarla. Era rischioso, lo sapeva, ma meno tempo era costretta a trascorrere con Diamond meglio stava.

A un certo punto, durante il pomeriggio, piuttosto che l'occhiata veloce che di solito gli lanciava, azzardò uno sguardo diretto alla sua figura accasciata nella poppa della barca. La pioggia era cessata e lui, con la testa appoggiata all'indietro, fissava in su. Emma seguì la direzione dei suoi occhi, ma non vide nulla.

Era forse morto? Per un attimo fu sollevata al pensiero che non sarebbe più stato un problema per la razza umana, tuttavia la delusione non tardò ad arrivare, perché sbattendo le palpebre Diamond confermò di essere ancora vegeto. Con tutta probabilità, avrebbe dato fastidio ai vivi anche da morto. Un fatto sul quale Emma avrebbe dovuto indagare meglio.

Una brezza soffiò a valle, costringendola ad afferrarsi il cappello prima di vederselo portar via dalla testa. Si fece più forte. D'improvviso a disagio, Emma scrutò tutt'intorno.

I suoi passeri non c'erano più. Dovevano essere volati via. Percependo un pericolo, si raddrizzò sul banco del dory. Tolse il cappello e lo posò sul pavimento, fermandolo con il piede, quindi afferrò entrambi i remi.

Intanto, Diamond si alzava e si sporgeva in avanti. Gli prese il braccio destro per impedirgli di cadere a faccia in giù nell'acqua ma il contatto le provocò una scossa, e una brusca vibrazione serpeggiò su per l'arto e fino al centro del petto. Fu come se una sfera di energia si fosse insediata in lei, proprio dietro la cassa toracica.

Fissò Diamond negli occhi e capì che le aveva fatto qualcosa.

Intuendo i suoi pensieri, lui le rivolse un debole sorriso. La vedeva faticare a parlare, come se i polmoni fossero completamente privi d'aria. Riprese il suo posto sul banco opposto e la osservò.

Stordita, Emma si guardò il petto. Qualunque cosa ci fosse, lì dentro, vibrava e tamburellava, mettendo tutto a soqquadro.

Voleva che uscisse. Ma a parte sedere, immobile, non poteva fare altro.

Di lì a poco fu chiaro che di qualunque cosa si trattasse, stava crescendo.

CAPITOLO VENTINOVE

«Ce n'è voluto» disse Diamond «per allontanare quegli stupidi passeri.»

Emma non riusciva a parlare.

Le sorrise. «Il vento può tornare utile, a volte.»

A quale magia nera aveva fatto ricorso per soffiare via i suoi guardiani? E lei? Era davvero tanto indifesa senza di loro? Aveva sottovalutato il livello di protezione che le offrivano. Provò a chiamare Passero, ma non ci fu risposta. Allora chiamò Una, poi anche Riddle. Niente. Aveva la sensazione che una massa densa le ricoprisse la testa: il respiro era affannoso, l'udito ovattato, la vista debole e offuscata. Non sapeva come, ma le azioni di Diamond le impedivano di stabilire un collegamento esterno. Ciò che adesso era dentro di lei ronzava e acquistava forza, con un effetto tonificante e al contempo fastidioso.

Era una violazione, e lei voleva che cessasse.

Rimase incapace di muoversi per qualche tempo, non avrebbe saputo dire quanto, e a un certo punto si addormentò. Diamond prese i remi e continuò a navigare il fiume, poi trascinò la barca a riva. Fu allora che Emma tornò consapevole. Uno sguardo al cielo le disse che era tardo pomeriggio. Riusciva a muoversi, adesso, ma si sentiva confusa. Su gambe malferme si portò a terra, notando che si trovavano alla testa di una grossa rapida. Non la sorprendeva che Diamond si fosse fermato lì. Le acque bianche lo impaurivano.

Stanchissima, crollò al suolo e fissò le rocce sulla spiaggia sabbiosa. Sembravano stimolare in lei un profondo interesse, tanto che le osservò fino a perdere la cognizione del tempo. Poi, Diamond la prese per le braccia. La trascinò distante dall'acqua e la sistemò davanti a un fuoco, quindi preparò del cibo – forse fagioli – che Emma non riuscì a mangiare. Un vago senso di sconfitta pervadeva il suo stato d'animo.

Guardò Diamond, che a sua volta la fissava dall'altro capo del fuoco, e si sentì attraversare da un'ondata di disgusto subito, però, seguita da un senso di accettazione. Dio, quasi le piaceva.

Si accigliò. Da dove arrivavano quei pensieri? Aveva come l'impressione che non fossero suoi.

Ecco!

Doveva pensare. Doveva ricordare. Ma cosa?

I pensieri non erano suoi.

C'era *qualcosa* dentro di lei. Come aveva fatto Diamond a introdurcelo? E ancor più importante, come avrebbe fatto, lei, a tirarlo fuori?

Rifletté sul nuovo potere acquisito. Avrebbe potuto usarlo in diversi modi, pensò, attraversata da un guizzo di entusiasmo. Piegare altri alla propria volontà, servirsi della loro energia tutte le volte che voleva… non doveva neanche chiedere il permesso, poteva semplicemente impossessarsene. Avrebbe avuto tutto quanto desiderava.

Faticando a respirare, si riscosse dalla direzione dei propri pensieri. Anzi, da quelle che in realtà erano le riflessioni di Diamond.

Le aveva lanciato un incantesimo.

E la sua anima si stava impadronendo di quella dell'ospite, che le dava battaglia. Emma non poteva permetterlo, ma forse era l'unica maniera. Iniziò ad agitarsi, in preda a convulsioni che però restavano un fatto interiore, si accorse. Lo spirito si staccava dal corpo fisico, e lei scossa da un potente tremito provò una sensazione dolorosa. Disperata, urlò nel nulla.

Adesso, mentre lei e Diamond sedevano accanto al fuoco, era in piedi alla propria destra.

Cos'era appena accaduto?

La sua forma umana era ancora viva. Seduta lì, respirava, sbatteva le palpebre e guardava le fiamme. Ma quella disincarnata, vedeva la massa nera che era cresciuta nel corpo. Situata al centro del petto, aveva tentacoli dello stesso colore avvinghiati intorno allo sterno e alla spina dorsale. Disgustata, Emma trasalì al pensiero di provare a staccarli.

Come?

Diamond continuava a parlare ma lei non poteva sentirlo. La parte fisica di sé fissava per terra. Un qualcosa di quasi impercettibile svolazzò al limite della coscienza. Una prima e una seconda volta. Via via che la visione cambiava, Emma era sempre più sconvolta da ciò che vedeva. Un'intricata matrice brillava in tutte le direzioni. Partendo dal suolo come una ragnatela, si insinuava in ogni angolo e fessura, aggirando gli ostacoli.

Impressionata, Emma ne avvertiva l'origine… l'energia della terra stessa.

Guardò verso il fiume. Naturalmente, anche su di lui era presente lo stesso disegno, sebbene diverso nella struttura. Mentre le matrici della terra erano più geometriche, quelle sul fiume presentavano forme fluide, più morbide e malleabili, che ricordavano gocce d'acqua e pioggia.

Lo sguardo si spostò verso l'alto, alla ricerca di uno schema del vento. E qualche istante dopo, quando la vista si fu abituata, distinse le trame a spirale. Pulsavano di un bagliore azzurro. Passò allora al fuoco tra sé e Diamond. Anche questo circondato da un suo disegno, brillava rosso e si sovrapponeva continuamente a se stesso, ora apparendo, ora scomparendo. Chissà se era possibile attingere l'energia e trovare la maniera di guidarla, pensò Emma.

Esitante, tese le mani verso le fiamme e le vide turbinare, quindi abbassarsi e lanciarlesi contro. Urlò, ma il suo spavento non fu comunicato che a se stessa.

Poiché il fuoco sembrava essere il più difficile da padroneggiare, decise di provare con l'acqua.

Si concentrò sul fiume e invocò le matrici, anche loro in un continuo sovrapporsi le une alle altre.

Posso chiedere il vostro aiuto?

La risposta che percepì, sebbene non in maniera convenzionale, fu affermativa. Le forme si avvicinarono e la circondarono, muovendosi e abbassandosi. Emma provò a controllarne il flusso, e con sua enorme sorpresa si accorse di esserne capace. La matrice allora la avvolse e si mosse verso l'alto. Lei la riportò in basso e trascorse del tempo a sperimentare con l'energia.

Ti aiuteremo con lo spossessamento.

Emma non avrebbe saputo dire da dove arrivasse quello scambio, né come facesse l'energia a essere viva e consapevole. E pur senza conoscere il termine "spossessamento", ne comprendeva il significato. Diamond aveva introdotto nel suo corpo fisico una qualche sostanza psichica di controllo.

«Sì» rispose. «Grazie.»

L'energia fluì dentro Emma e la scagliò all'indietro, ricongiungendola al suo corpo. Via via che questo riacquistava la forza, guardò Diamond dall'altra parte del fuoco, quindi si alzò. E sull'espressione trionfale dell'uomo comparvero i segni di una nascente sconfitta.

Emma iniziò a sudare. Un'onda d'acqua si spingeva dai piedi in su, provocandole attacchi di nausea che le scuotevano il corpo. Incapace di sopprimerla, voltò le spalle al fuoco, si piegò in avanti e rimise, più e più volte, con conati tanto violenti da farla piangere, urlare, tossire e contorcersi. Infine, cadde in ginocchio e carponi, col viso rivolto a terra, affrontò quella forza che continuava a purificarla. Fiumi di lacrime sgorgavano dagli occhi chiusi, mentre lo stomaco si svuotava di cibo, liquidi e… qualcos'altro: una spessa sostanza simile a cuoio, che Emma non ebbe il coraggio di guardare finché gli atroci conati di vomito non si furono placati.

Alla fine, tutto cessò. Col respiro pesante, aprì gli occhi. La massa era lì, enorme e pelosa come un ragno. E un attimo dopo non c'era più. Sbatté le palpebre. Dov'era finita? Possibile che le lacrime negli occhi le avessero giocato uno scherzo? Ma per terra non vi erano che i resti di un pasto di molto prima.

Con il sapore rancido dei succhi gastrici a impastarle la bocca, lanciò un'occhiataccia a Diamond. «Non toccarmi mai più.» La voce era provata, il tono aspro e sprezzante. Fu la sua espressione a darle un'idea di quanto aveva appena fatto: un misto di incertezza, soggezione e, sicuramente, paura. Tirò fuori il coltello nascosto nello stivale, assicurandosi che lui lo vedesse. «Se t'azzardi un'altra volta, t'ammazzo.» Si alzò e nell'oscurità andò al fiume a sciacquarsi la bocca e il viso.

EMMA NON ERA sicura di dove fosse andato a nascondersi Diamond, sapeva solo che durante la notte era strisciato via nell'oscurità. Dopo essersi ripulita, i suoi fratelli piumati erano tornati e adesso la circondavano, mentre sedeva su uno sperone roccioso. Il fuoco si era spento ma le restava la luce delle stelle, un'immensità di lustrini che decoravano il cielo sulla sua testa. Non si sentiva stanca, il che era un bene, ma non voleva addormentarsi con Diamond in agguato da qualche parte. Non pensava sarebbe tornato all'attacco, né poteva dire di sapere come funzionasse la sua mente, perciò doveva essere vigile.

Confortata dai passerotti, guardò le ombre proiettate dai loro corpi appollaiati sui massi tutt'intorno. Che creaturine deliziose erano, comuni e semplici, assolutamente prive di tratti particolari. Non erano grandi, né possedevano becchi lunghi o colori intensi. Erano banali in ogni senso della parola, proprio come lei, ma anche dotate di un'insolita perseveranza e della capacità di integrarsi nell'ambiente. Sopravvivevano. E lei sperava di avere almeno la metà della loro forza.

Dalle ombre emerse Una.

«Una!» Emma la salutò sorridente, felicissima di rivedere la sua amica.

Sono lieta tu stia bene. Si avvicinò, tanto che Emma riusciva a vedere il bagliore inquietante dei suoi occhi gialli. *Ma adesso devi venire con me.*

Emma annuì e si alzò. Si fidava del puma nella stessa misura in cui diffidava di Diamond. «Temevo che non ti avrei più rivista.»

Eri prigioniera. Una si fermò e girò la testa a guardarla. *Ma sei sveglia, e io ne sono molto compiaciuta.*

Emma gioì di quella lode, ma poi un pensiero si affacciò alla mente. «Era una prova?» chiese, riferendosi a quanto era accaduto con Diamond.

Se preferisci. Una riprese il cammino, balzando con naturale agilità su una piattaforma rocciosa lì accanto. *Ma, allora, penserai che la vita stessa sia una prova.*

«E lo è?» Arrampicandosi con mani e piedi, seguì il puma.

La vita non è altro che l'espressione di un desiderio, un altro e un altro ancora. Senza fine. E quando il corpo fisico cessa di desiderare, lo lasci e passi ad altro.

«Un altro corpo fisico?»

No. Non sempre.

«Insomma, non c'è nessun gran senso nella vita?»

Il mistero è tale solo quando è conoscenza sconosciuta. Lo scopo di ogni vita è diventare lei stessa spirito, in costante espansione, è imparare e cambiare. Evolversi. Siamo tutti connessi. E beneficiamo in maniera vicendevole. Il mondo in cui vivi tu è solo più solido di altri.

«Ma quanto dici non ha senso. Come faccio, io, a essere connessa a qualcuno come Diamond? O all'uomo che ha ucciso i miei genitori?»

È vero che certe anime non si espandono mai. Molte, imbrigliate nelle tenebre, fanno di tutto per sottrarre altre alla luce. Un buon puma guarda i suoi cuccioli con gioia ma con occhio sempre cauto, sempre attento ai predatori. Comprende l'esistenza del pericolo, e fa sempre in modo di non lasciarsi mai ingannare. Devi fare altrettanto. Non essere più bambina.

Procedettero seguendo un sentiero più agevole, sebbene ancora in salita. Emma sapeva che non dormiva perché lo sforzo la faceva sudare. La passeggiata si era trasformata in un'escursione. I suoi passeri continuavano a restarle vicini, svolazzando di cespuglio in cespuglio, alle sue spalle, sulla testa e davanti a lei.

Dopo parecchio tempo – forse ore, Emma non avrebbe saputo dire quante – raggiunsero un altopiano. Si sentiva sollevata e purificata dall'esercizio fisico. Una luna piena splendeva luminosa sull'orizzonte fino a poco prima invisibile.

La vista le mozzò il fiato. Girò su se stessa abbracciando con lo sguardo la magnificenza del cielo stellato. Gli esseri umani erano davvero parte di qualcosa di straordinario, quale che fosse quel quadro generale. Il puma se ne stava seduto a parecchi piedi da lei.

«È bellissimo, Una» disse Emma. «Grazie per avermi portata qui.»

Io non sono che una guida. Sei stata invitata.

«Da chi?»

D'improvviso, ombre intorno a lei iniziarono a prendere forma. Alte e dalle sembianze umane, indossavano abiti stravaganti, alcune con copricapi piumati, altre con capelli lunghi ornati di bacche. Sembravano per lo più indiani, a eccezione di una manciata di loro dall'aspetto ancor più straniero, con tratti spigolosi e mascelle ben delineate. In tutto, erano presenti tra i quindici e i venti esseri effimeri, che illuminavano lo spazio e lo colmavano di una forte energia radicante.

Un brivido corse lungo la schiena di Emma. Se esisteva una qualche regalità astrale, di sicuro in quell'istante la circondava.

Siamo i Guardiani del Grand Canyon. Proteggiamo questo spazio, che è energia della Creazione, e ne custodiamo i confini contro il trambusto caotico al di fuori. È un percorso difficile per il cercatore. Quanti mancano di saggezza e fermezza, o possiedono un cuore impuro non prevarranno. Ma tu hai mostrato un bagliore di valore e coraggio, conquistando un elemento dell'oscurità, così abbiamo girato la ruota per lasciarti entrare. Sappi che sarai sempre la benvenuta tra di noi.

Emma non sapeva cosa dire. Per un istante, godette del flusso di calore e amore che la pervadeva. Il fatto di trovarsi in compagnia di quegli angeli provenienti da un regno superiore le donava un'indicibile speranza.

«Grazie» rispose piano, con gli occhi colmi di lacrime.

Sei venuta a cercare risposte, ma la chiave è da sempre dentro di te.

Tu *sei la risposta.*

Ed Emma, finalmente, capiva. La vita è magia, un dono del cielo, e ogni persona alberga in sé un potenziale immenso.

Davvero molto semplice.

«Siamo tutti benedetti» sussurrò.

CAPITOLO TRENTA

All'alba, Emma salì sul dory, quello sarebbe stato l'ultimo giorno sul fiume, decise. Doveva trovare Nathan.

Dal nulla spuntò Diamond. «Vengo anch'io.»

«Non te l'ho mai proibito» ribatté Emma.

Aspettò che si arrampicasse a bordo, quindi spostò il barchino in acqua. Sebbene la notte prima non avesse dormito molto, non si sentiva particolarmente stanca. Tuttavia, era stufa di trovarsi bloccata in un fossato dopo l'altro con Diamond. Quel giorno l'avrebbe fatta finita. E di lui si sarebbe occupato Nathan.

La pioggia iniziò a cadere in goccioline per trasformarsi poi in un vero e proprio acquazzone. Ma Emma non si lasciò scoraggiare e continuò a remare. Superarono subito una rapida di lieve difficoltà, quindi una seconda. E fu a quel punto che il velo di nubi si sollevò abbastanza da permetterle di vedere la montagna a forma di cono poco più in fondo. Era il punto di riferimento che le aveva dato Passero. Scrutò la riva in cerca di segni della presenza di Nathan, ma non vide nulla. Sulla sinistra era una spiaggia aperta. Doveva essere la sua via di uscita, decise Emma. Non poteva essere altrimenti. Una rapida incombeva a breve distanza, perciò vogò con energia per portare il dory a riva.

«Perché ci fermiamo?» volle sapere Diamond.

«Perché questa è la fine della corsa» rispose lei.

Emma saltò giù e trascinò la barca sulla sponda, infastidita dal doversi tirare dietro anche il peso di Diamond. Indietreggiò e scrutò tutt'intorno. Aveva ripreso a piovere e la visibilità era limitata.

«È questo il punto in cui uscire dal canyon?» chiese Diamond, spostandosi lungo la riva con gli occhi socchiusi per vederci meglio.

«Lo è per me.»

Non vi erano segni di altre presenze. In compenso, lì vicino era una secca la cui acqua si gettava nel Colorado. Decise di seguirla. Avrebbe sicuramente portato a una parte più alta.

«Aspetta un attimo» la fermò Diamond con tono deciso. «Non abbiamo ancora finito qui.»

Ignorandolo, Emma si allontanò e percorse un tratto di parecchi piedi, quindi si fermò di scatto. Era movimento quello che vedeva in lontananza? Il suo sguardo cercò l'orizzonte, anche se la pioggia confondeva quella linea tra cielo e terra. E poi le vide. Tre sagome camminavano verso di lei. Il cuore fece un balzo nel petto. Solo una portava il cappello, ed Emma fu certa che fosse Nathan. Stava per corrergli incontro, quando Diamond le saltò addosso spingendola a terra.

Stordita dall'urto, rimase immobile. Allora Diamond si alzò, la girò sulla schiena e la schiaffeggiò.

«Levati di dosso!» urlò lei, spingendo le braccia in alto per difendersi.

«Non te ne andrai tanto facilmente! Non abbiamo finito!»

Emma lottò contro le braccia che cercavano di tenerla giù e… d'improvviso, Diamond non c'era più. Due uomini lo avevano sollevato di peso.

Masito e Na'i.

Alle sue spalle, un paio di braccia salde la tirarono su e le circondarono la vita, attirandola più vicino.

Nathan.

Diamond cercò di liberarsi dalla presa di Masito e Na'i che gli tenevano gli arti lungo i fianchi, ma oltre la spalla di Emma, Nathan estrasse la pistola e gliela puntò contro.

«Fermo o ti ammazzo» disse.

Diamond si immobilizzò.

«Stai bene?» le sussurrò Nathan all'orecchio.

Emma si girò nel suo abbraccio e lo strinse forte, nascondendogli il viso nel collo, fondendosi a lui. Era così sollevata di vederlo. Con il braccio destro ancora teso verso Diamond, Nathan ricambiò la stretta con il sinistro.

«Sei ferita?» volle sapere.

Piegando il busto indietro, Emma lo guardò, ancora incredula che fosse riuscito a trovarla. Scosse la testa, in risposta alla sua domanda, quindi sollevò una mano a toccargli il viso. Sembrava esausto e, dopotutto, neanche lei poteva dire di avere un aspetto migliore. Poi, consapevole della presenza degli altri, lo baciò brevemente e, seppur riluttante, si fece indietro così che tutti insieme potessero occuparsi del problema che era Diamond.

«Leghiamolo e portiamolo con noi» disse Nathan, chinandosi a raccogliere un rotolo di corda che doveva aver gettato per terra quando i tre avevano sottratto Emma all'attacco di Diamond.

Na'i disse qualcosa in Hopi e Masito tradusse. «Se lo uccidiamo adesso e buttiamo il corpo nel fiume, non dovremo dirlo a nessuno.»

«Cosa?» urlò allarmato Diamond, lottando contro la presa dei due.

«Non penso sia una buona idea» rispose Nathan.

«Riferisci a Na'i che sarebbe tanto pericoloso da morto quanto lo è da vivo» disse Emma a Masito. «Loloma è salvo, e anche lo spirito di Lenmana.»

«Ne sei certa?» chiese Masito, con gli occhi luccicanti di speranza.

Emme fece un breve cenno con la testa.

«Si sbaglia» s'intromise Diamond. «Posso aiutarvi io, con tutti e due.»

Na'i e Masito rafforzarono la stretta, strappandogli una smorfia di dolore.

«Menti» lo accusò Masito. «E hai fatto male a fin troppe persone.»

«Ci sono percorsi che nessuno può comprendere» mormorò Diamond, con lo sguardo perso. «Seguirli significa assimilare tesori di conoscenza infinita. È magia, e io la conosco. Trascende i limiti della ragione. Posso aiutarvi a contattare tutti quelli che avete così tanto provato a raggiungere. Ed Emma mi assisterà, perché adesso li conosce anche lei, quei percorsi.»

Imbambolata, Emma lo guardò, quindi si riscosse, liberandosi dalla presa. Spostò veloce gli occhi su Nathan, Na'i e Masito. Fissavano per terra, immobili, assenti.

«No!» urlò. «Vi sta lanciando un incantesimo!»

D'un tratto la pioggia si intensificò. Fango e acqua scorrevano verso il fiume. Esitante, Emma guardò con un senso di inquietudine quell'impasto semiliquido, mentre Diamond si dimenava frenetico per fuggire via. Contorsioni, calci e urla, ma Nathan si avvicinò e in tre lo immobilizzarono al suolo.

Con il respiro affannoso, Emma spalancò gli occhi. La causa appena fuori dalla sua portata. Che cosa stava accadendo?

Oh, mio Dio.

Si girò con uno scatto improvviso e fissò incredula il muro d'acqua che si lanciava contro di loro. Era alto almeno quindici piedi.

«Alluvione!» urlò. «Correte!»

Nathan saltò su e le afferrò la mano, trascinandosela al fianco, ma era drammaticamente chiaro che non sarebbero riusciti a superare la piana alluvionale. Na'i, Masito e Diamond gli arrancavano dietro.

In tutta fretta, Nathan attirò Emma verso un grosso masso e con un lancio frenetico vi assicurò l'estremità a cappio della corda, quindi le afferrò il polso e le diede tre giri della restante corda intorno al braccio, strappandole una smorfia di dolore.

«Non mollare!» ordinò.

L'acqua li colpì violenta, investendoli con la forza di una frana e strattonando il braccio di Emma. Un dolore lancinante le attraversò la spalla ma lei non cedette. Si sforzava di tenere alta la testa, ciò nonostante non riusciva proprio a respirare. In preda al panico, sapeva che doveva svincolarsi o sarebbe annegata. Iniziò a girare il braccio per liberarlo dalla corda e appena arrivata all'ultimo giro, la corrente impetuosa la trascinò via.

La testa di Emma emerse per un istante, giusto il tempo per una boccata d'aria.

«Emma, no!» Nathan era ancora legato, ma un attimo dopo la seguì nella corrente. «Solleva i piedi! Sta' attenta alle rocce!»

Il suo corpo, però, si muoveva troppo veloce e a un certo punto urtò qualcosa di duro. Stordita, si chiese cosa fosse accaduto.

Dev'essere opera di Masau'u, pensò. *Per Diamond, quel suo figlio capace di tante azioni cattive.* Sentì che scivolava via. *Ti prego, non prendere Nathan. Ti prego, non lui. Ti prego, non portarlo via.*

E poi ci fu solo il nulla.

CAPITOLO TRENTUNO

Inizi ottobre, 1877

S eduto sulla sponda del fiume, Nathan fissava l'acqua. Faceva ancora caldo e la sua pelle bruciava sotto il sole di mezzogiorno, ma a lui non importava. Con la camicia dai bottoni mancanti e i pantaloni strappati lungo una gamba, contemplava l'acqua e si chiedeva perché non volesse esaudire quell'unica preghiera, la sola nelle ultime settimane. A questo si era ridotto. Aveva cercato Emma su e giù per il Colorado senza alcun risultato. Neanche l'ombra di un corpo.

E ciò gli dava speranza.

Così pregava. Forse non nella maniera corretta, ma pregava.

Le lacrime gli bruciavano gli occhi e serravano la gola. Non riusciva proprio a farsene una ragione. Lui, che era sopravvissuto alla prigionia sotto i Comanche, che aveva combattuto i Messicani lungo il confine del Texas al fianco dei Rangers, e del suo caro amico Matt. Con che coraggio avrebbe detto alla moglie, Molly, che aveva perso la sorella? Che si era trattato di una morte assurda?

Emma. Non le aveva mai confessato che la amava.

Era lì da... quanto?... due settimane, forse tre. Aveva perso il conto dei giorni, voleva solo trovarla. Sarebbe stato facile, si era detto, una volta che l'alluvione si fosse placata. E così aveva cercato. Trovando brandelli dei suoi abiti aveva corso su e giù per il fiume, come un pazzo, pensando che fosse ferita ma rifiutandosi di credere che fosse annegata. Mai avrebbe accettato un'ipotesi come quella.

Invece che nel suo, però, si era imbattuto nel corpo di Diamond, martoriato e sanguinante, a circa un miglio a valle dall'alluvione. Era decisamente morto. E sebbene a lui non importasse granché della dipartita di quell'essere, temeva che Emma avesse subito lo stesso destino. Masito e Na'i erano sopravvissuti, tuttavia dopo giorni di ricerca erano tornati al campo Hopi insistendo che Nathan li accompagnasse, ma lui aveva rifiutato. Non se ne sarebbe andato senza Emma. I due gli avevano lasciato del cibo che lui aveva toccato a malapena. Sostenersi non sembrava avere molto senso.

Neanche la luce brillante del sole era capace di fugare le tenebre che minacciavano di consumarlo. La sua anima perdeva la propria forza vitale, e a lui non importava. Mai, prima di adesso, la vita gli era parsa tanto incompleta, tanto inutile, neanche dopo la morte di suo padre. Teneva a bada il dolore ripetendosi che Emma viveva, da qualche parte, che forse aveva battuto la testa su un masso e non ricordava chi era. Diversamente, la sofferenza interiore avrebbe riempito la sua esistenza ormai svuotata di senso annegandolo, così come l'alluvione aveva fatto con Diamond.

«Ah, eccoti qui.»

La voce profonda lo fece trasalire. Si guardò oltre la spalla e vide Masito in groppa a un cavallo, con un altro di fianco.

Black.

Sorpreso, Nathan si alzò e andò dal suo fedele amico.

«Ehi» sussurrò, strofinandogli il muso. Black lo salutò con uno spintone e batté uno zoccolo.

Nathan gli rivolse un sorriso, brevissimo. Era contento di

rivedere Black, ma neanche lui sarebbe riuscito a cancellare il vuoto che ormai era parte della sua vita.

«Come lo hai trovato?» chiese.

«I mormoni lo hanno tirato fuori dal canyon e uno degli Hopi lo ha guidato all'accampamento. Non pensavo che saresti mai venuto via da qui, perciò ho portato lui da te. Direi che è felice di rivederti.»

«Grazie» rispose Nathan in tono serio. Accarezzò il collo di Black, quindi aggiunse: «Non posso ripagarti, ma ti sono riconoscente.»

«La nostra missione è completa. Il pagamento è più che sufficiente. Diamond è morto, e Na'i ha acconsentito a tornare al nostro villaggio e lasciarsi il passato alle spalle.»

«Come sta il piccolo?»

«Loloma è sveglio. E racconta di una donna che lo ha salvato da un vuoto immenso, solo che aveva la forma di un passero.»

Nathan sentì un brivido corrergli lungo la spina dorsale. «Ci è riuscita, allora.»

«Mi dispiace per la perdita di Emma. Era diversa dagli altri. Una dei pochi.»

Nathan annuì, rigido.

«Ma tu non puoi restare qui per sempre» proseguì Masito. «Devi proseguire il tuo cammino in questa vita.»

Nathan non disse nulla.

«Non avevi intenzione di andare da tua sorella in California?» insistette l'altro.

Nathan pensò alla maniera in cui Masito aveva perso la propria sorella, Lenmana. Tutti loro avevano sofferto. E si chiese come fosse riuscito ad accollarsi la precedente esistenza nell'esercito e con i Texas Rangers. Ogni cosa gli sembrava insopportabile, adesso. Inutile. Il desiderio di vivere lo aveva abbandonato quasi del tutto. Inspirò ma trovava difficile persino quello. «Già. Solo che prima devo andare in Texas. Lo devo a Emma.»

«E allora farò un tratto con te.»

Nathan sapeva che Masito non se ne sarebbe andato senza di lui.

Ed era ora, ormai. Tanto non l'avrebbe ritrovata.

Emma non c'era più.

Il Canyon l'aveva voluta per sé.

CINQUE GIORNI DOPO, nella luce che precede l'alba, Nathan era in sella a Black al limite del Grand Canyon. L'ampiezza e la lunghezza della gola lasciavano senza parole. Non sembrava vera, piuttosto dava l'impressione che un pittore fosse sceso dal cielo a creare un falso paesaggio che impressionasse gli umani che vi risiedevano.

Lui e Black erano soli. Masito si era congedato la sera prima per tornare dalla sua gente. Era stato difficile dirgli addio, ma Nathan lo aveva tenuto per sé. Una parte di lui non voleva andar via. In qualche modo, Emma era lì. La sensazione era forte. E anche Masito era parte di quel paesaggio.

Se solo fosse rimasta in vita. Sarebbero potuti restare lì e invecchiare insieme. Avrebbe avuto modo di dirle che aveva avuto ragione su tutto, che le sue abilità di guarigione erano vere. Aveva sbagliato a dubitarne. Aveva sbagliato a proposito di tante cose.

Credi in cose che non puoi vedere? Le sue parole riecheggiarono nella mente, come un'ossessione. E sì, alla fine Nathan credeva nei misteri di un mondo al di là di quello in cui viveva. Che ironia non poterglielo dire.

Non possiamo essere gli unici a vivere nell'universo. Significava forse che lei era da qualche parte, non lì, bensì altrove? E se per caso esisteva una maniera di raggiungerla? Credeva abbastanza in Dio e nell'aldilà per trovarla?

Ma la solitudine? Ancora Emma. A Nathan era piaciuto stare da solo, ma adesso gli era intollerabile.

Hai un sogno per il futuro? Sì, lo aveva, solo che non si era reso conto includesse lei da sempre. Non sembrava davvero capace di accettare un mondo in cui non ci fosse anche Emma.

Grazie per avermi aspettata. Ma non era stato abbastanza. A volte, neanche l'amore era abbastanza.

Il sole si levò sull'orizzonte, e poco a poco l'oscuro canyon si rianimò. Le pareti presero a vibrare di tonalità rosse, cuoio e marroni. Quanto fino a un attimo prima era apparso buio e infinito d'un tratto pulsava dei colori della tavolozza variopinta della terra.

Magari è la porta di un universo che non possiamo vedere.

Non avrebbe più rivisto Emma in quella vita, ma forse l'avrebbe incontrata nella prossima. Forse un Dio c'era davvero, e un Paradiso in cui Emma adesso dimorava tra le braccia di un protettore ben più forte di lui. Non aveva saputo proteggerla, pensò con l'anima in frantumi tenuta insieme solo da un profondo senso di desolazione.

La voleva indietro. Ne aveva bisogno, come dell'aria e dell'acqua.

Doveva resistere abbastanza da tornare in Texas e raccontare a Molly tutto quanto aveva imparato su sua sorella, tutto quanto era accaduto durante il loro viaggio attraverso il Canyon.

Tirò le redini e guidò Black verso sud-est. Il sole lo accecava. Si abbassò con una smorfia il cappello sugli occhi e lasciò che il cavallo trovasse la strada da sé. Quanto più tempo passava tanta più distanza poneva tra sé il canyon.

Il più straordinario dei cañon.

Il Big Cañon.

Il Grand Canyon.

CAPITOLO TRENTADUE

Fine ottobre
Texas

Il viaggio era stato lungo e difficile. Nathan aveva evitato il percorso agevole preferendo, invece, cavalcare in solitudine. Mai aveva incitato Black a quel modo, ma il cavallo sembrava comprendere che il suo amico lo spronava a rotta di collo per sfuggire a un dolore quasi accecante.

Dal Grand Canyon, avevano cavalcato in direzione sud-est, finendo col seguire il Little Colorado fino al Sunset Crossing e poi St. Johns. Di lì avevano superato il confine col Nuovo Messico, raggiungendo Santa Fe e dirigendosi verso la frontiera del Texas e l'SR, il ranch di Jonathan e Susanna Ryan, genitori del suo caro amico ed ex Ranger come lui Matt Ryan.

Il vasto ranch, quasi ottantamila acri, si era sempre presentato accogliente ai suoi occhi, ma adesso era un guanto che gli stava un po' stretto. L'ultima volta che ci era stato, Molly gli aveva dato la fotografia della sorella scomparsa e lui l'aveva presa con sé offrendosi di ritrovarla. Mai si sarebbe aspettato il cambiamento che quella decisione aveva apportato alla sua vita.

Tuttavia, adesso tornava da solo e consumato da uno schiacciante senso di terrore. Come avrebbe detto a Molly che Emma, la sorella che non vedeva da dieci anni, era morta? Non aveva idea delle parole che avrebbe usato, non riusciva neanche a pensarci.

Passando sotto l'ingresso in ferro battuto con le iniziali SR, osservò le grandi pianure che si stendevano fino all'orizzonte. Era ancora ad almeno un miglio dalla casa e proseguiva senza spronare Black. Il sole del tardo pomeriggio gettava per terra lunghe ombre, che sembravano invitarlo e promettevano di alleviare con l'oscurità le sue preoccupazioni. Nathan voleva chiudere gli occhi e non svegliarsi più. Si sollevò il collo dello spolverino contro l'aria fredda e lasciò che Black procedesse pigro, come se entrambi non avessero nient'altro di meglio da fare. E infatti così era. Infine, sarebbe andato in California a trovare sua sorella e il figlioletto. Poi a St. Louis a farsi perdonare da sua madre, e dopo… non lo sapeva.

Un branco di cavalli si muoveva in un grande recinto e parecchi mandriani si affaccendavano qua e là. Alcuni annuirono al suo indirizzo ma Nathan proseguì verso la casa padronale, un immenso edificio a due piani con la facciata esterna in legno imbiancato. Pioppi ormai spogli circondavano la dimora, offrendo ben poca copertura alla veranda che la abbracciava.

Una donna apparve alla porta d'ingresso, i lineamenti sfocati dietro la zanzariera. Nathan trasalì. I capelli scuri appartenevano di sicuro a Molly. Con il cuore gonfio di tristezza, smontò da cavallo.

Ma vedendo Molly uscire sulla veranda si immobilizzò.

Emma?

Sbatté più volte le palpebre, convinto che gli occhi gli stessero giocando uno scherzo. Era impazzito senza neanche accorgersene? Non poteva essere lei, eppure la visione lì davanti era identica! Come una falena attirata dalla fiamma, mosse qualche passo. La donna rimase dov'era. Raggiunto il primo gradino, lui la fissò, totalmente incredulo.

«Nathan.» Sulle labbra passò un lieve sorriso.

«Sei un fantasma?» chiese lui.

«No. Pensi che sia morta?»

«Ti ho cercata dappertutto» disse, accorgendosi solo allora delle ombre scure sotto gli occhi, l'espressione stanca e il corpo magrissimo. Un fantasma non sarebbe mai apparso tanto provato.

Buon Gesù, era davvero lei. Salì in fretta i gradini e la sollevò tra le braccia, stringendola forte. «Santo cielo, Emma, pensavo di averti persa.»

«Mi dispiace» si affrettò a dire lei. «Sono rimasta ferita e priva di sensi per parecchio tempo. Non so quanto. Sono stati degli indiani Paiute a trovarmi, ma all'inizio non sapevano chi fossi, né sapevano di te. Quando poi mi sono ripresa non avevo idea di dove trovarti, così sono venuta qui. E adesso che sei tornato sono felicissima.»

Nathan si staccò appena, giusto quel tanto che bastava ad afferrarle il viso e baciarla. Fiumi di lacrime rotolavano giù mischiandosi alle proprie. «Ti ho sognata» disse lui in un soffio, labbra contro labbra.

«Lo so.» Emma piegò indietro il busto per guardarlo, mentre gli occhi di lui seguivano adoranti ogni tratto del suo viso, memorizzandolo. Aveva dimenticato quanto bella fosse.

«Devo dirti una cosa» sussurrò lei esitante. «Sono incinta.»

Stordito dalla sorpresa, Nathan non seppe cosa dire. Poi vide lo sguardo preoccupato sul viso di Emma e avvicinò le labbra alle sue. «Tranquilla, Em. Andrà tutto bene.» Siccome lei non rispondeva, la baciò. «Ci sposeremo appena possibile.»

Lei si tirò indietro. «È ciò che vuoi?»

Nathan poggiò la fronte sulla sua. «Sei tu, ciò che voglio. E se dici di no, continuerò a chiedertelo finché non dirai di sì.»

Ma i suoi occhi erano ancora preoccupati e… Accidenti! Come poteva essere tanto stupido, soprattutto adesso che Dio aveva risposto alle sue preghiere?

«Ti amo, Emma» disse, sentendo il suo corpo che si rilassava.

«In questo caso la risposta è sì. E ti amo anch'io.»

Tornò a cingerla con le braccia e la baciò, appagando finalmente la sua natura selvaggia. Tutta l'inquietudine, l'incessante vagabondare, svanirono e al loro posto Nathan trovò un conforto mai conosciuto prima. Emma era viva. E sarebbe rimasta con lui. Non chiedeva altro alla vita. Era abbastanza. Anzi no, era *più* che abbastanza. Era una benedizione. Dio gliel'aveva restituita. Sana e salva. E per questa ragione non avrebbe più dubitato del mondo invisibile.

Sollevandola tra le braccia, la fece girare. Emma rise e gli tolse il cappello.

Due figure a cavallo si avvicinavano. Smontarono in fretta e corsero verso la casa. Per un istante, Nathan fu infastidito da quell'intrusione, ma poi, nei due uomini che si univano a loro sulla veranda, riconobbe Matt e Logan.

«Accidenti, che bello rivederti, Nathan» disse Matt allungando un braccio.

Con Emma ancora accanto a sé, strinse la mano dell'amico e poi quella di Logan.

«Ti abbiamo cercato» disse quest'ultimo. «Ma, al solito, ci sei sfuggito.»

Nathan sorrise al fratello di Matt. I Ryan erano stati come una famiglia per lui, in quegli ultimi anni trascorsi lontano da sua madre. «Me la sono presa comoda.» Abbassò lo sguardo su Emma. «E mi dispiace.»

La zanzariera si aprì. «Che diam… Nathan!» Susanna Ryan emerse, correndo ad abbracciarlo. «Grazie al cielo. Eravamo così preoccupati per te. Tutti dentro, adesso, su. Si gela qui fuori.» E come una chioccia li spinse all'interno. Aspettò che appendessero cappotti e cappelli, quindi li guidò in salotto.

«Dov'è vostro padre?» chiese a Matt e Logan, quindi vedendo i due stringersi nelle spalle, si scusò e uscì dalla stanza. «Vado a dire a Rosita di preparare la cena e aggiungere un posto a tavola» comunicò da dietro l'angolo.

Nathan sedette accanto a Emma sul divano rosso cupo e imbottito più del dovuto proprio nell'istante in cui entravano Molly e Claire.

«Nathan!» Molly gli andò incontro e lui si alzò ad abbracciarla, notando la protuberanza del suo ventre.

«Congratulazioni» disse.

«Grazie» rispose lei. «Anche se sono io a esserti riconoscente per aver trovato Emma.»

«Non essermi troppo grata. Alla fine l'ho persa.» Con la voce incrinata, si sforzò di controllare l'ennesima ondata di emozione.

«Lo so. Ce lo ha detto.»

Lo sguardo di Nathan si spostò da Molly a Claire, sorpreso di vedere la bionda che era quasi fuggita via dai Ryan qualche mese prima. «Non mi aspettavo di vedervi qui» le disse.

Lei sorrise e lo abbracciò.

«È una Ryan, adesso» lo informò Logan «perciò attento a come la tratti.»

Nathan non sapeva cosa dire. Era chiaro che fosse rimasto indietro rispetto agli eventi più recenti e avrebbe dovuto recuperare. Vedendo gli altri che prendevano posto in poltrona, tornò a sedersi accanto a Emma e strinse la sua mano nella propria, aveva bisogno del contatto fisico con lei.

«Io ed Emma vogliamo sposarci al più presto» disse, condividendo subito l'informazione per lui più importante. A chi era interessato, avrebbe raccontato in seguito del loro viaggio.

«Un altro matrimonio?» intervenne Susanna entrando nella stanza con Jonathan, il più anziano dei Ryan ma ancora nel pieno delle forze. «Rosita deve aver aggiunto qualcosa al cibo senza dirmelo.»

Tra le risate generali, Nathan – che non era sicuro di aver colto la battuta – si alzò e strinse la mano a Jonathan.

«Sono contento di rivederti, figliolo» disse l'uomo. «Ci hai tenuti tutti svegli stanotte.»

«Mi dispiace, signore» rispose Nathan. «Non sapevo che Emma fosse qui. Anzi, credevo di averla persa. Infatti, ero tornato apposta per dirvi della sua morte.» Lo sguardo cercò Molly. «Non che ne avessi voglia, naturalmente, perciò ci ho messo tanto.»

Tornò di nuovo al fianco di Emma, ancora incredulo di fronte agli eventi dell'ultima ora. Si era aspettato infinita tristezza e dolore, invece si trovava circondato da persone che considerava amiche, nonché dalla donna che amava.

«Avete entrambi bisogno di riposo» disse Susanna. «Prendetevi tutto il tempo che vi serve. E siccome abbiamo celebrato un matrimonio appena ieri, sono certa di poterne organizzare subito un altro.»

«Sarebbe bellissimo» disse Emma. «Ma, forse, io e Nathan dovremmo prima parlarne.»

«Naturalmente» rispose Susanna.

Nathan guardò Emma. Ci stava ripensando? Lei gli sorrise. «Ci sono persone che vorremmo fossero presenti... tua madre, zia Catherine, Mary.»

«Hai ragione.» Ma lui temeva che l'attesa affinché tutti i pezzi andassero al posto giusto avrebbe messo a dura prova la sua pazienza. «Solo... non ritardiamolo di troppo.»

Apparsa all'improvviso, Rosita andò da Nathan e gli colpì il braccio con l'indice. «Voi e la *señorita* troppo magri» disse, sollevando stizzita le braccia. «Perché no mangiare quando se ne andare da qui?» insistette la bassa messicana. «Adesso viene con me, tutt'e due. Io prepara tante cose. E voi no lasciare tavola prima che mangiato. *Mucho grande*» concluse, costringendoli ad alzarsi dal divano e spingendoli, tra le risate di tutti, verso la sala da pranzo.

EMMA POSÒ la testa sul cuscino, piuttosto stanca. Avendo lasciato il Texas ancora giovanissima, dopo la morte dei suoi genitori, non aveva chissà quali ricordi della gente che frequentavano, ma la compagnia dei Ryan si era rivelata così piacevole che erano rimasti tutti a parlare e aggiornarsi a vicenda fino a tardi. Rivedere sua sorella Molly, poi, era stato un dono indescrivibile, al punto che non riusciva ancora a credere fosse davvero viva. Sentiva che pian piano le sue ferite iniziavano a rimarginarsi, incoraggiate anche dalla relazione con Matt e dal figlio che portava in grembo. Emma non le aveva ancora detto di aver già visto il piccolo che sarebbe nato di lì a qualche mese. Avrebbe aspettato ancora un po', Dopotutto, ne avevano di tempo per ravvivare il loro legame di sorelle.

Si coprì il ventre con la mano, chiedendosi della propria creatura. Dopo l'inondazione era stata trascinata verso valle – quanto distante non avrebbe saputo dirlo – e si era risvegliata con degli indiani che non riconosceva. In seguito, aveva appreso di aver dormito per giorni di fila, nonché di avere una ferita alla schiena che l'aveva tenuta immobile per un'altra settimana.

Gli indiani che si erano presi cura di lei erano dei Paiute con terre a nord del Canyon. Comunicare con loro si era rivelato pressoché impossibile ma, in qualche modo, erano stati a conoscenza della sua identità, o meglio, di una storia associata a lei. Ed Emma aveva avuto l'impressione che la riverissero. Una volta iniziato a sentirsi meglio e in grado di sedersi e riprendere a camminare, aveva viaggiato con Passero su loro richiesta, tornando con informazioni sul posto in cui cacciare cervi per sostenersi ed esortandoli a spostare l'accampamento prima dell'arrivo di piogge torrenziali.

Ignara della sua morte, poi, in un successivo viaggio si era imbattuta in Diamond, che aveva provato a convincerla a tornare un'altra volta da Masau'u. Il suo potere, ancora forte e pericoloso, l'aveva irretita, allettata, blandita. Ma lei gli era sfuggita, sottraendosi ai ripetuti tentativi grazie allo spesso scudo immaginario dietro il quale si riparava. Avrebbe voluto potergli impedire di predare gli altri che vivevano in quell'area, ma era semplicemente riuscita a mettere in guardia i Paiute. Nonostante la barriera linguistica, le era parso chiaro che conoscessero i posti ampiamente frequentati da spiriti malvagi e sapessero come cvitarli.

Ma il viaggio aveva portato con sé anche una benedizione... aveva scoperto di essere incinta. Passero le aveva raccontato molte cose sul piccolo, esortandola a tornare in Texas quanto prima. Combattuta, Emma aveva pensato di dover andare a San Francisco da sua zia, ma Passero aveva insistito che Nathan sarebbe stato in Texas.

Con null'altro se non gli abiti che indossava, si era chiesta come avrebbe fatto ad arrivarci, ma l'opportunità si era presentata quando diversi uomini dei Paiute l'avevano accompagnata a un piccolo avamposto a ovest. Lì, Emma aveva trovato un contingente militare che si era offerto di portarla a Phoenix. Da quel punto in poi, passaggio dopo passaggio era arrivata fino al ranch dei Ryan.

Chiuse gli occhi e si lasciò avvolgere dalla morbidezza del cuscino e del letto. Era bello tornare a dormire in una casa.

Dopo un lieve colpo, la porta si aprì e Nathan entrò piano nella stanza. «Ti dispiace se resto qui?» sussurrò.

Emma si mise a sedere. «No.» Sorrise, d'un tratto un po' nervosa.

Lui si avvicinò al letto e le sedette di fronte. «Non per mancare di rispetto ai Ryan, ma ho trascorso troppe notti senza di te.»

«Sono contenta tu sia venuto» disse facendogli posto così che potesse distendersi accanto a lei.

Nathan si tolse la camicia e la prese tra le braccia. Il battito era forte e regolare, pensò Emma con la testa sul suo torace.

«Tu, il piccolo... Ti sei fatta visitare da Claire?» chiese, affondandole una mano nei capelli. La giovane che Logan aveva di recente sposato, infatti, aveva delle competenze mediche e voleva studiare per diventare dottore.

«Sto bene» mormorò lei. «Mi ha mostrato tutto Passero.»

Nathan rimase in silenzio, tanto che Emma sollevò gli occhi a guardarlo.

«Ti infastidisce?»

«Non più. Ho visto mio padre. Gli ho anche parlato.»

«Mi fa piacere.»

«Non si è ucciso, e mia madre ha mentito per una ragione precisa.» La guardò. «C'entri niente, tu, col fatto che è venuto a trovarmi?»

«Non proprio. Ma, sì, gli ho parlato e l'ho convinto a cercarti ancora.»

«Che cosa ti ha mostrato Passero del piccolo?» chiese lui.

«Vuoi saperlo davvero?»

Lui fece una risatina. «Sì, voglio saperlo. Voglio sapere tutto, Em. Non mi va che pensi di non poter mai condividere quanto succede con me. Magari non lo comprenderò alla perfezione, ma accetto che tu sia in grado di vedere cose che io non potrò mai vedere.»

Drizzandosi a sedere, Emma si rilassò contro la testiera. «Molto bene, in quel caso, sarai lieto di sapere che il piccolo diventerà un gran bel giovanotto, simile a te di viso e nel fisico. Sarà premuroso e interessato al funzionamento di tutto, non so bene in che maniera, ma da bambino sarà sempre impegnato a costruire cose.» Si fermò un attimo ad assaporare la gioia che provava nel condividere quanto sapeva sul loro figlio. «Nascerà a giugno. E lo chiameremo Lucas.»

Nathan sollevò un sopracciglio. «Lucas, eh?»

«Non è forse il tuo secondo nome?»

«E tu come lo sapresti? Magia?»

Emma sorrise. «No, qualcosa di ben più semplice… me lo ha detto Matt.»

Nathan la baciò, piano e dolcemente. «Vorrei che ci sposassimo presto. Ti andrebbe bene qui, se riuscissimo a far arrivare tua zia e mia madre?»

«Sì.» Emma chiuse gli occhi e si crogiolò nel piacere della sua presenza fisica.

Lui la baciò ancora, con più intensità, e lei rispose con lo stesso bisogno, donandosi anima e corpo all'amplesso, la prima volta urgente e disperato, la seconda pigro e più lento.

Poi, quando si fu addormentata, Nathan le apparve in sogno.

Ormai non c'era più bisogno di viaggiare da sola.

CAPITOLO TRENTATRÉ

E mma si trattenne con i Ryan per tre settimane, mentre cortesemente, e con grande insistenza, la signora Ryan organizzava il ricevimento di nozze. Si fermò anche Nathan, che ogni notte andava a cercarla intrufolandosi nella sua stanza. Che lo sapessero o meno, gli altri non commentavano, il che era un bene perché Emma aveva bisogno della vicinanza di Nathan quanto dell'aria che respirava.

Il tempo lì le dava modo di riposare e consumare pasti regolari – Rosita, la cuoca dei Ryan, si assicurava personalmente che non ne saltasse neanche uno – e a dire il vero, Emma era lieta di quelle attenzioni. Erano trascorsi quattro lunghi mesi da quando aveva lasciato San Francisco per iniziare il proprio viaggio e adesso che era terminato si sentiva stanca. Infatti, Passero non la cercava, e neanche Una e Riddle. Dovevano sapere che aveva bisogno di recuperare le forze.

Passava le giornate con Molly, anche se lei e Matt non abitavano nella casa principale bensì nei pressi di quella che pian piano stavano costruendo a circa tre miglia da lì, una tenuta che presto avrebbero chiamato *Rocking Wren*. Emma si era messa in pari con la vita di sua sorella, una riunione dal sapore dolceamaro durante la quale avevano parlato di tutto quanto era accaduto nel corso degli ultimi dieci anni, piangendo per la prima volta insieme la perdita dei propri genitori, come fosse avvenuta solo il giorno prima.

Titubante, le aveva poi confidato le visioni sulla loro madre, sollevata quando Molly si era mostrata disponibile a voler comprendere il cammino da lei adesso intrapreso. Era di grande conforto a entrambe sapere che la morte non era la fine di tutto e che perdono e guarigione erano possibili anche dopo il distacco dal corpo fisico.

Anche Claire trascorreva tempo con le due sorelle. Aveva sposato Logan una seconda volta e come loro era incinta. Emma sapeva che avrebbe partorito una bambina ma lo tenne per sé. Mai avrebbe rivelato la conoscenza anticipata di fatti concreti, e talvolta non proprio, a meno che non le venisse chiesto.

L'amica raccontava loro del proprio desiderio di frequentare una scuola medica per sole donne – se possibile subito dopo il parto – ed Emma apprezzava il suo coraggio come pure la volontà di Logan di sostenerne la scelta. Con lei c'era anche il fratellino, Jimmy, un adorabile bimbetto biondo di otto anni che a quanto pareva Claire e Logan avrebbero allevato. La madre era morta da poco e, a parte loro due, il piccolo non aveva nessun altro al mondo. Dello spirito della donna non vi era traccia intorno ai figli, ed Emma aveva la netta sensazione che avesse proseguito il suo viaggio. Claire e Jimmy, però, erano in buone mani, così come confermava l'evidente amore di Logan verso di loro ogni volta che Emma li vedeva tutti e tre insieme.

Al contrario, l'energia di Matt era più pacata, meno semplice da percepire, e le ricordava la prima volta che aveva incontrato Nathan, tutto quel tempo prima sul dory all'inizio del suo viaggio sul Colorado. Che i due fossero amici era ovvio a lei, ma non necessariamente a chiunque altro li guardasse. Sebbene fossero entrambi cauti riguardo il passato, Emma avvertiva qualcosa di forte tra loro, un legame forgiatosi nel corso degli anni e bilanciato da rispetto e fiducia nonostante il pericolo e la violenza.

E poi c'era Nathan, a saturarle i sensi con tutto ciò che lo riguardava, il suo corpo, il suo cuore, la mente e l'anima. Lo adorava e, pur stentando ancora a credere che le avesse donato il proprio cuore, pregava di esserne degna e sperava di poter allietare la sua vita. Lo amava disperatamente, nella maniera più assoluta.

Spesso trascorreva le mattinate fuori a cavallo, occupandosi ora delle scorte ora di faccende al ranch, e altre volte aiutava Matt a completare i lavori interni nella casa del *Rocking Wren*. L'esterno era finito, il che era un bene perché le notti erano ormai piuttosto fredde, ma dentro c'era ancora parecchio da fare. La sera, poi, tornava a cenare con lei, Jonathan, Susanna, Logan, Claire, Jimmy e, quando capitava che si fermassero per la notte, anche Matt e Molly. Si trattenevano in salotto intorno al fuoco scoppiettante, quindi tutti andavano a letto. E Nathan andava da lei. La amava, le confidava i propri pensieri, le raccontava di sé, la stuzzicava e le parlava del loro futuro.

Notizia delle imminenti nozze fu inviata a zia Catherine a San Francisco, a Mary e alla sua famiglia nel Territorio dell'Arizona, alla sorella di Nathan in California e a sua madre a St. Louis. Avendo partorito entrambe da poco, tanto la sorella di Emma quanto quella di Nathan risposero declinando l'invito con i migliori auguri e le loro scuse.

La lettera di Mary raccontava anche che Cale Walker era passato a farle visita e si stava dando da fare per aiutare la sua amica Tess Carlisle a trovare il padre che non vedeva da tempo. Cale era cresciuto in Texas, non lontano da Emma e Molly, e a seguito della trasgressione della loro madre con il padre di Cale, questo e gli altri figli dell'uomo erano diventati fratellastri di Molly. Emma aveva lasciato il Texas a soli otto anni e perciò non lo ricordava bene – anche perché lui era parecchio più grande – ma leggendo la lettera di sua sorella aveva avuto un lampo di genio. Cale possedeva abilità uniche apprese dagli Apache, e nella sua mente apparve un'immagine: l'asse di un calesse che collegava due ruote. Dunque, nel mondo reale, Cale era una sorta di "raccordo". Non sapendo bene come interpretarla, Emma mise da parte quell'impressione e sperò di poter rivedere presto Cale per comprendere meglio.

Zia Catherine arrivò il mattino prima delle nozze. Jonathan, Logan e Nathan erano andati ad aspettarla alla ferrovia di Denton ed Emma, sulla veranda, aspettava impaziente il loro ritorno. Nello scorgere il calesse che si avvicinava, affiancato da Logan e Nathan a cavallo, gli corse incontro.

A sua volta, zia Catherine saltò giù prima ancora che Jonathan si fermasse e andò ad abbracciare la nipote.

«Mia cara Emma.» La strinse forte. «Sono stata così preoccupata per te. Grazie al cielo stai bene.» Con il viso rigato di lacrime, mosse qualche passo indietro.

Indossava abiti da viaggio e un cappello alto sulla testa, ma sembrava molto invecchiata, pensò Emma, sorpresa. Ciò nonostante, la carnagione rosea le conferiva un tocco di giovanile esuberanza.

«Mi sei mancata» le disse. «Mi dispiace di essere scappata via. È stato sciocco, lo so.»

«Beh» Catherine le accarezzò una guancia «sei al sicuro, adesso, e io ho incontrato il tuo bel giovane.» Si lanciò un'occhiata oltre la spalla, dove Nathan in sella al proprio cavallo osservava la scena. «Si direbbe molto innamorato di te e dal poco che ho sentito raccontare sulla vostra avventura, ti ha fatto buona guardia.»

Emma sapeva che Nathan doveva aver tralasciato gli ultimi giorni del viaggio, quando si erano separati, perché non avrebbe avuto senso accrescere la preoccupazione della donna.

«Sì, è meraviglioso» disse a bassa voce così da non gonfiare troppo il suo ego, ma lui rispose comunque con una strizzatina d'occhio. «Sono felicissima tu sia venuta nonostante la distanza. Com'è andato il viaggio?»

«Molto bene. Fa sempre piacere sfuggire alla quotidianità per far visita a qualcuno, e poi è trascorso così tanto tempo dall'ultima volta in Texas, quando venni a prendere te e Mary.»

Era chiaro che si riferisse alla morte di Robert e Rosemary Hart, madre di Emma e sorella minore di Catherine. «Entriamo in casa» disse Emma, prendendola sottobraccio.

E mentre zia e nipote si avviavano, Nathan e Logan si occuparono dei cavalli. Jonathan portò il baule e la borsa di Catherine in casa e Susanna le accolse in salotto con tè e biscotti.

«Sono felicissima di rivederti, Catherine» disse, abbracciandola con calore. «Quanto tempo.»

«Già, fin troppo. Grazie per tutto quanto hai fatto per Emma. Posso aiutarti, in qualche modo?»

«Non penso sia rimasto altro. Il pastore sarà qui entro le due di domani.»

«Non riesco a credere che Emma stia per sposarsi.» Catherine sorrise, sciogliendosi di nuovo in lacrime.

«Ho qualcosa da dirti» dichiarò Emma.

«E allora vi lascio sole, così potrete recuperare un po' del tempo perduto» disse Susanna, congedandosi.

«Spero non ti arrabbierai.» Emma non era certa di fare la cosa giusta, ma non voleva che la zia venisse a saperlo da qualcun altro. «Sono incinta.»

Un'espressione sorpresa attraversò il viso della donna. «Oh. Io. Beh.» Si portò una mano al petto, quindi rise.

«Ti ho delusa?» chiese Emma.

«Oh no, certo che no.» Catherine scosse la testa con fare enfatico. «Un po' incredula, sì, ma perché mai, poi? Sei sempre stata così diversa da Mary, che a volte mi chiedevo se ti stessi allevando nella maniera giusta. Non ho mai avuto figli miei. E tu avevi sempre un piede fuori dalla porta. Quando sei scappata via ero preoccupatissima, ma parte di me se lo aspettava. In fondo ho sempre saputo che un giorno avresti inseguito quell'energia che ti vive dentro. Ti confesso che a volte davvero non ti capivo. Ti tratta bene, Nathan? Lo vuole anche lui, il bambino?»

«Sì. È stata una sorpresa per entrambi, ma proprio per questo vuole sposarmi il prima possibile. Per fare tutto in regola.»

«È un Texas Ranger, però. Ti lascerà per tornare al suo lavoro?»

Emma e Nathan avevano parlato del futuro, ma senza decidere nulla. «Stiamo ancora valutando come vivere la nostra vita insieme.»

«Certo.» Catherine le strinse una mano fra le sue. «Anch'io ho qualcosa da dirti.»

Emma si girò a prendere il tè sul tavolo, ne versò una tazza per sua zia e gliela tese.

«Non so bene da che parte cominciare, ma… Maeve è stata arrestata.»

Gli occhi di Emma sfrecciarono verso Catherine. «Cosa?»

«Sembra che abbia raggirato la polizia a proposito di alcuni crimini che stava aiutando a risolvere. So che tenevi a lei. E mi dispiace tanto. Ti sei mai accorta di niente, tu?»

A quanto pareva, la vecchia irlandese non aveva rivelato l'identità di Emma né il loro accordo. E forse era meglio così.

«No, non proprio» rispose.

Il registro che aveva portato via da casa sua era stato distrutto dall'inondazione nel Grand Canyon, pertanto Emma non possedeva più alcuna prova contro la donna. Nathan le aveva detto di aver trovato ben poco nel dory, ma il suo diario personale, seppur con parecchie pagine strappate e alcune mancanti, era rimasto più o meno intatto.

«La cosa più strana, comunque, è che i suoi figli sono ricomparsi solo qualche settimana fa. Erano partiti più o meno quando sei andata via tu. Maeve disse che erano andati a Denver per cercare lavoro, ma uno di loro era ferito a una spalla. Un pomeriggio che mi è capitato di incontrarne uno per strada mi ha detto uno cosa stranissima, ovvero che tu sei una strega, adesso, e io dovrei essere contenta di essermi sbarazzata di te. Capirai, l'ho ignorato e ho proseguito oltre. Non mi sono mai piaciuti quei

Baxter. Sono volgari, prepotenti e, detto tra noi, anche un po'
stupidi.»

Emma rise. «Penso tu abbia ragione. Ma se dovessero darti dei
problemi, fammelo sapere. Gli lancerò un incantesimo.»

Catherine si fermò a riflettere. «E allora la prossima volta che li
vedo glielo dico. Sono stranamente superstiziosi.»

«I paurosi lo sono quasi sempre.»

Era il giorno delle sue nozze. In piedi di fronte a uno specchio
nella stanza che aveva occupato nelle ultime settimane, Nathan si
annodava impacciato la cravatta nera. I Ryan erano stati così
ospitali che non pensava sarebbe mai riuscito a ripagarli. Jonathan
e Logan erano partiti quella mattina per incontrare sua madre alla
ferrovia di Fort Worth. Si stava facendo tardi e lui era preoccupato
che non tornassero in tempo per la cerimonia.

Come aveva fatto la sua vita a cambiare in maniera tanto
repentina nel giro di qualche mese? Adesso aveva Emma e il
piccolo in arrivo, due tesori che mai avrebbe immaginato di
possedere.

Un colpo alla porta ruppe il silenzio. «Avanti» disse, infilandosi
gli stivali di fianco al letto.

Matt, vestito di tutto punto per la festa come si addiceva al
testimone, si rilassò contro lo stipite. «Pronto?»

Nathan sorrise. «Credo di sì.»

«Proprio noi due. Chi l'avrebbe mai detto?»

«Io no, di sicuro.» Nathan smise di lottare con gli stivali. «Posso
chiederti una cosa?»

«Come no, spara.»

«Quando Cerillo ti catturò… hai mai perso la speranza?» La
prigionia di Matt per mano di un bandito messicano si era
protratta per mesi. Poi Nathan lo aveva tirato fuori ma l'amico non
gli aveva raccontato granché.

Matt si fece pensieroso. «Sì, mi è successo.»

Il sole filtrava attraverso il pizzo che copriva le finestre, disegnando un intricato motivo sopra il letto e sul pavimento di legno. «Quando ho pensato che Emma…» Si interruppe, ancora turbato per essere stato tanto vicino a perderla per sempre. «Ne abbiamo viste di tutti i colori, noi due, da piccoli reati a inganni e massacri, eppure non mi sono mai sentito sopraffatto. Ma quando ho capito che non l'avrei trovata… quando, infine, mi sono reso conto che non c'era più… ho pensato di farla finita. Mai avevo provato qualcosa di simile in vita mia, neanche dopo la morte di mio padre.»

Il silenzio, quasi sacro nella sua essenza, riempì l'aria nella stanza.

«Non essere troppo duro con te stesso» disse Matt. «Dopo Cerillo, sono arrivato qui più distrutto di quanto pensassi, tanto che mi chiedevo se sarei mai tornato quello di prima. Non m'importava più niente. Ma poi ho trovato Molly.» Rise piano. «Nel senso che l'ho proprio trovata lì, nella vecchia casa in cui abitava da bambina. Ed è stato il primo passo verso il cammino di ritorno. Immagino Dio abbia voluto dirmi che meritavo un'altra opportunità. In quanto a me, non do nulla per scontato, mai. So di essere fortunato. Lo siamo entrambi.»

Nathan sollevò lo sguardo sull'amico. «Penso che Molly abbia aiutato anche me.» Senza di lei, infatti, non sarebbe mai andato in cerca di Emma. «E adesso vorrà sicuramente tenersi Winter.»

«Infatti, mi spiace dovertelo dire, ma non ha nessuna intenzione di restituirti la cavalla.»

Nathan sorrise. «Ci sa fare con gli animali. Potrei lasciarle anche Black.»

«Un corno! A quel tuo stallone non la faccio neanche avvicinare. Solo giumente e castroni.»

Nathan annuì. «Va bene, ho capito. Magari Black ci farà qualche puledro, con Winter.»

«Credi di restare in zona?»

«Ci stavo pensando.»

«In quel caso mio padre vorrà fare due chiacchiere con te. Ti ha sempre considerato un figlio. E adesso sarà meglio scendere di sotto o arriverai tardi alle tue nozze.»

———

Il cielo era limpido e azzurro e la giornata stranamente calda per essere novembre, così Susanna aveva scelto una cerimonia all'aperto, nei pressi della casa padronale, con un altare ornato di belle orchidee bianche fatte arrivare da Dallas. Nathan aspettava nell'ampio ingresso della casa.

«È tornato pa'» disse Matt.

Nathan uscì sulla veranda proprio mentre Jonathan aiutava sua madre a scendere dal calesse. Era più minuta e più esile di quanto ricordasse, pensò, subito pentendosi di averle chiesto di intraprendere quel viaggio. Scese di corsa i gradini e le fu accanto in un lampo.

Nel vederlo, il viso della donna si illuminò e gli occhi, sotto il cappellino giallo, si incresparono. «Nathan, figlio mio.»

«Mamma.» Lei gli si aggrappò e lui rispose abbracciandola piano, timoroso di farle del male. Era molto invecchiata. «Ho sbagliato a tenermi lontano così a lungo. Mi dispiace tanto.»

Sua madre si staccò dall'abbraccio per guardarlo con occhi colmi di lacrime. «È meraviglioso rivederti. E io sono felicissima di essere finalmente qui.»

«Dev'essere stato un viaggio lungo. Dovresti riposare.»

«Ma non sta per iniziare la cerimonia?» chiese lei.

«Presto.»

«E allora andiamo. Il riposo può aspettare. Temevo di arrivare troppo tardi. Dov'è la tua ragazza?»

«Dentro» rispose lui. «A proposito di pa'…»

Lei gli prese entrambe le mani. «Gli ho parlato… in sogno.» Rise. «Mi ha detto di aver parlato anche con te. Mi dispiace per tutto. Avrei dovuto raccontarti ogni cosa, ma neanch'io sapevo poi tanto. Mi perdoni?»

«Sì.»

«Ha detto che la tua ragazza è speciale, che è come me.»

«Penso che ti piacerà, ma'.»

E così, in un bell'abito ricamato su morbidissimo raso bianco e il bracciale con il turchese Hopi al braccio destro, Emma, con Molly a precederla in qualità di damigella d'onore, camminava finalmente verso Nathan, che l'aspettava davanti al pastore con Matt di fianco. Entrambi in camicia bianca, giacca e cravatta nere, sposo e testimone erano bellissimi.

A scortarla lungo il breve corridoio tra le circa venti sedie, occupate per lo più da uomini e donne impiegati all'SR, Claire, Logan e Jimmy, c'era Jonathan. Susanna gli sedette accanto, mentre zia Catherine era di fianco a un'anziana signora che Emma sapeva essere la madre di Nathan. Sorrise a quest'ultima, quindi prese posto accanto a suo figlio e gli infilò la mano nell'incavo del braccio. In quell'istante, una leggera brezza soffiò sul velo lungo la schiena e sui capelli raccolti, liberando alcune ciocche.

Guardò gli occhi marroni di Nathan e sentì fin nel profondo dell'animo di conoscerlo. Lo aveva visto nelle visioni, molto tempo prima di incontrarlo. Ma aveva visto il proprio futuro o ricordi di qualche altra vita precedente? Il corteggiamento era stato brevissimo, eppure Emma aveva la sensazione di conoscerlo da sempre. Forse era vero che le anime s'incontravano in altri tempi e luoghi. Forse continuavano a cercarsi a prescindere dal *dove* esistessero.

Ma per adesso, le bastava essere *lì*, con l'uomo che amava e al quale si era promessa.

Le bastava semplicemente sentirsi felice.

Si scambiarono i voti, e lui la sorprese infilandole al dito una scintillante fede d'oro.

Marito e moglie.

Nathan la baciò, suggellando quel legame iniziato nell'istante in cui si erano incontrati, e molto tempo prima.

———

DUE GIORNI DOPO, insistendo che lei non cavalcasse nella sua condizione, Nathan sedeva su un calesse con Emma di fianco. Era tardo pomeriggio, e il cielo era carico di vibranti tonalità di arancione e rosso. Emma si strinse addosso lo spolverino del marito, che l'aveva costretta a indossarlo per tenere a bada il freddo novembrino.

«Dove stiamo andando?» gli chiese. «Faremo tardi per la cena.» La madre di Nathan era ancora lì e a Emma piaceva trascorrere le sere con lei. Il loro rapporto, dapprima esitante, si era presto evoluto grazie al dono che le accomunava: la capacità di vedere ciò che i più non potevano. Le loro esperienze erano simili e al contempo diverse. Emma aveva molto da imparare dalla donna.

Infine, Nathan fermò il calesse, smontò e andò ad aiutare Emma. Fecero qualche passo insieme, poi lei indugiò. Più in là erano distese di terra, pianeggianti ma a tratti interrotte da scarpate, e sopra di esse il cielo immenso a dominare la scena. Emma si sentì travolta da un'ondata di energia e fece un profondo respiro.

«Che posto è questo?» chiese. «Mi piace.»

«Speravo lo dicessi.» Nathan le stava accanto, con le mani sui fianchi. «È la terra degli Hart.»

Lo sguardo di Emma scattò verso il suo.

«Dopo la morte dei tuoi genitori è passata in amministrazione fiduciaria» proseguì lui. «E adesso è nostra, Emma. Sempre che tu lo voglia.»

«In che senso? E Molly e Mary?»

«La terra può essere intestata solo ai coniugi. Quando Mary si sposò, Jonathan Ryan le scrisse, ma suo marito aveva in mente il Territorio dell'Arizona e rifiutarono l'offerta. Matt e Molly hanno ricevuto una porzione di terra dei Ryan, perciò… è nostra.»

«È questo che vuoi?»

Lui fece un largo sorriso. «Eccome! Sono ventimila acri.»

Emma rise.

«Lascio i Rangers» disse lui, tornando serio. «Alleveremo bestiame. E i nostri figli cresceranno qui.»

Lo sguardo di Emma abbracciò l'intera area, e il suo animo avvertì una connessione indissolubile. Offrì piano il viso alla brezza e chiuse gli occhi, lasciando che la forza della terra stessa penetrasse fin dentro le ossa.

Era a casa.

Baciò Nathan sulla guancia. «Grazie.»

«Di niente» rispose lui.

Le sfiorò le labbra con le proprie, poi sollevò lo sguardo oltre la sua spalla e… si immobilizzò.

Preoccupata, Emma si girò a guardare.

«Vedi quel che vedo io?» chiese lui.

Un'ondata di calore la pervase. Doveva essere stata la sua connessione alla madre terra a invitarli. «Sì, ma mi sorprende che lo faccia tu.»

Fianco a fianco erano Passero e Una, con Riddle attorcigliato su se stesso a un soffio da loro.

«Beh, conosco il gattone» disse Nathan. «E ho sentito voci a proposito di un uccello. Ma il serpente è una novità, e anche un po' inquietante.»

«Colpisce solo se lo provochi. Come me.»

«Lo terrò presente.»

«Penso siano venuti a darci la loro benedizione» disse Emma.

Il braccio di Nathan si strinse intorno alla sua vita. «Grazie» rispose rivolto alle tre creature.

Emma non riusciva quasi a credere che lui accettasse con

naturalezza un fatto tanto strano. «Grazie a te» disse «per essere così aperto alle possibilità.»

«Non mi sembra di avere scelta. Parlano?» chiese, con un cenno della testa verso gli animali guida.

«Oh sì. C'è da divertirsi. Vieni, t'insegno come funzionano le cose nel mio mondo.»

La cena poteva aspettare, pensò Emma, prendendogli la mano con un largo sorriso sulle labbra. Lo avrebbe portato con sé in un volo di fantasia.

La falce di sole rimasto brillava sull'orizzonte, tra le ombre che si muovevano attraverso il paesaggio marrone chiaro del deserto. In lontananza, un puma correva veloce, con movimenti agili, precisi e armoniosi. Quando si fermò, euforico per quell'attività, un passero con la gola nera gli volò sopra la testa, tuffandosi in picchiata e giocando con le correnti d'aria come un bambino con le farfalle.

E, insieme, si allontanarono nella notte.

> *A sé dinanzi avean tutta la terra, ove un soggiorno*
> *Scegliersi di riposo, e loro scorta era la Provvidenza.*
> *A incerti e lenti passi, dell'Eden pei solinghi campi,*
> *Tenendosi per man, preser la via.*

> *~ John Milton,* Paradiso Perduto
> *(traduzione di Lazzaro Papi, 1811)*

LA LEGGENDA

Il racconto si diffuse dapprima attraverso sussurri impauriti, poi sempre più coraggiosi, perché quanti conoscevano la storia erano, invero, riveriti e ammirati a pieno titolo. I più non avevano resistito alla tentazione di condividerla con altri, contribuendo in maniera regolare a distorcere l'identità di Emma Hart Blackmore e delle sue precise azioni.

Era nota come la donna bianca che affrontava i demoni del passato, primo fra tutti un male che aveva attraversato le epoche sotto varie forme, incarnandosi nel suo tempo in un uomo che rubava le anime. La chiamavamo sciamano, donna della medicina, guaritrice, bianca che parla con i morti e, i più paurosi, strega. Aveva conquistato il grande canyon, nelle terre degli Hopi e degli Havasupai, e aveva nuotato tra i flutti del fiume, emergendo intatta. Si diceva sapesse dominare la natura, con i suoi instabili elementi, e governare la terra, l'aria, l'acqua e persino il fuoco.

Durante la sua battaglia contro l'Oscuro, quello che si nutriva sia di spirito che di carne, aveva assunto sembianze diverse e si trasformava spesso nel suo animale guida, Passero. Si raccontava che potesse parlare con gli uccelli, e tutte le creature volanti, e imporgli la propria volontà. Aveva attraversato il vuoto immenso armata di nulla se non un cieco coraggio e la sete di giustizia. Aveva salvato gli inermi e si era battuta con fierezza, brandendo una spada foggiata *da paura e forza. Le storie raccontavano anche del suo compagno, un guerriero dal mondo dei bianchi nonché uomo dell'acqua. Era il suo grande amore e le aveva dato molti figli, alcuni con i suoi stessi poteri.*

Parlavano del posto da cui era arrivata, di quello che era stata all'inizio, e la storia della sua giovinezza veniva considerata prova delle difficoltà che il vasto Universo presenta a qualcuno prima che questi possa acquisire fama. Era sopravvissuta a un attacco mortale contro la sua famiglia e aveva vissuto lontana dalla sua terra, costretta a trovare da sola la via del ritorno alla Sorgente. Sua sorella Molly aveva sconfitto la morte ed era cresciuta tra i grandi Comanche, tornando alla sua gente come un fantasma molti anni dopo, a confermare le sofferenze imposte alla sua famiglia.

Quanto a Emma, rimase per lo più ignara dell'eredità che si era lasciata alle spalle nel Territorio dell'Arizona nell'anno 1877. Con il fermo sostegno del marito, allevò i loro figli conversando ogni giorno con il mondo al di là di questo mondo. I suoi doni di veggenza e percezione si erano affinati e attraverso Passero e altri Spiriti Maestri aveva acquisito conoscenza delle arti curative, aiutando quanti glielo chiedevano e pregando per tutti gli altri. Giunta alla fine, passò con gioia e serenità dall'altra parte, ricongiungendosi a Nathan, l'eroe delle sue visioni e del suo cuore, per cominciare presto un'altra volta.

MI FA MOLTO PIACERE tu abbia scelto di leggere *Il Passero* e spero di cuore la storia ti sia piaciuta. Ti sarei riconoscente se volessi pubblicare una recensione, che mi sarebbe di grande aiuto nell'accrescere il numero di lettori. Grazie infinite. ~ Kristy

GIÀ DISPONIBILE:

Lo Scricciolo: Ali del West Libro Uno
La Colomba: Ali del West Libro Due
Il Passero: Ali del West Libro Tre

Il Merlo: Ali del West Libro Quattro
L'uccello Azzurro: Ali del West Libro Cinque
L'Uccello Canoro: Ali del West Libro Sei
Eco delle pianure: Libro Sette (Un racconto breve)

NOTA DELL'AUTRICE

Il primo successo femminile nel navigare il fiume Colorado attraverso il Grand Canyon arrivò solo nel 1938. L'arduo tentativo da parte di Lois Jotter ed Elzada Clover, entrambe con esperienza in botanica, era stato scoraggiato da molti, nonché offuscato dalla scomparsa di Bessie Hyde, che nel 1929 aveva provato ad attraversare il fiume con suo marito, svanendo misteriosamente, e senza più ricomparire, poco prima del raggiungimento dell'obiettivo. Tuttavia Jotter e Clover ebbero la meglio, fermandosi a raccogliere campioni di piante lungo il margine del fiume, così come si erano prefissate, e smentendo quei molti secondo i quali "il fiume non è posto per una donna.» –Buzz Holstrom.

Ammetto che collocare Emma Hart sul Colorado nel 1877, appena sei anni dopo l'inizio della seconda spedizione di John Wesley Powell, è un'idea audace. D'altro canto, però, le caratteristiche che la accomunano a quei primi esploratori sono numerose: l'amore per l'avventura, il desiderio di fare quanto altri pensavano impossibile e l'ignoranza assoluta di ciò che avrebbe affrontato. Emma e Nathan non erano diversi da quei coraggiosi (o folli, come direbbero alcuni) trionfatori per sempre impressi nella storia.

Di quanti sono appassionati del Grand Canyon imploro l'indulgenza in merito a qualche punto. Nel romanzo ho supposto un flusso del Colorado da basso a medio (all'incirca 5.000 piedi cubi per secondo), almeno fino all'inondazione verso la fine del racconto, permettendo così a Diamond e ai fratelli Baxter di guadare il fiume a piedi da Bright Angel Canyon e dare a Diamond la possibilità di incontrare Emma per la prima volta. Attualmente, esiste una passerella che agevola l'accesso agli escursionisti in viaggio dal bordo meridionale al Phantom Ranch (sul lato nord). Ma un flusso basso del fiume significa una maggiore esposizione di detriti in molte delle rapide, soprattutto nella Hance Rapid, quella che Emma naviga da sola mentre Nathan guarda dalla riva. L'opzione più realistica per questa scena sarebbe stato l'uso della fune e/o il trasporto via terra, ma vi confesso che descriverla non sarebbe stato altrettanto interessante e da qui la scelta dell'intrepida impresa solitaria in una rapida talvolta considerata un vero e proprio flipper.

Mi sono concessa un margine creativo anche con la confluenza tra il Colorado e Havasu Creek, dove Nathan ed Emma lasciano la barca per attraversare l'Havasu Canyon. La presenza di pareti a strapiombo, infatti, lo rende un luogo improbabile in cui assicurare un'imbarcazione, figurarsi poi la speranza di trovarcela ancora dopo parecchi giorni. Quel posto, tuttavia, rappresentava una svolta nella storia e perciò il dory andava lasciato lì. Oggigiorno, per quanti vogliano fermarsi, è possibile agganciare le ancore direttamente alla roccia.

E, infine, per coloro che hanno un'idea dei dory di legno usati durante le spedizioni di Powell, quello che manca al *Paradiso* di Emma è uno scalmo di poppa con remo da bratto per governare la direzione di marcia, questo per la semplice ragione che Emma non aveva una conoscenza approfondita di tutto ciò che riguarda la nautica.

Quantunque io abbia studiato a fondo e mi sia sforzata di descrivere in maniera accurata le principali rapide e le tappe basilari lungo il corso d'acqua (i granai di Nankoweap, la Redwall Cavern, le rovine Anasazi, Vulcan's Anvil ecc.), altresì importante era catturare il paesaggio spirituale. Più che un resoconto di viaggi, il racconto è il panorama di uno strato più profondo e complesso del Canyon visto attraverso le esperienze di Emma e Nathan. Il terreno, per come l'ho interpretato io, forniva un modello per il pellegrinaggio interiore di Emma, e il suo viaggio nelle viscere della terra − tanto simile al cammino tra le risorse nascoste del Sé − rappresenta un catalizzatore di crescita. Solo sul ciglio del cambiamento e del caos si verifica l'evoluzione. Grazie per essere venuti a fare un giro con me.

RINGRAZIAMENTI

È impossibile ringraziare ogni singola fonte, perché lo sviluppo di un libro comporta un'interazione malleabile e in continuo mutamento, ma ce ne sono parecchie che vorrei evidenziare.

Per una comprensione del paesaggio del Grand Canyon e delle rapide alla fine del 1800, un'eccellente risorsa è *Grand Canyon, A Century of Change: Rephotography of the 1889-1890 Stanton Expedition* di Robert H. Webb. Per le storie e tradizioni degli indiani Hopi ho fatto riferimento a *The Fourth World of the Hopis* di Harold Courlander, una spiegazione esauriente della letteratura orale Hopi. Per gli indiani Havasupai, raccomando *I Am The Grand Canyon: The Story of the Havasupai People* di Stephen Hirst e *Havasupai Legends: Religion and Mythology of the Havasupai Indians of the Grand Canyon* di Carma Lee Smithson e Robert C. Fuller.

La controversa idea di cannibalismo durante l'attacco agli Awatovi (tardo 1600) fu proposta dall'antropologo Christy Turner, e la sua analisi completa è disponibile in *Man Corn: Cannibalism and Violence in the Prehistoric American Southwest* di Christy G. Turner II e Jacqueline A. Turner. Va notato che molti critici sono contrari all'opera di Turner e gli stessi Hopi hanno sollevato obiezioni in merito alle dichiarazioni che il loro popolo massacrasse, mutilasse e si cibasse di donne e bambini della propria tribù. Tuttavia, Turner presenta prove dettagliate e convincenti a supporto della teoria. Anche la sua ulteriore ricerca sulla caduta degli indiani Anasazi (antenati degli Hopi) nel 1150 d.C. rivela un possibile innesco cannibalistico. Nel 1992, le opere di scavo di una *kiva* alla base della Sleeping Ute Mountain in Colorado diedero alla luce un focolare centrale composto da feci umane essiccate. La successiva analisi provò che il campione conteneva carne umana digerita. Per cui, data la presenza di ossa umane fatte a pezzi, bollite e bruciate, è chiaro che quel posto sia stato teatro di atti violenti e, considerato il numero di corpi, è altresì probabile che *non* si sia trattato di cannibalismo da fame. A coincidere con il vasto crollo della cultura Anasazi nella regione dei Four Corners (Quattro Angoli) degli Stati Uniti, Turner ipotizza l'abbandono, da parte degli Anasazi, del fulcro della propria civiltà – Chaco Canyon nel Nuovo Messico – a seguito di infiltrazioni e successive tattiche terroristiche di controllo (soprattutto cannibalismo) da parte della cultura mesoamericana. Vi è, infatti, una forte correlazione tra la divinità mesoamericana Xipe Totec, dio di vita-morte-rinascita nella mitologia azteca, e la divinità Hopi nota come Masau'u. Entrambi associati, tra gli altri aspetti, al sacrificio umano.

Sebbene esistano diversi bei libri sullo sciamanismo, quello che ho preferito è *Dreamgates: Exploring the Worlds of Soul, Imagination, and Life Beyond Death* di Robert Moss. L'evoluzione di Emma è stata un viaggio abbastanza compresso che spesso richiede anni perché un individuo sia del tutto pronto. D'altro canto, però, nei regni immaginali, è possibile assimilare una grande quantità di insegnamenti in quello che nel nostro arco di tempo sarebbe considerato istantaneo.

Infine, desidero ringraziare mia sorella, Michelle Kearney, che svolge attività stagionale di Park Ranger presso il Grand Canyon, per i suggerimenti e le opinioni in risposta a tutte le mie domande durante la scrittura del libro. Più che altro mi ha consigliato di visitare il canyon e vivere un'esperienza diretta. Concludendo con le parole dello scomparso Joseph Campbell, autore e docente di mitologia comparata: "Il tuo luogo sacro è dove puoi ritrovarti più e più volte." E il Grand Canyon è proprio questo, un posto pieno di oscurità e di luce.

LO SCRICCIOLO
Ali del West: Libro Uno

Catturata dai Comanche ancora bambina, Molly Hart è presunta morta. Dieci anni dopo, il Texas Ranger Matt Ryan incontra una donna con gli stessi occhi azzurri.

"Adoro gli storici di ambientazione western e ho trovato questo libro davvero eccezionale. Non perdetevi… quella che sicuramente sarà una magnifica serie." ~ The Romance Studio

Sono passati dieci anni dal giorno dell'attacco al ranch in cui i suoi genitori furono assassinati e lei rapita. Adesso diciannovenne, Molly Hart torna finalmente a casa nel Texas del Nord dopo aver trascorso il resto dell'infanzia con una tribù di Comanche Quahadi. Ad attenderla ci sono una dimora deserta in balìa della polvere e del tempo, nonché l'agghiacciante scoperta del proprio tumulo e la presenza di un uomo che pensava non avrebbe mai più rivisto.

Un vento smanioso spinge Matt Ryan verso le rovine fatiscenti del ranch degli Hart. Guarito di recente, dopo una prigionia che lo aveva quasi ucciso, non prova ormai che un briciolo della brama di verità e giustizia di un tempo. Dieci anni di devoto servizio all'esercito degli Stati Uniti e ai Texas Rangers, in cerca dei responsabili del feroce assassinio di una bambina, non sono serviti a niente se non a scoprire che la rassegnazione non sarebbe mai arrivata. Diretto verso il posto in cui tutto ebbe inizio, s'imbatte con sorpresa in una donna dagli stessi occhi azzurri della piccola che non riesce a dimenticare.

kmccaffrey.com/lo-scricciolo-the-wren-italian-edition/

LA COLOMBA
Ali del West: Libro Due

Incrociando il vicesceriffo Logan Ryan sui gradini
del *Colomba Bianca*, dove lei si cela sotto le spoglie di una donnina
allegra del saloon, Claire Waters lo induce a credere il peggio.

"McCaffrey scrive con il cuore… una lettura da non
perdere." ~ The Romance Studio

Quando il vicesceriffo Logan Ryan trova Claire Waters nel mezzo
di una vivace cittadina sul Sentiero di Santa Fe, il violento schiaffo
della delusione lo colpisce in pieno viso: la donna che ricordava
non esiste più. A rimpiazzarla c'è una giovane di facili costumi con
allettanti curve e… un mare di guai. Intrappolati in una rete
d'inganni con uomini tanto disperati quanto pericolosi, Logan

cerca di proteggere Claire, ignorando però che la minaccia maggiore arriva dal proprio passato.

Tormentata da una vita di vergogna, Claire vorrebbe sprofondare quando Logan la scopre sulla soglia del *Colomba Bianca*, vestita da prostituta. Così gli lascia credere il peggio, ma tra la scomparsa della madre e le ragazze che abbandonano il saloon in gran numero, si vede costretta ad accettare la sua offerta di aiuto. Nell'intraprendere un viaggio che dipanerà il tessuto della sua vita, una cosa si fa chiara: aprire il cuore potrebbe rivelarsi l'impresa più pericolosa.

Un sensuale western storico ambientato nel Territorio del Nuovo Messico (1877).

kmccaffrey.com/la-colomba-the-dove-italian-edition/

IL MERLO
Ali del West: Libro Quattro

"Antagonisti malvagi, azione a volontà, un'eroina decisa, intrecci, colpi di scena sorprendenti e un seducente cowboy – il tutto sottolineato da una sensuale storia d'amore – in questo western ce n'è per tutti i gusti." ~ Janna Shay, InD'tale Magazine

Anni prima, J. Howard "Hank" Carlisle era stato mentore del cacciatore di taglie Cale Walker, ma a seguito di un litigio e dell'attacco di un puma che aveva lasciato Cale in fin di vita, le loro strade si erano separate. Una banda di Apache Nednai aveva messo in salvo Cale e, considerando le sue ferite un potente presagio, lo aveva addestrato nelle arti di *di-yin*, o stregone. Adesso, su richiesta di Tess, figlia di Hank Carlisle, Cale arriva a Tucson in cerca dell'uomo, ma per trovarlo dovrà attraversare le Dragoon

Mountains, a cavallo tra due mondi che non collimano più, e – problema ancor più grande – riuscire a far breccia nel cuore di una giovane donna determinata a vivere la vita da spettatrice.

Da due anni, Tess Carlisle prova a sanare le ferite mentali e fisiche di un'aggressione brutale da parte di uno degli uomini del suo *papá*. Mantenere in vita le tradizioni del proprio retaggio messicano la aiuta e affina le sue doti di *cuentista*, ovvero di narratrice e "Custode delle Antiche Usanze". Ma suo padre non si fa sentire dal giorno dell'attacco e lei teme il peggio. Tornare nel mondo di Hank Carlisle è un'impresa pericolosa, Tess lo sa e la sua unica speranza è Cale Walker, un uomo come non ne ha mai incontrati prima. Così, decisa a intraprendere il viaggio che potrebbe condurla dritta sul sentiero del proprio aggressore, rafforza la risolutezza e indurisce il cuore, finché Cale non la spinge a desiderare qualcosa a cui aveva giurato di non cedere mai… amore.

kmccaffrey.com/il-merlo-the-blackbird-italian-edition/

A proposito dell'autrice

Da bambina, Kristy McCaffrey si narrava spesso storie e la sua affinità con la scrittura fu subito chiara. Allevata a pane, fantascienza, fantasy e racconti di Re Artù, trasferì – una volta deciso di prestare, finalmente, attenzione alle proprie inclinazioni naturali – questa passione per la narrazione mitica alla stesura di romanzi di ambientazione western. La scelta di essere una mamma tutta casa nonché aspirante autrice, la portò subito a mettere da parte la laurea in ingegneria. Vive con suo marito nel deserto dell'Arizona, dove i loro quattro figli si preparano, chi prima chi dopo, a lasciare il nido. Kristy crede che la vita vada vissuta con curiosità, compassione e gratitudine, e mai troppo distante da un cane entusiasta. Le piace anche restare a letto fino a tardi, mangiare cibo messicano e praticare yoga casalingo in pigiama.

Website: kmccaffrey.com

Facebook: facebook.com/AuthorKristyMcCaffrey/
Instagram: instagram.com/kristymccaffreybooks/
TikTok: tiktok.com/@kristymccaffrey